向阳生长

曾剑——著

北京出版集团
北京十月文艺出版社

二爹十三岁那年，跟着红军的队伍走了。
二爹走后，再没回来。
二奶去后山坡盼二爹，每天如此，成为竹林湾一道移动的风景……

最后一粒米送去做军粮，最后一尺布送去缝军装，最后一件老棉袄盖在担架上，最后一个亲骨肉送去上战场……

目录
CONTENTS

一棵向阳生长的树

——《向阳生长》代序

邱华栋

我比较熟悉曾剑，不然也不会写这个序。

我是2015年3月由《人民文学》副主编调任鲁迅文学院副院长，当年年底，就赶上曾剑“二进宫”，他来参加鲁院第二十八届中青年作家高研班的学习。算起来，到如今曾剑已经是三进鲁院了：他是鲁院第十三届高研班学员，也是第二十八届高研班（回炉班）学员，2018年再赴京城，考上了2018级秋季入学的鲁院与北师大联办的作家研究生班，即使是英语也没有把他“烤焦”，足见他对文学的爱与执着，以及与鲁院的缘分。也正是在这“三进鲁院”的过程中，曾剑的写作获得了长足的进展，成长为一位当代实力派作家。

我最初看到曾剑的小说，是在2013年年初，那年《人民文学》杂志在施战军主编的策划下，想组织一批新军事文学作家，写出一些新的军事题材的作品，想要在2014年出版一期专号。我记得在当时的解放军总政治部宣传部艺术局的支持下和解放军艺术学院的组织下，我们开了个笔会，以改稿会的方式，请部队帮我们组织了六十多位部队的创作人才，都是中青年作家，专业的、业余的都有。

但我没有看到曾剑，他因事没来，我倒是看到了他的作品。很快，我们的专号出版了，也选了他的一篇短篇小说。在那篇小说里，曾剑写了一个很机巧的故事，塑造了两个非常鲜明的士兵形象。小说中，一个士兵因为隐蔽坑道作业突发事故，以为班长被砸死，从演习的场地逃跑，最后在“死而复生”的班长的追赶和劝说下，再次回归连队，并且成为被嘉奖的对象。曾剑那篇短篇小说，故事悬念好，人物的情绪饱满，命运转折合理，小说的语言也干净利索，我印象很深。我自此记住了曾剑这个名字。

2015年年底，曾剑来鲁院读“鲁二十八”回炉班（精英班），那个班上有很多实力派作家，还有一些获大奖的作家，名气不小。曾剑在那个班上，创作成绩不算是突出的，但他活泼乐观，不卑不亢。可能是在部队里成长多年，他内心阳光，热情。在我眼里，他没有获大奖的作家那么扎眼，但仍旧会突然绽放成璀璨的花朵，他有爆发力和沉潜力。我坚信他是一棵树，一棵文学的苗子，向着阳光，慢慢生长。

曾剑出生在湖北红安，从大别山区到城市；从乡下到军营，到专业作家，再到北师大读研，曾剑说，生活有阳光，文字里有阳光，他才在文学这条路上，一路前行。

曾剑写了不少优秀的短篇小说，比如短篇小说《穿军装的牧马人》《饭堂哨兵》《我们去战斗》等，都是脍炙人口之作，他还出版了长篇小说《枪炮与玫瑰》，虽然没有大红大紫，但确是当代军事题材里的一部引人注目之作，必然会有长远的价值。这次，他更是花五年的时间和精力，写成了他的长篇新作《向阳生长》。

《向阳生长》讲述一个叫杨向阳的山村小男孩，成长为一个团职军官的心路历程，曾剑旨在向读者表明：无论世事多么艰难，终有阳光透过云雾，照耀人间。

湖北红安是革命老区，是作家的出生、成长之地，显然，那个叫杨向阳的少年，有着曾剑的影子。那片土地闭塞、贫穷，但在少年杨向阳眼里，那里从来不缺少阳光。曾剑在作品里，多次通过少年杨向阳的目光，看竹林湾北山洼的阳光，那其实是杨向阳内心的阳光，也是作家曾剑心里的阳光。少年杨向阳家里弟兄多，父亲腿有疾，生活艰苦。成长的岁月里，他不敢放开肚皮吃。比之饥饿更让他难以忍受的，是屈辱，是自尊心受损，但少年杨向阳从未屈服，在角落里落泪，擦干眼泪，踏入阳光照耀着的山川、河流。这也正是书名《向阳生长》的多层寓意。

作家曾剑喜欢用短句，语言干净却不乏张力。我曾与曾剑聊文学，他说他喜欢卡夫卡、卡尔维诺，但他更致敬托尔斯泰和肖洛霍夫。他喜欢厚实的大地，一直坚持现实主义题材的写作，对当下生活中热点问题的捕捉能力非常强。作者写小说多年，有极丰富的抓住矛盾、化解矛盾的经验。他讲述的故事新颖而不刻意做作。曾剑的写作是“贴着地面行走”。

主人公杨向阳，有着作家很重的影子。某种程度上说，作家的任何一部作品，其实都是作家隐形的自传。曾剑生于革命世家，山乡变化，城市改制，军营改革，作者的经历本身就是一部丰富厚重的书。作者坦言，他十年前就想写这部作品，但他克制自己，不轻易动笔，他怕写坏了，而一个作家的写作资源，往往是有限的，需要耐心细致地使用。随着年龄的增长，他终于不能自已。他思乡心切。他说他要用文字，留住他内心深处那份来自“竹林湾”的美丽乡愁。

小说是虚构的艺术。在这部作品里，曾剑作为小说家的虚构能力得以彰显。他以三十余万字的笔墨，对中国大地上一个普通农家百年家族历史进行记录与书写。二爹十三岁参加红军，据说战死在黄麻起义战场，但不见尸首。他的童养媳妇“我”的二奶虽未来得及与二爹圆房，但终身不嫁，她相信二爹还活着。每天黄昏，她沐着霞光，去后山坡等二爹，从20世纪20年代末，到21世纪初，数十年如一日。“守望”成为贯穿整部作品的背景，它既是盼望，也是内心永存的那缕希望的阳光。

养父本身就是一个有故事的特殊身份。“我”的养父是一个老光棍，其对养子的爱，无私、博大，不计回报，胜过亲生父亲。是他改变了“我”的命运，而“我”，始终没能真正走进他的内心，甚至在“我”考上军校，“出息”了之后，对他竟有那么一丝嫌弃，直至养父最后痛苦悲凄地离世，“我”极度懊悔，继而忏悔。读到这一章节，作为一个阅书无数的作家，我为之动容，掩卷沉思。

在《向阳生长》里，作家曾剑一改往日风格，没有直接书写军营，有关军营的书写，是在乡村生活背景下，以回忆或讲述完成，但这些描写的确增加了作品的丰富性和人物性格的多面性，使人物形象力透纸背。

曾剑文字功底深厚，多部作品被《新华文摘》《小说选刊》《中篇小说选刊》《小说月报》转载，本作品故事情节繁复，文字流畅准确，情感真挚，开头就能抓住读者，而“养父”内心的秘密，直至小说最后才揭晓，同时揭示了一个为保家卫国做出贡献的乡村男人的伟大，这必定会给读者带来强烈的内心共鸣与情感震撼。

作家全篇用第一人称叙述，使书中人物更亲切，故事更真实。杨向阳绝不仅仅是作家本人，也不仅仅是杨向阳自己，他是乡村众多成长少年的代表。整个杨氏人家，中华大地普通乡村的一员，她代表着乡村家族，又有着这个家族的独特性。

我觉得《向阳生长》，是一本值得认真阅读的杰作，一部极具可读性的书。这是一部阳光之书，一部成长和忏悔之书，是一部在乡村树荫下渴望阳光努力生长，并且终于在阳光下茁壮成才的少年之书，也是一部向《平凡的世界》和《白鹿原》致敬的书。所以，我要祝贺曾剑，你总要“扬眉剑出鞘”的，而这一部，就是匣中宝剑，你拿出来让我们一起挑灯看剑，而我们也大声叫好：好一个曾剑！

2019 年 3 月

第一章　先人们

1

日头挂在河西坝，霞光涂抹下来，竹林湾像一幅油画。大人在畈田忙活，细伢还没放学，二奶成为画中的主角。她扶着门框，跨过门槛，下了三级石头台阶，倒腾着小脚，在温暖的光线里，蹒跚走向后山坡。二奶老了，身子越来越短，影子越走越长。

二奶站在后山坡，沐着日渐暗下去的光线，翘首盼二爹。二爹十三岁那年，跟着红军的队伍走了。二爹走后，再没回来。二奶去后山坡盼二爹，每天如此，成为竹林湾一道移动的风景。

她没迎来二爹。她双脚像缠着绊绳，迈着碎步，行走在村路上，往家走。她的眼睫毛颤抖着，内心的失望在她面部表露出来。她慢慢倒腾到家门口。

散养的鸡，懒洋洋往屋里进。

二奶倚着石头墙，望着西天那淡紫色的光线，许久地凝望。她累了，耷拉着脑袋歇息。一声狗吠，二奶受了惊扰，睁眼，夕阳的光线未撤尽，二奶冲着狗说：叫啥？天还早，你二爹还没回来呢。

该回来了，我再等一会儿，二奶说。二奶每天黄昏都这么说。有人的时候，就对着身边的人说，没人的时候，就对着鸡或狗说。鸡和狗有时也听烦了，躲开去，她就对墙说，对着门前那株桂花树说。

桂花树是二爹当红军那年春天栽种的。二爹挖坑，二奶浇水。二爹走后，桂花树成为我家的纪念树，是二爹留给二奶的最大念想。

那时穷哎，深秋了，水都呼呼往外冒寒气了，你二爹只有一身单衣，鞋都冇得穿。

二奶凝望着桂花树，有时，目光从桂花树的枝叶间穿过，落在东南的石拱桥上。无论目光朝向哪，二奶的眼里，都噙着泪。

霞光消逝后，天暗下来，而屋里还没有掌灯时，累了的二奶，就蹲在屋檐下。她不会进到屋里，也不会去拽灯绳。她就蹲在那里，似乎她是鸡婆，在等待鸡崽们进窝。

父母从畈田回来。我们从学校回来。父亲挥动着双手，对二奶说：娘，天黑了，凉了，进屋吧。二奶不应父亲，仿佛父亲是在同别人说话。我说，奶，进屋。二奶不理我。她从来不是别人让她进屋她就进屋，她只在天完全黑下来，实在等不到二爹，她才双手扶墙，慢慢把自己移到堂屋里。

我们管二奶叫奶，抄近道。我们没有亲奶。我们的亲奶早死了。二爹是二奶的男人。我们红安人，管爷爷叫爹，管父亲叫父、伯或爷。

二奶的门牙落光，她那瘪下去的嘴，增添了嘴角的皱纹。一头干枯的白发，遮挡不住她窄小的额头。额下，那双眼永远闪动着企盼的光，偶尔有点响动，那眼里就瞬间布满惶惑与不安。

二奶还没完全老，因为她还有泪。一次，我问，奶，你哭了？二奶摇摇头，说是风扫了眼。我不再问，但心里清楚二奶的痛。二奶说，你二爹跟着红军走，是想打土豪，分田地，有屋住，娶媳妇。二奶说到这儿时，总是一脸幸福和羞涩，笑容荡漾在她那横竖交错的皱纹里，一定是二爹俊俏的少年形象，浮现在她日渐混浊的眼前。

二奶的话，显然有杜撰的成分，十三岁的二爹，未必那么早就会想到娶媳妇。

二奶是二爹的童养媳。她是跟着她的母亲讨饭到我们竹林湾来的。那天，二奶被她母亲拽着，在我们竹林湾乞讨了一个下午，直到太阳落山，一口凉粥都没讨着。天黑下来时，我的爹爹给了她们一个饭菜团子，饭少，菜多，且是野菜。爹爹把饭菜团子放进她们那只有个缺口的碗里，对这对母女说：你们到别的垸子里去讨吧，年景不好，歉收，我们竹林湾的人，自个儿都吃不饱。

当母亲的就点着头，蚊子一样细的声音嗡嗡道，我们吃完了就走。

爹爹关了茅屋的门。半夜里，爹爹听见孩子的哭声，先前以为是野猫在叫，又怀疑自己在梦中。细听，那哭声清晰了。他起床，开了门，循着哭声，借着月色，在茅屋右侧的稻草堆旁，他看见了那个讨饭的女孩，却不见那当娘的。娘把女孩哄睡着了，自个儿偷偷地走了。

爹爹在清冷的月光下，看着这个六七岁的女孩，她在初秋的风里，身体抖瑟着，牙磕着牙，咯咯地响。爹爹说，跟我进屋吧，明早我带你去找你娘。爹爹说这话，是骗她，也是骗他自己，让他有勇气把她带进来。这年头，多一张嘴，或许就要舍去一条命。

这年爹爹十六岁。

2

竹林湾临河而建。河叫石桥河，因了河面那一座高高的石拱桥。

茅屋里传来尖厉的哭声，喊娘声，二爹醒了。他蹬腿，双手抓挠着空气，一双惊恐的眼终于涌出泪痕。他一直在哭，看见小姑娘，他突然不哭了，睁着一双黑亮的大眼睛，望着眼前这个陌生人。小姑娘同样瞪着一双大眼，胆怯地望着他。

松香散发着温暖香醇的气味。

二爹笑了，咯咯咯地笑，好像有人抓挠他。小姑娘也笑了。她一脸惊喜，她不知这屋里还有这么点个小伢。

这年，小姑娘七岁。二爹一周岁多，刚会跌跌撞撞地走路。

天亮开，阳光穿过茅屋那孔窄小的窗，照着两张稚嫩的脸。爹爹不忍心告诉小姑娘：她的娘撇下她走了，因为那个饭菜团，当娘的知道把她送给这样的人家，不至于饿死。或许还不全因为那个饭菜团，或许她看见了爹爹家门前的那堆稻草垛。稻草堆在这里，谷子自然就储在家里。她哪里知道，这些稻草是村北富户刘百斗家的，爹爹是他家的长工，没黑没夜地流汗，才挣得这样一口饭菜团子。

太阳升到三丈高时，小姑娘的母亲就出现了，不过，她已经死了。她的尸体漂浮在石桥河里。竹林湾的人，都围过去看热闹。她的脸是朝向水面的，有人用竹竿把她捅了一下，那尸首翻过来，爹爹看到一身破烂的衣服，认出了这个女人。

爹爹回家，他怕小姑娘认出她的娘，他告诉她，我去给你们弄吃的，你看着小弟弟，哪儿也不准去。

竹林湾是个杂姓湾，说杂也不杂，只有刘杨两姓。刘家的坟地，不许埋外姓人。爹爹家里找不到一根像样的木头，就将他的床板卸下来，剖成薄薄的木板，给这个女人拼了个棺材，埋在我们杨家的地头，那是我家唯一的一块地。爹爹说，既然她的闺女在我们杨家，那她就是我们杨家的亲戚。寻块地，让这个苦命的女人入土为安吧。爹爹说这话的时候，显得少年老成。

谣言起，说爹爹没安好心，家里穷，眼看就要娶媳妇了，怕娶不上，就把这个小姑娘养起来，让她活个命，过几年身子长起来了，就是他的媳妇。按他们的说法，爹爹收了个童养媳。

我十六岁的爹爹，把这些话当成河面上的风，不去理会。多一张嘴吃饭，可不是闹着玩，那意味着得从他和我二爹的嘴里掏粮食，弄不好是要死人的。这可怜的小姑娘，没看着就罢了，看见了，怎么能让她在自家门前饿死。爹爹断定，那当娘的，是特意把女儿安顿在他家门前，然后自绝于世。爹爹当着这些人的面，上前，伸手疼爱地理了一下小姑娘额前的头发，一张秀气的脸出现在众人面前。小姑娘穿着虽然破旧，长得却周正，一双大眼睛，闪动着胆怯的光，也闪动着灵性。

仅这件事，湾子里的女人们都佩服爹爹，一个十六岁的孩子，就会为自己的后来打算。而那些老少爷们，简直妒忌他了。看他这样的家景，一间半茅屋，就那一小块地，靠给人扛长工，多少年也不可能翻过身来，就等着打光棍当寡汉条子吧。可现在，他早早地把媳妇娶进了，再过十年八年，就可圆房生伢。何况这七岁的小姑娘，已经会扫地、洗菜、往灶膛添柴火了。

爹爹不理会这些人的流言和猜疑，他熬了一个通宵，把他和二爹住的屋子隔成两个空间。他住一处，七岁的小姑娘带着刚满周岁的二爹住一处。

小姑娘叫金枝。

爹爹是一个不喜欢辩解的人，他只用行动说话。几天后，爹爹去了一趟七角山外的董家大湾，领回一个叫玉叶的女人。玉叶因为不能生育，被男人休了，住在娘家。嫁出去的女，家里是不能长养的，何况玉叶的爷，是个旧时秀才，死要脸面。他听说十六岁的爹爹，要娶比他大八岁的玉叶，乐得号啕大哭，像捡了天大的便宜。他不知道，爹爹就想找过花嫂——过了花期不值钱的寡妇。这样的女人，要么是死了男人，要么是被休。这样的女人，不要彩礼，用竹林湾人的话说，是便宜货。同样的过花嫂，爹爹选择的是被休在家的董家大湾的玉叶，而不是死了男人的河西湾的另一个女人。一个死了男人的女人，未免被阴魂纠缠。而被休在娘家的女人，到底不那么晦气，至于生不生儿，在爹爹看来，一点也不重要。家里又不是没孩儿，他的弟弟比他小一轮多，不就如同自个儿的孩嘛。

爹爹这一举动，给那些胡乱猜测的人一记耳光。他们恍然明白，爹爹把小女伢领进来，纯粹是善举。

3

把奶奶玉叶娶进门的那天晚上，爹爹请湾里几个长者到家里喝酒，一年的工钱，花得所剩无几。爹爹高大，有棱角，十几岁的人，长得像壮实的牛犊。湾子里的人，都觉得白瞎了爹爹这个人。爹爹笑道，我这样的家，白天有人烧火做饭，晚上有人暖被窝，知足了。爹爹说，找各位来，除了喝我的喜酒，还有一件事有劳乡邻。众人抬眼，忐忑地望着他，都知道这酒不是白喝的，但经不住诱惑，还是来了。竹林湾的人，向来老实，怕惹事，怕多事，有人就想打退堂鼓，可这酒杯已经端上了，不灌到肚子里，怎放得下？只得硬着头皮，等爹爹开口。

爹爹管捡来的小姑娘叫丫头。爹爹说，找各位长辈来，是想当着你们的面，把石头和丫头的事定了。几位长辈如坠云山雾海：他们有什么事？听爹爹下面的话，他们才恍然明白。爹爹说，我把丫头许给石头当童养媳，请众人保个媒，做个证。

一湾子的人，被爹爹这翻来覆去的举动搅得有些疲惫，背地里骂爹爹是人精，但也还仁义，毕竟那时我的二奶金枝，是一个漂亮的小姑娘。爹爹要是再等几年，自个儿把小姑娘收了，也是水到渠成的事。一个重情义的人哩！竹林湾的人赞叹说，为自己的兄弟想得周全。爹爹不管别人怎么议论，童养媳定了，就名正言顺了，湾子里那些人，就不敢对丫头这个外乡人用异样的目光审视，更不敢打她的主意。爹爹虽然是长工，但性子烈，几板斧就放倒碗口粗的树，他们是知道的。至于将来，两个孩子能不能在一起过，那是以后的事。

爹爹是木匠。石桥河一带，把木匠尊称为博士。

我的过花嫂奶奶玉叶，不但不生伢，还是个病秧子，地里活做不得，家里搞得一团糟，这可亏了我的二奶金枝。她除了给一家人烧火做饭，还要织布，换点钱补贴一家人。

我的过花嫂奶奶玉叶在我们老杨家，只待了数年就死去了。竹林湾的人说，奶奶玉叶颧骨高，克夫的命，而我爹爹之所以躲过一劫，是因为爹爹人好，福大命大造化大，镇住了她。于是，她只得将自己克死了。

令爹爹欣慰的是，我的奶奶玉叶，并非不能生育，她给爹爹留下了一个儿子，就是我的父亲杨大志，小名如喜。爹爹说，生我父亲那年，家里一贫如洗，他顺嘴给父亲取名如洗，奶奶觉得如洗不吉祥，取谐音，叫如喜。

二奶抱大了二爹，又开始怀抱我的父亲如喜。竹林湾的人感叹说，金枝是爹爹捡进屋的用人，爹爹把金枝捡进家，是捡了大便宜，也算是善报。

竹林湾几十户人家，只有我们一家姓杨。

这得从我爹爹的父亲我们的太爹说起。

我的太爹原是十里外杨家湾的人，一个博士。太爹年轻时游荡乡间做手艺，一天，他游荡到竹林湾，被一个财主相中。财主家日子殷实，唯一的缺憾，就是没有儿子，香火无法延续。

说来也是缘分。那天下雨，财主留太爹住宿。太爹一身鼓胀的肌肉，干活不偷奸耍滑，财主对他印象好。那个晚上，财主问太爹，当我女婿不？太爹吓得一下子坐起来，以为是梦语。床那端财主说，到我家来吧，你同冬菊一起过日子，只是一个条件，改姓刘。

冬菊是财主的女儿。

太爹想都没想，就应了。太爹家穷，弟兄五个，守着那两间破屋，怕是连过花嫂也娶不上。太爹想要女人，想要一个家，这样，他在外游荡做手艺，回到家，屋子里好歹有些热乎气。他实在不愿回到那群光棍之间，鸡巴碰鸡巴，腚眼瞅腚眼，锅凉灶冷。至于姓什么，在太爹看来，那并不重要，重要的是血脉——血管里流淌的，还不是老杨家的血！

那个晚上，太爹就再也没睡着。他躺在床上，眼泪淋湿了被角。冬菊是小姐，家境也好。这福分，他是从不敢想的。但现在福气来了，就好好待人家吧。

太爹入赘的三年时间内，竹林湾发生了很多事。先是喜事。太爹入赘一年后，就给他的岳父续上了香火，让他的女人也就是我的太奶冬菊生下一个男孩。但孩子的百日未过，太爹那病恹恹的岳母就一命呜呼。仅过了三个月，太爹的岳父因为挣一坨硬屎而毙了命。为了那截堵在他大肠里三天三夜出不来的硬屎，他在厕所蹲了一个晚上，第二天早晨，被人瞧见时，他已倒在茅厕里，人比他挣出来的那截屎橛子还硬。

太爹自此背上忘恩负义和不孝的名声：知道泰山大人拉不出屎，怎么不给他抠？更有甚者，说太爹是谋财害命，故意给他岳父吃了不好消化不好屙的东西。族长带人，把太爹送了官。太奶冬菊变卖了四间正房、两间厢房，把太爹从官府赎了出来。这样他们就只剩一间厢房，泥草屋。太爹一家人，自此少与刘姓人家来往。

太爹干活，不分白天黑夜。他想用五年时间，把女人卖出去的瓦屋赎回来。三年后，冬菊生下我的爹爹，后来又生下一个女婴。婴儿生下来，瓮声瓮气，连哭声都没有，半个时辰就断气了。冬菊也因流血过多，体质弱，又成天想着她那个一出生就奔向死亡的女儿，慢慢地，精神恍惚。后来，竹林湾的人，在石桥河里，发现了她的尸体。

石桥河淹亡的人以女性居多，太爹给我的太奶冬菊打了一副松木棺材，在竹林湾，也算得上是厚葬。那几间瓦房，便无力赎回了。

刘姓族人想把太爹赶走。

那天清晨，太爹搬了一只四脚条凳，搁在石拱桥最高处，把磨刀石固定在条凳上，磨他那把斧子。太爹从清晨磨到天黑。斧子磨热了，他就歇下来，抡起斧子在空气中挥舞。那样子，完全不是练习砍木头，而是砍人。斧子挥舞的高度，正是人的肩膀之上，脑袋之下。他砍得阳光下的竹林湾，寒光闪闪。

太爹为冬菊守身一年之后，娶回一个丑女人，一个黄花大闺女。这个女人只有一只眼，另一只眼球在小时候让荆棘刺破了，长大后，成为一个干瘪的窟窿。她的头发总是不利索，因为要故意掉下一绺来，挡住那只死鱼眼。太爹将这样一个嫁不出去的女人娶进来，他需要的不是眼睛，是女人，是陪他睡觉的女人。有一个眼睛，白天看路就行了，要那么多眼睛干什么，晚上睡觉，眼睛不都是闭着的吗？

独眼女人，给太爹留下了的儿子就是我的二爹。但她在生二爹时，受了风寒，得了一场大病。二爹半岁时，她死了。

谣言像河面的风，乍然而起，说我们老杨家（他们不承认太爹是刘姓人）祖上缺阴德，顿不住女人。太爹听到这样的闲谈，心里冷笑：咱杨家顿不住女人，可顿得住男人。男人在，香火就断不了。这不，石头欢实着呢。

嫁出去的姑娘，泼出去的水，而入赘了的男人，更是覆水难收。别说他在十几里外的那个杨家大屋没有一砖半瓦，就是有，他也不能回去，那是要被人笑掉大牙，戳穿脊梁骨的。

太爹留恋竹林湾。那被刘姓族长低价买走的四间瓦屋和宅院，是回不到他手中了。不就是财吗？人为财死，财没了，麻烦就少了。

那天，太爹带着爹爹，走出老宅院旁的那一间厢房。他越过石拱桥，在桥东盖了两间茅棚，与他的旧宅相对而视。人说开门见山，太爹开门就见他家的旧宅。他内心怎想？是卧薪尝胆，还是迷恋石拱桥，不想离桥太远？别人不得而知。

如太爹所想，祠堂没搬移过来，太爹家的宅院，成了刘姓家族的刑场，谁犯了族规，就吊在院里的老槐树下抽打，有打死的，有打残的。自此，老宅院在石桥河的河风中，飘荡着一股血腥味，一股阴气。我们老杨家人，自从搬出这个院落，就再也没回去过。

老宅直到20世纪70年代，依然坚挺在石桥河畔。“文化大革命”时，破四旧时房屋险些被拆。几个民兵用树枝在墙缝里掏，他们希望里面藏有金条，至少是袁大头。他们希望落空后，就将宅院掘地三尺。他们认为，当年的主人，能有这样的宅院，一定是有钱人家，一定给儿孙藏了金银。他们果然挖出了一个花坛子，用绸布裹着的，那布已经烂了，剩下一点碎渣，看不出布的颜色。坛口封着。三个民兵扑向坛子。第四个民兵，眼看他抢不到宝贝，举起锄头，砸向那坛子。那个扑上去的人，身上出现了一个血窟窿，血水像喷泉蹿出一丈余高。这个宅院，血的腥味再次飘荡。

那个坛子揭开后，里面空空的只有一团带着霉味的空气，那几个民兵气不过，一锄头将那个坛子敲碎了。

有人猜测，那个坛子就是古董，比一坛大洋还值钱。

那年，太爹把岳父留给他的十亩旱地、五亩水田，全部交给刘姓族人。太爹在杨家大湾的几个兄弟不理解，要来拼命。太爹说，不这样，他在竹林湾顿不住脚。他喜欢这片地，喜欢这里的竹园、石桥河、石拱桥，还有竹林湾南面的观音寨。生活在这样的地方，只要饿不死，就是富足的。

太爹和爹爹，自此在竹林湾的东南角，过着他们贫苦冷清的日子。他们那个茅屋里，几乎见不到炊烟，太爹靠给人做木匠活维持生计。太爹给人家做活，还得带着爹爹。多一张嘴，太爹就得少要一个铜板的工钱。直到太爹娶了那个独眼的女人，这家里，才有了过日子的迹象，茅屋里，多了温热的气息。

二爹管二奶叫姐，二奶扮演的，却是母亲的角色。她白天给一家人烧火做饭，晚上哄着二爹睡觉，有时，二爹可能是想娘，不舒服，在床上瓮声哭着，二奶就搂着二爹睡。自从二奶进到家门，杨家就再也没听见过二爹撕心裂肺的哭喊。

二奶用野菜做面团，贴在烧红的锅壁，锅底舀入两三碗水，把锅盖盖好。灶膛里有暗火，用不了多久，热气腾漫。一家人吃得香甜，但一人只有一个，二奶常常先把那个最小的吃了，把那个最大的留给爹爹。他是家里的劳动力，干重活，就得多吃些。再后来，二爹能吃了，她就吃得更少，或者干脆不吃。有时候，二奶把米粉做成面疙瘩，多放些水和野菜，倒也能把一家人的瘪肚子勉强撑起来。

二奶会捕鱼。石桥河的风浪停歇了，太阳暖暖地照着。二奶带着二爹，拎了竹篮，竹篮底用麻绳系了几片菜叶。竹篮把上系了麻绳，竹篮里放着石头。二奶把篮子放进水里，回家干活。半个时辰后，二奶来到河边，猛地抓绳，将篮子迅速地提起，那篮子里，定然会有几条小鱼。有的也不是太小，有拇指粗的，炖汤喝，又鲜又嫩。

二爹的个头，就在这野菜面团和鱼汤的催促下，慢慢地长高。

我们从没见过奶奶玉叶，她留给父亲的印象都是模糊的。在我们的印象里，二奶更像是我们的亲奶。

4

那个遥远的深秋，竹林湾东北的七角山来了一支队伍，他们驻在山里那些伐木工的房子里，那些伐木工有的被赶走，有的充了军。这些白腿白帽黑衣服的兵，三天两日，就到周围的垸子里来搜刮，竹林湾同样难以幸免。他们要银圆，抢鸡鸭，不给就打人。他们来到太爹家时，太爹说，你们看吧，有什么值钱的东西，你们就拿。

队伍是刘家兴勾搭来的。刘家兴在家闲得无事，遇到这些当兵的，觉得好玩，就加入了这支队伍，穿上军服。碍于同乡情面，刘家兴并没进到太爹家里，只站在高高的石拱桥上，远远地盯着。太爹把这十几人的队伍冷在一边，走过门前那片赤裸的坡地，走向刘家兴。他方嘴大张，怒目而视，指着刘家兴，想说什么，但最终什么也没说。他挺着腰板，走过石拱桥，走向河西那片田野。太爹越走越远，背影模糊在田野上升腾的薄雾里。

白腿子兵走了，离开了竹林湾。那天晚上，竹林湾的人睡了个好觉，但第二天下午，噩耗就传遍竹林湾：太爹被这些白腿子兵砸破了脑袋。爹爹赶去收尸时，太爹还有一口气。太爹的气息向外抽着。他脑袋上的伤口，往外冒着血泡。

爹爹坚信太爹的死，与刘家兴有关，但太爹并没有说，他一口一口地吐血，每吐一口血，就往外迸出一个字，每迸出一个字来，就会带出一口血。太爹说，把……石头……带大。太爹还说，把姓改过来，咱还姓杨……让老杨家……在竹林湾活……出个……人样……

这是太爹留在人世最后的话，它无数次在爹爹耳边响起，令爹爹难受，让他刻骨铭心。这年，二爹一岁多。生他后亲娘死去，现在，又没了父亲，二爹可怜。但二爹天生乖巧，他偶尔哭着向爹爹要他的爷他的娘，更多的时候，他在我们老杨家那两间茅屋前，跌跌撞撞地玩耍，全然不知道灾难已经降临。

我是很多年后，听父亲说，爹爹其实是红军的人，他远在七里坪做博士手艺时，认识了红军的人。他给红军的队伍打独轮推车，但他还没来得及正式加入队伍，他的“亲红”行为，就被白腿子军发现了。

爹爹很快就将他和二爹的姓氏改了过来。那年，爹爹十六岁。十六岁的爹爹，知道这意味着，他与刘姓家族将有一场战争。太爹入赘到刘家随岳父的姓，他们家族的人都排斥，不想让他姓刘，叫爹爹杂货、野种。现在，爹爹自己将姓氏改过来，这意味着爹爹根本不稀罕姓他们的姓，这无异于给他们刘氏家族一记耳光。一群人围过来，说竹林湾本来是单姓垸子，爹爹既然不姓刘，那么，他和他的弟弟，就没有资格住在竹林湾。但我十六岁的爹爹，初生牛犊，不怕虎豹。在一个正午，他用太爹留下的墨斗，蘸上墨水，在木板上凿出“杨氏”两个大字，牢牢地钉在自家门楣上。之后，他拿起太爹留下的、磨得锃亮的斧头，走到石桥河边，当着那些在树荫下歇凉的人，一斧子将一株碗口粗的柳树砍断。只一斧子。

这是爹爹惯用的技法。他示威的时候，就磨斧子，或是砍一个物件。歇凉的人，吓得走回自个儿的屋里。这时候，刘家兴想灭掉爹爹，但没等他反应过来，爹爹就背着一杆长枪，在石桥河的石拱桥上，朝着高远的天空放了一枪。枪声未歇，一只孤雁从高空滑向水面，砸起一片水花。

是一杆火铳。

爹爹不看孤雁，他若无其事地望着天上飘落的白云。他知道，那些刘姓人家，正在门缝后面，或在窗口边沿，伸着脖颈，吐着舌头，眼睛灯笼似的看着他。他能窥见他们的心，他们一定在心里嘀咕：这铳从哪里来的？他想干什么？

爹爹自然不会告诉他们，铳是从何而来，至于要干什么，效果达到了。枪声把竹林湾的老幼都惊动了，他们站在石桥河边，望着十六岁的爹爹。由砍斧到火铳，竹林湾的人对爹爹突然心怀敬畏，他们揣摩着这个十六岁的少年，这个半大劳动力。直到这年秋上，十六岁的爹爹把讨饭的二奶领进家；直到他把玉叶这个比他大八岁的过花嫂娶进门，竹林湾的人，才真正认识了爹爹，那就是：他们永远也不可能真正认识他，他们永远也搞不懂他下一步要干什么，会做出什么让他们不适的事。

一个时辰后，刘家兴带着他十几人的小分队，来到老杨家。他们站在爹爹家门前，冲爹爹说，我们只杀共产党分子！

爹爹说，那好，从今天起，我就是共产党！

爹爹目光如炬。

刘家兴双手一挥：上！几个白腿子冲上来，爹爹纵身一跃，从白腿子头顶飞过，落在刘家兴面前。他旋转如风，一把尖刀就顶在刘家兴的脖子上。爹爹说，要死大家一起死。

刘家兴没看清爹爹是怎么掏的刀，那把尖刀此前藏在哪里。他目光软下来。河面升腾起的水汽像是雨，打在桐树叶上，再滑落地面，发出滴滴答答的声音。

石桥河里每年都死人。每年，河面都会漂着一具尸体，男人，女人，老人或孩子。这些溺水而亡的人，大多来自上游，偶然的年份，竹林湾也会有人，自绝于这汹涌的河水。

这年一直到冬天，河面没见有过死人，竹林湾的人很惊讶，认为这多年不变的现象，可能自此绝迹。不少人在茶余饭后，谈论这件好事。

爹爹指着河水说，家兴，都说石桥河今年没见尸体，我看不一定。要么没有，要么不止一具。

刘家兴右手一挥，带着他的队伍悄然离去。

刘姓是大家族，多少年来，刘姓人家日益壮大，老杨家，人口不增，也不减，每年如此。爹爹已无心续弦，这壮大杨家的重任，需得二爹担当，可二爹太小。

二爹十岁那年，一个春日的晚上，熟睡中的二奶，突然从梦中惊醒。她很快就明白了，是二爹的手，在抚摸着她的胸脯。这只手，同幼儿时寻找奶吃的那只手，似乎一样，又似乎不一样。长成大姑娘的二奶，脸上像扣了个火盆，燥热难当。她一把推向二爹，差点把他推下床去，二爹吓得大哭。见二爹哭，她又心疼，把二爹搂到怀里，自己也哭。爹爹有所觉察，第二天，他上山弄来一些木头棒子，剖成窄木条，将二奶和二爹的那逼仄的小空间，一分为二。床还是那张床，只是中间有了隔板。

太爹虽然没有传给爹爹木匠的手艺，但爹爹天资聪慧，太爹做活时，他在一旁玩耍，大一点时，跟着打杂，早将这些活，铭记在心。

爹爹干了半个月的力气活，从富人家挣来一截木头。那天无事，爹爹拿出太爹留下的博士工具，在茅屋前的阳光下拉开架势，打衣箱，做碗柜。

爹爹自学成才。

5

那是一个春天的上午，我的二爹在山上放羊。二爹的羊群很小，只有六只。这天，日头很低地挂在天空。二爹的六只羊特别烦闷，不好好吃草，只知道跑，从这个山坡跑到那个山洼。二爹跟着羊群跑。他的羊把他搞得也很烦闷。他跟着羊群过了北山洼，羊群还是停不下来，他顺手抓起一个石头，正要向羊群砸去，他看到了一支部队，他们奔跑在他的视野里，他们奔跑在白亮的空气中，动作缓慢，像奔跑在白色幕布上的皮影。二爹惊骇地看着这些人，接着，他看见了火光，就在那些皮影似的人周围，接着是旱雷般的轰响。浓烟升起。

敌人来了，打仗了，快跑……二爹给自己下了一道命令，转身飞奔，这时，他听见一只羊咩地叫了一声，他才想起他的羊。他踅转身，向着他的羊群而去。二奶的喊声在树梢掠过来：石头，回来，快回来，打起来了。哥让我来喊你，让你快去山洞躲一躲。

南山坡下，有爹爹偷挖的山洞。

哥呢？二爹问二奶。

他背着如喜先走了。

如喜就是二爹的亲侄儿，我的父亲杨大志。

那羊呢？二爹停下来问二奶。二奶喊他快跑，往回跑，不见他迈步，二奶就朝着二爹飞奔。她那双裹到半道又松开了的半大的脚，轮番在草丛和山石上起落，轻盈飘忽，如蜻蜓点水。在二爹犹豫之时，她像一只鸟飞落在二爹面前，冲他吼道，羊重要还是人重要？

羊重要！二爹大声道。

白军杀过来了，人都没了，羊就成了别人的羊了！

羊是我家的羊，羊不能成为别人的羊！

那时候，爹爹家穷，二爹不可能拥有自己的羊，前年冬天，爹爹到镇子里给人做工，人家给他一只怀了崽的母羊顶工钱。

二爹不走，二奶过来抓二爹，二爹像泥鳅从她手中滑走。二奶飞奔上前，死死薅住二爹的衣领，任凭二爹怎么抓挠，就是不松开。二爹十三岁的小男孩，虽然有些力气，到底敌不过二奶。二爹挣扎一阵子，听见北山坡传来喊杀声，就顺从地跟着二奶狂奔。

二奶和二爹一气跑到南山坡下的山洞。他们钻进洞里，将洞门用树枝掩好。喊杀声、零乱的脚步声从洞门外飘过。他们后来听说，是一个叫田开河的红军游击队小队长，将白军引开了。田开河在敌人的枪口前，一直奔跑了三里多地，最后在石拱桥上，纵身一跃，跳入石桥河。等白军来到石桥河边，他已从水里直接钻到岸边的红柳丛。白腿军没见田开河，就没再追他。他们认为，这么高的石拱桥，田开河不淹死，也得摔死。

竹林湾的人，在山洞里躲了一天一夜，枪声完全消失后，他们走出逼仄狭长的山洞。白亮阳光洒满观音寨，照耀着石桥河，也照耀着二爹，照耀着他那双稚嫩的手，他手中竟然抓着一块骨头，一直抓在手中。

天啦，快扔掉，快扔掉！二奶冲他吼道。

昨日慌乱中，二爹随意抓在手中，准备砸羊的，竟然不是石头，是一小块死人的头骨。

出到洞外的人，大口吞着新鲜的空气，却在青草气息中，嗅到了血腥气味。一堆动物的尸体，摆放在村口的碾场，两个军人在那里守着这些死尸。二爹冲上去，看见了他的六只羊。二爹哭喊着去抱自己的羊，被一个持枪人拦住了。那个人说，等一会儿，乡亲们来了，一起认领。二爹说，那就是我的羊，我认得。

二爹号啕大哭。已是半大小伙子了，他孩子气的大哭，让那个当兵的慌了神，他们不知如何来安慰这个少年。他说，你别哭，你去拿吧，是你的羊，你就拿走。

二爹冲到那堆死羊旁。他蹲下去，看见那些羊，找不到一只还有气息的，他的哭喊高起来，大声地号哭。他冲那个当兵的喊道：你赔我的羊，你赔我的羊！

当兵的说，羊不是我们杀的。我守在这里，是怕野狗来吃。他不再理二爹，冲竹林湾的人喊话：老乡，把各家的牛羊猪狗都领回去吧，都放一夜了，再放，就该坏了臭了，赶紧弄回去煮着吃了吧！

爹爹只背回一只羊。他从家推去一个独轮车，装上剩下的五只，用草绳绑了。他对那个扛枪的人说，这五只羊，给部队上吃吧。我们吃不了，部队上正缺粮，肉，就更稀缺了。

湾子里几个老人，就学爹爹，把自家的猪呀鸡呀送到部队上去。

爹爹去送羊时，战士不要，说赶紧拿到石桥镇上去卖肉吧，这天也不凉快，再放一天一夜，肯定就臭了。早点去卖了，还能换点钱。爹爹说，不了，这兵荒马乱的，有钱也是祸害。正说着，一队人马开了过来，他们就驻扎在竹林湾。领头的队长，正是田开河。

爹爹说，那就各自拿回去吧，炖给当兵的吃。家家都做，他们也吃不了那么多，剩下的，吊在石拱桥下，慢慢做给他们吃。

石拱桥下，阴凉如冰。

那天晚上，除了刘家兴，竹林湾所有人家，都住了红军战士，家家给战士炖肉吃，竹林湾飘荡在羊肉猪肉鸡肉的香味之中。只有二爹，独自一人，坐在河边的石阶上，望着缓缓流动的河水，一言不发。爹爹喊他进屋吃饭，他不动。二奶端一碗羊肉，送到他跟前，他不接，痴呆一般，傻相的脸庞上，还挂着泪。

天黑了，二爹害怕。石桥河每年都死人，每年都有新添的水鬼。水浪拍打着岸边石头窟窿，发出噗噗的声音，像是水鬼在唤魂。有时，河里的鱼翻起一个大浪，弄出很响的水声。二爹头皮发紧，他往家走。他看见了二奶，二奶端着碗，一直在那儿等他。

姐，二爹喊了一声，声音洪亮而悠长。

令二爹没想到的是，那个背枪的很精干的年轻人，居然就是木兰山游击队石桥河分队队长田开河，他同爹爹早就认识，他住到二爹家，真是冤家路窄。二爹缠着他，要他赔羊。二奶把饭菜盛到桌上，田开河带着人训练归来。他洗手，吃饭，像自家人一样。他还喊二爹吃，二爹说，不要脸，杀了我的羊，还在我家吃。田队长笑道：

羊肉这么好吃，我为什么不吃呢。要不，你也吃。二爹脸扭向一边。他说，你不吃，那就喝点羊汤吧。他逗着二爹，把一碗羊汤递过来，二爹干呕一声，蹲在地上，差点吐了。他没吐出来，眼泪出来了。他跨出茅屋，躲到房后生闷气。

二爹自此不吃羊肉，不喝羊汤。

每天，田队长回来，二奶就把洗脸水端上去，说，田队长，你洗吧。二爹也跟上去。二爹的话，就不像二奶那么客气。二爹喊，你赔我的羊，你赔我的羊！

羊没了，二爹像生了病，两天不吃不喝，只跟在田队长身后，要他赔羊。田队长觉得二爹可爱，好玩，也不辩解。二爹前跟后撵，与田队长快成了冤家。爹爹训斥二爹无理。他告诉二爹说，你和你姐躲在洞里时，是田队长把坏人引开的，是他救了你和你姐的命哩。

二爹一直跟到训练场。田队长就教他练枪，二爹不练枪，他只要他的羊。有一天，田队长被二爹缠得没办法，许诺说，好，我赔你的羊，等下次打仗，我缴获几块大洋，给你买十只八只羊，你还放羊。

我不要十只八只，我只要六只，我只要我的羊！二爹说。

于是二爹就盼着打仗。

田开河带着他的部队，训练、整队、唱歌。他们的歌声迷住了二爹。他们唱道：

八月桂花遍地开，
鲜红的旗帜竖呀竖起来，
张灯又结彩呀，
张灯又结彩呀，

光辉灿烂闪出新世界……

田队长训练间隙，时常会在二爹头上、脖子上拍几下。一见他的手伸过来，二爹就直着脖颈，歪着脑袋，躲避着他。可半晌见不着田队长，他又会凑上前去，问什么时候打仗。他不像别人那么叫田队长，也不叫他田爷（叔叔），就那么哎一声，完全把田队长当仇人。田队长故意逗他，今晚我们就打仗。于是第二天一早，他就向田队长要羊，田队长笑而不答。

二爹几乎不离田队长。他盼着他们打仗，他要重建他的羊群。突然有一天，他见了田队长，不提赔羊的事，他要田队长帮他干仗，把那个叫刘家兴的家伙一枪崩了。田队长问他为什么，刘家兴虽然是白军，可打仗是大人的事，他一个小孩子，不应该关心这些。二爹说，他打我哥。田队长说：怎么个事？二爹没有细说，只是抹眼泪。

那是二爹心中的秘密。一天晚上，刘家兴带着几个人，把爹爹叫起，让他跟着他们一起走。二爹听到了动静，他没有喊叫，只悄悄地跟着，借助黑夜和树枝的遮掩，偷看他们。他们把爹爹带到南山坡下，几个打手，对爹爹拳打脚踢。爹爹要反抗，刘家兴说：你不怕死，难道你那个兄弟，你那个刚丢奶的儿马子就不怕死？还有你家那个金枝，可是早就有人盯上了。

爹爹说：你们说吧，要么样？

刘家兴说，少同田开河他们做事。

爹爹说，我没同他们做事。

刘家兴说，你要想你的那个儿马子和你那个兄弟活着，让你家那个小媳妇不被人害，就照我说的做。

爹爹沉默着。刘家兴说，不说话？行，不需要你说话。我就不相信你的心这么狠，会把自个儿的儿、弟兄都送上绝路。

爹爹说：行，我按你说的做，但是，你们不能伤孩子。

刘家兴说，你没资格跟我谈条件，你记住我的话就行。刘家兴在微暗里一挥手，一个打手举起枪，掉转枪头，枪托重重地砸在爹爹的后背上，像瓦匠拍打泥土的声音，沉闷，湿淋淋的，那是一种不留外伤而能震碎五脏六腑的打砸。

二爹一声惊叫。刘家兴问，谁？他朝二爹这边的树林搜寻，爹爹大声说，好，我答应你们。他用声音拽住他们。他的声音黏稠潮润，像有着很多痰水。他已满嘴是血。

二爹双手捂嘴，倚着一棵矮松抽泣。

6

天近黄昏，二奶在河边洗衣服，她心里突然一阵慌，有些闷，空落落的，好像有什么不好的预兆。她抱起木头脚盆，衣服也来不及拧干，就那么胡乱地扔进盆里，匆忙奔到家。她看见二爹床头的外套不见了，床下的一双布鞋也不见了。天还不太冷，二爹平时是舍不得穿鞋的，他就穿一个褡裢，长裤，光着脚。

二奶像中了枪，大脚盆和捣衣槌跌落地下，盆里的水溅湿了黄土泥地。她很快意识到，她不能这么呆站着，她拔腿就跑。她那被她娘包了一半又放开的脚，还算有力。她很快跑到了后山坡，接着上了北山洼。

二奶远远地看见了二爹，他跟在队伍的后面，一个小身影，他那晒得黝黑的膀子，在夕阳下闪动着幽暗的光。他依然没舍得把上衣套在身上。二奶喊着，石头，石头……

二奶追出北山洼，队伍到了七角山。二奶跑上七角山，队伍过了七角山，踏上七角山水库的堤坝，二奶追上堤坝，就再见不到队伍了。队伍几十人，突然消失，像一群鱼游进了水库里，像一列鸟钻进了水库边的树林。

天黑下来，四野死一般寂静。

爹爹连夜追到七里坪。他有感觉田开河的队伍是去了七里坪。

七里坪镇上可怕地静，别说军人，一个老百姓的背影都难得一见。整一夜，粒米未进，滴水未沾，因为怀揣找到二爹的希望，爹爹没感到饥渴，现在，希望渺茫，爹爹像一下子被人掏空了，瘫倒在地。

爹爹坐在地上，望着他的两只脚。布鞋的碎片在风中抖动，鞋前脸开线，裂开，脚趾露出来。两只布鞋，像两只张着血盆大口的翻毛狮子。

爹爹累了，不知不觉眯上眼。半梦半醒中，他看见了二爹，二爹朝着他奔过来，脚步声急促而零乱。他被惊醒，果然有人，不是一个人，而是一支队伍，他们急匆匆向北行进。使爹爹惊喜的是，他看到了二爹。他虽然没看清楚，但他从那个小小的背影和那奔走的样子，他感觉到那就是二爹。他想冲过去，脚麻木如两截木头，无法将自己站起。他坐在暮色里，冲着二爹喊：石头，石头！没有人应他。爹爹看见队伍行走在狭窄的巷道里，就要消失在一片低矮的青砖瓦房中，他急了，大声喊：石头，石头……爹爹无奈地坐在那里，喊着石头，他知道，他喊不回他。他突然想起，到队伍上的二爹，还没个名字呢，没上过一天学的二爹，应该有个学名。按家谱，爹爹他们属于“纪”字辈。是红军来了，家里才分得了田地，二爹又是奔红军的队伍去的，那就叫纪红吧。那一刻，爹爹的脑子快速转动。他冲着二爹的背影喊：石头，你的学名叫杨纪红……

二爹走后，奶奶和二奶，两个女人，宠着父亲。父亲的啼哭停歇下来，奶奶就会想起二爹，二奶更是想得夜不成眠，悄然落泪。奶奶懂女人的心，就同爹爹商量，给二奶找个人家，把日子过起来了，感情冲淡了，想得就不那么苦，时间一长，心里的伤痛，慢慢就愈合了。

二奶不同意。二奶说，我生是杨家的人，死是杨家的鬼，你们要是嫌弃我，我就去跳河，从石拱桥上往下跳。只求你们在我的坟旁，给石头留块空地，以后石头老了，走了，就把他埋在我身边，我下辈子还当他的媳妇，这辈子我没能伺候他到老，下辈子当牛做马伺候他。

爹爹不再吱声，奶奶陪着哭。

时隔数年，我的奶奶玉叶再怀身孕。七角山脚下董家大湾，一个靠接生过日子的老寡妇，给奶奶相面，摸脉。说奶奶怀的是千金，不过凶多吉少，与奶奶的命不合，要奶奶吃一服中草药，打掉这个孩子。奶奶固执地生下这个孩子。

女孩活了下来，奶奶出血过多，死了。我们杨氏家族顿不住女人的传言，像河面的风，在竹林湾四处飘荡。

这个女孩，就是我的姑姑秀兰。

二奶盼瞎了眼，二爹却一直没有回来，有人说他死在了红军长征路上，有人说他战死在黄安城，无法考证。红军长征路上，每牺牲四个战士，就有一个是我们红安人；那年黄麻起义，牺牲的也大都是无名烈士。还有一种传言，说二爹被俘，于解放前夕，被挟持去了台湾。

我们想二爹，盼着有一天，他突然带着一大家人，回到我们竹林湾。二奶盼的，会是什么情景？她肯定希望出现在乡道上的，只有二爹自己，而不是一家人。

奇货的父亲刘家兴，在他的女人死后，想把二奶收了，二奶坚决不从。上河湾下河湾河西湾，甚至远在董家大湾的鳏夫，托人向二奶提亲，都遭到拒绝。二奶说，石头还活着，我的男人还活着。他就快回来了，回来就不走了。二奶这样说时，总是一脸幸福地笑，一定是那个叫石头的俊俏的少年形象，浮现在她明澈的眼前。

第二章　初上窑场

1

竹林湾竹园阔大，竹子繁茂，因此得名。无论冬夏，桥北河湾沿岸一片碧绿。北湾拦河截坝，筑起一口池塘，名曰秀水塘。秀水塘的水是流动的，那个土筑塘坝，等同于过滤器。秀水塘常年是清凌凌的水映照着蓝莹莹的天。水塘边那株老槐树老成了精。据说大炼钢铁那年，湾子里的人，拿着斧锯，要把它锯掉烧火炼钢，一下锯，那树汁喷涌出来，颜色血红。众人吓得丢斧弃锯，落荒而逃，自此无人敢动这个老妖精。

时光的流逝，把传言变成了遥远的难以忘怀的真人真事，现在的古槐，落满尘埃，显得更加苍老。它老了，不再开花，不再散发出浓烈的香味。夜里，树干上的洞穴，在风中呜咽，像野鬼的哭泣，很是骇人。而白天，枯枝上的嫩叶，在阳光下闪动，像无数只鸟在挥动翅翼。树荫和清水带来的凉爽，无疑是竹林湾人夏日的最爱。于是，老槐树虽然成精，夜里闹鬼，人们对它敬而远之，也只是在夜晚。白天，树下那方土地，成为竹林湾人的乐园。塘坝上那些石头，就是露天桌椅。竹林湾的人，从畈田回来，在这里坐着歇息、抽烟、喝茶，谈古论今。

夕阳下的石桥河水，像微风中的巨幅彩布，轻曼柔和地涌动着。光线从河水反射到我家门前那片坡地，黄昏昏黄的光线，让春日的坡地充满暖意。刺槐的阴影，从坡地漫过屋顶，屋子暗下来。我从堂屋里，搬出一高一矮两只木凳，在门前搁稳。

这年我九岁，是一名小学三年级的学生。我展开作业本，未及写字，一道阴影罩住我，是母亲。她仰头，看一眼西天的落霞，不紧不慢地将目光落在我脸上，说，四郎，天热了，你也大了，我和你父的床挤不下，你上聋二那儿去睡吧，今黑夜就去。

我直起腰，斜望西天，殷红的夕阳陡地一沉，我心里咯噔一下，仿佛它重重地砸中了我。暖暖的光线随即抽丝一般消逝了，一股陡起的凉意浸入我的脊背。

聋二是村里一个寡汉条子，一个人过着日月。我不知道他有多大岁数，好像三十多，或许四十，也可能过五十了。总之，在我们山里，他已经是个小老头。他有着寡汉条子特性：孤僻、怪异，似乎还有些清高，少与人来往。

去寡汉条子聋二那儿睡，倒没什么，毕竟他那个茅棚还很宽敞。关键他是个窑匠，成天与泥巴打交道，汗淋淋的头发沾上尘土，像戏子头上的琉球。尘土其实也不是脏东西，何况他每天傍黑都要在清水凼里抹脊背，不像别的寡汉条子那么邋遢。我不想去他那儿，是害怕窑场北面的松林，那里有一片坟地——最北是刘姓的祖坟，南边是野死的人——喝农药死的，被车撞死的，跳桥死的，在河水里淹死的。未成年的小孩子死了，用凉席一裹，也埋在那里，进不了正坟，只能埋在这野地。而这样死的人，都是冤死鬼，不甘心，急着寻替身。我每次到窑场，那些死人的脸，就会出现在我的眼前，我总会吓出一头冷汗。

我没理母亲，埋头写作业。母亲用一种商量的口气说，我同聋二说好了，他想你去哩，你就去呗。母亲天生一副大嗓门，除非不说话，一说话，响遍半个竹林湾。她这样低眉下气，在我的记忆里，还是第一次。

我打岔，说揭人不揭短，你别成天聋二聋二的，我叫他二父。母亲这下声音恢复到她的原始状态，震得我耳膜生疼。母亲说，哎呀，我家四郎就是嘴巴甜，难怪聋二那么喜欢你，一听说我让你住到他那里去，高兴得像是得了儿，里里外外，又扫又擦。别看是个茅棚，弄得可干净咧。我看啊，你就当他的儿吧。我不吱声，厌烦地躲着母亲。母亲视我的不吱声为默许，说，四郎就是懂事，不像他家的毛刺，书读到屁眼里去了。

毛刺是聋二的侄儿，与我一般大小。

我嫌恶地瞥母亲一眼，收起我的作业本，往书包里一塞，说，不写了，讨人嫌！

我转身，父亲从田里收工回来，他把一只长把秧耙靠在墙角，疼爱地望着我，一副讨好的表情。我像喝了一碗冰冷的剩米粥，满肚子不舒服。

凭啥？凭啥是我？我上面有三个哥哥，大郎二郎三郎，为何不让他们上聋二那里去住？我扔下作业包，坐到石拱桥上，看西天的落霞。石拱桥上常有人往下跳，不是半大小伙子玩水的那种跳，而是寻死。若大人们逼着我们做一件不愿去做的事，我们也会站到石拱桥的最高处，这时候，大人们多半不会再威逼。

夜里，我到父亲母亲床上去睡时，父亲的眼瞪得像电灯泡，眼神是嫌恶的。我不知道他为什么烦我，我懒得理他，爬上床，闷头就睡。从出生那天起，我一直就跟他们睡在一起。我知道我大了，该分开睡了，可哪有房屋，哪有床？半夜里，我听见哼哼唧唧的声音，床像木筏子在水里漂荡。我睡眼微睁，看到父亲赤裸的身体。他像一只虾，弓着，腿弯曲。他在母亲身后，像一架移动着的犁。

不能怪我，只能怪那夜的月光太明。月光从三块明瓦里，探照灯一样，正好照在他们身上。

我知道他们在做什么，我不小了。母亲想要个女，这话她白日里说过。母亲说，在农村，没有儿子不行，光有儿子也要不得。看咱们竹林湾的女人，还是有女的享福。儿媳妇有几个对婆婆好的？母亲自问自答：没有，一个没有！都是娶了媳妇忘了娘。忘了娘是好的，最后都成了冤家。母亲说，她当初以为我是个女，才把我留了下来。

我想装睡，但我不能。我从初春的薄被里钻出来，像一条鱼麻溜地跃出水面，游走到哥哥们的住处。他们就住在下半截房里，一人多高的半堵墙，将他们和父亲母亲的住处隔成两处，阻挡视线却不隔音。一张床，睡着大郎二郎和三郎。他们旁边，是一个大谷池子。整个小屋，都快下不去脚。

我往床上爬，二郎半梦半醒中，一脚踹在我的腰上，我跌落在地，屁股生疼。我听见二郎说，哪有地方？语气带着火。他扯起一个床单，随手一扔，床单在窗外照进来的月光下，像一朵云的阴影，落在谷池子上。他说，你就睡谷池子吧，里面还有小半池子谷，暖和。

我没感到暖和，我感到浑身刺痛。我爬起来，把床单还给他们，走到外屋。

外屋也没地方。外屋一分为三，紧挨大门的是堂屋，中间是二奶逼仄的睡房。说是睡房，连床都没有，只在几块土砖上，搭了一张门板。最里侧那一小间，就是我家的灶屋。灶屋是不能睡人的。我跑到二奶那逼仄的房里，明瓦上射进来的月光，打在二奶的脸上。二奶头发凌乱，细眼斜睁，腮帮塌陷，嘴大张着，没有牙齿的嘴空荡荡，亮出一条灰白的舌头。二奶死了！我吓得叫出声来，二奶动弹了一下。她没死，她还活着，但我分明嗅到了死亡的气息。用母亲的话说，那是老人身上散发出来的老气。

父亲是瘸腿，他无力为我们多盖一间屋。

我最终还是回到父亲母亲的房间。夜静下来。父亲母亲的床上，有着温暖而神秘的气息。我在床的最外侧，贴着父亲赤裸的身体躺下。父亲身上滑溜溜的，一股潮润的汗酸味，与很淡的腥味混杂着。他已响起香甜的鼾声。我迟迟睡不着，故意把呼噜打得像旱雷。

2

窑场在北山洼。一个土窑，一间茅棚，一块平整出来的沙土地，就是整个窑场。茅棚是聋二的家，聋二白日在茅棚前做砖坯瓦坯，夜里在茅棚里歇息，深秋或初冬烧窑卖砖瓦。

下午放学，我走在河坝上，河水里倒映蓝天上的白云。河水在微风中轻轻荡漾，那水里的白色云朵，便轻轻地，随着微波上下起伏着。我仿佛看见了昨晚父亲那白亮的屁股，它那么像一朵视觉强烈的白云，在我眼前随风移动。我似乎身处昨日的那个月夜，置身于床上。我胸闷，透不过气；还有二郎重重的一脚，它使我的腰到现在还疼，屁股也疼；二奶那死人一样的脸，一身的老气。这一切，像一堵无形的墙，阻挡着我回家的路。我漫无目标地在田间游荡，不觉来到窑场。

聋二欣喜地过来迎我。他新剃了头，照平时显得干净利索。他两手是泥，伸过来想接我的书包，又缩回手去。他窘迫地看着我。之后，他几步跨到茅棚下那个大水缸前，舀水洗了手，这才接过我的书包，另一只手搭在我的肩上。他朝着我笑。他说，你娘说昨天就让你来，你咋没来？我没吱声，他没再问。

虽是茅棚，里面收拾得干净，夕阳从窗口照进来，门大开着，茅屋里很亮堂。

聋二收摊，不再拍砖泥，也不做瓦坯。他拿了米，择了菜，到茅棚旁的溪水凼去淘洗。溪水凼的水清幽幽的，像一口清潭，其实是山泉水流到这里，在这里储存，满了之后，又沿着溪沟往下流去。

聋二生火，焖米饭。他说，以后晚上就在我这儿吃，别跑来跑去的。你今晚来，告诉你娘了吧？我点头，其实，我没告诉她，我谁也没告诉。我在家里像个多余的人。我想吓唬他们一下，我还想试探他们，我不回家，有没有人找我。

我帮着往灶膛里添火，聋二说不用我，他让我把凳子搬到外面，在晒场把作业写了，晚上灯光暗，对眼睛不好。

我就搬了一只竹椅，屁股下垫两块砖，趴伏在竹椅上，就着夕阳下写作业。聋二将他的一件上衣叠整齐，塞在我的屁股下，又拿出一件外套，披在我肩上。他怕我着凉。这样的举动，记忆中，父亲母亲从未有过。聋二让我心生温暖。

天暗下来，家里并没人找我，我内心有一种说不出的滋味，失落，慌乱，气愤。我越来越觉得，我在那个家里是多余的人。我很伤心。

我以为我不回家，他们会找我。天黑时，家里养的猪没回屋，鸡窝里少了一只鸡，母亲都会找，她却不找我。天完全暗下来，听不见母亲呼唤我的声音，我觉得自己可怜，差点落下泪来。

四郎，吃饭了，喊我的是聋二，不是母亲。

我转过脸去，聋二一手拿着一只大海碗，里面是面条，上面覆盖着一只黄亮亮的煎鸡蛋。他的另一只手夹着一双筷子。他笑着把碗筷递过来。我慌了神，我说，我又不是客，我……

碗已塞在我手中，香喷喷的。聋二往面条里撒了韭菜。我吃了一碗，聋二又给我盛了一碗，我吃得满嘴流油。这是有记忆以来，除了过年，吃得最饱的一次。家里弟兄多，又都是长身体的时候，干活的人少，都是能吃的半大小伙子，锅里的饭，盘子里的菜，缸里的米，谷池子里的谷，像泄洪的河水下得快。我常常只吃半饱。

风从南面吹到北山洼，吹动北山坡的松树浪涛一样波动。远处影影绰绰地浮出淡青色的山丘。我看了一会儿风景，收回目光。我的目光与聋二相撞，他眼里朦朦胧胧，溢满关爱。

我挺着圆鼓鼓的肚子，帮着聋二洗碗，他不让。我去拿扫把扫沙地，他说，不用，天黑了，扫个啥，明早再扫。我就站在窑棚门口，看夕阳落下后的田野。刚才还绿油油的小麦和油菜，被罩在灰蒙蒙的夜雾中。泥土潮湿的气味和青草的味道混合在一起。蛙已开始了它们暮春的鸣叫。

3

黑夜袭来时，母亲的声音划破夜幕，她在湾子里骂街似的喊了几声。仅这几声呼喊，我眼睛一热，眼泪涌出来。我的三个哥哥，大郎二郎三郎，他们只顾玩自个儿的，没人喊我。我的父亲，只知道埋头种地，成串的儿子在他眼前晃荡，他很少过问。他或许对我们不在乎，或许对我们这种散养的状态很满意，或许他根本就没发现我们在他面前多一个或少一个。他要么在田地里闷头干活，要么坐在八仙桌前抽卷烟，喝酽茶。到底是母亲，也骂我们，也打我们，但还是惦记着她的儿子。难怪世人都说，母亲是伟大的。

我赌气，不吱声，是聋二应了她。聋二说，四郎在我这儿哩。于是，整个竹林湾都知道，那个晚上，我住在聋二的窑棚里。

母亲应着聋二，来到窑场。她灭了罩子灯，在茅棚的油灯下，将一张讨好聋二的笑脸展现出来。她说，我一猜他就在二父这里。她将“聋二”改为“二父”，这是竹林湾很重的礼节，随着孩子的辈分称呼对方，听起来很亲近，我却感到肉麻。

母亲看看灶台，米饭已喷发出清香。我不再往锅里添火，把锅里的火苗压灭，让明火变成暗火，这样米饭不会煳锅。聋二往另一只锅里倒油，撒葱花，比大米饭更香的香味呛得母亲直打喷嚏。她冲聋二笑，说，二父，你的手艺可真不错，以后，四郎就交给你了。

聋二显然受不了这么高的礼节，说，桂花嫂，你还是叫我兄弟吧，随孩子们叫，我受不起。母亲就改口叫二兄弟。她说，行，叫二兄弟顺口。二兄弟，四郎在这里，可麻烦你了。

聋二说，没事，桂花嫂，四郎在这儿，我热闹。我一个人冷冷清清的，没得意思，四郎正好给我做伴。母亲说，二兄弟人就是好，你越是这样说，我越是过意不去。

母亲要回去。来时，是跟着一个过路人来的，回去时，母亲有些害怕，毕竟是山道，说不定湾子里那些野死（非正常死亡）的鬼魂，正在通往坟山的道上游荡哩。

母亲让聋二送她，我一个人不敢在窑场待。聋二撤了灶膛里的火，我和聋二把母亲送到我家屋后，我再跟着聋二返回。

聋二把拍砖用的方桌搬进来，依床摆着。饭菜的香味直往我鼻子里钻，我往茅棚里侧让开。我刚才吃过面，不能再吃。聋二盛了两碗饭，让我与他并排坐到床沿。他递给我一双筷子，说，吃吧。我说我刚才不是吃过面吗？聋二说，那是过下（下午茶）的。在我们竹林湾，来了客人，若果留吃饭，饭前做点热汤面，下点瘦肉。没有瘦肉的，放点韭菜鸡蛋，这叫喝茶。早晨叫早茶，上午叫午茶，下午叫下午茶。喝早茶叫过早，上午茶叫过中，下午茶叫过下。聋二把我当客待，我心里一暖，同时有些惶惑。

作业写完了，没什么事做，我就看书。聋二在棚檐挂一只马灯，继续忙碌。他推土，和泥，为明天做砖瓦坯子做准备。我在茅棚里另点一盏灯。风吹进来，油灯摇曳，光线闪耀，茅草墙上，到处是晃动的影子，像动物，像人形，像鬼魅。我害怕，走出窑棚，走到聋二身边，跟着他。窑棚前面的一株松树干上，挂着一盏马灯。四野空旷，凉风吹着。夜罩着整个山洼，马灯使山洼的一切变得朦胧幽暗。顺着马灯射出的光线，我望见了北山，看见山脚下那片坟地。我看不清坟的凸起，但我知道那里有很多坟，隐没在树影中。刚才茅棚里暖和，饭菜也香，我一时忘了坟的存在。现在，眼前的一切，像紧箍咒一样，弄得我头皮发紧，心也缩得紧紧的。我回到茅棚里。在茅棚里，我心里还是有些紧。我喊了一声二父。聋二回到茅棚，满手是泥。他问我，么事？我没有回答，我如果说怕鬼，他会认为我胆小。而且一提“鬼”字，我会更害怕。他一定是从我的表情，看出我内心的胆怯。他说，好了，不做了，白天抓紧一些。他在马灯下舀水洗了手，之后就坐在我身旁。他说，才吃过，怕是睡不着，你读书吧，读给我听。我盯着课本，有时翻一下眼皮看聋二。他静静地看着我，一脸很浅的微笑。我突然觉得，比之我的父亲，他更像父亲。父亲是沉默的、劳累的，他很少对我这么笑。

看了一会儿书，我打起哈欠，聋二说，洗个手脸，泡个脚，睡吧。灶台里煨着水壶，是一个旧的、掉了漆的绿色军用水壶，不过它现在完全是黑色的，像一只被烧焦的乌龟。聋二用铁火钳夹住水壶，将热水倒进一只白瓷脸盆里，又往脸盆里舀了一瓢冷水，伸出一只手指头，在水里画着圆圈试水温。他说，洗吧，不烫。他将脸盆搁在我面前的地上。

洗完手脸的水，倒进脚盆。我把脚放进盆里时，全身热乎了。我的两只脚，在热水里上下交攀，把水弄得吱吱脆响。洗了一会儿，聋二说，好了，别把水洗凉了。他说着，一手拿一块农家织的土布，另一只手抄起我的一只脚，将土布贴上来，给我擦水。我不好意思，把脚往后缩，他粗大的虎口将我的脚抹得无法动弹，像是给我脱鞋似的一拧一抹，我的脚就干净了。

我脱衣躺下。聋二抄起脚盆，在茅棚门口像撒网似的双手一扬，我听见水落地的扑腾声。他回屋，舀水，涜了脚盆，往脚盆里打了热水，兑了凉水，抱着脚盆出了屋。屋子里一下子静了，风从门口灌进来，从茅草的缝隙钻进来，吹得灯光摇摆，茅草墙上，再次出现奇怪的影子，它们晃动着。我喊聋二，没有回应。我趿着布鞋追出去，我看见他在茅棚的一侧擦洗身子。我看见他月下的身子分作三截，中间白亮，是他的屁股，那很少被太阳晒到的地方。父亲白亮的屁股，再次出现在我面前，我还想起父亲虎视眈眈的下体。我想，聋二会不会也是这样的呢？我就往前走，聋二极快地用汗巾围住身上的那圈白，头也不回，问我，你不睡，起来做么事？他的声音很大，像是在吼。

我脸一热，觉得丢人。我急忙说，我怕。此刻，我情愿说自己胆小，也不愿承认自己有偷窥的企图。他沉默着。我又说，二父，你到棚里洗呗。

聋二套上长裤，进到茅棚。他不再擦洗身子，只洗脚。他洗了很长的时间，那水已不再冒热气，他还在洗。洗脚水发出的声音，陪伴着他长时间的沉默。

我躺在床上。聋二终于洗完，他关了茅棚的门，上了床。家里没有多余的被，我们共一床被子。床单下是稻草。稻草显然晒过，干涩的气味驱走了床铺四周的潮气。我从来没睡过这么宽敞的床，很舒坦。

聋二的茅棚里，本来只有一张单人床，母亲告诉他想让我上他这儿睡的那天，他在他的床铺旁，钉了一个长条形的木框，与他的床铺相连，成了一张双人床。

聋二灭了灯。夜的黑扑过来。我们睡通腿。我的头朝着门。北山上那些旧坟，浮现在脑子里，我总觉得，那坟里会伸出长长的手来，只等我闭了眼，就来掐我的脖子。我爬起来，移动着身子，挪到聋二那一端。我说，二父，我也睡这边。聋二说，行。我又说，二父，点着灯不灭行吗？聋二说，不行，晚上风大，我们都睡着了，会把棚子烧着的。

我往里靠了靠。我感受到他粗粝的呼吸。他知道我有些怕，说，你睡吧，等你睡着了我再睡。

我侧脸看他，他的眼睛在黑暗中熠熠闪着。他果然睁着眼睛，等着我睡。我觉得他比亲生父亲还亲。我往他后背挨过去，贴着他温热的肌肤。

4

在通向学校的小路上，麻球拦住我。麻球同聋二一样，也是寡汉条子，因为脸上有麻点，又长着一个球一样的圆脑袋，因此得名。麻球踮脚，一条腿长一条腿短，干不了重活，生产队照顾他，让他放牛，捡粪，闲余时偶尔给人剃头。

我和我的小伙伴们都不喜欢麻球。未见其人，先闻其味，那猪屎的臭味，让我们苦不堪言。我们总是躲着他，可他偏是躲不开的人，我们每个月要被他按在椅子上剃一次头。一想起他那提粪箕和拿粪耙的手，在我们头上摸来捋去的，我们身上就像爬满了毛毛虫。他一张臭嘴，总是说一些我们小孩半懂不懂的话。看他迎面走来，我绕道另一个田埂，他瘸着的腿，竟然走得飞快，我低头寻路，抬眼工夫，他堵在我站立的田埂那端。

这个猪粪一样讨人嫌的人，躲不开，我就想早点从他身旁过去。我故意用手捏着鼻子，表明我对他的嫌恶。他不理会，只顾自己说话。他说，春天了，你娘这是发情了，把你赶到窑上去，好让你父跟她上骒。

上骒是我们石桥河一带的方言，指一个公的牛羊猪狗，爬到母的牛羊猪狗背上，耸动着屁股，配羔子崽子的行为，也指男人和女人做丑事。上骒不是什么好话，经麻球嘴里说出来，就更龌龊。难怪我的哥哥们说，麻球狗嘴里吐不出象牙，只能吐猪屎，让我离他远一点，但我无法逃离，满嘴黑牙的麻球，抓住我的手，说，你父你娘把你赶走，是想给你生个妹妹。他们晚上想这样。他说着，他左手食指拇指拃成一个圈，右手食指插入圆圈，前后移动。我憋红了脸，受了极大的委屈。我感到这个麻球是在骂我，眼泪几乎落下来。我绕开他，快步走。我白麻球一眼，他却不知趣，顾自说着：你娘真厉害了，都快把你父吸干了，看你父瘦的，他就是一只猴子。瘦猴瘾大，一天一日，一日一猴（“猴”字此处是动词，方言，蹬腿弯腰的动作）。你父跛着个腿，什么也不耽误。麻球越说越下流，要是毛刺，早骂他了。我内向，脸皮薄，骂人张不开嘴，只在心里骂道：自己的腿也是跛的，还说别人。

麻球他从来不承认自己是跛腿，他说他只是踮脚而已。

我在窄窄的田埂上，与麻球擦身而过。我真想把他这个粪球挤到水田里，无奈他是大人，底盘重，虽然踮着一只脚，也比我有力量，站得稳。

麻球快步追我，他踮脚到底没我跑得快，没追上我，但声音追了上来，一字一句：你父你娘把你赶跑了，夜里还不得疯死？别看你父瘦，屁股可不小，又大又白，在你娘身上像聋二拍砖坯似的，叭、叭、叭……他的话像坚硬的石头，拍在我的脊背骨上。我两腿酸软，就在这一瞬间，他突然箭一般奔向我，双手从我的腋下包抄过来，裆部贴着我，像郎猪在母猪身上上骒一样，耸动着他的屁股。他说，你父就是这样给你娘上骒吧，就是这样，这样，这样……我感到身后有木棍一样的东西，一下一下杵着我。他的嘴像猪拱地垄一样拱着我的脖颈、耳根。我被他越抱越紧，几乎窒息。我寻个机会，将头狠狠地向后仰去。我的后脑勺砸中了他，可能是他的鼻子，也许是嘴唇，我听见他啊的一声，那双震颤着的手松开了。

我趁机挣脱开他，在田埂上狂奔，在水田旁边的坡地上，我看见了他的粪箕，它差点绊倒了我，幸亏我机灵，一个跳跃，跨越而过。原来他早就放下粪箕，专门用来拦我。

躶日的儿马子！

他还在骂。他的声音捎带着猪粪的气味，在风中飘荡。

“躶”[①]是我们红安方言，特指男人身上长出的“果子”，即男人的性器。红安人，民风淳朴，说话文明，用词隐晦，这源于红安的理学遗风。宋朝的程颢、程颐，曾在红安讲学，红安县二程镇镇名就由此而来。二程镇现在还有祠堂供奉着“二程”的塑像。当然，那时候的红安不叫红安，叫黄安府。

5

麻球年轻时，跟一个老剃头师傅学剃头。“徒弟徒弟，三年受罪。”乡村的手艺人，得三年出徒为师。但据说这个麻球，学剃头的时日，不但没受罪，反倒享受到天伦之乐。师傅游街走巷，他跟着。师傅不出去，他就住在师傅家。他到处说他吃得好，做得也不苦，在师傅家住得舒适，师娘对他好得不得了，三天两头，就把他的被子浆洗一遍，饭碗端到他手中。说得多了，就让人听出别的色彩，说他

---

① 躶：“祼”的异体字。在红安县志及红安方言中，特指男性生殖器官。

与他的师娘有一腿。有不信的，说不可能，他师娘怎么会看上这样一个满脸麻子的人？有人信了，说怎么不会呢？他师傅多大岁数，他那时年轻，年轻人鶪硬。更何况他是麻子，“脸上有麻，床上不塌”。这里的“塌”是软塌塌之意，说的是麻子上鶪的功夫。传言多了，到师傅耳朵里，师傅把他赶出家门。他回到竹林湾，自己操刀，在石桥河一带给人剃头。他只能算半个剃头匠。“半瓢水晃荡”，麻球吹自己是剃头好手，却不是割破了别人的脸，就是割破别人的鼻子。

麻球的麻脸与别人的麻脸不一样，别人的麻，是坑，他的麻，是凸起的，那张脸，便像还未炸开的松球。我们怕他那松球一样的脸，怕他的粪箕粪耙，怕他身上的猪屎味。我们更怕他的那把剃刀。我们六七岁的时候，他常在无大人的墙脚，或是林子里、坡凹处，逮住我们，手伸进我们的裆里，摸我们的那一小坨肉，摸、捏、撸，还问我们，你父跟你娘昨夜上鶪了吗？我们不回答，他就用劲。还说要把我们裤裆里那坨肉，割下来喂狗。我们那时候，自然不知道这坨肉多年后，会给我们带来那么大的愉悦，我们只是怕痛，还担心割了之后撒不出尿来。于是，我们有问必答，直搞得他目光邪闪，嘴流涎液，满意而去。而我们的后果是，裆部会肿痛好几天，但从未向大人们说过。他做得出，我们却说不出。这样的事，于我们乡村男孩，是很平常的一种玩闹。

直到我后来上了中学，才知道麻球这坨臭猪屎，是在亵渎我们的娘，是意淫。他这么追着孩子们，说着我们父亲母亲的关于他想象中的性事，能获得精神上的愉悦，甚至生理上，也会伴有快感。我后来回竹林湾，偶尔看到麻球，想起过去，竟然觉得他其实不那么坏。他应该算得上我们竹林湾男娃们的性启蒙者。

麻球拦我的那个早晨，我像风一样飞奔。我只有用风的速度，才能逃离麻球身上那股猪屎的气味。我已经跑出很远了，他还在喊，晚上别上聋二那儿睡，上我那儿吧，我也给你做好吃的……

我跑了好长时间，甩掉了他身上的猪屎味，甩掉了他的声音，但他的影子，却一直跟随着我，怎么也甩不掉。一个捡粪的，猪粪牛粪臭狗屎，都往他那个粪箕里装，他却像是干什么体面活似的，将粪箕立在离猪粪牛粪臭狗屎一米远的地方，侧着身子，将粪耙斜到猪粪牛粪臭狗屎的前方，单手用力，那堆猪粪牛粪或臭狗屎，就在他面前飞成一个抛物线，落在他的粪箕里。如果不是一坨粪，是一个石子或土块，他做出那样的动作，可谓潇洒。因为是捡粪，湾子里的人，说他是臭美。按说，他这也是做好事，使村街变得干净，但没一个人说他高尚，不仅因为他一身猪粪味，还有他那张自娱自乐的嘴。他喊我夜里上他那儿睡。我才不去呢，跟他睡，与睡在粪堆里有何区别。

麻球追逐我时，是早饭后的时光，但我并没有吃早饭。我上过早学后，回家吃饭，饭还没有熟，母亲直咳，不断地用扇子扇着灶膛，灶膛里冒着一股黑烟。母亲埋怨柴没干，只冒烟不冒火。母亲说，唉，当个女人真难，一年三百六十五天，一天三顿，哪一顿也少不了。一锅饭，一盘菜，一眨眼就没了。我命苦哇。都是你父，害得我生这么多儿，哪怕有一个女伢，替我烧顿火，做顿饭，我也不会这么累死累活……

我不愿听母亲这么叨唠，说着牢骚的话。我怕上学晚了，老师训斥我，我就饿着肚子往学校去。

顺着南山坡，走到南山冲，聋二在田里薅秧苗，看见我，冲我喊，四郎，你这么早就上学，你吃饭了吗？

我说我吃过了。

6

我刚坐到教室里，肠子就在里面造反，乱动，像有一双大手在里面拧着。肠子不但绞痛，还发出幽幽声，同桌吴三宝以为我是放屁，嫌恶地斜我一眼，还夸张地一手捂着鼻子，另一只手呈扇子状扇风，他刺痛了我的自尊心，我站起来，直问他，我没放屁，你捂鼻子搞么事？我的举动引来全班同学的目光。老师说，别捣乱，再闹就出去！老师的目光指向我，显然，他是在批评我。

我坐下，低头，不看老师，也不看同学，就盯着桌子。许久，下课的铃声响起，我那憋在眼眶里的泪，终于不可克制地涌了出来。我怕他们看见我哭了，就躲到教室后面。

我用手压着肚子，听讲走神。儿子多，除了穷，有什么用？人家毛刺，他娘成天换着花样做给他吃。母亲做的饭，清汤寡水。现在，饭又总是晏。她竟然还想给我们生个妹妹！

四郎！一个声音从林子里传来。我循声，不见人，有几根松枝在晃动，微微的恐惧让我心里一紧。我正要逃离，聋二钻出松树丛。他从怀里掏出一个包裹，是一张白色的崭新的毛巾，毛巾里，香气扑鼻，是一个饭菜团子。

我接过来，毫不犹豫地接过来。我蹲在地上，吞咬着饭菜团子。里面有菜，有大米饭。聋二见我狼吞虎咽，让我慢些吃。他说，不怕，吃不完带到教室去吃，我听说有的同学没吃上饭，家长也往教室送过。

家长？我心里一动。我包着一嘴饭，翻着眼皮，看见他脸上掠过一丝幸福的光。别的家长，是把饭直接送到教室，他既然送来了，为何躲避？因为他不是家长？是考虑我的感受，还是怕同学嫌他是个寡汉条子？

我几口将饭菜塞进嘴里，咀嚼完毕，聋二递给我一个军用水壶。这个水壶也旧了，但油漆还在，不是那种新鲜的绿，是暗绿色，型也正，不像他灶膛里的那一只，已成了一只黑乌龟。聋二很少穿旧军装，只有这两只水壶，表明他曾经是一个军人。

水很热，但不烫。我一边喝水，一边瓮声问他，怎么晓得我没吃早饭。他说，听你娘说的。我的眼睛酸酸的，好像有液体在涌动，好像喝进去的水没有流进喉咙，而是直接流向了眼角。我把头很低地低下去，不让聋二看见我潮湿的眼。

聋二一直微笑着看我吃。他笑的时候很好看，牙很白。他的短头发使他看上去其实并不老。我望着他转身离去的背影，心里酸涩，这是我记忆中，第一次知道感动。家里弟兄多，谁吃过了，谁没吃过，似乎没人过问，更别说把饭送到学校。

同学们还是发现了房后的一切，他们问我，你们湾那个烧窑的寡汉条子给你送饭了？我疑惑地望着他们，莫非他们的目光能转弯？毛刺说，嗨，谁闻不出来？那饭菜包香得冲鼻子。毛刺说这话时，咽着口水。孩子都这样，总觉得别人家的好，他家的饭菜，我见一次馋一次。而我家的疙瘩汤，他娘是不稀罕做的，他竟然跑到我家，吃得哧溜哧溜响。

一天就这么过去了，家里的夜饭还是晏。天完全黑了，毛刺端着碗，到我家门口吃，而我家的灶膛里，还是浓烟四起。

二奶进到屋里。她咳嗽着，却没有声音，喉咙里像暗流涌动。

第三章　烈士

1

石桥河是一条天然河，绵延数百公里，从县城西的金沙湖流出，向西向南，途经几个乡镇，流至石拱桥下，河水回旋，河面变得宽阔，烟波浩渺。夏日水涨，桥矮下来，竹林湾半大小伙子，站到桥上石狮的肩头，两腿一蹬，双手高展，人就像水鸟一样，扑向河面。

石桥河水在竹林湾稍息片刻，继续它的征程，向南流向觅儿寺，八里湾，黄陂县，注入长江。石桥河一年四季，河水奔流。石桥河的上游是金沙湖，因一条金沙河而得名。金沙河的源头在大别山。巍巍大别山，屹立在鄂豫皖边区。夏季雨水多，沟沟壑壑的水，奔向金沙河，金沙河裹挟着金灿灿的黄沙，奔涌向前，穿红安城而过，流到城外，水域变得又宽又深，形成一个天然湖泊，即金沙湖。文人墨客在湖畔驻足，游玩，吟诗作赋。金沙湖是上天赐给红安人灌溉田地的天然之水，种粮吃饭养命，是水的宝库。山野农夫，缺少文人的浪漫，多了农人的实际，他们称这湖为金沙河水岸。每日清晨和黄昏，湖面烟雾迷蒙，湖中间的那个小岛，若隐若现，整个湖面，美若仙境。湖畔的泥土，在霞光或夕阳下，亮光闪闪，像粒粒金沙。夏季雨水充沛，官府派人，在这里加固堤坝，或放水泄洪，石桥河是其排水河流之一。金沙湖泄洪时，石桥河水汹涌奔流，水面随之变阔，在竹林湾处，宽百余米。有雾的清晨，看不见对岸，放眼望，竹林湾像是依傍在湖畔。

金沙湖水，滋养了红安人，也滋养了石桥河。石桥河，也为金沙湖的平安存在，立下功劳。

石拱桥有五孔，中间孔最大，两旁四孔略小，以桥最高点为中心，东西对称。五孔下方，除了最西孔，其他四孔之下，各插着一支铁剑。老人们说，石桥河里有一条小黑龙。黑龙在水里，保证我们风调雨顺。桥下水深且阔，是小黑龙常待之地。黑龙要是出来作恶，那四支利剑中离得近的那一支，就会自动飞向黑龙，足够要它的命，故而龙很少出来祸害人。

我们半信半疑，那剑被固定在石头缝里，怎能自动飞出？为何不在桥的西孔下也装上剑？老人们说，如同狼要吃肉，小黑龙要吃人，得给留下一片地。它若没人吃，去到别处，谁掌管石桥河的风雨？况且它吃的人，都是该死之人。

2

那年夏日，洪水泛滥，石桥河上却并未见死尸浮过。秋日河水静流，石桥河也是平静的。冬日水瘦，更不会死人。竹林湾人以为，石桥河每年都死人这亘古不变的规律，这年改变了。却没承想，冬日里，还是死了人，不是淹亡，是砍头，是刀割。他不是别人，正是木兰山游击大队石桥河小分队的队长田开河。

那个冬日，我爹爹看见游击队长田开河被白腿子军押解，一屁股跌坐在地之后，很快意识到，他不能这么坐着。他得去看看，想办法，能营救出来更好，营救不出来，也尽量接触他，问问我二爹的事。爹爹在林子里东奔西撞，一路小跑，回到自己的家。他告诉我的二奶，让她把我父亲如喜带进南山坡下的山洞里。他预感到竹林湾，将有一场大劫难。

保长刘家兴，敲着大铜锣，喊道：各家各户，只要有喘气的，就去石桥河下，观看惩罚暴徒田开河。

刘家兴的身后，跟着五六个白腿子兵。他们拿着枪，指指戳戳，像赶牲口一样，把人往河边赶。二奶牵着父亲如喜，往洞里跑时，被发现了。他们也被圈进了人群。其实，南山坡爹爹挖的那个地洞，能躲过白腿子兵，却躲不过保长。竹林湾的人，谁在哪里藏身，刘家兴比自己手上有几根指头更清楚。

石桥河下，黑压压全是人头。河套两旁那些村庄的人，像暴雨前出动的蚁群，都往这里移动。这几年，石桥河畔，田肥水美，后来几场战争，人口剧减，石拱桥下河水之畔，人群攒动如蚁的场景，以后再也未出现过。

田队长绕道竹林湾。他想告诉爹爹，告诉我的二奶，我的二爹石头在队伍上。兵荒马乱，他怕有闪失，没敢把他带回来。过些时日，一旦有机会，他就亲自把二爹送回来。哪知在石桥河畔，一身农民打扮的田队长，被保长刘家兴认出来了。保长带着他的保安队，将田开河抓获，并立刻报告给白腿子兵。

爹爹看见五六个白腿子兵跑上石拱桥。他们从桥上扔下一条麻绳。他们把麻绳缠在田开河的脖子上，欲将他吊在桥下，但似乎不想让田开河死得过于痛快，达不到示众的效果。一根从污泥里探出来的铁丝提醒了一个白腿子兵，他抽出那根铁丝，扯开田开河的上衣，向他裸露的肌肉抽去。无奈那铁丝锈蚀，碰在田开河厚实的胸脯上，瞬间折断。

那个白腿子兵恼羞成怒，他冲人群喊：谁家有铁丝，回家拿一根来！没有人回应，保长也在喊着，谁家有铁丝？见无人应答，两个白腿子兵举枪，要朝人群扫射。麻脸的刘天球说，别，别，我去拿，我家有。刘天球说着，叉开两只圆规似的细腿，向湾子里跑去。那个白腿子军冲他喊，快去快回，你要是不回来，老子抓到你，剥你的皮，抽你的筋！

刘天球很快回来了，他手里拿着两尺长的铁丝。刘天球是竹林湾的一个老鳏夫，年幼的儿子就是麻球，与我的父亲如喜同龄。刘天球去拿铁丝，其实是想趁机溜走，因为保安队长刘家兴最后那句话，他不敢溜。他把自己年幼的独子，藏在茅厕里捆了个结实，还用毛巾塞了嘴。之后，他从他家院子的破门上，解下这根铁丝，回到石拱桥下。

那名白腿子兵从刘天球手中抓过铁丝，抽打田开河的脸和赤裸的上身。血从他的皮肉里渗出来，先是极少的。天地冷硬，血渗出来，挂在他的胸膛上，呈红色球状，像粒粒珊瑚，慢慢地，伤口多了，大了，血就像漫过田埂的雨水，越来越多，模糊了他的脸和赤裸的肌肉，往下流淌，滴落在河床的淤泥上。

那年该着有难，多年没干枯的河，那年干得像一条过水的小阴沟，小黑龙渴得飞奔离去，后来涨水了，才回来。竹林湾的老人们如是说。

田队长咬牙，始终没有发出一声叫喊，甚至呻吟都那么低沉，比铁丝抽打在皮肉上的声响更轻。

那个白腿子兵一边抽打田开河，一边问他大部队在哪儿。田开河冷笑道，在七角山，在木兰山，在三角山，在天台山，在鸡公山，在桐柏山，在大别山……有山的地方，到处都是我们的部队。白腿子兵冷笑道：如此猖狂！阎王爷刚刚将你判了。他的小喽啰们正在路上拿着绳子来套你，你还装茅厕里的石头——臭硬。

田开河呸他一声，说，不错，阎王的喽啰们来了，不过，不在路上，就在眼前。你们就是这群地狱里的喽啰。你们很快就会回你们地狱里的老家！

白腿子兵气得猛一挥手，田开河脸上多出一道血痕。他吼叫着，说，你干什么去了？大部队在哪儿？田开河把一张血肉模糊的脸，朝着白腿子兵。他毫无惧怕，用嘲讽的目光看着他们。他说，我去送信，给各个游击队送信，给所有红军大队送信，告诉他们，来消灭你们这些欺压老百姓的狗东西。我们的大部队遍布黄安、麻城县的每一个角落。田开河说完这话，就不再张口，任白腿子兵怎么发问，他就这么沉默着，像在闭目养神。

另一个白腿子兵，从那个打手手里接过铁丝，面朝田开河，咬牙切齿说，想当聋子是吧，那好，我成全你。他将血淋淋的铁丝拽直，一手薅住田开河的左耳，将铁丝往他的耳朵穿进去。众人发出一声惊呼，田开河并没叫。此刻，呈现在石桥河人面前的，是一个因剧烈疼痛而挣扎，但始终没有发出痛苦呻吟的聋人。铁丝不断地往田开河耳朵里进，像一把钻钉钉向一只血葫芦。铁丝终于从田开河的右耳穿出。两股血流，从他的两耳奔涌。

田开河五官向中间聚拢，他嘴唇紧闭，他是在紧咬牙关，不让自己发出痛苦的呻吟，但人们还是听到了声响，那是来自他胸膛的沉闷的声音，那是他热血奔涌的声音。人群发出一次又一次的惊叫。

那个白腿子兵将铁丝两端缠成死结，铁丝就在田开河的头上绕成一个半圆。白腿子兵将绳子套在铁丝上，朝桥上挥手，田开河就被吊了起来。这是竹林湾人从未看过的情景。以前，刘姓族人也在桥下吊过人，要么是从腰间系牢，或缚住双手，拷打，要么是吊着脖颈，直接处死。被穿透双耳吊起来，他们还是第一次看到。人群发出的尖叫声，像河面的风，吹动一波又一波的浪。

田开河双腿上缩，似乎想减轻自己的重量，减轻疼痛，但这样的动作，可能使他更加痛苦。他慢慢地伸直双腿，先是脚尖上勾，接着那脚尖就垂下了。

围观的人，有人还小声说着，可怜啦，这些白腿子，也太狠心呀。人群甚至发生了骚动，白腿子兵朝天放了几枪，骚动的人群平静下来。

田开河被吊离地面。爹爹满脸是痛苦的表情。他看见田开河绷直双腿，不让自己有丝毫动弹。爹爹明白，田队长在极力地向众人展示他的刚强、勇敢。他在极力地维护他一个红军战士的尊严。

我的爹爹掉转脸去，不忍卒看。他听见白腿子兵再次冲田开河喊叫。他们明知道他已经听不见，他们显然是杀鸡给猴看。爹爹紧握双拳，指关节咯咯有声。又是一声鞭响，说！白腿子兵吼道。田开河嘴里，一股鲜血奔涌而出，喷洒在他面前那个白腿子兵的脸上。有一小片血淋淋的肉在阳光下坠落。田开河咬断了自己的舌头。

田开河听不见，也说不了，但那几个白腿子兵不肯善罢甘休，他们拿出纸和笔。一个白腿子兵说，哼，说不了，就写，撬不开你的嘴，不还有手吗？写！

田开河的手被反缚身后。一个白腿子兵解开他的手，要他写出木兰山游击队指挥部所在地。他们或许以为被折腾成这样的田开河，无缚鸡之力，的确如此，田开河右手一挥，想给那个白腿子兵一个耳刮子，但他借不上力，无奈地做了个挥手的动作。他吐出一口鲜血，喷洒在那个白腿子兵的脸上。

白腿子兵躲闪的同时，跌倒在污泥中。

这是一个壮实的大个子兵。他爬起来后，伸出袖子，擦去脸上的血痕。他朝着田开河，吼叫着，叫你写，你不写，看来，你这手也是不听招呼，留它何用！

田天河的右手，伴着一道寒光，落在污泥上，剩下的半截胳膊，喷涌着血。爹爹拔脚就要冲过去。就在这一瞬间，一只小手死死地抓住了他，接着，他听一个稚嫩的声音，父！爹爹低头，看见他年幼的儿子，我的父亲如喜，正胆怯地仰望着他。父亲身后，是我的二奶。显然，幼时的父亲没有这么大的力量，二奶的一只手，也紧紧地拽着爹爹的衣襟。爹爹的腿迈不出去。他一把将儿子搂在膝前，用两腿将儿子的脸埋起来，不让他再看这骇人的场景。

随后的情形，别说小孩，就是爹爹他们这样的七尺汉子，也不敢正视。那个大个子白军，让田开河用左手交代，没有回应，就砍下了他的左手。随后，他们将田开河往下放了放，使他的脚尖能够着地面。他们要他用脚尖在泥地上，画出木兰山游击队所在地，没有回应，他们挥刀砍下了他右脚，接着是左脚。几乎所有的人都转过脖子，脸朝向远处。田开河的双手和双脚就这么离开他的身体，被衣袖和裤脚包裹着，在污泥上痉挛。

白腿子兵一刀割断了田开河的裤腰带，用刀尖轻挑，田开河的裤子滑落下来。白腿子兵将刀尖抵在田开河的裆部，手腕一拧地挑，一个肉团掉落地下，而他的两腿之间，就只剩下一个血窟窿。

那个白腿子兵用血淋淋的刀，指着田开河身上这个血窟窿，说，这辈子临死无妻，下辈子同样断子绝孙，让你这个暴徒永世做鬼，做太监，不得翻身。

一股怒火，在爹爹心里燃烧。他紧紧地按住我父亲的头。父亲的小手抱住他的大腿，爹爹时刻感受到他的存在。如果不是放不下父亲，爹爹真的就冲出去了。

爹爹一身力气，一把斧头，砍得木头雪花般飞舞。桥下三四个白腿子兵近距离拼杀，怕也难是他的对手。爹爹怕的是桥顶，那上面架着两杆步枪，一挺机枪。爹爹清楚，他要是冲出去搏杀，必死无疑，他身边这些人，包括他的儿子和我们的二奶，都难以幸免。

爹爹不能冲过去，就尽量地不去看那残忍的场面。同他一样，被迫围观的人，不忍看下去，可又不敢离开，人群一有骚动，子弹就响在他们的脚下。

等爹爹再次在白腿子兵的吼叫声中转过脸去时，他看见的，只有田开河的头，像一只血葫芦挂在那里。爹爹的脚就像踩在棉花上，轻飘飘无一丝力气。

整个行刑的过程中，父亲贴着我爹爹的衣襟，几次偷偷抹过脸去。他哭了，但是，他害怕，没哭出声来。他看过地主刘家兴家杀猪，把猪架在门前的梯子上，也是这么一刀一刀地砍，一块一块地卸，最后只剩下一个头。

爹爹将父亲的脑袋，往里收了收，让他紧靠着他。爹爹仰望天空。深秋的天空，刚才还天高云淡，现在，一片片云朵，投下一块块黑色的阴影。白腿子兵几声吼叫之后，天像一口黑漆漆的锅，整个地倒扣下来。

桥上的保安队员冲人群训话：如果谁家敢私藏共匪，其结果就同他一样！

人群散去。散去的人群，在路上议论着这位红军游击队队长田开河。

田开河是下河湾一个读书人。他参加共产党，组织游击队。白军在抓到田开河之前，找老两口要人，老人受不了打骂，在家悬梁自尽。他们死于同一时辰，同一房梁。可怜的田开河，还没来得及给爹娘收尸，自己就身首异处。

3

爹爹回到家，迟迟睡不着。午夜时分，他披衣起床，拎一个麻袋，拿一柄铁锹，借助树和黑暗的掩护，走近石桥河。

有两个人，一人背一支枪，守着田开河被悬挂的头颅，是保安队员。他们并没有站在桥上，他们在桥洞里，那里避风。爹爹完全可以收拾这两个人，但是，他不想弄死他们，那样会引起新一轮的屠杀。爹爹等了很长时间，一个哨兵到边上撒尿，另一个哨兵倚着墙，响起了呼噜。风声和尿滴声，掩盖了爹爹的脚步声。爹爹很轻松地接近那个撒尿的人。他左手搂住他的头，右手闪电一般，口袋里事先准备好的破布，就塞在那个人的嘴里。爹爹能挥动一把砍斧，也会雕龙凿凤，是一个粗中有细的人。他没费什么劲，就把那个人绑了，一根绳，将手和脚系死在一起。另一个哨兵听见动静，哎哟的惊呼声刚喷到喉管，就被爹爹一掌拍了回去。爹爹像踩倒一棵高粱似的，将他按倒在地，这人还没来得及喊叫，嘴同样被一块烂抹布堵死。

那一夜，爹爹戴了一只黑线织的、只露两只眼睛的套头帽子。这样的帽子，至今在我们石桥河两岸的冬天还有人戴，它有一个形象的名字：狗钻笼。

爹爹确信那两个保安队员被绑得无法动弹，就不再理会他们。他借助夜的微光，将身子低下去，几乎是匍匐在地。他寻找着田开河的尸体，两只脚，两只手，两条大腿，还有腰身子，再加上那个依然悬挂着的头。白腿子兵，真的把田开河大卸八块了。爹爹把每一块，都装进麻袋，将麻袋藏在河边的那些树叶脱落的柳枝间，悄悄地上桥，摸到那根麻绳，他一点点地往上收，将田开河的头解下来，捧在胸前，回到桥下，将这只高贵的头颅，装进麻袋里，与他的手脚放在一起。

爹爹没有上桥，他就在桥洞下，踩着污泥往南走。他突然想起，田开河的舌头和阳物还留在桥下。爹爹返回石拱桥下去。那半截舌头太小，早没进污泥里，找不到了。爹爹不敢久留，找不到就找不到，但田开河的阳物，是一定要找到的。这个不能丢下，没了这个，田开河下辈子无法托生成一个完整的男人。

爹爹花了很长时间，终于摸到了男人身上最柔软的一坨，被冬日的风，吹得冰冷坚硬，像一块干硬的泥巴，但爹爹还是感觉到了它。爹爹心里一喜，总算有了一具全尸！这竹林湾的人，还算仁义，仅有的几条狗，各家都看好了，没有往外放，这才保住了田队长的尸体。

下河湾在石拱桥西南，与观音寨隔河相望。爹爹在下河湾处，将麻袋轻轻放下来，打开麻袋口，朝着石河湾静默三分钟，让田开河的灵魂归家。

黎明时分，一场雨绵密而冰冷，像是老天爷在为英雄田开河悄然落泪，又像是在冲洗石拱桥下那摊血痕。保安队长刘家兴，在细雨中带着五六个保安队员，搜查尸首，搜寻那个盗尸人。他怀疑我的爹爹，因为在竹林湾，恐怕只有爹爹有这么大的本事，能一人制服两个保安队员，且做得那么干净利索。但他仅仅是怀疑，没有亲见。他带人在竹林湾转悠，想搜寻到一些凭证，寻了一上午，没有结果。而此刻，我的爹爹依然在他的一亩旱田里，默默地干活。保安队员在他身边的田埂上走来走去，脚后跟带起一股尘土，爹爹眼都不抬。搜寻无果，保安队长刘家兴，就带着他的保安队，去寻找田开河被埋之地，发现石桥河边的土地上，有新土的痕迹，就掘几锹看看。他扬言掘地三尺，也要把田开河的尸首挖出来，再次挂到石拱桥下示众。就在此时，观音寨传来了枪声，红军游击队打过来了。刘家兴急忙带着他的保安队，混入白腿子兵群，说是助战，实则是保命。

观音寨上，仗打了一天一夜，先是红军占领了山头，在上面修筑工事，到下午时，红军撤离，白军上了观音寨。到晚上时，红军突然发起进攻，白军撤离。那场战斗，白军最后好像无心恋战，急匆匆撤到七角山腹地，消失在通往县城的土路上。

硝烟散尽，我年幼的父亲跟着二奶到观音寨捡柴火，捡蘑菇。二奶不让去，父亲吵吵着，要捡子弹壳。在半山顶的某一处，二奶发现了一些新折断的松枝，她用稻草绳去捆，她要把它们背回家，晒几天，就可以烧。二奶拨开它们，发现它们遮掩着一片新土，像是一个新坟。二奶有些害怕，她拽着父亲，急促地离开那个地方。

二奶回来后，把她的发现告诉我的爹爹，爹爹说，那的确是一个坟，那是队长田开河的坟。他告诉二奶，不要告诉别人，否则会很麻烦。爹爹说，他一个人，无法把那坚硬的土地挖出一个棺材状的坟来，山上多石头。他只在相邻的地方，躲开石头，连着挖了四个坑，按照头、双手、身子、双腿和脚，排列安葬，基本上是躺着的形状，勉强算得上入土为安。

父亲大一些的时候，才知道这个坟的故事。解放后，父亲重新修筑了那个坟。他把那四个凸起的土包连起来，垒上青砖。土包与土包连接处的青砖凸出来，使人们一看就知道这是由四个坟连缀而成。每天清晨，黎明的薄雾被太阳驱散，站在石拱桥上，能看见观音寨半山坡向阳处，一个青砖坟，被半掩在树枝和绿草间。这也是爹爹把田开河的坟选在这里的原因。坟沐着太阳，朝着石拱桥，朝着田开河殉难之地。多年以后的每年清明节，父亲都会带上我们，给这个坟添点新土，在坟头上放一束野百合。坟的四野，映山红红得像一簇簇燃烧的火把。每次，父亲都鞠三个躬，什么也不说。

4

爹爹埋葬田开河，他以为自己做得神不知鬼不觉，但他的事，还是被传出来。下河湾田开河一个同族的兄弟，也想取回堂兄的尸首，让他入土为安。他来到桥下，看到爹爹正在做他计划做的事，而且做得那么漂亮，他躲在暗处，看着爹爹做着这一切。

爹爹那夜的故事，不但传遍竹林湾，也在整个石桥河流域传颂。当然，那个田姓青年，并没说出爹爹的名字，只说是一个很厉害的人。而那个叫刘天球的，因为拿来铁丝，被视为恶人的帮凶，被人指着脊梁骨咒骂，他自己也咒骂自己。他说，我个龈日的，我不知道他们是要用铁丝穿田队长的耳朵，我要是知道他们是穿田队长耳朵，打死我，我也不去找那根铁丝。真的，我真的不知道……刘天球不久疯掉了。再后来，在一个冬日的早晨，人们在露天茅厕里，发现了他的尸体。他的肚子被粪水灌得像猪尿脬一样大，大伙说是报应，只是这报应不该殃及麻球。可怜麻球还是一个孩童，自此成了孤儿，遭受人间罪孽。

突然有一天，爹爹躺在冰冷的门板上，被人抬回竹林湾。他大口大口地吐着血。奶奶伺候爹爹。她一边抽泣，一边擦他嘴角的血迹。二奶在一旁做帮手。二奶问，嫂，大哥这是怎么了？奶奶说，在外做工，回来的路上，在林子里碰到了鬼，被鬼拍了背，震裂了肝肺。二奶泪像雨点滴落。她其实在湾子里听到了一些风声，她知道我奶奶瞒着她的意图，冤冤相报，何时了？她不想这么斗下去。那时，奶奶的肚里已经有了我的姑姑秀兰，也就是我们的秀姑。

爹爹最终没熬过年关，在腊月初八这天，他喝了半碗腊八粥，吐出一口鲜血，脖子一歪，就咽气了。

奶奶急火攻心，动了胎气，生下了我的姑姑。但奶奶因失血过多，前后脚跟爹爹走了。丧事喜事，脚前脚后，来到我们老杨家。

这年，黄安县淫雨为灾，各乡村大麦、小麦及油菜收获不及往年三成，饿殍遍地。

我的二奶当起父亲和秀姑的娘。后来有了我们，我们管二奶叫奶。很长时间，我们以为她是我们的亲奶，她所盼的二爹，只是她的小兄弟。我们觉得家里缺一个爹爹，就问父亲，父亲说，爹爹病死了。父亲说得很平静，仿佛在说着一个局外人。

1952年9月1日，黄安县正式更名为红安县，启用新的官印。

这几年，追认烈士工作在全县展开，二奶带着年少的父亲，迈着她那被缠裹又放开的半大的脚，走在通往乡里、县里的土路上。那时候，红安县烈士十四万，登记有名有姓的有两万两千五百多人，很多人家，靠一纸烈士证书和每月八块钱，抚慰着伤痛的心灵。二爹没了消息，生不见人，死不见尸。县民政局一个女工作人员对二奶说，有一个姓杨的小红军，叫杨向东，在黄麻起义中牺牲了，跟你说的那个杨石头同龄，莫不就是他？反正也没别人来认领烈士证，要不你领去？估计怕是你要寻的人。二奶跳起脚，冲那个女工作人员说，我不要，他不是我家的石头，我家的石头一定还活着。我家的石头叫杨纪红。二奶去查烈士名录，没有杨纪红这个小红军，二奶的心里陡地轻松。她不敢面对的事情，果然没有出现。

二奶手抚着父亲的肩，对民政局的女工作人员说，先不说我男人石头，这孩子他父，应该是烈士。当年田开河队长在石桥河下被分尸，是他掩埋的尸体。因为给红军做事，得罪了白腿子兵，被白腿子兵打了，回家躺了几天，吐血死了。女民政说，评烈士是有标准的，你说的这个人，我们也是知道的，县里有记载，他埋葬了红军田开河，做了好事，值得颂扬。但他不是红军，至于他是否是被白腿子兵打死，没人亲见，没有证据，所以，他一时还不能算烈士。

不算就不算吧，人已经死了，二奶想寻活着的人。她坚信二爹活着，他绝不是那个死去的小红军杨向东。

二奶领着父亲，匆匆走出民政局。

几天后，民政局的那个女民政，带着一个男民政，特地来到我家。他们告诉二奶，他们没有查到叫杨纪红的小红军，倒是还有一个也叫杨向东的，被俘后投了敌，后来跟了国民党的部队，是死了，还是去了台湾，就不知道了。据记载，他投敌那年，不是十三岁，而是十六岁。有老红军写的回忆文章说，他的口音夹杂着县西南石桥河一带方言。二奶心里一慌，她连忙说，不可能，不可能，他绝对不会是我家的石头，我家石头叫杨纪红。他肯定还活着，但不可能投降，也不可能成为国民党。他的性格我知道，他就是死，也不会投降。那个男民政说，你说的也许没错，他很可能死在黄麻起义的战场，也可能死在红军长征路上。可黄麻起义，尸首无数；红军长征路上，可能每牺牲四个人，就有一个是我们红安人，真的查不到。

二奶的脸煞白。女民政心软，安慰二奶：不一定的，也许活着，一定活着。他当时太小了，没有记忆，找不着家。他……女民政语无伦次，她走出屋去。二奶留他们吃饭，他们头也没回，很坚决地走了。

自那次回来，二奶再也没有到过县民政局，县民政局的男民政女民政，也自此没有登过我家的门。那一段时间，关于二爹是否投了国民党，是否真的到了台湾的猜测，像傍晚的雾，笼罩着我们老杨家。我们都担心那种猜测成为现实，那样，整个老杨家，将迎来这暮色之后的黑暗，那将是我年少的父亲生命中不能承受之重。事实也如此，多年来，这个传闻让我家在竹林湾几乎抬不起头，幸好我的爹爹偷偷埋葬过烈士的尸首，这功抵消了二爹那说不出真假的过。

5

这是二爹最后的战争，如果那个叫杨向东的人，真的是我们的二爹。

天空是纯净的蓝，但很快就被炮火照亮。短促的机枪声，最初是清脆的、寂寥的、尖厉的，接着就变密集、低沉。有时候，枪声停歇了，山谷静下来，死一样的静，反而让人觉得更加可怕。

这是雨后的天空，冷气从脚掌往心里游动，二爹吱吱地吸着空气，这样似乎暖和些，却是更冷。他望一眼头顶，白云在硝烟上轻轻飘过，阳光洒下来。他不知道，这样晴朗的天，为何这么冷。

一直等到太阳快落山，天更冷。枪声响起，几十人的游击队，不断有人倒下去。眼看剩下的人不多了，白军循着枪声，围了过来，黑压压一片。大个子副队长抄起二爹，动作轻盈，像是怀抱一个婴儿，一下子把他塞进不远处的一个小山洞里，那个小山洞隐藏在灌木丛里，旁边有溪流。二爹根本就没发现那里有一个洞。副队长把二爹往洞里塞，说，天塌下来，你也不要出去。等这些狗东西都走了你再出来。之后，你脱下军装，沿着西南方向走，回家吧。我们怕是都活不成了，但你得活着！

大个子副队长说着，几步跨过溪沟，投入战斗。二爹蜷缩在洞里——其实也算不上洞，是一个被雨水冲刷得凹进去，能容下一个人的天然缺口，两旁松树的根和灌木的枝叶掩藏着它。二爹看见游击队一个旗手倒下去了，在旗帜快要倒下去的那一刻，副队长一个箭步跨过去，接住了旗杆，将正在歪倒下去的红旗立起。

风吹着红旗，像波浪样翻滚。副队长紧紧地抱着旗杆。他被子弹打中，全身流血，肚子也在流血。他的肠子流了出来。他两膝跪地，借助旗杆的力量，不让自己倒下，也不让红旗倒下。

他就那么跪着。又一枪，打中他的胸膛，二爹看见血喷涌而出，看见他遭了雷击一样抖动几下，之后，手臂抽搐，两手哆嗦。他看见副队长最后倒下的那一刻，还朝着他看了一眼，二爹看见了他脸颊上的泪珠，在阳光下闪着光芒。他还看见他很严肃地看了自己一眼，那是一道无声的命令，告诫他不要出去。

红旗还立在那里，那是一面红色为底，上面有金黄色图案的旗帜，是红四方面军的旗帜。红旗依然在风中飘扬着。队长在倒下去的最后时刻，用尽全力，将旗帜稳稳地插在山坡雨后潮润的土地上。

红旗其实被子弹打破了，被风吹走一块又一块，几乎只剩下焦黑的旗杆。二爹伤心地望着眼前的一切，他才发现，他们的人都被打光了。白军围上来，在那些还没有完全死去的红军游击队员身上，补上一枪，或者砍上一刀，或者用枪刺狠狠地刺下去。他们每做出这样一个动作，二爹内心就尖叫一声。他将一根手指伸进嘴里，用牙咬住它，不让自己尖叫。

二爹身旁，升腾起一团团呛人的烟，一团团带着苦味的泥土。爆炸声像是来自远处的山谷，更像是来自脚下的洞穴，像山崩，像地裂。

二爹浑身疼痛，他慢慢地意识到，他没死，他还活着。身上的伤口痛，散发出扑鼻的血腥味。他觉得他随时都可能睡过去，他觉得自己的命，细若游丝，二爹不懂这个词，但他明白这个意思：好像只剩下一根头发丝牵扯着，一个喷嚏，都会使这根头发丝绷断，而让他失去生命。

洞口的风吹过来，二爹闻到青草气味里，夹杂着一股血腥。是白昼，二爹却感到比黑夜还让人害怕。他望着那些尸体，像砍下的成捆的柴火棒子，东倒西歪地撂着。

白军撤出这片战场，就要远去了。山谷死一般地静。这些东倒西歪的尸体，似乎比白军的枪口还要可怕，但他努力使自己不要害怕，只等他们再离得远一些，他就逃出来，回家去。就在他们的身影快要完全隐没在林子里时，二爹被眼前的情景吓得大喊一声，他看见洞顶凹进去的地方盘着一条蛇，它没有动，僵死一般，那眼神却闪着刀刃一样的寒光。二爹的喊叫没有内容，只是本能地惊呼。二爹飞奔出去，跌进外面的溪沟里。他担心蛇会飞出来，缠着他，或咬他，他闪电般，又从溪沟爬上来，跌跌撞撞地飞奔。二爹的惊呼声颤抖着，像是一颗呼啸的子弹，飞向白腿子兵。

二爹就这么被白军逮住。路上，他们问他，为什么这么小就参加红军，二爹说，我不是红军，是放羊伢。他们说，那么，这衣服呢？二爹说，是死人身上剥下来的，冷。二爹没有军裤，是黑土布长裤，只有上身穿着军衣，在洞里，他要是想到脱去上衣，他们或许会放过他。惊恐之中，他没想这么周全。现在，已经晚了，他被押走。

我后来才知道，我们老杨家是一个怕蛇的家族。所以我二爹看见蛇，就冲了出去。他宁可被白腿子兵抓去，也不敢在洞里与蛇共处。

这是红安县某本革命史书上，对二爹的叙述，如果说那个叫杨向东的小红军战士就是二爹杨纪红的话。但无论是杨向东，还是杨纪红，之后的消息全无，是被白腿子兵杀害，还是投了降；是战死沙场，还是跟着国民党的队伍去了台湾，并无记录，只有猜测。

6

二爹走后，二奶在一天又一天漫长的等待中，消耗着自己的青春。二爹投了白腿子兵，当了叛徒的传言，像山一样压在二奶这个瘦弱女子的肩头。有些刘姓人家，曾经是白腿子兵的帮凶，现在，红军回来了，白军跑得差不多，他们知道他们的日子长不了，很快变了脸，装腔作势，假惺惺地站到人民这边，唾骂二奶，说二奶是白腿子兵的童养媳。二奶不堪冷言恶语，在黄昏将逝，夜幕来临之时，她抱起一坛鸡蛋，慢慢地，一步一步向河边走去。二奶选择的是浅水湾，那里水浅，洗衣洗菜的人少，还有一片天然土堤的遮挡。二奶一脚踏进水里，又踩进另一只脚，还在往深处走，就在这一刻，一声喊叫，像一根绳子，紧紧地拽住了她：娘！是父亲如喜稚嫩的童音。二奶慢慢地回过头去，看见父亲在她身后，在离她不足一丈远的地方，一双大眼闪着光亮，惊骇地望着她。黄昏若明若暗的光线，映照着他眼里的泪水。二奶说，你回去吧。父亲奔过来，双脚踏进水里。他去抓二奶的手，二奶的手抱着坛子，父亲从二奶的腋下抄过一只手，紧紧地挽住二奶。娘！父亲又喊了一句。

父亲先前一直喊我们的二奶为二娘，但这次，他一声干脆的“娘”，喊得二奶内心一阵酸痛，喊得她双腿一软。二奶再也没有力气向更深的水域走去。父亲一出生，就是二奶带着他。二奶也说不清父亲为何愿意跟着她，即便我亲奶奶活着的时候，他与那个病秧子母亲，并不比二奶更亲近。

二奶把坛子轻轻地放在河水里，清澈的河水，撞击着被淹没了一半的坛子。二奶的心，也像这被石头撞击了的水，翻动着浪花。她望着我的父亲如喜，年少的如喜好像知道她要做一件骇人的事，眼里泪水充盈。二奶抱起坛子，那被撞起的水花消逝了，浅水湾的河水趋于平静，二奶的心慢慢沉寂下来。她一手搂紧坛子，一手轻轻地搭在父亲的头上，说，走，咱回家！

二奶生火，一气给父亲煮了六个鸡蛋。二奶说，既然不死，就好好活着。

父亲剥开白花花的鸡蛋，往嘴边送时，却是一阵干呕。父亲自此不吃鸡蛋。

二奶把坛子放回屋，放在她的床头。她拉着父亲如喜的手，说，听话，在家待着，我去去就来。父亲不放心地跟在她身后。二奶站在石拱桥上，冲竹林湾喊道，我男人石头没有死，他还活着。竹林湾的人莫要再瞎放屁，石头没有投降白腿子兵，石头是跟着红军的队伍走的，那是徐向前的队伍。我们老杨家的人，不会这么没骨气，当叛徒……

二奶知道这样一个家庭的艰难，知道我父亲未来的处境。目不识丁的二奶，饱受不识字的苦，她知道父亲要出人头地，只有一条出路，就是读书。那时候，不少垸子已经开始有了小学、中学，也有私塾。二奶白天锄地、种菜，晚上纺线、织布，以换些钱粮，供父亲读书。二奶没送父亲到小学，把他送到一位私塾先生那里，是河西湾的梅先生。很多年后，他很老了，我们叫他老梅老师，区别于他儿子小梅老师。梅先生为人谦和、客气，收的礼金也少。二奶将父亲送到他处，读书，也学做人。

多年以后，我知道二爹二奶的故事，也明白了二奶为何要抱一坛鸡蛋跳河。自从二爹离家，她就开始给二爹攒鸡蛋。攒够了一坛子，装不下了，她就会给我的父亲煮几个，剩下的拿去卖了，接着攒，如此反复。二奶抱着这坛鸡蛋，就是怕她跳河沉不下去，死不了。二奶之所以没有抱一块石头，而要抱着一坛鸡蛋，因为这个坛子，已经成了二爹生命的象征。二奶抱着这个坛子，就如同抱着我的二爹，同他一起生，一起死。

第四章　恐惧

1

夜饭还是晏，我到家，母亲才生火。有风，柴火也不好，不是灌木，是稻草。浓烟不从烟囱走，在屋里滚动。看来这夜饭一时半会儿吃不上。母亲对我说，你饿了吗？还是上窑场吧，聋二一个人，煮饭快。父亲说，四郎在窑场住可以，但不能在窑场吃，至少不能总在窑场吃，不好意思。母亲朝他吼道，就你能！你养得起？像个牙狗，害我生这么多！父亲神情不悦，脸也红了。他怕母亲言语长，说出更难听的话，就说，那就先这样吧，先这么样哈。母亲说，先这么样先这么样？好像你有多大的能耐？四郎，莫听他的，你这个老子，百么事能力没得，嘴巴倒硬。你就住到窑场去，聋二一个寡汉条子，日子比我们好过。

我怕父亲母亲接着吵下去，急忙往窑场走。我怀疑母亲故意让我家的饭那么晏，她就想让我等不及，到聋二的窑场吃。我这么想，心里一酸。我是她的儿子，她竟然把我甩给聋二，甩得这么干净。

聋二沿着那条林中小道，朝着我奔过来。他说听见林子里鸟扑棱，知道有人来，估计是我。他知道我胆小，来接我。

夕阳斜照，金黄色的光线洒在棚顶金黄色的枯草上，洒在晒场金黄色的细沙上，窑场像一幅沙画。二奶出现在沙画里，她蹒跚着，一步三歇。她到后山坡接我二爹。她每天都失望而归，而当另一个黄昏临近，她的希望便像西天的晚霞，再次灿烂地燃起，驱使她向后山坡进发，每天如此。她的步子迈得缓慢而执着。

我们学校在观音寨南坡，观音寨像一位母亲，把学校搂抱在怀里。我们从学校往西，下了坡，踏上石桥河，沿河岸北走。三四百步后，往东，踏上田埂。走过五六条田埂，就是我们竹林湾的南山坡。每天放学，聋二会从窑场来到南山坡等我。我从观音寨脚下绕过，踏上石桥河就能看见他。他站在南山坡，远远地看着我们。我与伙伴分手，他们往湾子中央走，我踏上田埂，走到聋二身边。我们沿南山坡东侧的小路向北。路一旁是山，一旁是稻田。稻田里，有的种着油菜，有的种肥田草，有的荒着，等待着下一茬的栽种。小路寂静，一侧是山，一侧有水塘。

聋二换着花样做饭给我吃，我吃得很香。毛刺有时到窑场来找我玩。他问我，你在这里住不怕吗？我说，不怕。我是硬着头皮说的。我发现，人有时得给自己壮胆，当我说不怕的时候，果真就不那么害怕。

毛刺来窑场，聋二很高兴，我也高兴，窑场一下子热闹起来。毛刺是偷着来的。他娘不让他来，不让她儿子同他二父交往，为何如此，我们小孩子说不清楚。

吃人嘴软，我尽量帮聋二干点活，这也是父亲的嘱咐。聋二做饭时，我会帮着往灶膛里添柴火，把那柄火钳耍弄得像金箍棒，灶膛火星飞舞。我扫地。大热的天，窑场新脱出来的砖坯瓦坯怕曝晒，聋二在上面网些稻草，隔一阵子，聋二就拎着水桶，走在那些砖坯瓦坯的缝隙间，往枯草上洒水。我拿一只瓢去帮他，聋二说，不能用瓢，那样，水会把砖坯瓦坯冲坏。他让我用手蘸水洒。我喜欢干这种活，像天女散花。空气里，飘落着小麦青涩的气味，油菜花刚含苞，那香气溢满坡地。不像湾子里，充塞人鼻孔的，都是猪粪牛粪鸡屎的气味。如果不是那北山的坟，窑场就是世外桃源，我就是山里一只鸟，自由自在。

聋二在大铁罐里焖饭，在锅里烧汤。聋二把日子过起来了。他买了几只鸡。他似乎没有耐心等小鸡长大，直接买了几只老母鸡。那几只鸡在屋里拴了三天后，就归降了，不乱飞乱跳，开始下蛋。鸡窝里每天都有鸡蛋。麻球说，聋二，你这窑场没有公鸡，母鸡怎么就下蛋呢？莫不是你亲自配种？你弄来这么多母鸡，你三妻四妾咧。聋二没理他，我也没理他。他满嘴喷粪，就像他粪箕里的猪屎，我们躲着他。

聋二给我和毛刺做蛋花汤。一碗汤没喝完，毛刺的大个子娘葵花奔突到窑场。葵花冲聋二喊叫，家里住不下，毛刺以后就在你这儿住。其实，毛刺家有四间青砖大瓦房，连毛刺娶媳妇的房屋都有。

聋二僵硬一笑，说，住吧。葵花就往湾子里走。走几步，回过头来说，聋二，你别忘了，毛刺才是你亲侄子。胳膊肘往外拐，不得好！

她话里有话，我能听明白，但我装作不明白。毛刺显然也听出他娘的不友善，嫌恶地斜眼看她的背影，回转身，冲我咧着大嘴。我们两人很快打闹在一起，兴奋了大半夜，但第二天天刚放亮，毛刺就回了家。他吃不了窑棚的苦，早春天气，天一会儿冷一会儿热，蠓子已经在窑场出没。

2

阳光照在床铺上。聋二睡过的那边是空的，我伸手摸，似乎还能感觉到他温热的体温，我突然觉得心里空荡荡。我走出去，西边的晒场没人，南边的小麦地里，也不见聋二。东边的水凼旁，也不见。我心里有些慌，我只得把目光投向我不愿看到的坟地，我看见了聋二的影子，他在坟旁东侧的坡地上，那里有他的菜园，他正弓腰撇菜。是晚季小油菜，花未开时，太密了，撇一些当菜吃，剩下的就让它们开花结籽榨油。

聋二在清水凼里将菜洗净，拿到窑棚里。我背上书包去上学，聋二说，我一会儿有事，要到镇上去一趟。饭焖好了，我这就炒菜。菜炒好了，我就放在饭上煨着，你早上放学回来吃。我特地多做了些，你把毛刺也叫来，窑场太冷清。我仰头看茅棚，烟囱里余烟袅袅，空气里夹杂着松树的青涩，露水滋润过的空气是爽润的。我闻到了米饭的香味。

我背着书包上学，一路上，心里暖暖的。我突然觉得，我像是聋二的儿子。路被我们的脚踩得放着白亮的光。路旁的松枝，在风中摇晃着，枝头相碰，婆娑有声。学校门前是大叶杨，叶片间摩擦出的声响，没松枝那么温柔，飒飒作响。

毛刺几乎是我的跟屁虫。他学习时脑袋像木头。玩耍的时候，脑子就开了窍，鬼点子多。湾子里那些光棍，或寡居的老太婆，是他耍笑的对象。但在我面前，他就老实了，因为他的作业，常让我来帮他完成。对于我上他二父聋二那儿住，他不像他母亲，他高兴。

他以前很少上窑场，我住到窑场后，他就经常出现在窑场，只是不愿在这里住，说这里潮，说这里夜里有鬼。

聋二喜欢毛刺，但他很少有亲近毛刺的机会，葵花不喜欢聋二，管着毛刺，说让他住到窑场，其实是气话，她不让毛刺上窑场。毛刺母亲看不上聋二，却离不开聋二，把聋二当她家的长工。农忙时，聋二总是把他的那块田留到最后，先给毛刺家干，而葵花从不留他吃饭，麻球笑聋二白出力气，自带口粮。

除了帮毛刺家犁田耕地，聋二烧制的砖瓦，大都让葵花赊了人，秋后算账，钱都落入她的钱柜里。湾子里的人看不惯，打抱不平，动员聋二别这么傻，聋二除了笑，就是沉默，似乎他们说的，是一件离他特别遥远的事。他每天这么做砖瓦，似乎仅仅是喜欢，而不是为了挣钱。他好像是在没完没了的劳作中，打发他寂寞的时光。

关于毛刺家把聋二当长工的话，传到葵花的耳朵里，葵花拿出菜板菜刀，在石拱桥上骂了一天街。她拿出一高一矮两只板凳，坐在高凳上，先不用菜刀辅助，清骂，骂猴子一日一嚎，猪一日一哼，狗一日一调臀，猫一日一出声……葵花骂着，觉得不过瘾，还站起来，做着动作。做动作还嫌不过瘾，还把猪狗交配的声音叫出来，哼着喊着，骂得一湾子的半大小伙偷偷笑。姑娘们不敢听，在桥上过来过去时，都捂着耳朵。有老人小声自言自语，这骂得听不得呀，也就她这张嘴，能屙出这样的话来咧。男人们喜欢葵花骂，骂得他们裆里撑起了伞。有媳妇的，恨不得立刻从畈田回到家，把女人按倒在地，照着她骂的做一遍。葵花把这些男人的鶵都骂硬了后，突然挥起菜刀，向矮凳上的菜板剁去。她剁一下骂一句，骂一句剁一刀，她骂道，谁再管我家的闲事，是男人的，就把他的鶵剁下来，剁得稀碎，让猪嚼，让狗啃，让鸡啄，让他成为太监，上不得鶵；是女人说我家事，也剁她男人的龢，让她守寡，上不得龢。她坐在高凳上，菜板放在矮凳上。她的手臂舒展地挥动，剁下去铿锵有力，听上去又响又脆，只两三刀，就把那些男人撑起的裤裆剁瘪了塌了。似乎那菜板上真的有个龢，似乎自己的龢真的就搁在菜板上被她剁了。据说湾子里有个男人，因为这个女人的叫骂和砍剁，彻底阳痿不举，家庭陷入无休止的内战，几乎到了打脱离（离婚）的境地。

直到天黑，葵花把她家那三寸厚的菜板剁成碎木渣，才鸣金收兵。湾子里的人，自此不敢说她家的闲话，而且似乎从她的骂声里，一下子顿悟了，说人家干啥呢？人家聋二是她男人的兄弟，是她孩子的叔父哩，他聋二愿意。他聋二自个儿都不说，我们说个啥，活该挨骂！

毛刺家，除了葵花这张嘴，还有毛刺伯奇货的杀猪刀。毛刺娘葵花的嘴这么损，换上别的女人，早有人上去薅住她的头发，一顿拳脚，人家还是怕她男人奇货的那把捅猪刀。虽然奇货并未在人前亮过那把两尺长的捅猪刀，但在奇货的屠宰场，奇货手举杀猪刀，白刀子进红刀子出，早把石桥河的人镇住了。他女人的这张嘴，还给他带来意想不到的收获，据说那位被她骂委顿了男人的女人，成为奇货的相好。那个男人是刘大嘴，奇货的堂弟，女人叫丫头，大嘴的媳妇。麻球说，这叫肥水不流外人田。

这床上之事，都是避着人的，是真是假，无法考证。

3

春日的窑场，已经很热了。我将一高一矮两个木凳，搬到茅棚门前的油桐树下。我读课文，写作业，但我总是被聋二忙碌的身影吸引，忍不住抬头看他。

在窑场，聋二一天要干好几种活。先是和泥。昨日被水泡了一夜的泥土，发了酵，冒出气泡，散发着泥土暗香。聋二翻动泥土，将最底下的翻到上面来，将上面的，埋到底下去，然后，将牛牵到泥里，蒙上牛眼，驱赶着牛，让牛在泥里转磨似的，一圈又一圈地走。泥被牛的四蹄，踩踏得细软黏稠。聋二把牛牵到林子里，让牛吃草。他开始做砖坯瓦坯。

晒场的一角，有一个木头凳子，粗糙、丑陋，但很结实。上面仰放着砖模子，一次能出四块砖。聋二先往砖模子里撒些草木灰，这样泥块就不会粘在木质砖模子上。之后，聋二举起一大团泥，重重地砸向砖模子，再用手将那些泥拍平，用一张钢丝为弦的弓，贴着木头模子，将多余的泥块切割扔向泥堆。聋二抱起砖模子，走到晒场，那里收拾平整，地面金黄色的细沙，是湿砖坯子与地面的隔离层，以免砖坯子粘在地面走了形。

聋二将砖模子在胸前一推，弯下腰，双手提着砖模子的两个护耳，翻腕，手腕震颤，慢慢提动砖模子，四块砖同时落地，就像是从地上长出来，有棱有角，立在他面前。倘若砖坯落地的声音参差不齐，就说明泥瓦匠两手用力不均匀，那砖坯已走形，没有棱角，它的命运，将是被扔进泥堆，重新被拍打、切割。

我欣赏聋二做砖。阳光洒在他那古铜色隆起的胸肌上，像墙上那些炼钢工人的宣传画，更像电影里炉壁前的炼钢工人。午后的阳光麦芒似的刺下来，晒场像蒸笼。我脱去长衣，只着短裤。湾子里别的男人和小伙子，也只穿短裤。聋二不，再热的天，长裤总是那么严实地罩着他的双腿。

砖越做越多，晒场排满砖坯，像一支接受检阅的队伍。聋二将他那张竹床往外搬。我要去搭把手，聋二不让，说这竹床结实，重。我说，重才要两个人抬嘛。聋二笑道，你还小，我怕伤了你的腰，以后不长大个。我说小孩没有腰。他问我谁说的。我说我娘说的，我娘说，蛤蟆无颈，细伢无腰。聋二一手拦腰抄起竹床，另一只手伸过来，掐着我的肋骨，说，小孩没有腰，这是什么？我痒得咯咯直叫，像一只受了惊吓的鸡。我们来到油桐树下，踏入树荫里。我躺上去，一股阴凉袭来。聋二说，你睡吧。他给自己搬了一只竹凳，坐在竹床旁打盹。我说，二父，你也躺上来吧。聋二不上来，说睡不下，我说睡得下。聋二说睡两个人热，我说，不热。你上来吧，你要不上来，我就躺到地上。聋二说，地上可躺不得，会受风的。这么疼人的伢，受了风，眼歪口斜，那就可惜了，要像我一样，当寡汉条子了。他笑着，躺到竹床上，背对着我。我仰面朝天，头朝着聋二脚的那端。聋二的脚并不臭，有一股泥巴的气息。山里人常光着脚丫子，少有脚气。

麻球捡粪路过这里，冲着我们喊，这爷俩，比亲生的还亲。难怪你聋二不娶媳妇，原来有四郎他娘，四郎原来就是你的种！

聋二动了一下身子，蜷缩起腿，没理他。我知道他说的不是什么好话，脸火辣辣的。我骂他，臭嘴，跟你的粪箕似的。你瞎说个么事？聋二拍着我的肩，说，莫要这么不礼貌。我说，他先不礼貌的。聋二说，他只是个捡粪的，你是学生伢。你不理他就是了。你同他吵，他更起劲。

聋二不理麻球，回屋忙碌。麻球伸着细长脖子，把一只圆球似的脑袋递过来，冲我说，我见过鬼，我亲眼看见那个穿绿裙子的女人，就在窑棚后的松林里。麻球的声音小而低沉，像是来自地穴的风。我浑身寒战，躲开他，快步走到聋二身边。我们不再理他，麻球冲聋二喊，粿日的聋二，日子过起来了，比我的熨帖。聋二不答。麻球说，不费劲，就抱了个九岁的儿马子，美死你。聋二仍旧不理他，无论他说什么，聋二都沉默。麻球自觉无趣，走了。我才知道，对于他嫂子葵花，还有湾子里别人的攻击，聋二为何喜欢沉默。沉默就如同把对方视为一坨屎。我应该跟聋二学会沉默。

做瓦坯要换家伙什儿。晒场北侧立一根木棍，下端埋在地下，顶端支着一个转盘，转盘上搁着瓦模子。瓦模子是活动的，像一只水桶从中间劈成两半，撑开，呈小木桶状，立在转盘上。聋二将草木灰撒在瓦模子上，用泥抹子挖块泥，摔在转盘上，用泥抹子将泥像敷墙似的，往瓦模子上敷，左手一碰，瓦模子转动，那泥块在瓦模子和泥抹子之间挤成长条形，紧紧贴在水桶样的瓦模子上，绕成一圈。起先那泥很厚，是泥块。转盘旁支了一个脸盆架，上搁一脸盆，盆里装着水。聋二左手转动转盘，右手的泥抹子蜻蜓点水一般，在脸盆和瓦模子之间飞舞，将水蘸在那泥上。瓦模子上的泥块便越来越薄，成油亮的泥片，贴在瓦模子上。瓦模子上有一道凹槽。泥片被聋二的泥抹子挤压成瓦片厚薄，他随即将泥抹子在脸盆里浸泡一下，抬起，横成一把刀，按进瓦模子上端的凹槽，将那转盘只一转，瓦模子上多余的泥片，就被旋切掉了。

聋二提着瓦模子，将瓦模子轻轻立在晾晒场上，从里面往里一收，那圆形的瓦模子就从里面瘪了，木质瓦模子就可以从里面掏出来，那泥做的圆台就立在晒场。

瓦模子的侧边，有四个凸起的竖棱，这样，瓦模子上凸起的竖棱处，泥就薄，圆台形泥坯晾晒成八成干，聋二就收瓦，他双手轻拍那圆台，圆台就断裂成四片独立的瓦坯，立在晒场。收瓦这活要细，要用“巧劲”，两手轻轻一拍，劲小了，那圆柱形瓦坯岿然不动，劲大了，瓦坯会像多米诺骨牌，碰倒一大片，全碎，半天的汗水白流。聋二只在下午做瓦坯，瓦坯比砖坯薄，正午的阳光会把瓦坯晒裂。下午太阳偏西，阳光毒性小，阳光暗火似的抽吸着瓦坯的湿气。只半个下午，那瓦坯就可以收捡，码放。只等深秋或初冬入窑，烧制成瓦片。

我最爱干的就是收瓦，这是一种很美的“破坏”活动，但我不会用这个巧劲。聋二就单独挑出几个不太完美的圆柱形瓦坯，放立一旁，让我练手。

聋二做砖，更显他一个男人的阳刚，而做瓦，则能看出他柔美的一面。我觉得做砖完全是一种体力活，我更爱看聋二做瓦。做瓦，才称得上是一门手艺，甚至是艺术。他像一位陶艺家，在乡村，有着他独特的魅力。

夕阳漫上来，照耀着一排排砖瓦，晒场像是镀了金光的兵马俑。

4

聋二离开窑场，去水田望水，我在窑场看书，也帮聋二看砖瓦坯，怕牲口踩踏。聋二刚走，麻球出现了，一手拎粪箕，一手握粪耙，晃荡到窑场。这里牲畜少，醉翁之意不在酒，他来这里不是捡粪，是来说闲话，寻快乐的。他问我，你老子呢？我说，我不知道，我又没回老屋。麻球说，我问聋二呢，他不是你亲老子吗？我不吱声。他没好话，我就学聋二，对他的话，像对待一坨猪屎。我沉默，他并不放过我，凑到我跟前。我歪着脖子躲避着他，他身上的臭味还是扑打过来。他问，窑后北山坡最右边那个塌坟包，你知道埋的是哪个？我心突然一紧，我最怕坟，因为坟就是鬼的屋，一个坟里住着一个鬼。我打断他的话，我说，麻伯，你咋不娶女人呢？我故意戳他的痛处。麻球说，我是想娶女人，没人跟我呀。我还想娶你娘呢。你娘看上了你父，她不要我。她情愿让你父这个跛子上骒，我摸一下都不行。我脸发烧，骂他，你不跛？你也是跛脚，还说别人！麻球直着脖颈说，你说我脸麻，那是事实，你说我脚跛，那是放屁。他说着，在沙地上走起来，右脚像绑上去的一截木头，不能转弯。

我不跛，我只是踮脚，麻球说。他伸手在我头上摸了一把，我一个狮子摆头躲开他，他一翻肘，那只手就伸进我裆里，狠狠地抓了一把，我号叫一声。他说，猪捅的，就兴聋二抱着你睡，我还摸不得。我说，哪有，我二父没抱我睡。他撇着嘴，说，哟，还“我二父”，叫得亲。行了，他没抱你，我抱你。他说着，双手包抄过来。那次他在田埂上拦截我的情形，骤然在我脑海闪现，让我不快，我跳开去。他再次说到那个坟。他说，告诉你吧，那个坟里埋的，是一个女的，才十六岁，穿着绿长裙，可好看哩。我不想听，但他的话，像冰坨一样砸过来，我躲闪不及。他说，是毛刺的太爹和他爹爹杀的。他的声音低沉冰冷，像山洞里蹿出的一条蛇。我像被蛇芯子刺中，全身紧缩。他一把将我搂过去，把我搂得紧紧的。我挣扎着。我越挣扎，他抱得越紧，他的双臂像两根钢丝。我挣脱开去。他说戏文似的，先整了两句唱词。他说，杨四郎，你坐下，我们说说知心话。他还翻着手腕，把那臭烘烘的手指弄成兰花状。我恶心。我躲避他，他就自言自语，讲述那个坟里的女人。他说，那还是民国时期的事呢，别说你还没出生，你父杨大志都没被你爹爹种进你奶奶的肚子里呢。

他龇着黄牙，口臭喷出来。他说，这话说来就长了。河口有父女俩，那当老子的在河口做生意。多年前，与麻城一个朋友结为亲家，娃娃亲。那年冬天，老伴去世，女儿也长大成人，他就带着女儿，投奔麻城的亲家，想把亲事办了。他赶着牛车，带了全部积蓄，前往麻城。这天走到竹林湾时，天向晚，就没敢往前走，想在竹林湾寻一个住处。也是命该如此，在石拱桥边上，碰上了毛刺的太爹。

毛刺的太爹看出那是有钱人，知道他们不会白吃白住，就把他们让进屋。那当父的果然大气，出手就是一个银圆，这引起毛刺太爹的贪心，恶向胆边生。他给那父女做饭，将那当老子的灌了很多酒。夜里，就摸到那老子的房间里，用菜刀将他砍了。隔壁的女儿听到动静，从门缝里扒着看。她惊呼一声，知道大事不好，顾不得死去的父亲，拼命狂奔。毛刺的太爹当然要杀人灭口。他扔下短柄菜刀，抓起院角长把锄头，追了上去。那女伢跑得快，一气跑到这北山坡，还是被追上了。毛刺的太爹，先是伸出长把锄头，去绊她的脚，女伢倒下了。他举起锄头，就要挖将下去。这时，毛刺爹爹追了上来，他说，爷，别，这姑娘漂亮，不如留给我。毛刺的太爹说，有了银子，还怕找不到女人？斩草不除根，来年春还生；杀人不灭口，祸患跟着走。他说着，一锄头就挖将下去。那女伢一声惨叫，竟没有死，她爬起来再跑，毛刺的太爹再次出锄。

毛刺的爹爹，望着那具死尸，问他爷，咋办？他爷说，咋办？就地埋了干净。他们就用那锄头挖了个坑，把她埋在北山坡。就是那个塌坟包。她死的时候穿着绿色长睡裙，你看，就那里，麻球指着一个坟包说，她时常会穿着绿色长睡裙钻出坟来，好像是找机会报仇，我就见过好几次。

一片乌云浮到头顶，我感到天一下子黑下来，心里缩得紧紧的，毛发耸立。

麻球接着说，毛刺的太爹，碎了那当父的尸，扔到石桥河里喂了鱼，赶在天亮前，上了县城，把牛卖给了屠宰场。他们用那父女俩留下的钱财，开了小饭铺。这开饭铺的宅院，说起来还是你家祖上的，让他们霸占去了。他家的日子，就是那么过起来的。

我扭着脖子看北山洼。麻球说，真的，现在那个牛车还在毛刺家的板楼上，一湾人都知道，就是没人敢说。毛刺用的那只绿色的玉碗，薄得像纸，就是那个绿裙女的。我父刘天球那时还小，起早到山上偷柴，亲眼见毛刺太爹杀人，吓得不敢吱声，后来大了，老了，知道人命关天，就更不敢说了。他只在临死前叮嘱我，说毛刺家祖上作孽，是要遭报应的，让我离他家人远点。麻球说着，再次伸出手指，指着北山洼。我并没顺着他的手指看，但那个坟，已被他这张嘴置入我脑海里。麻球说，你不信算了，我走，你就在这里待着吧，她一会儿准会从那坟里钻出来寻替身，就穿着她死时穿的绿睡裙，可怜，她手上的绿镯子都被毛刺的太爹搂下了。在夜里，闪着绿光。这镯子，就在葵花手里哩，不过，她有时戴有时不戴。你要小心，女鬼最爱在油桐树上梳头，都是长发长牙。再漂亮的妇人，变成了鬼，就丑了。

茅棚外，油桐树飒飒作响，外面吹着风，油桐树上宽大的叶子，像蒲扇摇摆着，然后，头重脚轻，栽落在地上。麻球走了，把恐惧留给了我。我立在那里，望着他的身影消失在林子尽头。山洼空荡荡的，我回望坡地，树木挡住了那个塌陷的旧坟，但它分明就在我脑子里。我分明看见那绿裙女伢在树林间一闪而逝。那个夜晚。她的脸苍白如纸，有一缕血像蚯蚓，在她苍白的脸上蠕动。她手上的绿镯子闪动着绿光。

麻哥伯伯……我大声喊道。他的小名叫麻哥，我一急，把他小名带出来了。我向着他离去的那条小路飞奔，追到他身边，顾不得他一身臭气，大口喘息。他把我搂在怀里，伸手摸我的裆，我这次没有反抗。之后，我跟着麻球，回到湾子里。我家门前空荡荡的，父亲母亲在畈田，三个哥哥不知上哪儿野去了，他们从不带我玩。二奶坐在门前晒太阳。阳光斜照，门前那桂花树的影子涂抹在二奶身上，她一半在阳光下，一半在阴影里，苍白干枯的头发，将她那张干瘪的脸半遮半掩。

二奶全然也是个鬼。

我逃离二奶，进到屋里。屋里光线阴暗，每个墙角都像藏着一个鬼。我明知道那是水缸、灶台，或挂着的一件蓑衣，但还是害怕。好像那个绿裙女伢就蹲在水缸与墙的夹隙里，或在蓑衣后面，随时要跳将出来，一把拽着我，让我当她的替身，她好早点投胎做人。

我从屋里逃出来，二奶冲我喊，大郎，你不下田干活，咋回来了？我说我不是大郎，我是四郎。二奶说，四郎啊，四郎！桥头那么热闹，是不是你二爹回来了？我没好气地说，二爹二爹，你天天就知道二爹。二爹早死了，不回来了！二奶说，他没死，他今下黑就回来。二奶说着，起身，又往后山坡去。

二奶说石拱桥热闹，我走到桥头。河水呜咽，两岸一团团绿色的柳枝在风中涌动，像一个个游荡着的绿裙女鬼。我吓得走上石拱桥，那里离柳枝遥远，眼前是一片宽阔的水面。

我站在桥的最高拱面，顶着西来的夕阳。夕阳像一盏即将燃尽的灯，最后时刻回光返照，更加毒辣，我身上的汗水像油一样往外冒。孤独那么强烈地袭击着我。学校，家，哪里都容不下我。我伸手抹脸，我自己也弄不清楚，模糊我双眼的，是河面的水汽，还是我的眼泪。

5

有一个外乡人从桥上路过，自语道，这孩子，站得离太阳这么近，你不怕被烤成一只大红虾？

我没理他。我就在桥最高处，一直等到母亲回来。五郎像一个脏兮兮的小叫花子，跟在母亲身后。我飞奔过去。我哭了。我说，娘，我不想到窑场住。母亲朝着我锁了一下眉，问我，咋了，聋二对你不好？我摇头。母亲说，我也知道你在窑场住不惯，可这家里哪住得下。我说我不挤你和父，我同哥他们住。母亲说，唉，开春了，天像火烤，挤不下。

母亲放下竹篮子，里面有几棵白菜。她叹了口气，说，我下午碰见了你们的梅老师，他要你的学费。你说学费咋这么贵？二十块，一个鸡蛋才八分钱。这书，真是读不起了。

我心被蜇了一下。母亲又说，要不，你也别读书了，回家帮队里放牛，还能得三个工分。一头牛拴着我的身子，还有这一只小牙狗。母亲说小牙狗时，指了一下五郎。还有这一大家人的饭，我够死了，累死了。你回来，一日三餐，我烧火，你还能帮我添把柴。我说我要读书。我说着，就哭了。我爱读书，我不知道读书有什么用，可我就是想上学。母亲说，我也想让你读，可这二十块，母亲就是变成一只鸡，一天屙个蛋，也凑不齐这二十块。要不，你还是到窑场去吧，聋二那里还有那么多砖瓦没卖，那都是钱。除了交给队里，他还能剩些。整个竹林湾，只有他手里能见到现钱。你要是想读书，就到他那儿去，要不你就得像你几个哥一样，回来做事。

我倚着门框，眼泪流出来。

二奶从后山坡回来，她没接回二爹。她一脸木然地蹒跚着，往她那黑漆漆的房间挪动。她耷拉着头，像一只鸡往鸡窝走去。五郎过来牵我的手，让我跟他玩，我甩开他，他哭着向母亲告状。母亲的声音传出来，猪捅的，帮我看着五郎！他要是掉进河里淹死了，我就把你也丢进河里。都是你父那个瘸脚牙狗子，害得我生这么多！母亲总是咬牙切齿骂父亲是牙狗子，说他脚丑，丢一家人的脸。她骂他丑，却还要同他睡一张床，还要同他上騍，做丑事。大人的事，我搞不懂。

我本能地抓住五郎那被我甩开的手。

我在父亲母亲和五郎的床上，挤了一晚。第二天，我上学。

我来到教室，同学们都到得差不多。班主任梅老师说，杨四郎，你站到后面去。我问，为么事？他说，学费没交齐的，都站到后面。

我无奈地站到教室最后排。昨天还有一个叫江五包的人陪着我，今天只剩我一个。我不相信自己的眼，抬头扫视左右，是的，只有我一个人。

我低头，目光落在赤脚上。我盯着自己的脚丫子，眼泪汪汪，这使我的脚看上去那么遥远、虚幻、模糊。

放学，我和毛刺往回走，毛刺说，你别哭，我告诉我二父，他有钱，他不喜欢你吗，让他给你交学费。他又说，放心，我不告诉我娘。我娘总爱管闲事，讨人嫌！

6

那天午后，聋二用独轮车给人家送砖瓦。天黑下来时，聋二来了。他来我家接我，我站着不动，那个绿裙女子飘然而至。聋二拉起我的手，把它抓得很紧，他的手掌里有东西，我感受到了，那是钱，是新票子，它那么坚硬。我的脚就不由自主，和着聋二的脚步声，迈开去。

与先前一样，聋二睡里侧，挨着茅草墙，我睡外侧。茅棚的门，是用木头条拼钉在一起的，很厚实，缝隙却很大。我躺下后，总觉得那个绿裙女子就在门外，她随时会从那手指粗的缝隙里飘然而入。因为她是鬼，她的身子像云朵一样，像水一样会变成各种形状。我就同聋二换了地方，睡到里侧去。

这是清明过后的夜，一场雨，使夜更显潮冷。夜风吹，支出的茅草瑟瑟有声，好像是绿裙女子的手，正抠着那茅草墙，企图抠出一条缝，要将手伸进来，要把我抓了去当替身。听说当替身，死法都是一样的。我这么想，就看见她的另一只手里，拿着一把长把锄。她头顶那锄齿挖出的窟窿里，一直在流血，流到她的脸上。我躲开去，睡到外侧。聋二将身子移过去，挡着茅草墙。我刚要睡着，风吹那扇木头门，哐当有声。我无处可藏，钻进被子里，捂着脑袋。我往聋二那边靠了靠，紧挨着他。聋二掀开被子，问我，你怎么了？我正要告诉他那个绿裙女子的故事，就见那个绿裙女子向我瞪眼，龇着长牙。她眼里燃烧着血一样的火光。我听见她警告我，如果我说出来，她就把我撕了，嚼了。我说，没事，二父，你把被子放下来。

我声音颤抖得厉害，聋二听出来了，问我，你莫不是病了。我说没有。

绿裙女子比我想象中要瘦，只剩下皮包骨头。我看不清她的五官，她好像根本就没有五官，脸是扁平的，像贴了一张苍白的纸，但好像有眼睛，只不过是两个黑窟窿。她就用那黑窟窿在房间里扫视，像是在寻找什么东西，最后还是针对我。她向我走来。她伸着鸡爪般的手，刺向我的脖颈。聋二睡梦中突然一个喷嚏，她缩回手去。我全身绷得紧紧的，屏住呼吸。我不想看她，想闭上眼，可闭上眼更害怕，她那筷子一样细长的手指就掐了过来，还有她左手的长齿锄头。我睁着眼看她，她也看我，但她的眼里没有光，只看见她脸上那两个黑窟窿朝着我。月光从那两孔窗户里照进来，她就在那月光里。一个尖细的声音，从她那两个黑窟窿里传出来，就像是从地穴里传来。那个声音说，吞下它，你就什么也不怕了。说着，她左手往后一甩，右手在眼前一抓，一条蛇从棚顶飞到她手中。蛇弯曲着身子，翘着头，吐着蛇芯子。她要我把这条吐着芯子的蛇吞下去。那条蛇直向我扑，我吓得大喊一声，啊！聋二坐起来，问，怎么啦？我说，蛇！聋二问，在哪里？我指给他看，这时，我看不见那条蛇，也看不见那个绿裙女子，他们瞬间都从窗户里飘走了。

我坐在床上，瞪着眼，大口大口喘气。聋二问，你怎么了？你看见什么了？我摇头。聋二就把我的头搂过去，贴在他的胸脯上。我浑身绷得紧紧的肌肉，慢慢地松开了。

我自此害怕窗户，多热的天，我都要搬只凳子，踏上去，把窗户关上。聋二怕热。他知道我害怕，就由着我。他一晚上要醒好几次，每次醒来，就用湿毛巾擦脸，擦脊背。

我还是害怕。我钻进他的薄床单。

你愿意这么睡，就这么睡吧，聋二说。他说着，翻过身去，把后背弯成一张弓。我将身体挨上去，把脸贴在他的脖颈上，肚子贴上他的脊背，腿也紧挨着他。我将身体的每一个部位都贴紧他，感觉到他的存在，那恐惧感慢慢地弱下去。

夜里被一泡尿憋醒，不敢出窑棚，一直憋着，烙饼似的翻身。聋二知道了，说，走吧，我要上茅厕，你陪我。茅厕在茅棚后面。我们披衣，他在厕所门口，让我进，他在外。他故意咳嗽，同我说话。他怕我害怕。等他如厕时，我不敢站到茅厕外面，他尴尬地立了片刻，说，算了，没尿，回去吧。他不像他哥奇货，也不像麻球，大白天掏出家伙就在我们面前滋尿。聋二是个文明人，即便黑夜，他撒尿，也要背着我。

回到床上，聋二让我先躺下。他灭了灯，倚着床头坐着。茅棚里有些冷，又有些黑暗，潮气和黏湿的泥土味涌进来。一半明，一半阴影中，聋二像我们课本里的版画。他的眼睛在黑暗里明亮地闪动着。他怕我害怕，让我先睡。

我嗅着聋二身上潮润酸涩的汗味，慢慢地忘却了那个绿裙女子，很平静地闭了眼，听着他粗粝的呼吸声。他躺下了。我贴着他的后背。

聋二全身有一种温度，碰着他结实的肌肉块，是一种幸福的感觉。我突然想起奇货那个大得吓人的裆，像驴货。他们是兄弟，聋二的个子也不比奇货小，他莫不也有这样一个肉坨坨的裆。他上茅厕，抹汗，一直小心地躲避着我，我未能见。此时，循着他身上的汗酸味，我装作熟睡中无意识地伸过手去。我的一只手抽搐般颤动着。聋二感觉到了，他伸出手来，拦截了我的手。他把我的手抓在手中，继续沉睡。

我羞愧难当，装作是在睡梦中。聋二打了个呵欠。那呵欠虚假，他可能怕我尴尬，同样装成熟睡。

我在清澈的鸟叫声中醒来，接着听见溪水叮咚。我坐起来时，身边空荡荡的，太阳照进茅棚，日头有一丈高。我抓起书包就走。昨夜里的事，我没忘记，我不敢正眼看聋二。我冲出茅棚，一大泡尿憋着，我没到茅房去撒。

我冲上坡地，小腹胀痛，我没有停下，我知道，聋二正站在茅棚外瞅着我。我往前走了几步，他被茅棚遮挡，我才解开裤子，痛快地尿起来。

身旁的草丛里窸窣有声，我没去管它，或许只是一只野兔。突然，聋二飞身而来，伸手在空中一抓。他抓住了一条蛇。他死死地抓住蛇的七寸。他的手在空中舞动，接着往高处一扬，那条蛇，就像一杆标枪，向几十步远的松林飞去。

我怔在那里，汗流浃背。聋二明明没有看见蛇呀，那么，他是凭耳朵在听。可是，他的耳朵在战场让炮震了，听力弱，大伙才叫他聋二。现在看来，他的耳朵其实特别的灵敏。他莫不是不想说话，才装聋作哑？

我回望聋二，回望着窑场那片土地。家乡寒冷的土地，总是等待着春天的来临。春天真的来了，我很快习惯了窑场的蛙声。而白昼那一望无际的油菜花，让我心里的希望，像金黄色的火苗在燃烧。

第五章　我叫杨向阳

1

聋二在窑场，迎着暮色眺望的时候，我走进他的目光。夜开始向着窑场移动。

我身后是母亲。她在南山洼的菜园里，看见我，就跟着我一起来到窑场。母亲从她的竹篮里，把洗净的白菜叶抓一把，放在聋二家空菜篮里，走出来。她一声叹息，像是累了。她坐在晒场的沙子上，半仰头，伸着脖颈跟聋二说话。母亲夸聋二人好，厚道，接着夸他的手艺好，能挣钱，又说聋二这样的人，是不应该打光棍的，应该有个屋里人。没有屋里人，也应该有儿子。这么好的人，没人续香火，真是白瞎了。

父亲也来到窑场，他们好像是约好的。父亲冷着脸，像冬日一片干硬的土地。母亲的脸上同样没有生气。他们两人同时来到窑上，这在我记忆里少见。母亲很少与跛腿的父亲一起行走。母亲对聋二说，二兄弟，四郎就交给你了。这学费，就是砸锅卖铁，我们也交不起，你好歹有个窑场。父亲说，兄弟，四郎就交给你吧，以后让他养你老，反正我儿多。

父亲有五个儿子。听说母亲又怀上了，但愿是个女。

聋二的脸，像秋日的天空，平淡无云，你看不出他是高兴，还是不高兴。母亲说，兄弟，你说句话。聋二还是不吱声。父亲说，二兄弟，你说话嘛。父亲母亲的眼神都一样的，讨好，甚至是乞求。他们这样的嘴脸，让我胃里泛出酸水。既然你们养不起，干吗要生那么多，把亲生儿子往外送的，整个竹林湾，也就这对男女。我坐在矮凳上，以床为桌，装作看书，其实在偷听他们的谈话。父亲说，二兄弟，你知道，四郎是我五个儿中，最聪明的一个，长得也疼人，生下来就与你亲。我和他娘可是把最好的儿给你。我没听见聋二的回答，我听到的，只是长时间的沉默。沉默像一把无形的刀，一点点切割着我的自尊。我感到我是个多余的人，我趴伏在床上，把脸埋在被单里。我想哭，却没有泪。微风拂动茅草，发出瑟瑟之音。那茅草尖就拂在我的心上，我心里毛愣愣的难受。这时，一个声音，像一声春雷，将我内心储存了整个冬天的阴霾驱散，带来一场绵绵春雨。那个声音说：我愿意四郎当我的儿子，我喜欢他，但这事得四郎同意。

我像解压的弹簧，从矮椅上弹起来，两步飞跨到门口，走出茅屋。我说，我愿意。我没有勇气面对面回答。我隐在茅草墙外，把声音传递给他们。我的声音很高，整个北山洼都听得见——北山洼的树，北山洼的溪沟、水凼，北山洼的每一块石头、每一棵野草。

母亲朝着聋二说，听着没，二兄弟，他愿意，四郎愿意。母亲走出来，一把将我拽进茅屋，把她那张脸朝向我，说，四郎，叫爷。

我张了张嘴，却没叫出来。我害羞。母亲就说，行了，今天就不叫了，过两天你当着亲戚的面，改口管他叫爷。

聋二笑了，一脸灿烂，像天边那最后一抹霞光。但母亲接下来的话，让他脸上的霞光消逝在暮色里。母亲说，得过客，选个好日子，把我家的亲戚都请来，把你家的亲戚也请来。聋二说，四郎把我当爷，我把四郎当儿，我们父子相待，不要那些形式上的东西。母亲说，形式上的东西还是要的，这样才名正言顺。

茅屋后溪水低吟浅唱。

聋二的沉默持续着。母亲盯着他，等着他的答复。聋二说，要不，秋后请客吧，那时候，有收成。母亲说，现在也不错，园子里有现成的菜：茄子、豆角、黄瓜……我家园子里也有，我多摘些过来。你只要割些肉，买些鸡蛋，杀几只鸡，就够了。

聋二陷入沉思。母亲继续她的话。母亲说，我来帮你烧火，你在窑上搭个灶台。聋二说，只怕会把茅棚点着。母亲说，你不会离茅棚远一点，见聋二没反驳，母亲语气坚决起来，下月初一，就这么定了。聋二，四郎是个懂事的孩子，你不亏，他将来给你养老。我明天就去接客。

接客是我们石桥河一带的礼节。请客的前几天，到亲戚朋友家告诉请客的时间，相当于城里人下请帖，只不过不写帖子，而是口头传达。

聋二没回应，轻轻拍打砖坯。他做砖坯的力量一向很大，此刻那么温柔，好像心不在焉。母亲拽起我的手，拉着我远离聋二，语气低沉，样子诡秘。母亲说，儿啊，你别多心，娘是疼你，才把你给聋二。咱们家供不起你读书。把你送人，娘心里也不好受，不过，话说回来，给谁当儿子，你不还是咱老杨家的血脉。

我说，我是你们的儿子，为什么一定要当他的儿子呢？母亲说，他供你吃供你住。我说，我现在不是在他家吃、在他家住吗。母亲说，不一样的。你不当他的儿子，时间长了，他就不会让你在他那儿吃在他那儿住。我说，不会，二父让我在这儿吃在这儿住。我说完，拧着脖子看着母亲。母亲说，儿啊，你不懂。你当他的儿子，吃得仗义，住得有理由。你不当他的儿子，时间长了，聋二不说，别人会说。母亲说着，竟然伸手抹泪，说儿多母苦。看到母亲这样哭，我的鼻子酸酸的，眼眶发热，泪就要往外涌。我说，娘，我当他的儿子，我当他的儿子，我管他叫爷。

父亲母亲走后，聋二停歇下来。我给他递杯茶，他自己点了根烟，猛吸一口。他说，我愿意你当我的儿子，你很好，你将来会有出息。我只是怕湾子里的人眼红，说我收你当儿子，是捡大便宜。我说，是我家沾光，是我娘想占便宜，让你养我。我觉得委屈，好像是我把自己硬塞给他。我带着情绪，说着娘的不是。聋二说，不能这么说你娘，她有她的难处。

新月如水。月色照在窑场，笼罩在我们身上，照彻这郁悒的夜。我们走进茅棚，月亮的光辉留在外面，将持续到黎明。

心中有事，我黎明就醒了，忘了茅屋后的坟茔，忘了害怕。

2

初一这天，阳光透亮，满天的白云在阳光下闪亮地飘动。母亲拎了半篮子鸡蛋，出现在清晨明丽的光线里。她身后，一轻一重的脚步声，和着山雀的鸣叫。不用看，我知道父亲来了。那是瘸脚父亲特有的脚步声。

父亲母亲都换上干净的衣服，进到窑棚。他们把外套脱下来，放在我和聋二的床上。两个人，穿着汗衫，甩开膀子干起来。大郎二郎到别人的家，借了几张八仙桌。他们一前一后，不辞辛苦地搬运。桌子应该四个人抬，乡村路窄，无法通行。大郎钻到桌子底下，人立起来，那桌子就斜挂在他的背上，像长出了又大又厚的龟甲。二郎学着大郎的样子，两人像两只大怪兽，一趟一趟地走在山路上，穿行在林子间。他俩一共搬了七张八仙桌，算上聋二茅棚里这一张，一共八张。在竹林湾过客，摆上八张八仙桌，是很气派的。其实两家可能没这么多客人，母亲说，八张桌好听，吉利，而且不用那么挤，客人高兴。

聋二一早去了县城，买回来四只烧鸡。本来一个桌上应该有一只，可能没那么多钱。他回来的第一件事，就是把那些鸡剁成小碎块，摆在盘子上。请客是要有鱼的。下河湾的渔夫，早把鱼送过来了，八条，每条都不下二斤；河西湾做豆腐的，送来豆腐和皮子；聋二又到他哥奇货的屠宰场，赊取了几绺猪肉；到小卖店拿了八瓶白酒。我到溪水凼旁的菜园子摘茄子豆角小白菜，三郎也在我家菜园摘了些青菜，洗得很干净，还带着水滴，用篮子拎过来了。

聋二特地花钱雇了乡村厨师。万事俱备，只等客人。

客人陆续来到。聋二的嫂子葵花迟迟没露面。她不是客人，却是主角，聋二让我去喊。我去到她家时，她坐在堂屋里，透过明瓦的阳光，像追光灯一样打在她的脸上。她的脸上像抹了一层石灰，苍白，毫无表情。她像坐在阳光下晒太阳的女鬼。我吓得后退到门槛外，朝她喊道：娘娘（婶娘），窑上的饭好了，二父让你过去哩。葵花在光线里，轻轻地翻动眼皮，凸出的眼珠流露出嫌恶的神情。她扯着嘴角，冷笑道：二父？你今天该叫他爷了吧？你娘可真舍得，养这么大个儿，就这么送人了。她莫不是要把她自个儿也送给聋二？

我听出不是好话，转身离去。她的声音从我背后砸过来：告诉你亲老子聋二，别等我，让客人先吃，我一会儿就到。

毛刺跟在我身后，过年一般高兴。

直等到日头当空，晒场无一遮拦，葵花嫂还没出现。客人烦闷的情绪表露出来，说话声大，埋怨日头的毒辣，怨山洼里没风。其实是有风的，风从南边吹来，有着庄稼包浆快成熟了的那种热烘烘的气息。

人多，刘映山当知客。他知道得多，啥事都由他张罗。刘映山是观音寨的民办老师，我们竹林湾唯一的知识分子。虽然父亲也是有知识的，与刘映山是同学，有着相同的学历，但父亲躬耕于田地，那些知识早掉到泥巴渣里，他就不能算知识分子了。

湾子里的红白喜事，都少不了刘映山。他说，聋二，你的嫂端架子，要你亲自去请哩，你就亲自去请她一下吧。聋二正在给客人递烟，他把烟盒搁在身边的八仙桌上，往湾子里走。一两根烟工夫，他回来了，脸上没有清晨时喜庆，是那种僵硬的笑。他对刘映山说，开始吧。

刘映山就致开席词。他先让我给聋二点根烟。聋二将烟叼在嘴里，我划火柴。火柴的光，像小火炬一样跳跃着。我将手伸过去，聋二的脸迎过来。烟着了，聋二闭了眼，猛吸一口，幸福地吐着烟圈。麻球说，看把你聋二美的，都成神仙了。刘映山让我喊聋二“爷”，我犹豫着，聋二红着脸。他给我包红包，是改口钱。红包里还有一张红纸，写着聋二给我新取的名字。那时候还没统一身份证，改名字是很容易的事。我给聋二倒了一盅酒，聋二笑着，一口喝了。我却没他那么干脆，半天改不了口。刘映山就教我，说，喊爷，快喊爷。

我张嘴正要叫“爷”，一个尖厉的声音破空而出，又冷又硬的话，暴风雪般传来：不要脸，自个捅出的儿，让别人养；自个屙出的儿，管别人叫爷……众人循声看去，见大个子葵花，蓬松着头发，像一只要吃人的翻毛狮子，怒冲冲而来。

刘映山急忙迎过去，说，葵花嫂，大伙都等着你呢，这不，大席给你留着呢。我们那里吃饭，其实就是吃席，吃面子。八仙桌左侧上座为一席，如果有好几张桌子，最上沿八仙桌的一席为大席。

按说，今天这场合，最大主角是聋二，但聋二是主人，不是客人。父亲把儿子过继给他，父亲是今天最尊贵的客人，应该坐大席。竹林湾的人，都知道葵花的性格，将就她，哄着让她坐大席。

葵花不坐，顾自说：尽想着占小便宜，你家不让你小姑子嫁给我小叔子也罢，现在，竟然还想塞给他一个儿子，让他养。你家可真能算计。母亲回答，是你家兄弟不要我们家秀兰。

刘映山把葵花拽到大席处，把她按在凳子上，葵花像弹簧一样蹦起来。她突然弓下身去，两手往下一捞，往上一掀，她面前的桌子就四脚朝天，碟子盘子碗筷噼里啪啦鞭炮一样响成一片，鱼肉青菜全落了地。幸亏桌子那边的人躲得快，像受惊的鸡群四散逃去，才没被那沉重的八仙桌砸伤。葵花接着去掀另一张桌子，早有人提防着，死死地将桌子按住。她掀不动了，肥胖的手臂像一把粗大的扫帚，在桌子上横扫过去，桌上的盘子碟子，便像又燃起了一挂鞭，噼里啪啦向地面倾泻。咒骂声恶毒地响起，先是冲着聋二，说他就是一个苕货，脑子有病，让枪打了炮轰了。她没忘记聋二曾是一名军人。她说聋二养一个野种，只怕将来野种喝了他的血，还要吃了他的心。她的矛头接着指向我家，先是骂，骂我父亲母亲只顾夜里快活，知道生，不知道养。后是咒，咒我们家这样好占便宜的人，占小便宜吃大亏，要遭报应。葵花喋喋不休，每甩出一句话，如同劈来一刀，给我们杨家人一阵一阵的痛。

哪个屁眼喷粪，闲着没事，说我家咧，骨粗筋糙，皮松肉懒，千人日过去，万人日过来。我睡你爷，捅你娘，日你爹爹日断肠……是母亲，她拿了一只高脚凳，上面搁了菜板，站在高脚凳旁，开始了她的骂街。母亲骂一句，在菜板上剁一刀，像京韵大鼓。

我感到天一下子塌下来，疲于喘息。我最怕母亲骂街，不但伤人一片，丢了我们杨家人的脸，往往还会引发新的战争。她在外面骂得痛快淋漓，回到家，肯定会接着同父亲争吵，甚至动手。我一见母亲骂架，就浑身哆嗦，心惊肉跳。我等着父亲冲出人群，把母亲拽回家，但这必将是另一场撕拽与号叫，幸好麻球阻拦了这即将发生的一切，准确地说，他把我家即将发生的内战，停留在一致对外上。麻球喜欢听女人骂街，她们骂出的，多是夫妻床上的营生，不堪入耳，但能让麻球获得一种听觉上的快感。

麻球把这杀气腾腾的场面，变成一片欢笑的海洋。他简直就是救星。他拎着粪箕，出现在人群里。他冲我母亲笑道：我的娘啊，睡人的爷，日人的爹，你这哪是骂别人，你这是在骂自己。你裤裆里缺东西，你用什么去睡，用什么日……

众人哄笑，母亲也笑了，但她的笑容只绽放一下，就昙花一样败了。母亲骂道：我用棍子捅！她大概是斜眼瞅见了麻球手中的粪锄，接着骂：我用粪锄剜，用锄把杵。粪锄一剜油一桶，锄把一杵血一盆……麻球拎起粪箕就跑，那猪粪狗屎撒了一路。大伙望着他那狼狈样，又是一阵哄笑。

好骂架是我们红安女人的一个特点，她们常常不动手打人，但是，她们嘴里喷出的话，像刀子一样，直扎人心，让人心里喷血。

我们红安男人挺讲仁义道德，知道好男不同女斗，女人干仗，男人很少参与，所以，两家干仗，一般情况下，只要女人战胜了别的女人，就是一家人战胜了另一家人，这使得哪家只要有一个烈性女人，在湾子里就会少受欺负，而且还可获得欺负别人的机会。这导致我们红安男人找媳妇时，把姑娘烈不烈，嘴利索不利索，当作很重要的一个标准。这样的女人，娶进来后，常骑在男人头上拉屎，当然，有这样的女人，外人就很难在自家人头上拉屎。比起外人在自家头上拉屎，自己的女人骑在头上拉屎，又算得了什么。

毛刺的娘，同母亲一样，搬一只凳子出来，把聋二的菜板和刀摆上，一前一后，与我母亲相隔一两丈远的地方，骂了起来。她的动作也与母亲一样，骂一句，用刀在菜板上剁一下。她们不是面对面地骂，也不指着对方的名字骂，也不朝着彼此家的方向。她们朝着同一个方向，就是对着我们竹林湾，似乎谁家都在目视之列，又似乎谁家都不是其骂的具体对象。这两个对骂的人，如果不细听她们骂的话语，她们一唱一和，倒像是一对并肩战斗的好姐妹。

母亲骂道：日遍街，捣遍巷的货。母亲骂的是毛刺娘葵花，葵花偷换概念，说，那是我男人的本事，我的男人，躺在屋里有人抢，你的男人，给人金山银山，都没人碰，也就是一坨猪屎。

葵花骂：我男人是金棍银棍，就是不跟你困。日遍街捣遍巷，就是不捅你这个烂裤裆。

母亲拉不上话，顾自骂道：猴子一日一哈腰，狗子一日一挺腚，猫子一日一叫魂……她这些脏话，其实是从葵花那儿学来的，现骂回去。

生在乡村长在乡村的刘映山，对这样的骂街司空见惯，但今天母亲的骂街太赤裸，他听不下去，他去拽我的父亲。他说，杨大志，你可别让四郎他娘骂了，听不得，听不得咧！

父亲说，女人骂架，我一个男人掺和啥，回家我再收拾她，现在，谁愿意听谁听去。刘老师说，你的几个儿子不是都听着吗？你不怕你儿子会学坏？

父亲说，在这个穷山沟，你还指望儿们学好？

麻球一直在那里偷偷地乐，他的裆里，早就撑起了一把伞。哪知母亲用她们女人惯用的手段，骂床上之事之时，突然一个急转弯，拿起菜刀，一刀剁在菜板上，一下子把麻球裆里那把伞剁没了。母亲一边剁，一边骂道：跟我作对，不得好死。过河落河，脑袋让鱼啃；过江落江，尸体让鱼吞；坐车翻车，车破人死；过桥桥塌，断子绝孙……

这太狠毒了，听不得。父亲一瘸一拐，来到母亲身边，说，他娘，你就歇歇气吧。母亲说，不用你管！就是你没得个鸡用，你要是像她的男人那样，会捅猪，会耍刀，哪个敢欺负？父亲就灰溜溜地下去干活去了。他翻山越岭，去最远的地，这样，他就听不清母亲血淋淋的咒骂。

我的三个哥，本来是为了吃肉，才到窑上来做客的。他们每个人，趁着混乱，搞到了一只肥大的鸡腿，藏在衣袖里，钻进松林吃去了。其他的客人，有的气不过，走了，有的觉得这么走，太亏，就拿起碗筷，大吃大喝，只把她们的骂街，当作动感音乐。

竹林湾女人骂架，男人大都不上。两个女人，就一直骂到天黑。不知谁累了，先松歇了气，另一个人也就慢慢地歇了气。她们两人，会在相当长的一段时间里，你不理我，我不理你。走在路上，看见对方来了，远远地绕开去。第三家喜事，请客，一个去了，另一个必定不去，直到时间冲淡了怨恨，彼此想念了，想说话了，一个有眼力见儿的女人，设一个茶局，把她们找在一起，彼此称呼对方一声，就算和好了，搭话了，而且会在一段时间内，走得特别近。直到下一个战争的来临，如此反复。

葵花和母亲互骂的时候，聋二一直默默地收拾地上的碗筷。有时，他站着，目光越过长着庄稼的田野，望着遥远的观音寨。他喘着粗气，胸脯像一个起伏的橡皮，但他的脸上，看不出喜，也看不出悲。他把嘴唇咬得没有一点血色。那张脸像雕塑一样冷峻、平静，好像今天发生的一切，与他没有干系。事后，一湾子的人，都说聋二脾气好，换别人，早上去，一巴掌扇在葵花脸上。分家断业的，兄弟的事，用得着你一个当嫂的管？

我不知道这个叫葵花的女人为何那么恨聋二。麻球说，你看过《水浒传》里那个潘金莲吗？她喜欢武松，想勾引武松，武松不但不动心，反而骂嫂子无礼。葵花就是潘金莲，聋二这一口小鲜肉，她没吃上，爱不成，便生了恨。

我认真地想了一下，不太明白。

那天闹得不欢而散，但聋二还是把那个改口的红包给了我，我很忧伤，也有一丝温暖。我把红包给母亲看，她把红包塞进自己的口袋。红包里装着五百块钱。我说，娘，这钱是二父的。母亲说，他给你了，就是你的，你放在娘这里。见我撇嘴，她又说，娘还想给你扯两件衣裳哩。

那个年代，五百块钱，是聋二小半年的收入。

3

葵花与母亲这么一闹，我就不好意思到窑场住。刘映山作为知客，事没办好，有歉意，夜里特地带我到聋二的窑场，说，儿子没认成，就认个干儿子吧。四郎，叫你二父干爷。我叫了一声干爷。我所以叫得这么干脆，是觉得聋二挺可怜，需要我与他亲近，来挽回一点颜面。还有，就是叫干爷，比叫爷容易叫出口。

夜里，我依然挤在父亲母亲的床上睡。那几天，父亲总是把眼睛鼓得像青蛙一样。他嫌恶的眼神令我对他也产生了嫌恶。我在忍，他也在忍。直到有一天，我忍无可忍。那天下午，天还很早，我从学校回家。父亲问我，为何这么早就放学。我说，老师有事。我撒谎，老师并没有事，是我有事。我跟同学吴三宝打了一架。借助一块玉兔石，我让他头破血流。吴三宝哭爹喊娘，我不敢回教室，就回了家。

父亲看见我，讨好地朝我笑。他一向沉默、冷峻，他这种讨好的笑，笑得猥琐，定是他有所求。果然，他小声同我说，四郎，你晚上还上聋二那里睡啊。我一听，火冲头顶。这么早，他就把我往外推，还不是夜里要同母亲做丑事。我肯定地说，我不去。父亲一张笑脸，马上换成嫌恶的表情。他的这种表情刺伤了我。我冲父亲喊，你这么讨嫌我，当初为么事要生我？就顾自己上骒快活！

我这么说，因为我那时候已从麻球的嘴里，知道父亲和母亲睡在一张床上上骒是一种快活的事，也知道这种快活的事情之后，才有了我和我的兄弟们。当时屋子里有几个人在我家玩，说着闲话。大郎二郎也在。大郎没吱声，我在他的脸上，还看到了一丝鼓励。

他早就嫌我家弟兄多，负担重，不希望父亲母亲生那么多孩子。二郎却生气了，他觉得我的话是骂人的。他说，你个苕货！他说着打了我一拳，惹怒了我。我大声喊：不是这样吗？就是这样的，他们就图自个上粿快活，生这么多儿，养不起就莫生，把我往外送！

一直喜欢沉默的父亲，突然抓起墙角的一只长把笤帚，向我横扫来。我早有所预料，箭一样射出一丈远。这样打人的事，以前也发生过，但只要我跑了，父亲冲我的背影骂，粿日的，等回来我不打死你，回来打死你狗粿日的！我就一边跑，一边喊，你骂你自己，你说你是狗。父亲骂几句，并不追，至于回来把我打死，当然是吓人的话。过了那阵子，消消气，也就算了。

但今天，一切都变了。父亲穷追不舍。印象中，父亲的脚步，像是有过短暂的停留，但吴三宝他妈的出现，让父亲的双脚更快地飞奔。吴三宝的妈冲父亲喊，杨大志，你家四郎把我家吴三宝打得头破血流，他爸正开车，把他往医院送咧，去抢救咧……

我的心突然剧烈哆嗦着。我一直担心的事，还是发生了。我飞奔着，企图甩开父亲的追赶。我的眼泪涌出来，不仅是吓哭了，还是委屈，父亲不问青红皂白，就这么追打。我打吴三宝，还不是因为父亲。父亲上午路过学校，被吴三宝看见，下午，他突然学父亲的瘸腿，引同学发笑。是可忍，孰不可忍，我捡起一块小石头，飞向他的额，吴三宝捂着头，蹲在地上。血从他的指缝间漫出来。同学们一哄而散，冲向办公室，他们的身后，无数声音暴风雪似的响起：老师，打破脑壳了……

天塌下来。我飞奔入林，直到太阳偏西，林子里变得阴暗，我害怕，这才回家。我在万分惊恐中，回到家，终于有了一些安全感，偏偏父亲把我往外推，我愤怒了，才说那么气人的话，比骂人还狠。

我没跑多远，三宝的娘冲父亲喊，杨大志，你回来，我来不是让你打孩的，吴三宝在县城住院，要缝针，要输血，要打葡萄糖补身体，要好多钱。

我感觉到父亲停歇了一下，接着更快地飞奔。我听见母亲尖厉的呼喊：儿啊，我的个儿啊，你把天捅了个洞啊！你咋这么苕啊，人家镇医院不去，直接去县医院，这得多少钱诊啦。儿啊，你砸哪个不行，非要砸他？你不知道他爷是国家工人？你不知道他叔父是大队长呀儿啊……

我感到天就要塌下来。我感到死神来临，到处都是鬼魂，在我身后追赶，来索我命。我只有奔跑，努力地奔跑。我跑上石拱桥，父亲追上石拱桥。我跑上塘埂，他也追上塘埂。我跑得极快，耳旁是呼呼的风声，眼前是闪动的树木和庄稼。我跑上观音寨。我想跑到寨子上，跑进观音庙，跪在菩萨面前，父亲在菩萨面前就不敢放肆。谁知那天既非初一，也非十五，庙门紧闭，上面还有一把拳头大的锁，与手指粗的锁环严丝合缝，紧密相扣。情急之中，我趄转身往回跑，父亲在我转身的那一刻抓住了我。我想甩开他，却甩不掉。我突然发现身边有一株刺槐。我抱着槐树一转，父亲的手便扎在那些毛刺上。他哎哟一声，松了手。我像石头一样，向山下连滚带跳。

我跑上长长的河套，累了，想停下歇息，回头，看见父亲远远地穷追不舍，因为跛腿，他晃动着身子，那把长把笤帚还在他手中。他像一只折翅的麻雀，叼着一根麦穗在地面艰难地蹦跶。我不断地回头看。我其实顾不上回头，也顾不上朝后看，我的头基本上是侧着的，既能看见前面，也能用眼睛的余光看见父亲蹦跶着的身影。父亲竟然像我的影子一样，一直紧紧地跟着我，没有一点停下来的意思，而且似乎越来越近，就要逼上来了，好像一伸手，就可将我抓住。狗急跳墙。我不是狗，这儿也没墙，我就跳水。

我扑腾进水里，才想起我并不会浮水，我的狗刨，在这河里根本就等同于一个旱鸭子。印象中，父亲应该是不会浮水的。他在石桥河抹冷水汗时，从来就在浅水湾，站在浅水里，抹擦着脊背。

我万万没想到，父亲竟然也跳进河里。看来，今天他没想放过我，真的要把我打死。他在水里扑向我。他扑腾着，原来他真的不会游水。出乎我的意料，他不是要把我按在水里，他扑腾着把挣扎着的我抱上了河岸。河水并不深，情急之中，我们胡乱挣扎，没能准确感知水的深浅。

我在河岸上站稳，父亲抖动一下身上的水，接着过来抓我，原来打还是要挨，我再次撒腿跑。我跑过十条田埂，两条塘坝，三块干旱地，最后实在跑不动了。我闻到了我嘴里的血腥味。我知道不行了，真的跑不动了。但我不能停，至少不能在这里停，在这里停下来，父亲会把我打死。我再苦再累，得跑到湾子里去。家里有人。父亲打我，家里人不管，邻居们也会拉扯，阻止他打我。父亲气坏了，他会打死我。

我跑到湾子里时，母亲已站在村口等我。她骂父亲，你鳏日的有劲没地方用，把孩子累死了。湾子里的几个老人也围上来，阻拦父亲，父亲却坚决不放过我。他一边跑，一边挥舞着长把笤帚，喘着粗气冲我喊：跪下，今天你要是不跪下，我就打死你！

我两膝发软，我犹豫着要不要跪下。父亲见我不跪，举起了笤帚，就在这时，一个声音旱雷般响起，住手！

是聋二。他的声音是一道亮闪闪的光，抵达我内心，驱走我内心的恐惧。他一张脸，像挂在石拱桥上的太阳，我的委屈晨雾般散去。聋二一脸愤怒，说，我到下河湾去送砖瓦，才回来。我要是知道你们这么打伢，我可舍不得的！他朝着父亲说，四郎你们说过，过继给我。虽然席没吃成，但四郎已是我的半个儿，以后谁再这么追着打四郎，先问问我可得不可得！

聋二的手，搁在我的脖子上，轻轻用力，我身子一晃，就趔趄着跟他走。走了几步，他回头，朝母亲说，四郎赔钱的事，不用你们管。我听见母亲的声音在身后追过来：聋二兄弟，你到哪里去？你是到县城去吗？你是带着四郎去赔钱吗？聋二兄弟，四郎是你儿子，都管你叫干爷了，他的事，就交给你了。

母亲的话让我肉麻。

4

我跟在聋二身后，走了十多里山路，才踏上马路。我直出汗，脚步慢下来，聋二的脚步也慢了。我听见他粗粝的喘息。他也累。我们坐下来歇息。

我们踏上平坦的柏油路，车多，反而走得慢。天黑的时候，我们到了城郊。聋二在商店里买了两个罐头，一个梨罐头，一个桃罐头。我们进到县医院。在三楼，我看见了吴三宝，他头上缠着绷带，白色的绷带上有血渗出来，我心惊，害怕。聋二向我使眼色，暗示我向吴三宝道歉。我说不出口。吴三宝不理我，白纱布下的那双好看的长睫毛眼睛，透着一股怨气。聋二把罐头放在他的床头，对吴三宝的爸妈说，孩子不懂事……这竟然像拉响了一个火药桶，吴三宝的娘说，什么不懂事，不懂事咋不拿石头砸自己。砸得多狠，一个鸡蛋大的血窟窿，花钱不说，这得遭多大的罪——对了，你是谁？

他爸呢，他妈呢？你不是寡汉条子聋二吗？你是他的什么人？你来算么子回事？吴三宝的娘剪着齐耳短发，每说一句话，就甩一下头发，使她看上去特像一个翻毛狮子。她刚才还在我们竹林湾，竟然这么快就到了县城。男人给政府开车，就是方便。

面对吴三宝娘的质问和指责，聋二不断地后退，躲让。吴三宝的爸制止她。他说，小玲，你莫吵，你让孩子歇着。我望一眼吴三宝，我捕获到他家一个秘密，他妈小名叫小玲。他再喊我娘“桂花”，我自然可以拿“小玲”二字来还击。

歇着？这个样子歇得着？你别管。你可别因为聋二也是部队上回来的，见了这个当过兵的就心软。我告诉你，当兵的与当兵的不一样！对了，既然你来了，就是能当孩子的家。那我问你，钱带来了吗？这可不是小数目。这不是一般的手术，是美容术。就是说，不能简单地缝针，要像作画一样做这个手术，让脸上不留疤。整个医院，只有院长一人会做这个手术。

聋二问：那得多少钱？

光押金就五百。

我看见聋二伸手抹了一下额头。他的额头亮闪闪的，早已挂着粗大的汗珠。

手术不能便宜一些？聋二试探着问。

便宜就得留疤！你以为这是买东西？

聋二像一个罪人一样低下头。聋二无罪，我有罪。我把头更低地低下去。聋二把罐头放在吴三宝的床头。吴三宝的妈说，你把罐头拿走吧，把我儿子打成这样了，两个罐头就算完？

吴三宝喊了一声妈，好像有制止她的意思。我们整个观音寨小学的孩，都管自己的母亲叫“娘”、“姆妈”或“大”，只有吴三宝，管他母亲叫“妈”，以示他是城里人，不同于我们乡下。

我这就去拿钱，聋二说。我跟着聋二走。记不清我们在微暗的县城，走了多少条街，穿了多少条巷。我又累又饿。聋二在一家包子铺，给我买了三个包子。他让我吃，我说不饿。我懂事地说，别花钱，把钱给吴三宝。聋二说，吃吧，已经买了。我吃了一个，就不吃。我说，干爷，你吃吧。聋二就捏了一只包子，塞进嘴里，把另一只递给我。

吃过包子，我们在花坛边坐下来。花坛边有低矮的榆树，枝叶耷拉下来。聋二把身子往里移了移，那枝叶就像门帘子，将他半遮半掩。

天完全暗下来时，聋二领着我，敲开一户人家的门。开门的中年男人，穿着旧军装，很富态。聋二叫了他的名字，那个人盯了聋二，看了很长时间，才惊叹道：你莫不是刘满堂，聋二说，是我。

我才想起聋二的名号。聋二说，孩子惹祸了，把人家的孩子打了，得五百块钱。

五百？那个人惊叹着。但他很快平静下来，进了屋。他递给聋二三百块钱。他说，只有这些，你再找找别的战友。要不，我帮你问问战友们。聋二苦笑一声，说，不用了，不过钱我得等到年底卖了砖瓦才能还你。那个人说，行。聋二就领着我出了门。他出门时，没忘了把门带上。但当我们回到花坛边时，那个人追了出来。他说，我这儿还有二百块钱，是准备给老娘过生日的，你先拿去吧。聋二推辞着不接，说这怎么能行，老人过生日，我没表示，还把这钱拿走。那个人说，行了，就别客气了，一个战壕里摸爬滚打，能同时活着回来就是缘分。我也不留你吃饭，赶紧走吧，一会儿我媳妇该回来了。

聋二把钱交给吴三宝的妈，说，只有这些，不够的话，我再想办法。

吴三宝的妈说，这哪够，这只够押金钱，血多贵。

聋二说，走吧，不就是血吗？我身上有的是血。

聋二领着我，身后跟着三宝的娘。我们来到献血室。聋二撸起袖管，对医生说，三宝缺血，你们抽我的吧。他要多少，你们抽多少，我的血旺得很。医生是个女的，眼睁得像灯笼。她几乎是吼叫着，说，你是谁？你想干啥？你的血合格吗？匹配吗？你就让人家用你的血？

聋二说，我的血合格，至于配不配，你们看着办。配更好，不配，你就把它给匹配的人，再把适合吴三宝的血配给吴三宝。我给别人多少，你就给吴三宝配多少。医生想逃，聋二一把薅住她，从旁边的托盘里，抓起一支注射器，吼道，你别走，看好了！你抽不抽？你不抽我自己抽！

医生说，我真的不能抽，我们得化验。聋二说，先抽，后化验！

我看见医生将一根粗针管，扎进聋二的手臂，针管的另一端，连上玻璃瓶。那鲜红的血，就不断地往瓶子里流，比我们往瓶子里灌茶水的速度还快。我看一眼，就不敢再看了。我几乎昏厥过去。

抽完血，我们回到吴三宝的病房，吴三宝的爸一脸平静，并无太多埋怨。听完他女人讲述聋二抽血的事，他脸色铁青。他说，没事的，都是孩子嘛。天都这么晚了，你快带孩子回去吧。

街里有灯，有人走动，这是我第一次看见县城的夜，第一次行走在灯火辉煌的大街上。我一时忘记了吴三宝，心里畅快。但踏上细石子马路，路灯暗了，心也随之暗下来。等行到山路上时，心里就有阴影了。路旁的树像人，人像鬼，我一次次惊出冷汗。聋二知道我胆小，手一直搭在我的肩上，让我感觉到他的存在。

5

我们径直走向窑场，而不是我那个家。我跟父亲赌气。他从未对我如此狠毒。我弄不明白，到底是我那骂人的话，说到了他的痛处，揭了他的丑，还是吴三宝他妈告状，让他恼怒，我不知道。我们回到窑上时，夜风是温暖的、柔和的。我一直害怕的窑上，此刻变得亲切。树木是树木，庄稼是庄稼，不再像鬼影。溪水流入水凼的声响，琴声般悠扬。浆洗过的床单被套舒坦，我就在这悠扬流水声里，在聋二身旁，慢慢地睡去。

我自此很久没再见吴三宝，他是我小学时光中一个匆匆的过客，他出院后，留在县城读书。我不知道这与我们那次打架有无关联。

太阳出来了。我从未感到窑场是如此亲切。松林的波涛，青草的味道，溪流的水响，清水凼里倒映着的云朵和飞鸟。聋二在清水凼边，洗着他那有汗碱味的衣服。我顺从地跟着他。我喜欢蹲在清水凼边。我站在他身旁，高远的天空，倒映在水里，天水相连，映照着两张脸。我能看见聋二水里的眼。他眼里有时虚无，有时很实，有着喜悦。他指着开满鲜花的原野，说，上次准备过客时，我给你的红包里写着给你新起的名字，叫“向阳”。你看，这北山洼春天的野外，多美。我说，是的干爷，向阳很好听，我愿意叫向阳，杨向阳。

我的学名不叫杨四郎，叫杨念红。那年二爹参加红军未回，父亲给我们兄弟起名杨思红，杨想红，杨盼红，我叫杨念红，还有五弟，叫杨回红。这些名字一点也不好听，没有男人味，熟人晓得我们是兄弟，陌生人，还以为我们是一群姊妹呢。同学时常拿我的名字开玩笑。现在好了，从这个清晨开始，我叫杨向阳。那天聋二过客，葵花要不那么闹，据说我的姓都改，姓刘，不姓杨。

第六章　父母婚姻

1

我说是父母婚姻，而不是父母爱情，因为我不知道他们之间有没有爱情，有多少爱的成分。如果说结婚前，我们的母亲对父亲有着极强的单相思，那么强烈地想同他在一起，那其实是她“剃头挑子一头热”。而婚后，母亲那么瞧不起父亲，则只能说明，就算母亲对父亲有着爱情，这爱情之花，也只是昙花一现。贯穿他们人生的，是婚姻，不是爱情。

令我们欣慰的是，无论母亲怎样嫌恶父亲，她房间梳妆台上，依然悬挂着父亲年轻时的照片。照片上的父亲，穿着中山装，围着浅灰色围巾，浓眉大眼，是那个年代女孩们喜欢的形象。这么看，我的父亲母亲，还是有爱情的，至少爱在有无之间。这其实是大多数中国乡村人的婚姻生活。剪不断，理不顺，离不了。倒是城里很多一见钟情的情侣，反而难得白头到老。

不管有无爱情，有了女人，有了儿子，父亲的生活便有了色彩，不像湾子里那些寡汉条子，生活在灰暗之中。父亲的膝盖伤了，腿瘸了，后来喝了农药，依然那么顽强地活着。隔三岔五，他们的床上，就会传来异样的声响。

父亲偶尔会对二奶说，娘，给你找个人家吧。那必定是在父亲与母亲男欢女爱后的第二天，尝到爱的果实后的父亲，总会想到孤苦的二奶。父亲觉得二奶盼二爹盼得太苦，太可怜。二奶伸手就给父亲一巴掌。父亲蹲到槐树下落泪，不是脸上痛，而是心痛，心痛他这个不是亲娘胜似亲娘的婶子，我们的二奶。

听父亲说，我们家祖上并不姓杨，而是姓曾，祖上为了寻得杨家庇护，假称姓杨。其实祖上是谁，我们并不在意。我们只盼着二爹被评为烈士，每月有几十块钱的抚恤金；再后来，两岸可以探亲了，我们又盼着二爹回来，像台湾别的老兵那样，带回一大笔钱，让我们家一夜暴富，盖房买车。

但这些幻想，从未成为现实。我们老杨家，每天过的，依然是贫苦而庸琐的生活。从我有记忆开始，这个家充斥着争吵。母亲总是争吵的发起人，她会突然之间叫喊或哭诉。母亲的叫喊或哭诉，让我们胆战心惊。父亲其实常常是沉默的，最多也就顶上一句，他更多的时候，默不作声地干活。父亲就像那沉默的观音寨，几乎永远地沉默。而母亲，就像门前的石桥河，一年四季流淌，发出哗哗的声响，有时甚至是咆哮，是怒吼。人与大自然是多么相似啊，河水绕山流，有怎样的山，就有怎样的河。这个河流的大小，决定着山的高低。

母亲怄气时，会坐在椅子上，有时干脆坐在地上，一把鼻涕一把眼泪。她一边哭泣，一边数落。母亲识字不多，但用词刻薄，她不说我们气她，她说我们欺负她。气她，可能是我们不懂事，欺负她，那我们的罪状就多了：不孝，犯上，等等，同时表明她是我家的弱势人。母亲还会哭诉自己小时候的不幸，说她的爷只顾自己快活，不管她们。我们害怕母亲这样的哭诉。我们在母亲这样的哭泣诉说中，知道我们有一个喜欢制造风流韵事的外公。

我们石桥河，把外公叫“大家”，把外婆叫“细家”。母亲说，你大家虽然死了老婆，他从不缺少女人；他虽然只活了七十六岁，但他这辈子一点没亏着，吃喝玩乐。就是最后得病死了，也是丑病。

我不知道母亲为何这么恨外公，听说他老了，躺在床上不能动弹时，母亲和小姨都不去伺候他。都说外公年轻时风流，骑白马，挎手枪。在武汉时，被一个青楼女子留下。要不，现在定是个将军。

当然，外公参加的是国民党的军队，他当时如果继续留在部队，是福是祸，也难预料。

外公病重时，父亲去过几次，被小姨气回来了。小姨说父亲是图外公的“袁大头”。小姨一边说着父亲，一边拿了一双筷子，在外公家的墙缝里掏，想掏出袁大头来。她够得着的那些墙缝都掏了，够不着的地方，就借用梯子。她甚至爬到屋顶，把那些瓦缝比较大的地方揭开看。外公的床铺、柜子、箱子、灶台裂缝，都翻了个遍。没发现银圆，小姨就开始掘地三尺。所有这一切，都是当着我的外公，在他眼前进行。那时候，外公已经倒床，他愤怒地看着他女儿的所作所为。相比较小姨，我的母亲要明智得多。母亲认为，外公风流成性，即使有几个大洋，也早就让他挥霍了，还能留到今天？她没有去掏墙掘地，母亲留给石桥河人的印象，就比她的那个妹子要善良。

我外公的风流韵事很多。

外公是一个“老汉口”，在汉口与乡村之间跑生意。至于我的外婆，我没印象。母亲说，外婆是一个很漂亮的女人，是外公从汉口带回的一个戏子，可惜红颜薄命，死得早。

风流倜傥的外公，说着汉正街婊子巷的趣闻。他年过六旬后，受不了长途跋涉，就不再到汉口去，但外公命好，一生痴迷女人的他，迎来他又一次桃花运。他们下河湾醉平的爷意外身亡，醉平娘，又是一个长得不错的女人，外公就与她好上了。有人甚至说，醉平就是我的亲舅。醉平的爷活着时，外公就与醉平娘好。我们已经很大的时候，麻球还同母亲说起这事，说醉平是母亲的亲兄弟，母亲一脸严肃地说：没得这样的事，你莫满嘴喷粪！

麻球离去。他不同母亲说，同我说。他说，有其父必有其女，你外公风流成性，你娘水性杨花。他说，他少时，亲眼目睹我母亲追逐我父亲。他说我母亲像一只猎狗，而我的父亲，则像一只可怜的野兔，被我的母亲追得到处跑，最后被捕获。

我从麻球的讲述中，知道了父亲母亲的婚姻故事。当然，麻球的话，有很大的虚构成分。他为了给自己乏味的寡汉生活增添乐子，添油加醋地说着我的父亲母亲。

2

1960年秋，红安师范学校在红安一中创办。校方贴出公告，凡高小以上文化者，年龄二十五岁以下，皆可报考。

那天，我十六岁的父亲，陪他的同伴刘映山去考试。父亲高小毕业，对考师范没有信心。刘映山说，既然允许高小毕业的人参加考试，就说明会有高小毕业生考上，你也试试吧。万一考上了呢？考上了，就跳出“农门”了。

刘映山是竹林湾唯一的初中生。他能读到初中，据说是因为他那个富农父亲给他偷偷留了一坛“袁大头”，埋在他家屋后。那几年，山里穷得叮当响，刘映山的父亲隔一段时间，就拿两个“袁大头”到汉正街去换钱，当儿子上学的费用。

两人都考上了。刘映山春风得意，他在那个师范班里，是佼佼者，按他自己的话说，是翘楚。无奈得意得有些过头，骨子里，富家子弟那种风流的本性暴露出来。一个正午，他在教室里，同一个资产阶级小姐闲聊，聊着，不知怎么，就让那个同学坐在自己的腿上，两人正亲着嘴，被另一同学撞见，告到校长那里。一个富农的后代，一个资本家的小姐，“珠联璧合”，真是岂有此理，是可忍，孰不可忍。校长下令，将两人同时开除。校长慷慨陈词：我们重文化，更重人品。腐朽思想不除，朽木难雕！

刘映山回到竹林湾，父亲留下来。刘映山的离去，让父亲很失落。一年后，红安县大办耕读学校，有早班、晚班、半日班。乡村小学急需老师，父亲他们这届师范生，原本两年的学制，改为一年，提前毕业。承认其教师资格，公办编制，吃商品粮、国家饭，也就是我们竹林湾人说的“吃外饭”。

父亲分到了桂花楼小学。桂花楼小学离竹林湾六里地，从竹林湾出发，沿着石桥河坝一直南行，在河湾一个转角处，向东，上到半山坡就是。

桂花楼小学，面北朝南，坐落在桂花山腹地，冬天桂花山阻拦着北风，夏天南风轻送，春秋阳光普照。桂花楼的美，除了八月漫山遍野雪花似的桂花，还有学校门前的水库。那水库在我们眼中，大得无边无际，就是我们想象中的海。水库有一条汊河，与石桥河相连，好像石桥河在这里形成的一个湾。也不知是石桥河的水丰盈了水库，还是水库的水，壮大了石桥河。麻球说，桂花楼水库，是石桥河的一个尿脬，石桥河上游的水，攒在这里，多了，就屙到石桥河下游去。麻球就是这样一个人，好人好事好景，经过他的嘴，就臭了，丑了。

无风的时候，桂花楼水库像一面镜子，而那倒映在水里的太阳，像镜中一颗珠宝，亮光闪闪。风起时，水波荡漾，水湾处被拍起清脆的响声，韵如丝竹。两岸柳丝牵风，野草漫卷。八月桂花遍地，春日野花朵朵。

美的地方，总有故事发生。桂花楼，有着我母亲的爱恋，也有父亲的伤痛。父亲在这里认识了母亲，也在这里丢掉了工作，使他日后，彻底走向另一种人生。

虽是乡村，父亲不同于一般的种田者，也有别于别的教书先生。奶奶早逝，但二奶填补了父亲的母爱，她精心打点父亲的生活。日子虽苦，总是热饭热菜；衣服虽旧，却干净整洁。

父亲很认真地教书。那时候，工资低，一个月十几块钱，一天才几毛钱的收入。比起这收入来，父亲更看重教书匠的体面。但有时候，他无法体面。因为普遍收入低，老师们不单独设立食堂，同学生一样，早晚在家吃，中午一餐，在学校。自带腌菜、大米。大米放进一个瓦罐。中午开饭时，蒸饭师傅把那些瓦罐放在木头钉的方框里，这种方框又名“牛槽子”，固草喂牛的工具。

父亲同他的学生一样，抱着个瓦罐，来回于学校和水库之间。因为都是蒸饭，桂花楼学校，也叫蒸罐学校。

许多年后，我的母亲还记得父亲在桂花楼的情形。她生气的时候就说父亲：丑死了，丑死了，我都替你脸红。抱着个罐子，在水库边洗米，像个东西？丑死了。对于母亲这样的奚落，父亲八成保持沉默，但他心情不好时，也会顶一句：就怨你这个骚娘们，如果不是你，我现在还在教书，吃国家饭。母亲回敬他：不是我，不是我你就得当寡汉条子，你们老杨家穷得叮当响，哪个女人会跟你。

母亲说父亲丑，并非指父亲的相貌。从父亲母亲房间里挂着的照片看，父亲嘴唇略厚，单眼皮，眉清目秀。他身着中山装，围一条宽大的围巾，书生气浓。母亲第一次看见父亲，就爱上了他。最引母亲注意的，是父亲那条浅灰色围巾，是它击中了母亲，母亲却故意说它土，亲手给他织了一条紫红色的。

这是他们相识三个月以后的事。

3

母亲家在下河湾，离桂花楼学校有两里多地，要翻一座平缓的山。母亲总是舍近求远，到桂花楼学校前的水库洗菜，或到离洗菜区四五十步处浣衣。下河湾的人问母亲，怎么跑那么远，咱们这儿不是有河吗？母亲说，你们没看见河水里漂着死猪死狗死鸭子？湾里人说，不是还有水塘吗？母亲说，水塘的水是死的，死水有味。湾里人说，水库的水也是死的。母亲说，水库的水怎么会是死的呢？看水库的浪，多骇人。水库一直在喘气。母亲虽然识字不多，语言却很生动。

母亲其实是去看父亲。她没有手表。母亲通过看日头，就能知道父亲什么时候会出现在水库边。

他那个傻样子，可好玩了。母亲还没同父亲结婚时，跟我的小姨说。但很多年后，这段美好的回忆，变成母亲奚落父亲的话题：

丑死了，一个小瓦罐，也就两把米，舍不得吃舍不得喝。丑死了！每逢这个时候，父亲总是红着脸，梗着脖颈，像噎着了一般。

下河湾，是针对石拱桥而言。石拱桥四周的村庄，都以石拱桥或石桥河为参照命名：河西湾，河东湾，下河湾，上河湾，远湾。远湾因为无水湾，也叫远垸。

下河湾在桂花楼水库南，依山傍河。桂花山上除了野生的桂花树，还有油茶。三月的油茶花，八月的桂花，一年两茬花香，点缀着水库沿岸，也点缀着桂花楼小学。

桂花楼其名，缘于这坡地的桂花树和坡上那个炮楼。炮楼是日本人建的，虽是旧了，但很结实，历经风雨没倒。以前，人家叫它碉堡。战争远去，人们似乎想忘却战争留下的伤痛，给它起了一个浪漫的名字：桂花楼。

我的母亲王桂花，生于八月桂花飘香的时节。不知我的外公给她取名时，是不是看到了这漫山遍野纯白如雪的桂花。

那年九月初的一天，学生们刚开学，母亲到水库洗菜。桂花未谢，依然飘香。我的父亲穿着立领半长衫，两旁开衩，扣子是手工布疙瘩。他抱着瓦罐，走向水库。

父亲独特的打扮吸引了母亲。母亲以为，我的父亲是一个怀旧的知识青年，她哪里知道，因为家境贫寒，二奶把我爹爹留下的旧衣服，往里收瘦了，给父亲穿。父亲的穿戴吸引了母亲，父亲怀抱瓦罐，像一个学生。他的样子，让母亲觉得有点滑稽，然而，又很可爱。

母亲在水塘边看着父亲。她扤起菜篮走过去，在父亲洗瓦罐的地方蹲下。母亲洗净菜，把双手浸入水中。秋日的水，不冷不热，很舒坦地浸泡着母亲的手。母亲忘记洗菜，侧过头去，偷看父亲。

父亲可能知道母亲在看他，他不敢看母亲，低着头，红着脸，匆匆洗着他的瓦罐，匆忙逃离。

父亲自此留意这个村姑，不是盼望，是逃避。王桂花的出现，让他不自在。他看见母亲在水畔，他就远远地站着，或踅身回走。他逃避了母亲的身影，却逃不掉母亲身上的香味，桂花一样的香味。准确地说，比桂花的香气更清爽，是栀子花的香。母亲总在自己的头上，右耳的斜上方，插一枝白色的栀子花。有人曾指点母亲的不是：只有家里大人死了，有孝事，才戴白花。母亲不理他们。母亲的娘早死了，其爷也就是我的外公，成日在外游荡，不管她们姐妹，跟死了并无多大差别。

这日是星期天，人少。母亲看见父亲踅身回走，追了过去。她拦在父亲面前。父亲怔怔地看着母亲，他其实不是看母亲，是看母亲头上的栀子花。他不明白，这秋日时节，还有如此新鲜的栀子花。他不知道，母亲用心呵护她门前的花，夜里将稻草网在花枝上，清晨太阳出来，再将稻草撤下。有母亲精心呵护，她门前的栀子花，每月怒放一次。

母亲一直跟着父亲。当父亲发现母亲跟在他身后时，已经晚了，母亲的一只脚，已经踏过了他办公室的门槛。父亲惊骇地望着母亲。母亲像在自己家一样，把一个花瓶放在桌上，竹篮里有一捧栀子花。母亲把花插进花瓶，屋子里顿时香气四溢。那是母亲家祖传下来的花瓶，青花瓷，母亲就这么轻易给了父亲。父亲凝望着花朵，凝望着花瓶，除了惊讶，亦有喜爱。

几天后，母亲再次给父亲送花，这次，花不是藏在篮子里，而是拿在手中，大明大白地。栀子花一路飘香。

与其说母亲喜欢父亲，不如说她是喜欢知识，喜欢文化，喜欢父亲身上那股知识分子气质。

父亲最初的态度是躲避，但母亲像一位仙女，总是飘然而至。她出现在父亲身边。时间长了，父亲也就不躲避了。他们成双成对，在桂花楼水库边上看风景，他们也就成了桂花楼学校师生眼里的风景。母亲凝望着父亲的背影，心如这水库的水，被风一吹，涟漪漾起；父亲凝望着母亲，望着她风中秀发，心如柳絮翻飞。

懵懂的孩子们，初谙世事，虽不懂爱情，但知道我的母亲对父亲好。他们看见母亲来找父亲，就笑着跑开，几个调皮的高年级的小男孩，还对着父亲母亲的身影，学布谷鸟叫：阿哥阿妹，水边相会，嘻嘻嘻……

父亲同学生一样，吃蒸饭，吃腌菜。母亲可怜父亲。有一天，母亲看见父亲蹲在水边呕吐。母亲看见他痛苦的表情。父亲的呕吐并不严重。母亲断定他是犯了胃病，吐酸水。母亲心疼得眼泪糊住了眼睛。她回到家，生火，做了一碗热气腾腾的面，用素肉丝炸锅，还煎了黄亮亮的鸡蛋，放了姜片，给父亲端去了。母亲把包袱往父亲的办公桌上一放，麻利地打开，揭开瓦罐。父亲惊讶地看着母亲。母亲把筷子递给父亲，说，快吃呀，快吃呀。父亲红着脸，别说吃，他简直不知所措。母亲说，快吃呀，再不吃该坨了。

滚烫的面条，拿到山坡这边，不那么烫了。父亲呼噜噜地吃了面条，呼噜噜喝了汤。母亲满意地收起瓦罐，依旧用包袱包裹，拎起就走。

走到门槛处，父亲终于说，哎，你还没告诉我，你叫什么名呢。母亲回头，冲他笑道，你也没告诉我你叫什么呀。父亲挠头笑了，说，他们都叫我杨老师。

母亲一甩她的两根麻花辫，笑道，我知道。

4

自那以后，母亲每天都要给父亲做热乎菜，有时是炖菜，有时是炒菜。炖菜的时候多，炖菜凉得慢，炒菜，端到坡上就凉了。年轻的校长吴顺男，同父亲共用一间办公室，他一看母亲去了，就让开，好像父亲是校长，他是父亲手下的员工。有时候，父亲不让校长走，极力挽留，让他坐下来，一同吃菜，校长坚决地走出去。

那时候，母亲在生产队，每天上午干一阵子农活，有孩子的女人，早点收工，母亲一个大姑娘，也收工。队长说她，她不在乎，她说，你扣我的工分吧。

母亲不像别的姑娘，半个工分都要争。她不在乎那几个工分。做来做去，农活做得好苦，多挣半个工分，连一毛钱都不值。那时候，母亲手中不缺零用钱。外公虽然在外浪荡，但每次回来，会给他的两个女儿带衣服，给零花钱。那时候的农村，除了鸡蛋能换来现钱，很多人家是见不到钱的。母亲把外公给她的钱攒下来补贴父亲。

为了避人耳目，父亲母亲上桂花楼约会。然而，他们没有把这种浪漫进行到底。他们的第一次约会，就被几个男生跟踪了，他们不但偷看，还偷听。他们听见父亲说，他要好好教书，让母亲过上好日子；他们听见母亲说，她不要父亲养着，她有一双勤劳的双手，要与父亲一起创造美好未来。孩子们听到此处，没能管住自己的嘴，笑出声来。之后，这些调皮的孩子们，就冲出桂花楼，在校园里喊着：我有一双勤劳的双手，要与你一起创造美好的未来。更有甚者，一个五年级的小男孩在父亲的课上，在众目睽睽之下，对他的女同桌说：

我有一双勤劳的双手，我要与你一起创造美好未来。教室哄笑一片，父亲半天无法上课。

那天下午放学，以桂花楼学校为中心，伸向东南西北的乡村小道热闹非凡，学生们对着河水，对着山坡，对着树，对着小草，对着庄稼，呼喊：我要用我勤劳的双手，同你一起创造美好的未来……之后，就是冲天而起的笑声。这事很快就传进了吴顺男的耳朵。他调查小男孩，知道这话出自哪里，于是，他提出，父亲必须悬崖勒马，他这种师德不但不能教好学生，反而会把他们引上邪路。一天，下河湾几个男孩，见我外公从汉口归来，在外公家门前呼喊着这句话。当我的外公终于知道这句话的来由后，一声长叹：女大不能留，留来留去是个仇。

外公去了学校。他认识我的父亲，但他并没有去找他，他也没有去找校长吴顺男，而是去找那个老梅老师。老梅老师是有名的老好人。

外公风流成性，放荡不羁，但在对待女儿的事上，他很谨慎，他是一个好面子的人。他自己的名声可以不好，女儿们的名声不能不好。可母亲已经这样了，他不想她再做出更出格的事，他想让我的父亲明媒正娶，让他的女儿名正言顺地嫁出去。他对老梅老师说，你当杨大志和桂花的媒人吧。老梅老师说，他俩还用媒人吗？他们好得都成一个人了。

外公就自己出面，去找我的父亲杨大志，说年底把我母亲嫁过去。他放出风去，说是他看上了我的父亲，已把他的女儿许配给他，以掩盖我母亲没皮没脸追我父亲的传言。他告诉我父亲，他要出去挣钱，腊月里，就把我的母亲体面地嫁过去。外公这画蛇添足的举动，只不过给石桥河的人增添了更多的笑料。

外公下汉口去了。我的父亲母亲，陷入漫长的等待。他们满怀希望地等待，却没想到，我的外公，本性难改，在汉正街遇到一个叫亚萍的女人，外公与这个寡居的女人，干柴烈火，沉醉于温柔富贵之乡。几个月后，外公不但没挣着钱，他的体力几乎消耗殆尽。那时候，外公得向生产队交钱，以抵工分。外公无钱上交，就没有工分，母亲自己挣的工分，勉强养活自己，无钱置办嫁妆。

腊月二十八，外公净身而归，母亲自然没法在年内嫁出去。母亲一张愤怒的脸，迎接着外公，外公歉疚地笑。母亲说，你再不办喜事，我就自己跑到杨大志家去！外公说，别，再等等，我不是想体面地嫁女儿吗？我要是像别人家那样，随随便便地嫁女儿，那还不容易。我挣钱了，可是，那钱还没收上来。过完年我就去要钱，开春就把你嫁出去，多备一些嫁妆，请响器，热热闹闹的。谁也没说嫁女就一定得腊月，我过完十五就去要钱。

过完十五，外公果然去了汉口，他带回来一点钱，同母亲商量，把她的亲事办了。母亲把一张被泪水淋湿的脸朝着他。母亲说，晚了，我不想嫁他了。外公问，为什么？母亲说，他已经不是老师了，他回竹林湾种田去了。他不教书，那么瘦弱，像竹竿，回去种田，我将来还不得饿死。

5

这年春天，红安县知识青年下放，支援农村建设，桂花楼学校这个名额，落在父亲头上。

吴顺男递给父亲一张纸，说这是证明信，证明父亲是该校一名正式老师，响应号召，回生产队支援生产。校长吴顺男说，你保存好这张证明，上面有镇中心校的公章，政策政策，一时三刻，说不定过一两年，政策变了，缺老师了，你还可以回来。

母亲知道了，冲进学校，骂吴顺男私心，为什么自己不下去？她骂父亲是个苕。父亲说，只是下去一年两年，最多三年，我是正规师范生，一有机会，就会让我回来。父亲掏出那张盖有印章的证明信给母亲看，母亲拿过来，狠劲地撕扯着这一纸证明。母亲边撕边吼叫，苕，你就是个苕，让人盘着玩。这个东西有个鬼用。母亲双手一扬，手中碎纸雪花般在风中飞舞，飘零。父亲惊讶地望着母亲，母亲让他觉得不可理喻。他知道她性子烈，但如此任性，父亲还是没想到。他更没想到的是，这张纸，彻底改变了他的人生。

父亲走了。母亲赌气回了自己的家。后来，父亲找吴顺男，想让他帮忙补一张证明信。吴顺男问证明信的去向，父亲说撕了。吴顺男说，撕了？这么严肃的一张证明信，就这么撕了？父亲不吱声，吴顺男说，过一阵子吧，过一阵子就说不知道放哪儿了，找不到了，然后去补一张。

吴顺男奉劝父亲，不要与王桂花来往：她性子烈，你根本管不了她！父亲点头，说了声多谢，就走出了桂花楼小学。

几天后，父亲到镇中心校，去补那一纸证明，没能办成，人家说，证明信开过了。父亲说，丢了。那个负责盖章的中年妇女说，丢了，再找找，这么重要的东西，你当是揩屁股纸？这个女人的粗俗，让父亲无地自容，他匆匆逃离那间办公室。

父亲回到竹林湾生产队，投入劳动。他手中没了他曾经是一名公办教师的证明信，但他依然怀着重返教学岗位的梦想，直到他后来当兵返乡，腿瘸了，再后来半哑了，父亲的教师梦，彻底宣告破灭。

母亲不再去找成为农民的父亲。外公急着把母亲嫁给父亲，母亲说，我才不嫁一个扒土疙瘩的人。外公说，你与他的事，外面打雷似的传，你不嫁他，你就死去吧。母亲说，我就是要死，我过几天就跳河。石桥河每年都有人跳河，外公就不敢吱声了，再次愤然出走。

父亲回到农村，跟着生产队的人干活。而这个时候，老梅老师重病，刘映山却阴错阳差，到桂花楼小学当代课老师。至于为什么不是父亲，吴顺男说，是镇中心校的安排。

父亲在生产队干不了重活，受着折磨，他成日处于悲戚之中，失落的情绪缠绕着他，直到这年初冬，征兵的消息让他僵死的心活泛了。

父亲知道，二奶不会同意他当兵，因为我们的二爹一去不归。父亲就瞒着二奶，到石桥镇体检站，加入验兵的队伍，人家不让他填表。他们说父亲出身不好，二爹是叛徒，是国民党的兵。我十八岁的父亲，灰头土脸回到竹林湾。二奶在我家那株老桂花树下迎接了他。二奶知道父亲去验兵，故意装作不知道。现在，父亲回来了，她冲上去问，么样？验上了吗？父亲瘦弱的脊背倚在桂花树上，豺狗般号叫起来。父亲边号边说着自己的委屈。二奶抓起父亲的手，说，走，找他们去！

二奶进屋，拢了个包袱。二奶那双缠过又放开的尖头小脚，像两只铁犁在地上犁起一阵尘土，尘土像波浪一样在他们眼前翻滚。一路上，父亲几乎被淹没在这波浪一样的尘土中。二奶冲进武装部，冲那些工作人员喊，谁说的？谁说他二父是叛徒，是国民党？二奶指着父亲说，他二父我男人是跟着红军的队伍走的。我的大哥，他的亲老子是埋红军战士的尸体被人活活打死的。我们这样的人家，不能当兵，谁家能当兵？我们这样的人家，不跟着解放军走谁跟着解放军走？我的男人，现在还在共产党的队伍里。我现在就送我儿当兵，让他到部队去找我的男人。我到县里找过，省里找过，没人帮我找到我的男人，活没见人，死没见尸，现在，我们老杨家自己出人，到部队上去找！

二奶打开包袱，从里边拿出一件蓝色土布上衣，一条黑棉布裤子。二奶向他们抖动着衣裤，说，你们看，你们看，我的男人去当兵打仗，走的时候，可怜才十三岁，还穿着坎肩，秋风冷雨，他连一件外套都没带上……二奶说着，就激动了，一屁股坐在地上，号啕大哭。她半脸眼泪半脸鼻涕，头发慢慢地散开，被眼泪和鼻涕粘在脸上。二奶几声尖厉的哭泣之后，突然哽咽，背过气去。等她气顺过来，那声音就变得低沉、凄婉，像猫爪子似的挠着人心。那个当官的一挥手，说，去吧，他二父是不是国民党，咱们也没证据。这位大娘，咱们是知道的，守了这么些年活寡，不容易。去吧，让他去吧，莫弄出人命来。

父亲填了表。他体检，验上了。二奶来时疾走，一哭一闹，体力消耗殆尽，往回去时，走了几步，就走不动了。父亲背着二奶，走在乡道上。二奶把二爹带大。我的奶奶死后，她又充当了我父亲和我秀姑的母亲。她承受着山一般的重，海一样的苦，硬是让父亲读了私塾，读了高小，读了半个师范。父亲背着我的小个子二奶。山路崎岖，父亲内心起伏不平。他从来没这么孝敬过老人，今天，他累得直喘息，但幸福像山风一样，一阵一阵抚慰着他。这是双重的幸福：尽孝，还有对自己美好前程的憧憬。

父亲要去的地方是北京城，皇城根。父亲相信自己一定会成为一名吃外饭的人，当个国家干部。我们竹林湾的人，也这么猜测着父亲，毕竟在那个年代，父亲是实打实的文化人。邻村那些高小毕业的人去当兵，都留在部队当了官，他们认为，父亲只要穿上了军装，他的未来，刘映山都没得比。

6

那天正午，我的父亲正在牛棚旁清理牛粪，这是他入伍前最后的劳动。我的母亲笑着向他招手。父亲不理她。自从父亲不教书后，母亲再没搭理父亲，这样的负心人，父亲怎么会理她呢。母亲见父亲不理她，就自己进到牛棚里。牛棚一侧有堆干草。母亲坐在干草堆上，朝着父亲招手。父亲看都不看她，但是，父亲的眼睛可以不看，鼻子却不能不闻。他闻到一股浓烈的香味。母亲从她怀里，掏出一个用牛皮纸包着的桂花饼。母亲说，歇一会儿，来，吃吧。那天也该着有事，本来是饭时，二奶站在桂花树下，唤他吃饭的呼喊迟迟没有响起，父亲早已饿得前胸贴了后背。他矜持一下，那沿着喉管上漫的唾沫冲垮了他的尊严，他没能抵挡住诱惑。父亲走过去，伸手去接。母亲把手往胸前一拉，说，到河边洗手。父亲说，手不脏，手握粪耙把的，又没抓粪。母亲让父亲坐。吃人嘴软，父亲像一个听话的乖孩子，他坐在母亲身边。父亲其实还是一介书生，一个大男孩。父亲吃了那只饼，母亲问，好吃吗？父亲点头。母亲就轻轻解开她脖颈下的那只扣子，抓着父亲的手，塞进她的怀里。母亲说，这里还有一个，又大又香又软和。父亲的手，碰着了母亲那柔软温热的乳房，他被烫了似的缩回手。他想起他不当老师后，母亲对他的冷漠，知道这是一个势利的女人，他起身要走，母亲紧紧地拉着他的手。父亲像植物人一样坐着不动。母亲的手，顺着父亲的袖筒往里去。父亲像一尊冰冷的大理石雕像，对我母亲王桂花柔软滑润的手没有一点感觉，但似乎也没有足够的勇气逃离开。王桂花便将头埋进父亲的怀里，手像滑溜溜的蛇一样，很精准地滑行到父亲的裤裆。她轻轻地搓揉父亲。父亲的身体终于被这蛇一样的手弄得活泛起来，目光闪动着异常的光亮。

一个柔情似水，一个激情如火，天空飞来一片阴云，地旋转着。我父亲母亲沉浸在欢愉里。

7

三年后，父亲身着褪了色的军装，出现在竹林湾。他比入伍前略显壮实，但依然英俊。父亲再也回不到部队。他当的是工程兵，在祁连山打山洞，吃高粱米饭。有文化的父亲，并没留在部队提干，随着那个工程结束，部队随即解散。

母亲闻讯，当晚就跑到父亲家，不愿离去。她以为父亲是回来探亲，当她得知父亲再也回不到部队时，她犹豫了，但她对一个男人三年的思念，早已融入血液；三年来的流言蜚语，也让母亲声名狼藉。母亲心里清楚，她想嫁人容易，想嫁个好人，难。

一番挣扎后，母亲决定嫁给父亲。母亲一旦决定下来，就会不顾一切。她迫不及待地要把父亲据为己有。她赶到父亲家，那个夜晚，她不想离开，但我二奶不待见她，嫌她名声不好。二奶看得紧，甚至以死相逼。父亲无奈，在黑夜里送走了母亲。

在工程的最后阶段，身为通信员的父亲去给连长送信，被一块石头碰了，膝盖受了伤，幸而并不严重，还能行走，只不过有些隐痛。父亲以为那只是皮毛之伤，伤筋动骨，百日便愈。父亲带着隐痛，退伍还乡。

父亲回乡几个月后，母亲的肚子鼓起。她没有屈服我们的二奶，她用她积攒的钱，给自己雇了一乘两人抬轿子，把自己送到父亲家。母亲是竹林湾最后一位坐轿子嫁过来的女人。那年代，一般人家嫁闺女，坐不起轿子，再后来，就不时兴坐轿子了。

即便是坐轿子，母亲也不算是嫁过来，而是“跑”到我家。她强行嫁给父亲，以便遮掩她肚腹的丑行。一辈子没有生育的二奶，望着母亲那微微鼓起的肚子，对父亲说，如喜，是孙子哩，把喜事办了吧。

父亲母亲就这么住在一起。没有新房，没有请客，一个炮仗都没放。跑到男人家的女人，都是这样，遮掩都来不及，哪敢张扬？更可悲的是，这种不是明媒正娶的女人，将在未来许多年里，被人指着脊梁骨，背后骂她不正经，在婆婆大嫂子小姑子面前，一辈子抬不起头。

外公的两个女儿都是“跑”到婆家的，这让外公颜面丢尽。他无脸面对石桥河人，常年在外，过年也不回来，直到多年以后，老了，跑不动了，他回到下河湾，过着凄苦的晚年生活。

石桥河的人咬着耳朵说外公、母亲和小姨：上梁不正下梁歪啊。

跑到婆家的女人没有嫁妆。母亲还算聪明，过门那天，随身带了一把黑绸布洋伞，那是外公从汉正街带回来的，也不知哪个女人给他的信物，母亲不去探究，从娘家带上一样东西，也算是有嫁妆。这把伞后来成为我们老杨家的传家宝，成为母亲最看重的物件，它多少为母亲挽回一点颜面：我是明媒正嫁，有嫁妆黑绸伞为证。母亲只在晴天，把伞拿出来晒一晒，雨天用得着的时候，反而谁也不能动。

母亲嫁到我们老杨家七个月后，生下我的大哥杨大郎，学名杨思红。

父亲少年读书，接着教书，到部队后，当文书、通信员，受连长指导员宠爱。虽是工程兵，开山放炮的事，他并未参与（那次膝伤，纯属于偶然），身体蓄住了，干不得重活，更不会农活。刚回乡时，生产队照顾他，让他当记分员。他来回于乡村土路上，轻行慢走。他的膝伤，并未被更多的人知晓。

时间一长，有人眼红，生产队没法再照顾父亲，父亲不得不像别的劳动力一样干男人们干的活。他不内行，被人视为劳动场上的“半吊子”。有些话更难听，说父亲当兵当懒了身子，废了。偏又雪上加霜，二爹是叛徒是国民党的说法，在石桥河一带再次风生水起。流言像一座山，压在父亲的心头。父亲躲避着那些闲言碎语，在生产队里埋头做人，抢着干活。一次，队里要盖几间仓房，需要树。父亲本来干不了重活，怕别人瞧不起他，硬是加入抬树的行列，结果原本就有伤的右膝，受重力之压，严重受损，终于不能站得笔直，也不能弯曲自如。自此，父亲走路一瘸一拐，肩膀一高一低，一前一后，身子探向右前方，像舞台上战士勇往直前。

父亲黯然神伤，情绪低落，脾气却骤然上升。二爹是叛徒的传说，让父亲自卑。那段时间，父亲的跛腿，将这种自卑情绪传递到他身边每一个人，老杨家随即成为一个自卑的家族。自那以后，父亲不爱行走，除了干活，他就坐着。麻球看见父亲坐在田埂上，去安慰他。说是安慰，其实是嘲笑。麻球面对父亲那张哭丧的脸说，你不要难过，你应该庆幸。你的膝盖够意思，这伤要是早点复发，王桂花才不嫁给你呢。你就得像我一样，当个寡汉条子，夜里躺在床上，自个儿盘自个儿的鸡巴。

麻球的粗话，让父亲无地自容。他逃离，无奈一逃，那腿就越发地瘸，他只得停下，涨红了脸，慢慢地走。麻球的话，像石头一样砸向他的后背：找部队去，找那些个混账的首长，你的腿，是在部队受的伤，他们得管。

父亲远眺，眼前出现连绵的祁连山，而那些简易住房，临时帐篷，早已不在。父亲自言自语道：找谁呀，部队没了，首长都回家了。

生活得继续。部队没了，对回校教书，不再抱幻想，父亲无奈地投入到乡村生活中。他与乡村生活格格不入。他依然把自己当成一介书生，有空就坐在河边的石头上，手捧一本书，沐浴在柔和的阳光里。那书他几乎不看，像是他的装饰品。他望着缓缓流淌的石桥河水。河面水雾时断时续，柳树淹没在水汽与薄暮中，仿佛在经受着一股春潮的洗礼。父亲常常这么静坐，他像一位诗人，只是世俗的生活压制着他，让他不能诗兴大发。

母亲对静坐河边的父亲，持纵容态度，有时她还端杯茶送过去，提醒村里妇人，她的男人与她们的男人不一样，是知识分子。

第七章　窑上时光

1

北山洼的轮廓，在黄昏微凉的空气中朦胧起来。我借助黄昏的光线，坐在竹椅上，急迫地拿出新书。开学多日，我没拿到书本，下午聋二便宜卖了窑场的砖瓦，交了我的学费。他领回了书。

书上的油墨香味刺激着我，我兴奋，看着课本，不觉读出声来。温暖斜阳下，我感到一道阴影立在我身旁，是聋二，他抱着一把柴火往屋里走，可能被我的声音吸引，他停下来，静静地听我读。我读完一篇课本，他还抱着柴火，站在那里。我不好意思冲他一笑，他放下柴火，拍拍手，凑过来，说：我看看，这文章么样写得这么好。我把书递给聋二，聋二将手在衣襟上蹭了蹭，将手伸过来，但他还是没有接书。他说，我的手脏，你翻吧，你翻，我看。我就翻着给聋二看。我翻着书，骄傲地读出声：盼望着，盼望着，东风来了，春天的脚步近了……

我沉浸在自己的朗读声中，突然听见母亲的大嗓门：这是哪个写的，是人写的不？这人你说灵性不？这哪是人写的咧，这怕是神仙哩！

母亲识字不多，但崇敬读书人，能说会写的，在她眼里是能人。这写的字上了书本，被别人诵读，在她看来，就是神仙。

聋二说，写的文章能发表，是难事，可那也不是神仙，到底还是人写的。四郎，你也可以写，把一些人，一些事写下来。写好了，也可以拿去发表。我们在战场的时候，有战士写的诗，就发表在战地快报上。

战场？我知道他当过兵，打过仗，但都是听麻球说的，他自己从未提及。这是我第一次听他说到战场，我想他接着说下去，他却不再说。他还说书本。他说，四郎向阳，你好好读书，书读多了，自然也会写。像这个人写春天一样。我们这北山洼的春天，一点也不比他笔下的春天差。

那次“过客”未果，我没能过继给聋二当儿子，但自那以后，聋二习惯把我的两个名字一起叫，“四郎向阳”，弄得像个日本人名，要是调过来，叫向阳四郎，就更像。不过，我习惯了。

聋二说，四郎向阳将来也能写文章印在书上。母亲笑道，那怕是见鬼咧！

聋二说，能的，怎么不能？四郎好好读书，多识些字，他一样能。

母亲静下来，望着我，像是陷入遐想中。母亲只是偶尔到窑场来，这当然是因为我在窑场。但麻球却说，母亲到窑场，完全是因为聋二。他说母亲喜欢聋二，说是来看我，其实是看聋二，看我只是一个借口。麻球这个满嘴喷粪的家伙，他的话，我只当是他粪箕里飘出的一股臭气。

然而，这股气，积压在我心里，久久不散。自那以后，母亲到窑场，我就让她回家。我没好气地说，娘，你回屋去吧，莫在这儿。娘，你回屋去吧，这儿用不到你。

母亲有时就不作声，走了。有时不走，要待一会儿。这次，我撵母亲回家，母亲朝着我皱眉，骂我一通：养儿有个么用，这还没接媳妇，就撵娘。

母亲到底走了。聋二说，接着读课本吧。看你们现在的伢，多幸福。我们小时候，没读几句书。我问聋二，我以后真的能写文章，印在书上？聋二很认真地说，能呀，真的能。什么事都是人做，哪像你娘说的神啦仙呀，都是人。别人能做的，你也能。你就好好读书吧。

多年以后，我成为一名军旅作家，发表很多小说。我不知道我内心那颗文学的种子，是不是这个黄昏，聋二把它种在了我心里的，我不知道。

2

我们竹林湾，是一个谜一样的小村庄。聋二这么好的一个人，个头不矮，长得也不丑，为何就没有娶上一个女人。有人说，这与我的秀姑有关。我不懂大人的事，不知道问题出在哪儿，我只隐约觉察到，聋二有机会娶上女人，但他都拒绝了。

去年冬天，一对要饭的母女出现在竹林湾，说是从河南那边过来的，说那边连续三年干旱，地里颗粒无收。女人说，她的男人死了，她领着孩子，一路乞讨。她们就在我们北湾的稻草堆旁。她们把稻草堆挖了个洞，白天讨饭，晚上就睡在稻草堆里。

有一天，她们来到窑场，在聋二的稻草堆里歇下。聋二给她们盛了饭菜，还给那个小女孩煮了三个鸡蛋。

聋二的善举，很快被如意的娘崔寡妇察觉。那时候，她还不是寡妇，那时候，如意的父还活着，是我们大队的四轮拖拉机手。崔寡妇痴爱说媒。“成不成，酒三瓶”，说成了，会有一套新衣服的布料，不成，酒也喝了饭也吃了，媒婆不吃亏。崔寡妇早就想给聋二说媒，无奈聋二不动这心事，现在好了，机会来了，她就想促成这个讨饭女人与聋二的这件好事。那天不是太冷，阳光有些暖。崔寡妇盛了一碗米饭，堆得像山，上面码着菜。她小心捧到窑场。崔寡妇先是夸那个小姑娘长得好看，看这一对大眼睛，多疼人。崔寡妇接着对那个女人说，想给她寻个人家。那个女人应答着崔寡妇。那个女人说话像鸟叫，崔寡妇听不懂，听不懂也没事，反正不是哑巴就行。崔寡妇指着聋二的背影跟她说，她显然明白了崔寡妇的意思，直点头。

那天，我也在窑场。崔寡妇同那个女人说话时，那个四五岁的小女孩一直闷头吃饭。把那尖尖的一碗饭吃平了，递到她娘手中，然后抬头看我。她是一个很可爱的小女孩，虽然有些脏，头发很乱，但那双胆怯的眼睛，灵性，好看。她身边的女人，用我少儿的眼光看来，是一个很周正和善的女人。崔寡妇说，这个女人洗净脸，换身新衣服，是一个不错的女人，是配得上聋二的。聋二终于知道崔寡妇跟他嘀咕什么，冲她说，你是吃饱了饭没事做！聋二本来给崔寡妇端茶，他把茶杯重重地摔在瓦模子上，离开了窑场。崔寡妇和那个女人等了大半天，也不见聋二回来。我后来还听崔寡妇说，那个女人一眼就相中了聋二，说如果聋二同意，她愿意给聋二当牛做马，她还说她能生养，能给聋二续香火。她让崔寡妇再问问聋二。

崔寡妇跑到畈田喊聋二，对他说，你要是嫌她有个女，是个拖累，我把这个小女伢抱家去养。崔寡妇有两个儿子，大儿子吉祥在读初中，小儿子就是如意。她没有女，同我娘一样，喜欢要个女。聋二还是那句话：你是吃饱了没得事做！崔寡妇知道聋二性格，他说不，那就是不，没有任何余地，不是这样，他能到今天还是寡汉条子？

母亲幸灾乐祸，到窑场看我时，说着崔寡妇的不是：她活该被聋二训，以为自己真的是铁齿铜牙，什么样的媒都敢保？以为就她想着聋二，就她会当好人？聋二要找，早找了，轮到今天找一个要饭的？

崔寡妇又想把那个女人说给麻球，麻球心花怒放，那个女人却不同意，泪痕满面，张罗要走。母亲望着那个小姑娘，说，可怜，可怜，这么疼人的一个女。母亲竟然想把那个女孩留下，回家同家里人商量，父亲当不了家，大郎坚决不同意。大郎说，自己的孩子都送给别人养，你们不嫌丢人？你要是把她领来，我就离家出走，反正我家只能有弟兄五个。母亲骂大郎心狠，说人家可怜。大郎说，我们不可怜？我们弟兄几个，哪天吃过一顿饱饭？她们是可怜，可世界上可怜的人多得很，你可怜得过来？母亲说，苕，这么大一家人，还差这个女伢几口饭？眼看着就能听招呼，扫个地，往灶膛里帮我塞把柴火也是好的。她压低声音，用一种诡秘的语气说，咱们家穷，养大了，给四郎当个媳妇。我脸像火烤，我说，我不要，我不要！

我其实很想母亲把这个小姑娘留下，只是不敢说出来，怕大郎他们说我有歪心思。

这天黄昏，那个侉腔侉调的河南女人，带着那个小女孩走了。

我心里空荡荡的，忘不了她那一双惊恐的大眼睛，忘不了她凌乱的头发，忘不了她的脸，灰尘和汗水在她脸上流成黑色小泥沟，很长一段时间，成为她留在我脑子里的记忆。

她那双大大的眼睛，和那张有些脏的脸，在我脑子里浮现了好长时间。她们走后，我和聋二坐在窑场边的稻草旁晒太阳。聋二掏出一只口琴，吹了几首曲子。那是我从未听过的曲子，似乎有些伤感。此前，我不知聋二珍藏着一把口琴，也从未听他吹过。那个下午，他就那么静静地吹，我静静地听。

这对母女走后，竹林湾的人彻底明白，聋二这辈子是不会娶女人了。他们说，聋二放着女人不要，却替人家养儿，这人啦……他们说着聋二，连带着把我也说了，却永远也不把话说清楚，就像石桥河面的雾，若隐若现；就像石桥河面的风，不知从哪儿吹来，不知在哪里逝去。

竹林湾的人，习惯把窑场叫窑上，当我慢慢熟悉窑上，觉得窑上不再那么恐惧时，我的一个毛病暴露了——尿床。尿床的根源是因为睡得太香太死。

我发现我尿床时，我在我的那泡尿上继续睡，用我的体温把那泡尿烘干，到早晨，就看不出来了。但聋二不让我这么干，他说这样对身体不好。我尿床之后，我们都起来，他换上干净的稻草，换上床单。当我一连三天尿床后，聋二认定我这是一种病，而非偶然现象。他拿出一本《红安中草药》。那个晚上，我在睡觉，他在煤油灯下翻阅这本书。半夜的时候，他说，偏方有了，我有办法治你的病了。你先起来尿一泡。

因为起来尿了，我第二泡尿，到天亮才来，所以这个夜晚，床是干净的。清晨，聋二就到奇货的屠宰场，拿了一只猪尿脬回来。

聋二说的偏方，就是把猪尿脬洗净，灌上糯米，放上油盐，在罐子里熬烂，把它吃了，汤水也喝了，一天一个，连吃三天。这个偏方好弄，聋二的哥奇货就是杀猪匠，每天杀一头猪。糯米嘛，聋二没有，我家有，母亲筛了一升，送到窑上。

第一次吃糯米猪尿脬，很香，吃第二个时，勉强能吃下，吃第三个，就够了，腻了，差点吐出来。我不想吃。聋二说，吃下去，咬牙吃下去。那天晚上，我睡了个安稳觉，早晨醒来，床单非常干燥，除了聋二身上的汗酸味，没有尿的臊气。我惊喜地推醒聋二说，干爷，干爷，我不尿床了。聋二转过身来，冲我笑。我透过我的眼睫毛，看到了清晨的阳光，它穿透窗户，照耀着聋二那张晒得黝黑的脸。

北山洼的春天啊！

3

我记忆中那个雨天，先是细雨如丝，渐渐地密集了，变成了大雨。雨下成浓雾，把山梁都笼罩住，远山近物显得朦胧，天空滚过响雷，伴着闪电，一切在瞬间变得清晰，之后，更加晦暗。石桥河的水漫上来，到处都是水，石桥河像无边无际的海。我们被困在学校。校长焦急地盼着学生的家长来接孩子。很多家长，到学校给孩子送雨具。我站在学校的走廊里，因为雨，走廊幽暗，人走空了。我孤独，恐惧袭来。我想走，天越来越暗，我害怕。三个哥，没有一个人来给我送伞。父亲没来，母亲也没来。什么东西多了，就不金贵了，儿子也是一样的，他们完全把我扔给了聋二，可今天，聋二也没来接我。

校长没有走，他一直坚守在学校。校长就是梅老师，那个退休的老梅老师的儿子。他安排各班级的老师，把几个没被家长接走的学生编成组，一家一家地送。这个组里，原本也有我，可我坚信聋二会来接我，为了少走弯路，我留下了。我说，我干爷会来接我的，他正在路上。校长就进了他的办公室，他不能一直站在我身边。他在他的办公室里，他没喊我进他的办公室，我就不敢到他办公室去，因为我们竹林湾刘大嘴的姐姐刘三姐，就在他屋子里躲雨。刘三姐是她的诨名，真名叫刘翠花。刘翠花是一个胆大开放的女子，像一朵野菊花不怕雨雪，迎风招展。电影《刘三姐》放过之后，她就在石桥河畔，竹林边，山岭上，唱：什么有嘴不说话哎不说话；什么无嘴走天涯哎走天涯……她的嗓音并不见得比别人的好，可是别人不敢唱，她敢唱，就显她的歌声新鲜动听。她就是这样一个人，竹林湾的人喜欢她，却似乎又不认可她。她在父母的逼迫下，嫁给了远湾一个小伙子。那个小伙子老实，一脚踹不出个屁，管不了她。他们有了一男一女两个伢。学校是竹林湾与远湾的必经之地，刘三姐每次回娘家，都要到梅校长处坐一坐。刘三姐说，小时候家里穷，没读什么书，特别渴望读书，所以，她每次到学校，都要向梅老师学写几个字，因为年龄大，不是学生伢，却来学写字，怕羞，就把门关上。现在，梅老师又把她关在屋子里，既是躲雨，也是教她写字。他们的门关得严实，我就只能站在学校的走廊里。我佩服梅老师，他长得排场。男人长得排场，也是资本，何况他是老师，有文化。我听麻球说，大嘴的媳妇也曾被他关在办公室里，跟他学识字，现在，大嘴的姐，也跟他学。我有时想，她咋不让刘映山教她呢？刘映山还是她娘家人呢。说明大嘴的姐，也是喜欢梅老师的。

雨雾使学校黑漆漆如同夜晚，学校的操场和走廊空无一人。恐惧像雨丝，无处不在。恐惧将我推入茫茫大雨中，与其在这儿等着一样的害怕，不如奔跑回家。我走出学校，走在观音寨半山坡，那里有一条平时少有人走的路，因为积水，我不能走山脚。树高林密，雨点打在脸上、身上；雨点打在树叶、树枝上，噼噼啪啪的声音密密麻麻，密不透风，让人觉得像是已经被淹没在水里。因为被风雨吹打，仰不起头，只能低头行走，独立的树，像水鬼一样，突然蹦到脚跟前，我吓得汗毛根根直立。好容易过了山，石桥河环绕而来。踏上河坝，左侧河水汹涌，右侧的水田，已看不见庄稼，连田埂都被淹没在水里，成为一片湖泊。我行在河坝上，就像行在海面一个摇摇欲坠的栈桥上，风和雨抽打在我的脸上，风雨飘摇。我每踏一步都胆战心惊，害怕那河坝突然塌陷，我也随之被吸进无边的浑水里。我想后撤，回到学校去。回头看，踏过的河坝伸向远方，更远处已淹没在水里了。

没有退路，我只得硬着头皮前行，不知能否走出这段河坝，我甚至怀疑我走不出这个雨中的黄昏。更大的一阵风雨打过来，我一个趔趄，身子后仰，这时，我看见一个黑色的影子，他在雨中狂奔。我心里一紧。我盼着这雨中的野地出现一个人，现在有一个影子，反倒害怕，不知他是人是鬼。我不走，静静地站在那里，等他走近。身影越来越熟悉，是聋二！是他孤独的身影。孤独的我突然觉得，自己一下子拥有了整个世界。

干爷……我听见了我的喊声，像雨中一声惊雷，被层层雨幕挡着，撞击出回音：干爷……干爷……爷……

聋二冲过来，我冲过去。聋二撑一把旧桐油伞，那是他那个富农爹传下来的。聋二把伞遮在我的头顶，将腰间的塑料布解下来，围在我身上。我就像穿了一条纱裙。我像抓着船舵一样，紧紧地抓住聋二粗壮的胳膊。

聋二自责，说他到外湾卖砖瓦去了，耽误了，要不早就过来接我了。

窑棚里潮冷。聋二打了半盆水，将暖瓶的水兑进去。他让我把头浸在热水里，说这样不会受凉，不会感冒。接着他给我擦后背，我不好意思，我说我自己来。他说我够不着。他将毛巾展开在手上，在我的后背上，泥瓦匠抹墙似的移动。我浑身舒坦。我自己擦洗了下半身，洗了脚。我赤裸裸钻进被子里，很快就睡着了。

我醒来时，听见清脆的浣衣声，水滴声在水凼上飘过来。聋二是在给我洗衣服。他不用棒槌捣衣，那是女人的做派。聋二像是我的父，也像我的娘。

聋二到学校接我，一路奔跑，出了汗，被冷雨一浸，感冒了，第二天晚上，身上直烫，说着梦话。他全身颤抖得厉害。他的两只绷紧的大腿，紧紧地挤压着我，他的身体，紧紧地贴着我。他颤抖着，喊着，艾文，艾文……我听不太清，像是这两个字的发音。我喊他，他没有醒，我害怕，他莫不是病糊涂了。直到他慢慢地不再颤抖，平息下来。我问他，干爷，你怎么了？他没回答我，反问我，我吓着你了？我摇头说没有。我问，你没得事吧？他说没得事。他翻转身去，背对着我。听着他粗重的呼吸，和着虚假的鼾声，我清楚，直到天亮，他再也没睡着。

4

清晨的阳光照进来。聋二的眼睛布满血丝，还有泪痕。我想，一定不是病痛让他流泪，至少不完全是病痛，他一定是想起了那个叫艾文的。艾文是谁？是男是女？中国人还是外国人？他们什么关系？我不敢问他。他看着我的目光，有一丝羞愧。一整天，他都是这种表情，夜里，他从那个旧衣柜里，拿出一床被子，放在那床被子旁边。他说，向阳，你也慢慢地大了，不怕了，咱们还是一人一床被子睡吧。我望着他，他昨晚显然感觉到他所做的一切。我突然很失落，像失去了什么。我钻进聋二为我铺的另一个被窝。

母亲邀崔寡妇和刘映山的女人桂莲到城关镇买东西，回来路过窑场，坐在晒场边的竹椅上歇息。聋二给她们沏茶，我在茅棚里看书。突然外面大闹起来，哄笑声水浪一般。我探出头去。我看见这三个女人抱住聋二，她们脱去了聋二的外衣，正在去拽聋二的裤腰带。我明白了，她们是在玩一种脱男人裤子的游戏。这种游戏，乡村已婚女人常玩。她们会突然疯了似的，将一个成年男人围起来，抱住他，将他的裤子剥了，扔到树上，看这个男人的尴尬，以此取乐。当然，大都是已婚男人，也有三四十岁的寡汉条子。这种游戏仅限于同辈分的妇人们，她们会避开女孩子，但从来不避我们小男孩。那些被脱去衣裤的男人，似乎也并不太在意这种游戏，有的还挺乐意。我就见过母亲她们脱河西湾兽医王家薪的裤子，据说那次也是母亲带头。她们把兽医按倒在地，将他脱得光光的，问他，说，你一年骗了多少牛羊，今天，我们也把你骗了。几个妇女，对着赤裸的兽医哈哈大笑，都将目光朝向兽医的裆，我的母亲还不失时机地在他裆里实实地捏了一把，说，这一大坨，你牛卵蛋似的吊着，不沉得难受啊。女人们哄笑。兽医脸憋得通红，却并没生气，也只是笑。

母亲常常让我尴尬。她的粗野、迟钝和自以为是，让我无地自容。湾子里那些针对她的笑声，她从来视为是对她的赞许，是对她的夸赞与信服。她以此为骄傲，自诩是村里一个人物，喜欢与众不同，她把窑场叫窑上，常说，我窑上有四郎的干爷聋二。

聋二挣扎着，吼叫着，让她们松手。她们不松，聋二一下子把崔寡妇摔倒在地，接着把桂莲推搡开。母亲见他真生气，就放开了手。

聋二冲她们吼道，走，都走，别在这儿，不招待你们。聋二说着，把木凳上的茶杯摔了一只，摔得粉碎。我吓得两股战战，不敢出去，躲在门后张望。

几个女人扫兴而去。聋二坐在竹凳上生闷气。这是这些野蛮女人常玩的游戏，父亲也被她们扒过裤子，父亲只是红了脸，挣扎，挣不开，就由着她们。父亲还是个知识分子呢。她们把父亲扒光后，父亲双手捂裆，虽然尴尬，但也并无怒色。就连刘映山，为人师表，被她们扒裤时，也只是大声笑道：要不得，要不得，伤风败俗！但她们到底把他脱了之后，他就趴在地上，让屁股朝天，让大地遮挡他的羞处，并未骂人，更别说动手。他的脸上，一直是谦和的笑。他讨饶她们把裤子递给他。这个时候的刘映山，竟然还很幽默，说，你们看吧，看吧，臀部与你们一样的，有何区别？有一次，她们企图脱麻球的裤子，麻球配合着她们，还帮着她们抽去自己的裤带，把自己暴露在她们面前。他趁机摸女人的奶子，掐她们的屁股。他一点也不挣扎，任她们脱，结果她们反倒觉得没趣，觉得上当受骗，于是，都放了手，这让麻球颇感失望。相比较，聋二太过认真，有些大惊小怪，但我喜欢聋二这样，我不想让她们戏弄聋二。聋二喝退她们，赢得了我的尊重。

聋二总是在窑场，或田间地头忙碌。夏日里，从来是光着脚丫子。大脚掌的五个脚趾，牢牢地抓住发烫的地面，手臂飞快地舞动，像船桨砍破河水一样，砍得他周身的尘埃，在亮晃晃的阳光里涌动。受聋二感染，我喜欢玩泥巴，砖坯我做不了，瓦坯应该能行。我把厚厚的泥，贴在瓦模子上，用泥抹子将它抹得薄薄的，把一团泥变成依附在瓦模子上的空心圆柱。聋二在远处挑土，对我说，你好好学习吧，当个泥巴匠，做这泥巴活，没出息！我就到溪水凼洗手。溪水凼那边的坡地是松树，这边是黄泥。黄泥打滑，我一下子滑下去。我大喊一声，干爷……整个人没进水里。我在水里扑腾，被水呛得直咳嗽，我才知道，我只会几下狗刨。我感到整个世界一会儿白亮，一会儿黑暗。我想，完了，我要死了。朦胧中，我看见聋二飞奔而来，他像一只被追杀的鸭子扑腾进水里。水花四溅，我睁不开眼，瞎扑腾。聋二喊道，别乱动。他扑腾过来。他碰到了我。他将我紧紧地抱住。我像一条泥鳅，滑溜溜的。他像一条黄鳝，也是滑溜溜的。他终于抱紧了我。他死死抓住了我的手臂，把我拉近，把我举到胸前，将我往水塘边推。我扑腾着向岸边去时，竟然一脚踹在聋二的裆里，聋二哎哟一声。他痛得下意识地蹲了下去。但是，他凭最后一点力气，让自己站了起来，艰难地往岸边行进。

我抓到了岸。我爬上岸去。我惊恐地望着聋二。我看见聋二站在浅水处。他弯腰，捂着小腹，看上去十分痛苦，但当他的脸与我相对时，我看到他一脸苦涩的笑。我脸上痒痒的，我知道，我满脸是泪。

聋二说，他要教我抹冷水汗，就是游泳。聋二花了三天的时间，把这个溪水凼变成了浅水塘。他先引开溪流，之后，找来水车，把那一塘水车个底朝天。将水塘四周往外扩，挖出的土，将水凼子底部最深处填上，又将往年烧成半截的残砖垫在水凼底部，四周也用这些半截砖砌上。聋二再将溪流引到溪水凼。每日，小溪从松林的远处，绕开坟场流过来。溪水蓝幽幽的，被山石撞起，在水凼子入口处，搅起一片哗哗的水声，很轻，很脆，入水处旋起一片白色的泡沫，像无数白色的花朵。

从这天起，每个午后，我和聋二就泡在这加宽了变浅了的溪水凼里。我一丝不挂，他却从不脱去他的长裤。他把我托起来，借助水的浮力，让我趴在他的两手间，他两手轻轻地托着我，让我划水，蹬腿。这么断断续续数次，有一天，他突然松手，我在水里拼命扑腾，呛了水。他把我抱起来。我识破他的诡计，再次浮在他手臂上时，抓住他的手不松开。聋二说，想学会抹冷水汗，没有不喝水的。你这样，永远也学不会。趁我听他讲话，走了神，他再次把手撒开。我在水里拼命挣扎，聋二尽量让我挣扎的时间长一些，这样，我会扑腾得更远。

出了水凼，聋二给我拿了三块钱，让我到他哥奇货那儿买肉。

我一路小跑，回来时，窑棚已升起炊烟。聋二在焖饭。肥肉烤油，瘦肉炒四季豆，炸锅时放了辣椒，点了醋，很香脆，很酸爽。

清晨起床，聋二拿出一套运动服，天蓝底色，有三道白色条纹，像蓝天飘荡着条状的云朵。这是我人生第一次穿买的新衣服。以前也有过两次新衣，都是母亲用针线缝的。我穿上新衣，放眼北山洼，满世界是明灿灿的阳光。

父亲看着我的新衣服，对我说，四郎，你长大了，忘了我，也不能忘记你干爷。我说，我知道。

聋二自制了一辆牛车。有些人家，要的砖瓦不多，做一个茅厕，或者一个烧饭的小屋，雇一辆拖拉机不合算，肩挑背扛，又太累，聋二就赶着牛车，免费送过去。聋二送砖瓦的时日，清晨，牛车的咯吱声，打破了北山洼的宁静。由近而远，牛车渐渐地消失在尘土飞扬的土路上，隐没在林子的尽头。至黄昏，牛车的声音又由远而近，从林中小路钻出来，钻进漆黑的洞一般的黑暗中，回到窑场。

我住到窑场后，聋二就一直忙碌。他怕烟熏坏我的眼睛，特地在茅屋旁搭建灶屋。他先搭架子，再把茅草往架子上搭，像梳辫子一样把它们理顺，最后用稻草绳像缝衣服似的固定。聋二说，四郎向阳要学习，眼睛熏坏了，可不是小事。有了这小屋，炊烟就进不到茅棚。

灶屋烧火，茅棚住人。

聋二忙碌着。他黝黑的肌肉在阳光下放着光。他的动作是那么干脆洒脱，像武打。歇息的时候，我们就坐在树荫下。树下很宽敞，很平，上面爬满了抓地草。抓地草像一只全身长满长脚的绿蜈蚣。抓地草爬满塘埂，密密地在一起，像一块巨大的地毯。太阳斜射过来，我们的头影落在沙地上。我们坐着不动，阳光行走，我们的影子愈来愈长。

属于窑场的，除了一棵油桐树，还有一株刺槐。我记事的时候，它们就长在这里，似乎很多年，都没见长大，总是锄把那么粗。麻球说，油桐树招鬼，我害怕，聋二就砍了那株油桐树。五月，一树槐花，香了整个窑场。夏日树叶正茂，它也还像一棵树。秋天，那槐树树叶落光，槐树孤零零刀枪剑戟一般指向苍凉的天空，那时候，我看着这棵树，就会想起聋二，他就像这棵树，是孤独的，却顽强地生长着。

5

夜间落下灰蒙蒙的霜，像撒了一层薄雪，空气很新鲜，但已经很冷了。

我在窑上，感受着山里的四季。雪落下来，风把雪吹到洼地，洼地积雪深，表面一层化了，又结了冰。踩上去似乎很硬，陷进去却很深。新落下的雪，在阳光下白亮白亮的。

聋二生火做饭。灶膛里烧的，都是秋日在三角山砍来的柴，上好的松枝和灌木，那炭火好。聋二给我准备带着提把的瓦罐，里面埋上木炭，将灶膛里的暗火收进瓦罐里，那炭火一夜不灭，很是暖和。我们管这烤火的器具叫火笼。我们就是靠这火笼，熬过漫长的冬夜。

黑夜映照着白雪，白雪明亮了黑夜，夜朦胧得像一首诗，月明得像是没有黑夜。暮色像是从黄昏直接穿越而至，步入黎明。我喜欢这儿的每一棵树，每一棵小草，每一场雨，每一缕阳光，逝去的，和正在头顶的。

寡汉条子的鸈硬，寡汉条子的鸈憋得有尿罐子粗，麻球说。他站在窑门上方，朝着劳作的聋二喊。捡猪粪的他，总是这样，像一坨猪粪，破坏着竹林湾的美景，破坏着我们的好心情。他只知道说别人，全然忘了自己也是寡汉条子。聋二抓起一块土疙瘩，扔过去，不偏不斜，正砸中他的肚子。麻球说，行了，我的好兄弟。我们两个寡汉条子，两根硬棒槌，就别在这里自相敲打了。聋二再捡一块土疙瘩，麻球吓跑了，他的话却留在我耳旁。麻球满嘴喷粪，聋二却并没当回事，他洗净一个苹果，递给我。这是我第一次吃苹果，我们平时，是把地瓜当水果吃的。我心里涌起一股温暖。我快速扫聋二一眼，聋二一脸幸福。他伸出一只手，拍了一下我的头。

聋二开始在无人的时候自言自语。他说着我听不懂的话。他甚至跟牛说，跟稻草堆说，跟溪水凼说。他老了吗？或者正在老去？只有老人才这样自言自语，比如我的二奶。

我心里涌起一阵悲凉，像这田野的风。我看见高远的天空，一老一小两只盘旋的鹰，它们俯视大地。我突然觉得，这鹰像我们，或者说，我们像这两只鹰。

聋二坐在茅屋一角，双手抱头，好像头痛。我侧过脸，看见聋二眼角亮闪闪的，那是聋二的泪，我也忍不住哭了。我那时并不知道一个男人没女人是多么的可怜，只是聋二伤心，带动着我也伤心。我说，干爷，你心里苦？聋二转过身去，把背对着我。我看见他的手在动，他在悄悄擦泪。他说，我不苦，我怎么苦呢？我有四郎，不，是向阳。我有四郎向阳，我不苦。他说着，转过身，面朝着我，说，四郎向阳，你将来送我上山不？我说，嗯。我又说，干爷，我先要你长命百岁，之后，再送你上山，我给你披麻戴孝。聋二突然一把将我拽过去，把我搂在他怀里，搂得紧紧的。我听见他血管里血流汹涌。

有野鸡钻出来，像一簇焰火般漂亮。溪沟、水凼，树和树的倒影，是我脑海里常出现的画面。多年以后，成为我记忆的源泉。

我已经学会了蒸米饭。有时候，我放学早，等聋二从畈田回到窑上，大米饭的香味，已弥漫在暮色中。聋二洗手脸，准备炒菜。我说，干爷，我来，我会。我说着，往锅里倒油，锅里发出吱吱声。

聋二坐在灶膛前的矮凳上，往灶膛添火。灶膛里闪烁的火光，映照着他慈父般善良的面庞。偶尔，他也抬头巡睃，疼爱的目光，在我脸上扫来扫去。

饭好了，聋二捧着我独自做的饭菜，还未吃，就说，香，好吃。声音湿淋淋的，像是被洗过，我知道，眼泪已经在他的眼眶里了。

豆角炒肉，油炸花生米，韭菜炒鸡蛋，还炖了鲫鱼汤。鲫鱼是下雨那天，我从水塘里抓来，我特地在水缸里养着的。我拿出“将军城”白酒，给聋二倒了一小杯。聋二一口喝了，让我再倒，我怕他喝多了，不倒，他就拿起酒瓶，自己倒了一杯。

他竟然让我也喝一杯，我尝了一口，太辣，呛着了，不敢再喝。他就没强迫我。聋二那天高兴，果然喝多了。他说，儿啊。他第一次叫我儿。他说，儿啊，你知道吗，有你这么个儿，干爷心里高兴。

他又喝了一口，说，可干爷知道，你早晚会走的，走得远远的。三岁看到老，我就看准你，你将来必定有出息，必定是要走的。我舍不得，但我愿意你走，走得远远的，到北京去，去读大学。

他终于没能忍住，眼泪涌得满脸都是。我也背过身去擦眼泪，心猛地沉下来，有一丝喜悦夹杂着一种悲凉，混合着酒气，弥漫在茅屋里。

明亮的月光从窗外射进来，如水一样，在聋二的脸上流淌。是的，他脸上流淌的，还有泪，许久没干。我的眼泪也在流淌。

我伺候聋二睡下。他累了，醉了，洗不了，我用热水浸过毛巾，给他擦脸，擦脚。扶他上床。我帮他脱去上衣，可是，当我去脱他的长裤时，他死死地拽住了腰带，并对我说，不用，你睡你的。

他许久没有睡去。他是孤独的。他的孤独并不完全因为外界，好像是他内心的“秘密”所致。他的内心，像被禁毁的荒原似的，因为我的到来，因为有我，而有了生机，有了希望。希望像火苗在他体内燃烧，热烈地燃烧。我知道这种感觉，就像我，因为有了他，从而有了继续学习的希望。

我已经不怎么惧怕窑上的夜。我把目光投向窗外，望着白昼一样的天空，望着寂寥的星辰。松涛阵阵，和着身旁聋二的鼾声。他甜美地睡着，好像是微笑着的。他梦见了谁，是不是那个叫艾文的人？夜像他脸上那些皱纹，有些神秘有些虚幻。白天的阳光将温暖留在了夜里。我听到一只夜鸟的叫声，从茅棚顶越过，那清脆的声音有着温热的气息，也有它无法掩饰的孤独。

第八章　聋二与秀姑

1

1969年一个初冬的早晨，天气骤冷，石桥河面披着薄冰，冰下暗流涌动，涛声远逝，河套霜白如雪。过早而至的寒冷，令石桥河两岸乡民猝不及防，去年的棉衣，未及洗，未及补。他们只得裹着破旧的棉袄，腰间系一根麻绳。他们打着寒战，奔赴在村道上，只有聋二，一身绿军装，套着崭新的军棉服。他就像一片洁净的阳光，散发着朝气；像一团夏日的青草，生机蓬勃。他走到哪里，哪里就温暖了，有了生气。

父亲望着聋二，羡慕地望着。多年前的情景浮现在脑子里。这一身军装，他也是穿过的，只可惜自己当的是工程兵。工程兵也没啥，遗憾的是部队解散了，壮志未酬，自己还落下残疾。一身军装的聋二，阳刚，帅气，他的军营之旅，应该充满光亮。

父亲无比羡慕聋二。聋二中等偏上身材，英俊，从小就聪明，仁义。他祖上霸占我家先人的老宅，红军打过来，他建议他的父亲把老宅让出来，给红军住，让红军建野战医院。他父亲不同意，他极力劝说。眼看着红军成了气候，他父亲刘家兴终于把那老宅让出来。后来搞土改，年少的聋二建议家人把宅院彻底交公，把地献出来。有的地主，把银圆埋着不上交，聋二知道他父亲银圆的埋藏处，把它们挖出来，抱着满满一坛子袁大头，全部上交，还说是他父亲的意思，这使得他家在后来阶级成分的划分上，只是定为富农。西河湾一户人家，祖上还没他家富，定为地主，那年，地主被拉到石桥河畔，一枪毙命。

聋二是刘家兴小老婆的儿子，与奇货同父异母，性格各异。也有人说，聋二是刘家兴家的长工刘家轩的儿子，是刘家兴的小老婆与长工偷情的产物，这，当然是传言。

父亲望着聋二，那份羡慕上升为嫉妒。那时候的聋二，不但年轻，耳朵也不聋，高鼻梁，浓眉大眼。父亲疼爱地望着聋二，灵感顿生：自己不是军人，但可以是军属！

父亲想到了秀姑。他想的，自然不是送秀姑去当兵，那个年代，要想把一个农家女送到部队去当兵，那是抓石头打天，痴心妄想。父亲是想把秀姑许配给聋二，那样秀姑就是军属，我们一家，自然也是军属，不是直接军属，也是间接军属。

父亲被这个想法弄得激情飞扬，他疾步蹿到聋二家，对聋二的哥奇货说，秀兰说了，她要嫁给你兄弟。其时，聋二没在家，奇货说，这事我说了不算，得问他本人。父亲说，那行，我亲自跟他说。奇货和他的老婆葵花，对父亲的态度冷漠，也不递烟，也不沏茶。父亲坐不住了，起身走。父亲往外走时，看到他家大簸箕里还有一绺肉，足有四五斤，知道是奇货在观音寨下卖肉剩下的。奇货在观音寨下杀猪，杀完猪，就在那里卖肉。有时剩下一点，他就带回来，卖给本湾的人。父亲说，这肉我买了，钱过几天给。奇货的女人葵花说，过几天你拿什么给？

父亲红着脸望着她，肉已经提在手中。父亲虽然尴尬，但并没有将肉放下的意思。奇货说，行，先赊着吧。

父亲走到门口时，听见葵花说，嘁，什么人，看见我家兄弟当兵去，好事来了，就找上门来。早干什么去了？葵花的声音很大，显然是故意说给父亲听的。父亲没接话茬。父亲一贯喜欢沉默，这个时候，他更是装作没听见。父亲扯起嘴角，有些阴险地笑。有肉在手，他就有办法。

父亲把那刀肉抹上盐，用一绺红纸封腰，挂在我家墙上，逢人就说，是聋二提亲的礼。父亲说，聋二要提四盒礼，他没让，说一刀肉就代表了。

肉在我家，从中午挂到晚上，天完全黑下来时，聋二来了。他说，他是来要肉的，这肉并不是他提亲的礼。父亲说，兄弟，秀兰多好，你不喜欢她？聋二摇头，这个时候，他斜眼看，秀姑正在灶屋里洗碗。聋二听见洗碗的声音戛然而止，知道她在偷听，就说，我还没考虑这些事，我先去当兵再说。父亲说，这与当兵并不矛盾，聋二就不吱声。聋二后来说，他当时答应下来，是怕伤了一个姑娘的心。

父亲把那一绺肉取下来，直接提到灶屋，拿起刀，剁成几块。他说，你别走，我这就让秀姑给你烧火做饭，在我家吃夜饭。聋二说，我吃了夜饭。聋二掏出一些钱，递给父亲，说，那你去把这钱给我哥嫂吧，就说是肉钱，别说是我给的。

父亲接了钱，说，好。父亲把钱硬塞给秀姑，说，刘满堂给你的钱，你去买身衣服吧。

父亲叫他刘满堂。竹林湾的人，在很正规的场合，对自己敬重的人，是不叫小名的。聋二当兵了，与众不同了，父亲叫他学名。

聋二惊讶地望着父亲。他几步跨出我家的门。他的身后，传来二奶的声音，刘二喂，秀兰是个好姑娘，你可别亏待她……声音像来自阴曹地府，让人脊背上暗生凉风。聋二快步逃离。

2

在我父亲的怂恿下，我的秀姑第二天就上了县城。按照父亲的交代，给自己买了一身新衣服，深蓝色的裤子，红色的上衣。秀姑买了衣服，用包袱包起来。父亲说，穿上，买来就是穿的，干啥不穿？秀姑就穿上了。父亲感叹道，你们看，人靠衣裳马靠鞍，秀兰这一打扮，比县城里那些姑娘还好看。

那几天，秀姑一片红，聋二一身绿，成为竹林湾两道移动的风景。他们的目光，从聋二身上，移到秀姑身上，再从秀姑身上，移到聋二身上。他们称赞道，般配！天生的一对！

在聋二的眼里，秀姑是一个很耐看的姑娘。她内向，稳重，在家像用人似的干活，从没一句埋怨的话。对我的母亲，她言听计从。她最像我的父亲，习惯沉默。

麻球说，乡下的姑娘含蓄，秀姑其实早就恋上了聋二，只是不敢说出来。我们也能感觉到，聋二也喜欢秀姑，只因为两家祖上的恩怨，他总是有意地远离我们老杨家。

半个月亮爬上来。月光像水泼洒在石桥河上，这是一个迷人的乡村之夜。父亲把聋二请到我家吃饭，聋二不来。父亲知道他磨不开脸面，就把话往远了说。父亲说，一个湾子住着，你要走了，请你吃个饭，也是应该的。父亲把聋二的哥嫂找来陪酒。聋二的哥嫂来了，脸上是平静的，说不上是高兴，还是不高兴。人坐好后，父亲就把话往近了拉，父亲说聋二怎么好，又说秀兰一直就喜欢聋二，只是大姑娘，脸皮薄。聋二的嫂子葵花，手上举着一只鸡大腿，像举着一只火炬。她的大嗓门机关枪似的响着。她说，我兄弟，一个湾子住着，不说，你们也看得见，人本分，长得一表人才。可运气不好，成分高，富农，按说，高攀不上你家。可现在不一样了，我兄弟当兵了，是解放军了，这地位也就上去了，那我这个当嫂子的，就得当家，给他挑挑。要我说呀，秀兰这姑娘挺好，稳重。不过，话说回来，我家聋二，虽说不是知识分子，可也不是文盲。到部队上，怕是不回来了，怕是要吃外饭的，能找个农村姑娘？

聋二说，嫂，你说啥呢，这八字还没一撇呢。我呀，将来能找得着媳妇，不当寡汉条子，就是烧高香了，哪还能挑农村的城里的。

聋二竟一语成谶，几年以后，他复员回来，真就成了光棍，一个人过着光阴。

秀姑躲进二奶屋里，不露面，她似乎是一个局外人，这恰恰说明她心里有聋二，在乎他。

聋二在锣声鼓声鞭炮声里渐行渐远。聋二走后，秀姑隐入相思的深渊。她表面若无其事，心早就跟聋二飞了。她常常处于怅然若失的境地，不是让流水冲走了手中浣洗的衣裳，就是忘记往灶膛里添柴火，要么就添多了柴火，烧煳一锅饭。有那么几天，秀姑越来越像我二奶，像一个丢了魂魄的人。

聋二走的那年，南方局势紧张，但战争还未打响，聋二在后方。他的哥奇货三个月后才收到他的信。父亲知道他来信后，跑到他家，问有没有写给秀姑的。奇货说没有，父亲说不可能，可能邮局落下了。

父亲就抄了聋二的通信地址，连夜给聋二写信。他本来是想教我秀姑写信，可秀姑只上过三年小学，语言难理顺，并且害羞，实在是难为她，而我的父亲，又急于要表达我们一家人的意思，只得自己操刀。

我那当过语文老师的父亲，写封信不是难事，而聋二，也是念过几年书的人，部队又是一个催人学习的地方，聋二的信写得有情有义。父亲模仿秀姑的语气，写石桥河的流水，写天气，无形中，用赋、比、兴的手法，抒发对聋二的思念之情。我的父亲，本来是写完信后，让秀姑来抄一遍，但有些话，他怕秀姑嫌肉麻，干脆全包。他故意把那字写得歪歪斜斜。

我后来猜想，聋二肯定知道是我父亲替秀姑写信，就算他不怀疑父亲故意写得歪斜的字，那信里说出的话，他是能感觉出来的。他没有戳穿，是照顾父亲的面子。他写回信，谈论部队的一些事，也谈论天气，谈论南方的风土人情。两个人书来信往，好像是两个男人在互诉衷肠。当然，父亲尊重秀姑，聋二的来信，他不拆封，直接就给秀姑。秀姑不给他看，他也不需要看，他能从他写给聋二的信里，猜测出聋二回信的内容。有时，他会把从奇货那里听来有关聋二的消息，告诉秀姑，当然，他会添油加醋。

聋二去当兵时，我还没出生，但在竹林湾人一次次的讲述中，我觉得自己分明参与了那次隆重的送行。我看见聋二穿着绿军装，瘦削，挺拔，像一株壮实的山竹。锣鼓声从他家的宅院一直响到石桥河镇；鞭炮像一条长蛇，从他家门前蜿蜒到石拱桥上。一湾子人跟在聋二身后。秀姑穿着那件红外套，与胸戴红花的聋二，成为人群里最打眼的两个人。鞭炮炸得竹林湾地动山摇。

聋二远去了，送行的人回了，我秀姑拉着我年幼的大哥杨大郎，踏在湾子出口那些鞭炮屑上。清晨的霞光和爆竹红色的纸屑映红了秀姑的脸。秀姑眼含热泪，哀怨动人。

3

五年后，聋二回到竹林湾。

聋二离家前，一身军装是新的，胸前的大红花鲜艳得好像正在绽放，预兆着一个火红的未来，一湾的大人小伙子，谁不羡慕。然而，世事难料，回来后的聋二，简直换了一个人，一身破旧的军装，胡子凌乱，老气横秋，沉默少言。沉默少言倒也罢，他似乎听不懂人的话，对别人的话也很少搭茬儿。他哪里像是从战场回来的，他更像一个劳改犯。一个从老山前线回来的军人，没立功，却是这个惨状。湾里人议论，莫不是犯下什么错误？不会是逃兵吧？

瞎扯！逃兵是死罪，敢回竹林湾，到深山野林里躲还怕被抓哩，麻球说。麻球的话臭硬臭硬，像茅坑里的石头，但效果明显，让人听而难忘。一湾子的人，越发觉得聋二有点不对劲。最不对劲的，是他的耳朵，背得很，对别人的话，常常不理睬。湾里人就猜想，一定是在战场受伤了，要不，去前耳朵好好的，清亮得很。耳朵不清亮，能让他当兵吗？莫不是让炮给震聋了。

聋二排行老二，人称刘二。耳朵背了，这就有了聋二的绰号。绰号很快取代了他的真名，慢慢地，竹林湾不少人忘记了他的真名。竹林湾的人，更关心的是聋二与秀姑的婚事。他们是局外人，不便打探，只能观望。秀姑等聋二五年。五年过去，双方岁数都不小了，但湾里人从秀姑白天的沉默和黑夜里的抽泣知道，他们的关系已经结束，这婚怕是结不成了。男大当婚女大当嫁，是人总要结婚，聋二要结婚，秀姑要嫁人，但他们怕是走不到一块了。

聋二入伍前，自己有三间瓦房，紧挨着他的大哥奇货，那房檩子都是上等松木，木粗且长，笔直无弯，松节牛眼一样，深情地凝视着每一个进出的人。聋二突然归来，迎接他的，是满屋子堆放的杂物。聋二的嫂子葵花，自从把聋二送走，就没打算让他再回来。她早把那房子当成了她家的仓房。

聋二回来，葵花就没对他有过好脸色，指桑骂槐，端碗拿盆，重手重脚，屋子里不时传出像架子鼓似的声响。整个竹林湾，都听得见她那炮轰似的嗓子。聋二知趣，背着自己的背包，像当年走向军营一样，走到北山洼。他搭起两间茅棚，住在山里，慢慢地构建他的窑场，烧制手工砖瓦。

北山洼有菜地，有溪沟，有水凼，三面环山，整个窑场，像一把巨大的太师椅，那个水凼，在阳光下，像一只亮闪闪的聚宝盆。麻球说，聋二，你狗日的，选这一块风水宝地做窑场，你要不发财，那是财神爷瞎了眼。聋二笑道，本来要发财的，你这张猪拱粪的嘴一说，财神爷生气，跑到日本国去了。

多年以后，我住进了窑场，认聋二当干爷，麻球说，聋二，我的话准不？我说窑场是聚宝盆，就是聚宝盆。四郎就是你的宝，你认四郎做干儿子，住在这风水宝地，四郎将来是要做官的。四郎当了官，还能忘了你？这次，聋二没有骂麻球嘴臭，他脸上闪着微红的光，一丝喜悦在那红光上浮动。

其实，聋二并不相信什么风水宝地，真是一片宝地，怕也轮不到他，他是来躲清净的。他受不了嫂子的聒噪。更有甚者，说聋二躲到窑场，是另有隐情。他嫂就是个潘金莲，他是武二郎，讲究，躲着嫂嫂。

聋二复员后，奇货曾张罗让聋二把秀姑娶过去，葵花把嘴咧到腮帮子上，就他这样个聋货，一天屁都不放一个，谁跟他？奇货说，秀兰等他五年了，咋能说不要就不要？

葵花说，他聋，不爱说话，等于也哑，只怕人家不跟他。奇货说，你别总说人家聋人家哑，人家是懒得搭理你。

秀姑追到窑场。聋二告诉她：你嫁人吧。秀姑问，为么事？我等你五年了，现在，你一句话，说不要我就不要我？你总得有个说法。

聋二说，我在南方有女人，我过一阵子，还要回到南方。

秀姑问，在哪里？你在哪里有女人？聋二说，云南，我打仗的地方。聋二说完，不再理秀姑，默默修整他的窑场。秀姑把一张湿淋淋的脸朝向他：你扯谎，你有女人了，那你还给我写信？你这个骗子。聋二说，我后来不是没写吗？秀姑说，我知道，我哥说你受伤了，才没给我写信。聋二说，我只是耳朵被震了，信还是能写的。我没写信，是因为我认识了一个云南姑娘。秀姑说，你的云南姑娘呢？等你的云南姑娘来了，我就走。云南姑娘一天不来，我就伺候你一天。秀姑说着，帮聋二生火，做饭，就像聋二屋里人一样。聋二无奈，逃到北山松林里，一天不回窑场。天锅盖似的扣下来，黑得没有缝隙，秀姑害怕这片坟地，只得红肿着眼，回到湾子里。

父亲到窑场问缘由，聋二把对秀姑的话向父亲重说一遍。聋二平静地说着他的战争，他的女人，语气平淡，像说着别人的故事，父亲却像一颗被点燃的二踢脚，从聋二的床上蹦起来，抬屁股就走。父亲走在林间山路上，因为膝盖的原因，一肩高一肩矮，一肩向前一肩朝后，像在风雨中逆行的斗士。

父亲回到家，下了一道命令：全家人，谁也不准提聋二的名字，这个人，自此与我家没有任何关系。他忘恩负义，他就是个陈世美，早晚得挨刀铡！

秀姑冲父亲喊，你好狠心，咒人死。父亲说，他在外面有了女人，你还向着他说话？秀姑说，我不信，他是扯谎！父亲说，扯不扯谎，反正他把你甩了，不要你了！

秀姑抽泣着。母亲白父亲一眼：你别说得那么难听，秀姑可是你亲妹子，什么甩了甩了的？谁甩谁还不知道呢。他聋二有啥，屋没一间，瓦无一片。那么好的三间屋，硬是给他嫂占去了。我看啦，该挨铡刀的不是聋二，是葵花这个毒女人。

秀姑扯下毛巾，擦了泪。她站起来，对父亲说，哥，这辈子，除了聋二，我谁也不嫁。我这就住到窑场去，去同聋二过日子。

父亲说，你行了吧，人家不要你，你去同人家过日子，你咋这么贱？你不要脸，我们还要脸呢。秀姑无限哀怨的目光，朝着父亲。秀姑说，当年是你把我许给他，现在，我要嫁他，你又不让。父亲说，不是我不让，是他不要你。

秀姑说，我不管，我这就住到窑场去。秀姑进屋，抓起一个包袱，里面包裹着她的几件衣服。她拔腿就走，只听一声吼叫：站住！那声音像刀子一般尖利，直抵秀姑的后背，是二奶的声音。秀姑停住脚。二奶蹒跚到秀姑跟前，声音低下去，说，秀兰啦，人有脸，树有皮，他不要咱，咱就不再认他。他不要你，你就是跑过去，他还得把你赶出来。人，得有个志气。

二奶从秀姑手里，抢下那个包袱，拎到她们的屋里。

按说，秀姑是大姑娘了，应该有一个独立的空间。我家房子小，无力盖新房，秀姑只得与二奶同住。

那时还没有我，据说那时我二奶已经很老。二奶最初出现在我的记忆里，就更老了，老得就像故事书里的妖精，老得似乎随时准备入土。父亲说，二奶心苦，心苦的人就老得快。

长兄如父，这不仅表现在这特殊家庭里父亲对秀姑的付出，也表现在秀姑的大事面前，她的哥哥，可以像长辈一样，替她做主。

父亲担心秀姑这么下去，人会垮掉，急着给她寻婆家。眼不见为净，父亲想把秀姑嫁得远远的，见不着聋二，慢慢地，秀姑就会忘记他，忘掉这个负心郎。可咱们家远方没有亲戚，父亲只得在石桥河一带，寻找合适人家。无奈秀姑还是那句话：我谁也不嫁，我死也要死在竹林湾。石桥河每年都死人，也不差我一个，正好石桥河今年还没死人哩。

这当然是气话，父亲并不把她这气话当回事。秀姑白天到队里出工，夜里还要干活，纳鞋，绣鞋垫。秀姑做了一双大号布鞋，那是聋二的，但是，她并没有勇气送给他，就用布包着，让年幼的大郎送去。很快，大郎将这鞋拿了回来。大郎说，他不要，他说他有球鞋，喜欢穿球鞋。聋二说的球鞋，就是解放鞋。

秀姑沉默了，黄牛一样闷头干活。她干得越苦，父亲的心就越痛；她越不吱声，父亲就越是心如刀割。父亲觍着脸，再去找聋二。一直老实沉默的父亲，推搡了聋二两下，聋二没还手。聋二说大志哥，你找个人，把秀姑嫁出去吧，我总是要走的，我云南有女人，我早晚会去云南。父亲说，你先把秀兰娶过来，等你上云南再说。聋二说，就算不去云南，我也不能娶秀兰，她跟着我，也是遭罪，我不能害她。父亲说，你不能害她？你都快把她害死了！你要是不想害她，就把她娶过来！聋二说，我不能。父亲说，为何不能，是男人就能。聋二说，我不想。

父亲离开窑场，在踏入林间小路那一刻，他缓慢地回过头去，朝忙碌的聋二骂了句：一头犟驴，一头蠢猪，我算是瞎了眼。一家女百家求，缺了乌龟汤，还做不成大宴席？我家秀兰，有的是人要！

4

二奶来到窑场。二奶每天沿着窑场南边的那条山道，到山坡等她的男人我们的二爹。天黑了，不见我的二爹，她再回到湾子里，以前如此，现在还是如此。但她从未到过窑场。现在，她来到窑场，她说，刘满堂。二奶居然能叫出聋二的大名。二奶说，你二娘我被老杨家收养，成为他家的童养媳。我十八九岁丢了男人，今年多少年了？我每天到东山坡去盼，去等。我还要等下去。你要知道，一个女人认准一个男人之后，无论她真的嫁没嫁给他，她的心，一辈子就长在这个男人身上了。我侄女秀兰，且不说她长得好看，本分，就冲她等你五年的分儿上，你也得娶了她吧？你知道，这五年，上门提亲的，也不是没有。石桥河边上的聋女瞎女哑女苕货女都没剩下，何况我家的秀兰。可秀兰一个也不去看，一门心思等你！刘满堂喂，人要有情有义咧。没情没义，那还叫个人……

那天黄昏，被我母亲称为“半个死人”的二奶，把她一年的话都说了。

聋二走到溪水凼，洗净手上的泥。他给二奶递上一杯茶，二奶不接。二奶说，你不答应，这茶我怎么喝？聋二就把茶杯放下。聋二什么都没说，却是什么都说了。

二奶愤然起身，她的老姿态摆不下去了，来时的步伐乱了，疾了，快了，像当年拉着我父亲的手，走向体检站一样。二奶双脚在地上，犁起两股尘烟。到家，二奶对秀姑说，别等了，都老姑娘了，再这么等下去，也不会有结果，打仗，把他的心打成了铁疙瘩。

母亲开始指桑骂槐，骂鸡，骂猪，骂牛，骂狗。母亲骂鸡不下蛋，骂猪不长肉，骂牛好吃懒做，骂狗多管闲事。别说父亲和秀姑，我年幼的大哥杨大郎都能听出她是骂秀姑。大郎冲母亲吼，你别骂了，讨人嫌！娘给了大郎一个笤帚疙瘩，一家人，就再没人对娘的咒骂表示出不同的声音。很长时间，屋子里除了娘的骂声，就只有沉默。

二奶倚着墙，愤怒地盯着母亲。她像一个老鬼在等待着索取母亲的性命一般，觊觎着母亲，样子骇人。

秀姑常常一脸泪。她知道，她不能再在这个家待下去了。别说是哥嫂，就是爷娘在，也不会把一个老姑娘养在家里。秀姑说，那好，我听哥嫂的，我嫁，但是，我要嫁得远远的，越远越好，永远不再回来。

这天晚上，父亲去了桂花楼学校，这是父亲离开这个学校后，第一次重踏校门。父亲去找校长吴顺男。校长是教书的，时常会到乡里、县里开会，认识的人多。父亲想让吴顺男保媒。父亲原本就是死马当活马医，没想到吴顺男一拍大腿：还真有这样一个人！

秀姑就这样，远嫁老君山林场，几乎到了河南的地界儿。麻球说，一个人要到老君山去，得半夜鸡叫时起来，从竹林湾走上十八里地，到红安城再坐三个小时的班车，再走大半天的路，到林场里，月亮也该落土了。

秀姑出嫁时，没有嫁妆。我娘说，她是嫁给林场的工人，人家啥东西没有？这农村的东西，人家哪看得上眼。

路不平旁人踩，葵花说母亲心狠，秀兰从小像头牛似的，没白天没黑夜，在你老杨家做死做活，就算是个用人，也该陪嫁两身衣服，两床被子。秀姑说，我么事都不要，我没么事想带的。只有秀姑自己知道，她贴身的衣兜里，装着聋二的照片，那是聋二到老山前线后给她邮寄回来的。照片上，聋二背着枪，佩戴了红帽徽和红领花，整个人又鲜亮又威武。

聋二也有秀姑的一张照片，那是聋二去当兵前，秀姑特地到照相馆照的，那是秀姑第一次照相。照片取出来后，秀姑几次把聋二约出来，就是没有勇气把这张照片送出去，后来，她趁聋二跟我二奶道别时，站在一旁，悄悄地把它放进了聋二的军绿色挎包。那是秀姑今生唯一的照片。那时石桥河镇上，还没有彩照，照相馆的师傅，将照片上秀姑的嘴唇和双腮，涂抹成桃红。

秀姑走的那天，父亲不顾母亲的反对，坚持请了响器。他要求响器师傅把响器奏得震天响，但那天的唢呐，偏吹得低沉幽暗，像秋夜里石桥河的流水声。秀姑跟着媒人吴顺男，沿着北山洼往外走。深秋的北山洼，散发着松蘑的暗香。

我们石桥河一带的风俗，嫁出去的姑娘，三天后回门。秀姑嫁得远，七天后才回到娘家。秀姑回来后，除了哭，什么也不说。我们一家人后来才知道，秀姑原来是去填房的。她嫁的那个男人的女人，一年前死了。那个男人五十岁，镶着几颗大金牙。其实不是金的，是不锈钢的，亮光闪闪。我们背地里叫秀姑的男人大金牙，二奶和父亲母亲叫他小金。我们以为二奶和父亲母亲堂而皇之叫他诨名，后来才知道是巧合，他姓金。我们背地里很快不叫他大金牙，叫他金大牙。金大牙居然有一个十二岁的儿子。秀姑不但是去填房，还是去给人当后娘。吴顺男除了当校长，还喜欢写诗。他就是到山里采风，先碰上这个玩耍的小男孩，后认识他爸金大牙的。

麻球说，你们老杨家，丧良心，好端端的一个姑娘，让你们害惨啰。又说，这个聋二，当一回兵，回来不但聋了、哑了，还傻了，不稀罕女人了，怕是在战场遇到了鬼。

秀姑自己没说，金大牙也没说，但秀姑和金大牙的故事，后来还是传到了我们的耳朵里，搞不清是谁传的话，像是风中絮语，说秀姑嫁给那个男人后，七天七夜不上床，把被子抱到两只大木箱上睡。第七天头上，她终于跑了回来。

嫁出去的姑娘泼出去的水。那是个晴朗的早晨，一个五十多岁的男人，微驼着背，咧着大嘴。阳光照进他嘴里，大金牙熠熠闪光。他穿着干净的衣服，绸缎面在风中水波一样动着。我不知道，那天我跛腿的父亲哪来那么大的力气。他和我的母亲，像把我家的猪往屠宰场送一样，驱赶着秀姑。只是父亲并没有像套猪那样，将绳子套在秀姑的脖子上，而是直接薅起秀姑长长的辫子。秀姑两脚着地，腿弯曲着，屁股后撅，不肯前行一步。我的母亲，拿着一根细竹竿，一下狠过一下，抽打在秀姑那撅起的屁股上、腰上。那个大金牙男人，跟在他们后面，表情漠然，像是一个旁观者。大郎二郎冲上去，要解救我的秀姑，年幼的三郎，抱着秀姑的腿，他们被我母亲旱雷一样的吼叫轰得四散逃窜。母亲骂道，躲日的，滚一边去！

我的母亲，已全然一个粗野农妇，脏话张嘴就来。这是没办法的事，她幻想当一个教书先生的老婆，走进一个文明家庭，命运捉弄了她，父亲回乡，不再教书；她幻想成为一个军官的妻子，父亲没能留在部队，她最终沦为一个地道的农夫的妻子，这个时候，如果她再装体面，说文明话，把自己的家装扮成知识分子家庭，反倒会被乡邻耻笑。

秀姑走了，沿着北山洼；秀姑走了，就再也没有回来，她被父亲薅着头发时强忍疼痛，翻转脸来远看窑棚的样子，永远留在竹林湾人的脑海里。有人说，那是秀姑最美的模样，也有人说，那一刻的秀姑，面目狰狞，像个吊死鬼。但有一种说法一致，那就是：秀姑是回头寻聋二，她希望聋二冲上去把她抢下来，像书里描写的那些山大王一样，把她抢到窑场，当压寨夫人。但是，她没有寻到聋二。聋二其时正站在他的茅棚里，目光透过茅草的缝隙，凝望着眼前的一切。

聋二泪痕满面。

大山里的风，传递着秀姑的消息，说回到大山里的秀姑，简直像个钢铁战士，她不吃不喝，依然睡在柜子上。

但后来秀姑还是给那个男人生了儿子。

生了儿子，娘家人是要去过满月的。我母亲给孩子染了八个红鸡蛋，用红纸扎了几绺面，扯了一块布，去了一趟老君山。秀姑给我们家的回礼，只有一绺野猪肉。母亲很是气愤，说，什么工人，穷死了，穷死了，穷得卵蛋皮贴了凳——没得裤子穿。

其实，先前的林厂工人，日子还是很体面，因为过度砍伐，山里的大树越来越少，工人用不了那么多，秀姑的那个男人就很少上班，他只拿基本工资。大郎说，当初就不该嫁给这样一个人。母亲骂道，你莫放屁，是她自己要嫁得远远的。二郎说，秀姑过得不好，就让她回来吧。母亲说，你莫放屁，嫁出去的姑娘泼出去的水。

我母亲自此不提她的小姑子。

二奶依然每天上后山坡等二爹。

5

我出生时，秀姑已经嫁了好些年，但不知为何，我就跟秀姑亲，我甚至把秀姑当作我家的骄傲。在石桥河，有个远方的亲戚，哪个孩子不炫耀呢？那天天黑时，秀姑来到我家。她给我带了一盒饼干。第二天清晨，秀姑就走了，要不她赶不上县城去老君山的班车。我那时还没住进窑棚。我醒来的时候，不见秀姑，我就跑到北山洼去寻。我盼着她能突然出现在她离去的那条路上。我倚着一株松树，闭上眼，脑子里全是秀姑的影子。我的脸上热热的，我知道，那是我的泪。晨风里，我听见了一个人的脚步声，是聋二。窑场只有他一人。我急忙抬臂擦泪。聋二问我怎么了。我本不想让他知道，可聋二的话，一下子将我伤心的闸门打开。我无言。聋二一只手，轻抚我的后脑勺。我再也忍不住，放声抽泣。我感到全身肌肉抽搐，心急剧地跳动。这就是我的回答。

我仰头，我看见聋二也哭了。他眼角潮润，眼睛红肿。我那时小。即便我那时小，我也感觉到，聋二心里，是有秀姑的。

麻球说，你秀姑每次都是晚上来，第二天一早就走。我说，她要赶班车。麻球说，她是怕撞见聋二。

秀姑的儿子小哈，与我一般大小。秀姑的儿子小哈住到我们竹林湾时，我已经七岁，准备秋天上小学去。小哈来竹林湾的情形，像电影似的，我记得清楚。那天天将黑，秀姑出现在我家门前，她身后，一个消瘦的男孩，穿着一身成人的衣服，一双光脚套着黑皮鞋。他那一头乌黑的显得过长的凌乱的头发，遮着三角形的脸庞，双颊瘦瘦的，双眼深陷。他紧跟在秀姑身后，双臂下垂，无声无息，像一只胆怯的小耗子。竹林湾的人，同样用惊愕、胆怯的目光看着他，仿佛他不是一个人，而是一个影子。男孩脸上出现惊惧，但他企图用一种滑稽而冷漠的微笑来掩盖，这使他的表情看上去极不自然，像是在扮鬼脸，引人发笑。

小哈说话嘟噜不清，反应迟钝。我们叫他苕货。那天，我听麻球和民办教师刘映山议论小哈。刘映山说小哈之所以苕，是因为金大牙年龄大了，种子不行。金大牙又爱喝酒，他们怀小哈的那天，金大牙肯定是喝酒了。

聋二说小哈不苕，是缺少交流。他在大山里，人少，孩子更少，连个说话的人都没有，更别说玩耍。狼孩，你们听说过狼孩的故事吗？聋二问。大伙摇头，聋二无奈的一声叹息。

聋二来到我家，避开秀姑的儿子小哈，也避开秀姑。聋二对我的父亲说，你让小哈住到竹林湾来吧，这儿人多，对小哈的成长有好处……母亲吼道，哪个说的？我们家这一大家子人，再添一个男伢吃饭，一家人都得饿死。

聋二窘迫地说，可以让他住到窑上。母亲一听，吼起来，声如裂帛尖厉而急促：那倒是好哩，那倒是好哩。你那茅棚，住得下不？聋二说，我把床加宽一些。母亲说，说得轻巧，是一张床的事？吃呢，上学呢？请神容易送神难。

聋二还想说什么，母亲说，行了，行了，要知今天，何必当初。你那年要把秀兰娶了，再怎么的，也不会生个苕货！现在想开了，当起好人来了？算了吧，小哈的事，不用你管！聋二沉默无言，慢腾腾地往外走。母亲故意说，走哇？不送了！母亲还朝着父亲说，呸，当年臭硬臭硬的，死活不要秀兰，现在寡汉条子熬不住了，来打秀兰的主意。母亲的语调很高，她知道聋二刚走到窗下，有意说给他听。父亲说，也不是你说的那么样。母亲声音再次拔高一度，不是说话，是吵架。母亲说，么样不是我说的那么样！么样不是我说的那么样？你晓得个屎？你就晓得上粿舒坦……

父亲的脸像一只紫红的茄子。他逃一样地走出屋，奔向畈田。

我们以为这事就过去了，哪知对家事从不过问的二奶，也参与进来。大约一个月后的某个夜晚，二奶还去找聋二。那天，秀姑来看二奶，当天无法返回，夜里在我家住下了。我在家，就着灯光看小人书，二奶拽起我的手，让我跟她做伴。我牵着二奶的手，我们向着窑场走。我和二奶的脚步声惊扰了窑场，聋二出来迎。二奶蹒跚进窑棚。二奶说，他二父，你看，秀兰也挺可怜的。我估计，她男人金大牙年龄大，种子不行了。你看你当过兵，身体又好，我说了，你可别生气……我想今天让秀兰过来，到你这儿住一夜，好歹让秀兰生个灵性的伢，你也有个后……

我看见聋二喉咙里像突然卡了鱼刺，嘴张得老大，许久合不上，就那么张着，瞪着眼望着二奶。聋二说，二娘，你么样能说出这样的话来？你看你，这么多年，一直等他二爹，你是烈女，你怎么让我去做这事？

二奶说，我与秀兰不一样。我等的是我心里的男人，那个金大牙，不是秀兰心里的男人。你是，你才是咧……

聋二说，二娘，这不行，这样要不得！聋二极力压低的声音里，是愤懑的情绪。聋二说，二娘，你糊涂了，你老糊涂了，这样的事，么样能做，我又不是畜生。二奶说，你不是畜生，你连畜生都不如，畜生也有个发情的时候……

6

聋二踏进了黑夜，把我和二奶扔在黑漆漆的窑棚，我害怕，喊二奶回。二奶喘着粗气，牵着我的手，我们回到河边的家。二奶坐在她的床前，脸色铁青，像一张死人的脸。她不管我，只顾在那儿生闷气。她以为我不懂他们的谈话，其实我懂的。多年来，母亲口无遮拦的骂架，还有麻球的龌龊话熏染了我，我早谙世事。

我不知道，让秀姑到窑上住一个晚上，是二奶的主意，还是秀姑自己的想法。她们不说，我永远不知道。

无论母亲怎么说秀姑山里的不好，我们对老君山，还是怀着无限的憧憬，老君山对我们，有着强烈的诱惑力。孩子就是这样，亲人或亲戚离得越遥远，我们就对他充满向往，哪怕他比我们还穷，住得比我们还偏僻，我们都会觉得，那个人是我们一家人的骄傲。有一天，我和三郎，还有五郎，终于在父亲的带领下，去了一趟秀姑家。我们先走到县城，再坐班车。班车到一个矿山，不再往前走了，我们接着步行。

因为累，我们出门时的兴奋劲慢慢地减少。三郎自小体质弱，晕车。下了车，就开始吐。他吵着要回家。可是，怎么回呢，一天就一趟班车，来了，得第二天才有回去的车。父亲的脸上已有愁绪。五郎那年更小，刚学会走路。他直叫困，要父亲驮着。父亲告诉五郎，再走两步就到了。到了秀姑家，就有好吃的。五郎就走了几步，又不想走，父亲又这么说，他就再走几步。最后，父亲这么说也不管用，五郎就是不走，父亲就驮起他。父亲腿脚不好，还驮着五郎，走得趺趺撞撞。我们去的时候是秋日，山里一片金黄，很是漂亮。但我们无心欣赏。父亲穿夹衣，还背着半袋子糯米。乡村送礼，也就这些东西。山里没有水田，秀姑又爱吃糯米糍粑。

父亲身上，汗像雨水似的淋下来。终于看到山泉，水清洌，我们每人捧几捧水喝。泉水像放了糖，跑走的力气回到身上。我们洗了布满尘埃的脸，接着往前走。遇到山泉，再喝水，再歇息。真累呀，那是我记忆里最漫长的行走。

到目的地，我们累得像抽了筋，看到秀姑弄的吃的，疲惫地吃着，慢慢有了劲，那饭真香。饥不择食。

我后来回想，秀姑家的生活条件真的不好。木头房子大是大，太空，听说还是公家的。饭菜也不比我家好，只是多了野猪肉。野猪肉没家猪肉好吃，涩，像柴火棒。

那天的姑父看起来比父亲还老，只是穿得干净些，是个国家工人的打扮。我们住了两天，第一天到山里面疯玩，金大牙还带着我们捕获了一头野猪，但第二天，我们就觉得没意思，吵着要回家，第三天一早，我们就走了。一路上，我眼前没有山水，只有秀姑那张愁苦的脸。后来好多年，我们再没去秀姑家。

几年后我住到窑场，在一个秋日的早晨，晨雾像轻纱笼罩着北山洼。我背着书包去上学，在茅棚的拐角处，看见一个女子在松林间，向窑棚探望。我想起那个绿裙女子，头皮酥麻。正待喊聋二，见她闪出林子，奔向通往县城的那条山路。是秀姑，是我熟悉的背影。她应该是来看聋二的，看我，她用不着这么偷偷摸摸。我恍然明白，这么多年了，秀姑还想着聋二。

我走出窑场，踏上通往学校的路，麻球从林子里斜插而去，拦住我。他说，你知道聋二为么事喜欢你吗？你长得最像你秀姑。他夜里搂着你，是把你当你秀姑。这个幽灵，这坨猪屎，无处不在。我没理他，把他当一坨猪屎绕开去。灌木和野草上的露珠，洇湿了我的裤腿，我感到双腿沉甸甸的，心也沉甸甸的。

第九章　挨刀的男人

1

我的母亲生下我的大哥杨大郎后，打开了生育的闸门，以每两年一个的速度，生下四个儿子，这还不算我上面夭折的姐姐和我下面在胚胎就死去的小妹。当然，如果我姐姐活着，就不可能有我，如果我的小妹没有夭折，也不会有我的两个弟弟五郎和六郎。母亲生这些儿，据她说，理由只有一个，就是想要个女。

我上面夭折的姐姐，我当然不知道，不过我小妹死去的情形，我记得清楚，这得怨葵花。那天，她来向母亲借纺车。母亲上楼去搬，闪了腰，母亲顺着楼梯下到地面，就把小妹生在地上，我那还未成形的妹妹“小掉了”。

那时，我已经记事。那是我第一次看胎儿，一头大，一头小，像一节肉肠，还没长成人的形状。我很久忘记不了那团蠕动的肉。

当时，葵花就在场。她找了双筷子，拨弄一下那团肉，说，别难过，是个儿伢，我会看的。当时，董家大屋的接生婆正好在我们竹林湾，她听说，过来看看。她顺着葵花说话，她说，是个儿。后来过去很多天，她在石拱桥上碰见母亲，悄悄告诉母亲，说母亲怀的其实是个女。葵花知道母亲想生女，故意说是儿。接生婆说，葵花的脾气你是知道的，骂起人来往死里咒，我得罪不起。可我人直性，说不得谎，谎话憋在心里，折磨人。妹子啊，你可千万别说是我说的。

母亲低头整理篮子里的菜，她抓了一把翠绿的韭菜，递给接生婆，淡然一笑，说，石桥河水浇的菜，就是甜。

母亲数数落落哭了一场。

几天后的一个夜晚，父亲母亲的床上，传来一种奇异的声音，像石桥河水拍打着幽深的洞穴。那时我还没住到窑场，我一直同父亲母亲睡。那天晚上，父亲把半睡半醒的我，抱到大郎二郎三郎的床上，他们的床，与父亲母亲半墙之隔，那墙只垒了一人高，阻挡目光却不隔音，父亲母亲床上的动静，那么清晰地传过来，我无法入睡，坐起来听。我说，哥，父和娘打架呢。大郎一脚踹到我身上，说，睡你的觉。我就躺下了。我发现大郎二郎并没睡去，而是仰望屋顶，像夏夜听蛙声一样，听着父亲母亲床上传来的声响。

这年深秋，母亲的肚子再次鼓起来，像要爆炸。葵花因为借纺车，折了一条命，心里愧疚。这次看见母亲的大肚子，直说好话，送顺水人情。她说，这么显怀，肯定是双胞胎，龙凤胎，肯定是，恭喜嘎！

奇货却动员母亲去把肚子里的孩子打掉，其时他是竹林湾生产队队长。葵花把奇货骂了一通，说你不能害人性命，既然怀上了，就不能引产。奇货说，不引产，我这个小队长就莫想当。葵花说，不当就不当，有么鸡用。

让奇货放弃动员母亲去医院堕胎的，并不是葵花，而是我的二奶。二奶从她那逼仄的黑屋里钻出来，倚着那漆黑的门框，朝着奇货说，你呀，先回去让你的女人用红线给你织一双手套吧。奇货说，织红手套做么事？二奶说，你杀了那么多猪，现在，又开始杀人，你死了，阎王都不收，得戴着血一样的红手套向阎王请罪。奇货说，娘娘（婶娘），你别咒我，我也是没办法的事，梅花鹿逼我呢。

梅花鹿本名梅华禄，是石桥河大队书记，因其谐音，又因他患有白癜风，脖子上花一块白一块，这“梅花鹿”就比他的真名流传更广。

梅花鹿有四个儿。生小儿子时，媳妇大出血死了，他一个人拉扯四个儿。他抓计划生育特别狠，谁家男人上了“计划”线，没得商量，一律拉去结扎。他先是到这家来做思想工作，工作做不通，就带着几个大队干部来抓人，有时还动用派出所民警，如同旧社会抓壮丁。那些生了几个女儿，没有儿，还想生儿的夫妻，见了他，如同老鼠见了猫，鸡见了黄鼠狼。有人说，这个人所以这么狠，是因为他自己没有女人，见不得别的男人夜里舒坦。

石拱桥是一座古桥，桥头的竹林湾，是一座古村落，既愚昧，也文明。这里的人，说话隐晦，男人结扎，不说是结扎，说是挨刀。

2

奇货被我二奶骂出去的当天下午，梅花鹿来了。二奶用一双布满绿色荫翳的眼睛盯着梅花鹿，她说，做人要积德，杀人害性命，是要遭报应的。梅花鹿并不在乎二奶因果报应之说，他简直就像包公一样铁面无私。他说，我已经遭报应啦，我媳妇生小儿子时，大出血死了，已经报应过了。二奶声音低沉，却字字如刀见血，她说，你媳妇死了，儿子不还活着吗？

梅花鹿打了个寒战，身体矮下去，但他很快挺直腰板，把一副无私无畏的形象立在我们面前。他说，儿孙自有儿孙福，他们将来怎样，不是我要考虑的。我要考虑的是当前的工作，我是共产党员，上面压下来的任务，我不能不完成。

二奶说，你把一个个胎儿杀死，跟日本人有什么区别？你为什么要做这害性命的事？梅花鹿说，我不做，别人也得做。我干这个工作，有分寸，让别人干，怕是要铲尽杀绝。

梅花鹿问我的父亲哪里去了。父亲其实就躲在二奶的屋里。二奶的小屋安全，一般人，不会擅自闯入，何况二奶是个老姑娘，那间小屋，是闺房。石桥河民风淳朴，男人是不能轻易进一个女人闺房的。

但二奶的话不管用，母亲只得亲自出马。

母亲撷起衣襟，露出圆鼓鼓光溜溜的肚皮。她抓起梅花鹿的手，往她肚子上拽。她说，你摸摸看，她（母亲固执地认为自己怀的是女）还在动哩。马上就要生了，你舍得把她弄死？在母亲的牵引下，梅花鹿的手碰到了母亲的肚皮，瞬间被烫似的缩回。但他并没有离开，他望着母亲那圆鼓的肚皮，三年了，自从他的女人离去，他有没有看过女人的肚皮，是否像今天这么触摸过，我并不知道。

母亲就这么立在她的房屋门口，面朝堂屋。梅花鹿扭过头去，他看见堂屋门前空荡荡无人，二奶受了重创，缩到自己的小屋里。梅花鹿回头，盯着母亲的肚子，他说，真的吗？她真的在动吗？母亲说，真的，不信你看，你摸摸看。母亲说着，往后撤了一步。母亲之所以没往前，而是往后，她撤到里屋，更隐蔽一些。梅花鹿受了鼓舞，前跟一步，伸只右手，在母亲的肚子上轻轻地抚摸着，像摸着一只陶罐。我猜想，那一刻，这个失去女人多日的寡汉，事实上陶醉在母亲肚皮之光滑细腻温热的感觉里，久久忘记抽回他的手。他的手在母亲滑润的肚子上游走。他说，怎么，我没感觉到她。他的手于是向着上端滑去，滑向母亲两个鼓胀的乳房，就在这时，一道阴影在我家堂屋门前闪过，母亲随即放下衣襟，麻利地拿起五斗柜上的圆球牌香烟，抽出一根，递给梅花鹿。梅花鹿推让，客气，最后接下这根烟。他们这递烟接烟的动作，掩饰了当时的尴尬。

进来的是麻球，他像幽灵游荡在竹林湾。他任何时候出现在任何地点都不足为奇。他进到屋里。我家堂屋小，是被隔出的一间。麻球几步就走到母亲和梅花鹿身边。他望着母亲的肚子，又看看梅花鹿手中的香烟，又盯着母亲的肚子，说，圆球的，圆球好啊，圆球好！

梅花鹿脸色铁青，母亲脸上红晕骤起。

梅花鹿第二天下午再次出现在我家。那时候，我的父亲终于决定不再躲避他，这缘于麻球的一句话，麻球说，梅花鹿来，你不能躲，你越躲，他越来。父亲没听明白，问，这是为么事？麻球没有回答，给父亲一个意味深长的笑。父亲望着他的脸，脸上的麻子像炒锅里的黑芝麻，跳跃着。父亲不知所因，似乎有所悟。第二天，父亲在畈田干活，远远看见梅花鹿来了，特地回家，等着梅花鹿。

母亲以攻为守。母亲说，伢都这么大了，我都能感觉到她在里面用小脚踢我。她都是一条命了，你们要去把她弄死，我当娘的下不了这个狠心。梅花鹿说，不用你，有医生。母亲说，医生是治病救人的，不是谋害性命的。梅花鹿说，政府开始实行计划生育政策。母亲说，我自己生，自己养，不用政府。梅花鹿说，何苦呢？儿多母苦。母亲说，儿多母苦，我才要个女。有了女，我就可以享福。没女伢，儿将来长大了，娶了媳妇，同我吵架，我连个躲难的地都没得去。哎呀，我的命好苦哇。母亲说着，竟然坐在地上，号啕大哭。母亲一边哭泣，一边摇头，把她那齐耳短发甩得像风中鸡窝，加上鼻涕、眼泪和悲痛的哭声，母亲的惨相令人同情。母亲哭着，歪倒在地，坐姿变成了躺卧。

母亲今天的策略，与昨日完全相反。

父亲站立一旁，一声不吱，他完全像一个局外人。梅花鹿说，这是上面的政策，还是要去。母亲见自己的哭泣没能奏效，就骂起父亲来。她双手撑地，坐起来，指着父亲骂：你个鸈日的，害得我好苦。你把我的肚子搞大了，现在人家拿刀来杀伢，你屁都不放一个。你有个么鸈用咧。我说我不想生不想怀不想上鸈，你非要咧，你害得我好苦嗫……

母亲骂人的话，像炮弹落在石桥河面，河水震颤，涟漪翻转，梅花鹿窘迫地站在那里。他妥协了，他同意母亲肚子里的孩子留下，但父亲得去挨刀。母亲说，他不能去。他的脚本来就瘸，他再挨刀，身子就垮了。

梅花鹿说没事的，你就让他去吧。他能写会算，挨刀后，回来养几天身体，就到大队部去工作。我们石桥河大队缺个会计。有糖的事你听说了吧。父亲点头。有糖是石桥河大队的会计，偷了大队部两袋糠，被发现，被开除。父亲心里生出一股感动。离开生产队，到一个不用每天下田干活的地方是他的梦想。现在，这个梦想就要变成现实。父亲劝自己，去吧，反正有四个儿子。就算这怀的是女儿，也有四个儿。去吧。只要肚子里这个孩子不动。

梅花鹿为了表明他说到做到，当天下午，就让父亲到大队部上班。

父亲上了一下午班。他坐在队部，把算盘拨弄得啪啪响，像扳动了机关枪。有人到队部办事，尊称他为杨会计，父亲的虚荣心得到满足。他骨子里就不想种田，他喜欢这个活。他每天泡在大队部，并不去挨刀。

3

母亲的表演，让她保住了肚子里的孩子，但那孩子并不是一个女，这让母亲失望，自叹命苦。

按照惯例，父亲给他的第五个儿子起名五郎，母亲呸他一口：杨大志，你个龢日的嗫，你真要搞出一个“杨家将”来？父亲说，杨家将不好吗？杨家将全家都是忠良将帅。母亲打断了他。母亲说，生、生、生！你把我当母猪？

父亲说，你自己不是也想要个女。

母亲刚出月子，梅花鹿又来了，他不但自己来，还带来了吴光亮。吴光亮是石桥河大队大队长。吴光亮对母亲说，你得去上环，大志得去挨刀。你看，你们都有五个儿了。你看，这小儿子长得胖乎乎的，多可爱。母亲说，我不是不去上环，也不是不让他父去挨刀，我就是想要个女。你们看，竹林湾这些人家，有哪个儿媳妇对婆好的。女儿对娘都真心，每次回娘家不空手，隔几天就把当娘的接去住。娘与儿媳妇生气了，就到女屋去住几天，消消气，享享福。我要是没个女啊，我老了可怎么活呀……

母亲故技重演，拍着大腿哭起来。

大志呢？梅花鹿问。母亲说不知道，不是到大队部去了吗？梅花鹿说，我让他回来了，我让他在家等我们。刘照海的拖拉机一会儿就开过来拉人。

母亲说，他没回来，他不在家。

吴光亮说，那好，你告诉大志，我们明天来。母亲说，我晓得，等他回来，我跟他说一声，只要他回来，我就让他去。

这其实是我母亲设的一个计，她让父亲到老君山秀姑那儿躲几天，等五郎满月了，她再跑到秀姑家住，同父亲会合，怀上一个女，父亲再去挨刀。

父亲躲进老君山。老君山为大别山的一部分。大别山巍巍千里，父亲躲进大别山，如同鱼儿游进了海。

数天后的一个下午，我的姑父打到一只鹿。他把鹿宰了，把鹿皮鹿下水鹿鞭留下来，鹿肉充了公。我的父亲吃了鹿鞭后，烦躁难忍，正好有拉木材的便车，夜里从林厂出发。父亲就坐便车，回到县城，从县城连夜赶回家。

父亲到家时，已是午夜。那个午夜，我的父亲和母亲，在床上一次又一次地疯狂；那个午夜，我的父亲母亲除了欢愉，更多的，是为了完成一件任务。

我的父亲母亲那夜过于疯狂，惊醒了满月不久的五郎。五郎号哭着。母亲给五郎喂奶，五郎哭了半天才睡着。夜静下来，父亲母亲床上，类似河水冲击洞穴的声音，引起大郎的不悦，他朝着父亲母亲喊：你们别闹了，再闹出一个儿来养得起吗？一家人都得去要饭。我家弟兄五个还不够？我家只能有弟兄五个，多一个，我就离家出走。

床上动静没了，夜一下子静得让人心里不踏实，好像有什么事要发生。天近黎明时，墙那边的动静再次响起。我听见大郎跳下床，抓起外套，趿着鞋出去了。到大门口，在一个响屁的伴奏下，扔下一句话：这家没法待！

母亲吼叫着，鳏日的，丑死了，大人的事要你管，也不嫌丑。大郎回应说，反正你们莫再生，反正你们只能有五个儿子，家里只能有六个男人，再多，我就走。

母亲说，你走，你现在就走。丑死了，大人生伢的事当儿的也管，丑死了。

大郎说，我不管，反正我家只能有弟兄五个，只能有六个男人！

大郎竟一语成谶，第二年六郎出生，在随后而至的初冬，他去了部队。多年后他回来，六郎已经没了踪影，后来六郎出现，已削发为僧，回不到我们老杨家了。

那次，大郎一走就是三天。母亲盼大郎。母亲说，儿再多，都是娘心头肉。她坐在矮脚椅上，抱着还是小婴儿的五郎抹眼泪。

父亲母亲疯狂的那个夜晚，性情温顺的三郎，悄悄地穿衣起床，到麻球那儿睡去了。真难以相信，他跟那个成天与猪屎打交道的人同床，怎么睡得着。

那天晚上，二郎把床头一只陶瓷缸扔在地上，砸起一片响声。二郎从来就是用行动说话。父亲没有理他，那个时候，他没闲心理他。我的母亲，在忙里偷闲，骂二郎，鳏日的！她还想骂，没有骂声，只有海浪一样的呻吟。

父亲当夜没理二郎，第二天，父亲记恨起这事来了。早饭时，他把一双眼青蛙似的鼓着，看着二郎，二郎盛饭，他也那么鼓着青蛙似的眼。二郎把碗重重地磕在桌子上，说，看什么看？饭都怕我们吃？养不起就莫生！

二郎像我父亲躲挨刀一样，去了我姑家。从那天起，他在我姑家待了三年，在那里，跟我的姑父金大牙学了木工手艺，成为“博士”，再后来，到县城建筑队当了一名合同工。

4

父亲和母亲疯狂后的那个早晨，大队书记梅花鹿、大队长吴光亮在晨雾中再次光临竹林湾。他们带走了父亲。

父亲那天果然挨了刀。父亲去的时候，还像一个远赴战场的勇士，上手术台之前，却一下子瘫软了，几乎坐在手术室的地上。他满脸大汗，叮嘱那个持手术刀的院长，你们小心点，可别让我变成太监。

在乡村多年，一介书生，说话也粗俗了。

关于父亲后来有没有变成太监，我们无法考证，不便探寻，只从他和母亲的争吵中，感到他们似乎出了问题。某个深夜，我听见母亲突然大发雷霆，骂着父亲：像个东西？像坨溏鸡屎，有个么用！

父亲做完结扎手术回来时，坚决不坐拖拉机。父亲说，我要躺门板，要人抬，拖拉机颠簸，会把我的伤口震开，会流血，会死人。父亲娇气，示弱，似乎他还是个教书匠，不同于粗鄙农夫。

父亲在家养了半个月。每天，他躺在他和母亲的房屋里。湾子里的人来看他，他们拿着鸡蛋，红纸封腰的面条。条件好的人，与我家走动密切的人家，就会拿一刀肉。来送东西的，大都是女人们。

来看望父亲的那些女人走时，叮嘱母亲，我拿来的鸡蛋，可别舍不得哈，一定要搞得他吃咧，别让他沾冷水。有同母亲要好一些的女人，就贴着她的耳朵说，你夜黑里可别野，把伤口挣开了，可不是闹笑话。母亲说，我晓得，我晓得，放心，我晓得咧。

父亲听着她们进来，又听着她们出去，他不应声，装作睡着了。

我当时并不明白父亲为何要被抓去挨一刀，不知道他挨一刀意味着什么，见他像生了伢坐月子的女人似的躺在床上，头上捂着热毛巾，几天不起来，我们当儿子的感到很难堪，毕竟他不是女人。在我们兄弟看来，这是我家的一桩丑事。

我那时不懂男人挨刀的含义，麻球对我说，你父成太监了。我说，我知道，你说过的。他说，你知道个卵子，你知道肉好吃粥烫嘴，你能知道太监是怎么回事？我没理麻球。麻球扯着我的袖子说，告诉你吧，太监就是裆里没有蛋，给割了。劁猪骟牛你知道吧。你父不但裆里没有蛋，以后还不能再给你生兄弟，你娘想要个女，怕是要找我帮忙了。

这坨猪屎，我虽然小，但这不是好话，我能听出来。我摆脱他，逃离他。但他的话，像苍蝇一样，一直在我脑子里嗡嗡地响着。父亲裆里没蛋了。父亲裆里真的没有蛋了吗？这个问题折磨了我好多天。有一次，父亲去茅厕，我跟着去，想偷看他。父亲是个害羞的人，他一直躲着我，我还是没搞清他裆里有没有蛋。直到有一天，他淋了雨，进他们的房里换衣服，我装作找东西，冲了进去。我看见了父亲，但是，他极快地一个转身，把一只白屁股对着我，我企图转到他前面去，他说，看么事，不学好！我满脸发烫，逃了出去。

你父再也不能跟你娘上骒了，麻球说，挨了一刀的男人，最初的时日，是上不得骒的，那样会要了他的命。慢慢地，他自个儿就不想上了。

我茫然地望着麻球，不知所云。直到有一天，父亲被母亲从他们的房里骂出来。父亲出来时，裤子还没完全提上。我似乎明白了。

母亲的声音，从父亲身后传来：像个东西，像坨溏鸡屎！

父亲的伤感，在秋天就被我发现了。那个夜晚，父亲走出去，我起来撒尿，看见父亲坐在石拱桥上。他只穿着半截裤，我懂事地回家把他的蓝士林布褂拿去，披在他身上。父亲把手搭在我的头上，这是我记忆里，父亲第一次这么爱抚我。我一直陪着父亲坐着，我怕他跳桥。石桥河一带的人，一有想不开的事，就跳桥。父亲怅然地望着天空，明亮的月光照着父亲黝黑的脸庞，那张脸，早已没有一点知识分子的痕迹，只有眼里闪光的泪，表明他其实是一个多愁善感的人。

那天晚上，我在熟睡中突然惊醒，是母亲尖厉的呼喊划破夜空。夜黑暗，母亲的声音却越来越清晰，像一道道闪电，在我眼前抽打。母亲呼喊道，我日你个娘哎，你有个么卵用咧，我可怜啦，他父就是一坨溏鸡屎咧，我就是个活寡妇咧。

湾子里的人，以为是父亲母亲打架，过来劝架。

麻球说，活寡妇还生了五个儿子！

母亲哭道，我有男人跟没男人一样呀。

麻球说，怎么一样呢？没有男人能生出儿？

母亲哭一句，麻球问一句，母亲用哭腔回答。他们一唱一和，像一对唱楚剧的乡村戏子。引得旁边劝架的人，劝不下去，只是笑。我的脸上火燎一般，恨不得钻进地缝，或是跳到大槐树上，像树神一样隐藏起来。我觉得母亲丢人，有时，她就像一个笑话在村子里存在着。她撒起泼来，那么不顾情面。相比较，我的父亲虽然腿有毛病，但在我心目中，要高大得多。父亲至少不会在众人面前这么不顾情面。母亲哭诉的话，以及麻球对我性的启蒙，我似乎懂得了母亲为何而哭。我有时也有怨气，埋怨梅花鹿不该把父亲抓去挨刀。

父亲虽然有些瘸，只要不干重活，他坐着，或很慢地走路，他是优雅的很有风度的男人，有着乡村教书先生的气质。事实上，父亲是我们竹林湾最后一个脱去长衫的人。我的外公留下一些长衫，父亲舍不得扔，让母亲裁去半截，他穿上这样的衣服，像明清的秀才。麻球有时就叫他“秀才”，这多少有些嘲讽的意味，但父亲不在意，他好像对这个称呼很自豪，一直在乡村教书的刘映山，都没能得到这个美称。

石桥河一带，有很多贬毁秀才的歇后语，这也是听麻球说的。麻球看见父亲缓慢地走路，就说父亲“秀才上骒——假斯文”。对于这样的奚落父亲的笑话，父亲只是笑，红了脸笑。

母亲并未停止她的哭诉：我可怜啦，嫁了个瘸子，还是个废人，我就是个活寡妇嗫……

自那以后，我的父亲很晚才回家，有时甚至住在大队部。偶尔回来，他得到的，也是母亲的埋怨和嫌恶。

5

那天下午，太阳偏西，已经不那么晒人。我在水塘边玩耍。清新的空气里，一股猪屎的臭味飘然而至，是麻球，他拎着他的粪箕，来到我的身后。我回过身。他不但破坏了这里的空气，也破坏了美景。我正要快速离开，他说，四郎，你快去坡那边看看，你父要打你娘。

我一阵心悸。我最怕大人打架。我奔向坡那边。我看见母亲跟在父亲身后，两人沉默不语。我胆战心惊，悄悄地跟上前。我走在阳光下的林子里，像走在黑漆的洞穴里。我想，如果我的父亲动手打母亲，我就喊救命，喊人来拉架。我跟到我家侧面那片竹林时，我看见母亲进了屋，父亲也进了屋。我喊，娘，快跑，但那一声清脆的关门声，淹没了我的叫喊。我接着喊，麻球一双带着猪粪味的手紧紧地捂住了我的嘴，他把我的头往下按。他蹲下身来，几乎是压在我的身上。他将头凑上去，我也将头凑上去。他说，你父不是打你娘，是给你娘做好吃的。

我家的门，是两扇老的木板门，门裂开筷子粗的缝。我将脸贴上去，我看见父亲冲母亲喊，快些！说着，他哗的一下，竟然褪掉了自己的裤子，露出一片白。他就那么把那一片白朝着门，等着我的母亲。母亲说，到房里去呗，父亲说，快些，快些！父亲说着，就那么上前一步，把母亲压在堂屋里，去撕扯母亲的裤子。

我看见四条缠在一起的腿，上面是一片白。我头顶那透过门缝的光线，斜射在他们身上。这情景摄在了我的脑子里，这情景后来我在很多电影里看过，我想，那些导演的灵感，是不是来源于他们的童年。他们童年一定看过我眼前的情景，这是一个令人窒息的画面。我知道这是丑事，我想离开，麻球紧紧地搂住了我，我动弹不得。

母亲就这样被父亲压在身下。她的裤子褪到了脚后跟，父亲的那片白在母亲身上拱起，落下，再拱起，再落下。有凌乱的稻草，从母亲的身体下被磨出来。

有一只鸡，或者两只鸡，或许有三只，被关在屋里，咯咯咯乱飞乱撞。

这邪性，挨了刀，还像吃了补药，大白天的，就上起了骒，麻球说。

我推开麻球。我骂道，日你娘！我骂的声音很大，想让父亲母亲听见，然后，我就跑了。但是，鸡飞狗叫的声音，将我的声音掩盖，父亲母亲看来是没有听见，因为他们并没有立刻把门打开。我回到灌木丛里，捡石头去砸麻球，砸门，但我的水平太次，既没砸着麻球，也没砸着门。过了一会儿，我看见麻球这个踮脚极快地闪到我身边。他贴在我身后，紧紧地薅住我的裆。薅了几下，他说，童子鸡，还没发育呢。他就松开了我的裆，把我搂进他的怀里，这时，我家的门打开了。

我看见母亲一边扣着她腋下的扣子，一边骂着：像个东西？夜里是一坨溏鸡屎，白日也是一坨溏鸡屎，有个么用！我一时听不明白母亲话里的意思，但这些话和刚才看见的情景，储存在我的记忆里，日后像一张老照片，一截留声机的片段，在我脑子里反复播放。随着年龄的增长，我慢慢领悟了，母亲的咒骂表明，那天父亲母亲的丑事做得并不成功。

我流着泪，漫无目的地走向石拱桥。我一直沉默不语。我家的丑事，让麻球看了个不亦乐乎。我这么想，突然有一滴泪，滚了出来。

我看见二奶，她娇小的身影，已踏上了后山坡。她那包裹了一段时间又放开了的脚，虽不是三寸金莲，却也还小巧。从后山坡到家那段路程，她会走很长时间。现在，她已站在山坡的高处，盼我的二爹。我没管她，径直向桥上走去。我惆怅的时候，就喜欢站在桥上，看竹林湾，看风景，看竹林湾的人和事。

你知道他们为么事要大白天做夜里才做的丑事？麻球追上我，自问自答，因为你父挨了刀，落下了病根，说要上骒，立马就得上，不上，过了这个劲，就不行了。这就是人们说的“性急”。

我没理他。我只当他放了个屁。

第十章　大火

1

那天黄昏，家里发生了一场战争。战争的引爆者是母亲，她冲父亲说，大队妇女主任毛小幺的肚子鼓起来了，她说毛小幺肚子里的种是父亲种的。

我说你裤裆里总像一坨溏鸡屎咧，原来劲都用在那个毛狗精身上了咧，一到自个儿家，你就是戏里的公公咧……

母亲一边擀面一边指责父亲。父亲抢过她手中的擀面杖，夯在她的背上。父亲说，你这个女人，说话听得不，人家还是个大姑娘哩！

母亲捧起一捧面粉，撒向父亲。她和父亲，便弥漫在雪花一样的苍白之中。母亲的声音伴着一股强大的气流，冲出大门，冲向石桥河面，冲向整个竹林湾上空：我说你裤裆里总像一坨溏鸡屎咧，原来劲都用在那个毛狗精身上了咧，一到自个儿家，你就是戏里的公公咧……

我感到天就要塌下来。我最怕父亲母亲吵架，现在，他们竟然动起了手。

聋二飞奔而至，他夺下父亲手中的擀面杖，扔在我家鸡窝上。母亲越骂越难听。聋二把我往他怀里一揽，说，走吧，不管他们，到窑场去。

我跟着聋二走。我想，一个人与另一个人，或许没有血缘关系，但有渊源。比如父亲动手打我，聋二像神灵一样感应到了，飞奔而来，解救了我。比如这次，他把我拽出恐惧的深渊。他给我的记忆注入了温暖。我清晰地记得那一刻，我的眼泪溢出眼眶。

那个晚上，大郎、二郎、三郎都没在家住，他们不知跑到哪儿去了。他们同我一样，最怕父母吵架。我们对付父母的争吵，就是逃离。

坏就坏在我们的逃离。因为都不在家，二奶又像一个死人，酿成了大祸。大祸其实是第二天黎明发生的。我们竹林湾的故事，大都发生在黄昏或黎明。我被巨大的嘈杂声吵醒，似乎还听见了呼救声。我以为是梦，只听聋二说，快起来，出事了。聋二说着，手脚在我面前一晃，身体就隐藏在他的衣裤里。多年以后，我步入军营，才知道聋二那么利索地穿衣，是紧急集合训练养成的。我跟在聋二后面跑，出了窑棚，看见西南一片火光。聋二惊呼道，谁家着火了。我吓得哭了，那是我家的方向。聋二拽着我，边跑边安慰我，别急，或许是稻草堆。

我们在灰蒙蒙的林子里奔跑，越跑越亮堂，不知是火光的映照，还是天突然亮了。我眼前的一切清晰起来。火光先是一点，后来是一片。呼喊声让人胆战心惊。到底是我家，只见我家屋顶火光四起，伴着乌黑的烟。一湾子的人排成长长的两队，男女混杂。男人大都穿着大裤衩子，光着膀子。女人们穿着短裤，有穿着上衣的，有没穿上衣胡乱裹着一块布，或一条床单的，都投入到战斗中。两队人，从石桥河畔一直排到我家房顶。数只大水桶在他们的手里奔走，他们的手一刻不停，轮流递送。两队人马。两架梯子倚着我家的屋墙。站在梯子最顶端，两脚踏在梯子上的是我的父亲，另一人是奇货。我当时并没看清是他们。他们面前乌烟瘴气。比烟和火苗更可怕的，是他俩都光着身子。父亲弯腰，接水桶，直起腰，一手拎住桶耳朵，一手捅桶底，为了把水泼得更远一些，每次泼水，父亲都要仰头，胸脯一挺，那白亮的水，就像流动的白云，扑向水面。水桶在父亲胸前及腰部以上的地方运动，自然无法将他的下身挡住。父亲弯腰，身体挺出，收回，我看见父亲裆里的棒槌，随着他身体的移动，甩出，收回，击打在他的大腿上，其实是敲打在我心里，让我难过，因为这是丑事，太丢人了。我不想看，可又忍不住去看。我发现几乎所有的人，包括女人，都用眼睛的余光看着父亲。他们一桶接一桶地往上传递水桶，手没停下来，眼也没有停止斜向父亲。桶在父亲的手里将水倾倒完毕，再将空桶传递下来，从另一队人手中传到河边。

聋二几次让父亲下来，想上去替父亲。可父亲不下来，父亲没时间换人，他只顾接桶，倒水，传递空桶。房子是我家全部的财产，父亲根本不可能停下来，一秒钟都不停，可能停那么一会儿，火就会蹿上来，整个房子就烧完了。

我在嘈杂声的间隙里，听到更清脆的拍打声，是奇货，他在另一架梯子上。他背后一丝不挂，而胸前围着他平时杀猪围的围裙。他往火堆上泼水的动作，同父亲一样，不同的是，他的棒槌有着更巨大的力量，把他的围裙撞击得像有一股风给掀起来。待那棒槌回落时，他的大胯必定啪的一声响，这响声也是父亲所不及的。

我惊骇地望着眼前的一切。我忽略了对那场大火的恐惧，也意识不到它给我家带来的灾乱。我只是好奇地望着这两个打着条胯的男人。那些传递水桶的人，一边急切地催着快快快，一边仰着望着这两个男人。那天的人，顺着我的父亲和奇货往河边排，挨着父亲和奇货的是男人，男人之后，是已婚的女人。女人往外，是大姑娘们。大姑娘离得远，看不太清父亲和奇货，但也往这边瞅。有两个女人，竟然因为往这边看，没接着递过来的桶。一只桶是空的，跌在地上摔破了，一只桶装满水，水溅在她们的裤腿上，光脚上，她们尖叫着。我看见有人笑。她们一定是笑我的父亲。有人还笑出声来。我冲着那两个人骂了句，笑个么醭！她们就把笑声咽回去了，但脸上还按捺着笑容，我气坏了。我家房子都着火了，她们竟然还笑。可是，我管得了大人，管不了小孩。那几个小男孩在我家房前，仰头，看着父亲和奇货，六七岁的小男孩笑着，那三四岁的小男孩，不谙世事，竟然还用手指着父亲的裆，让大人看。整个竹林湾的人都出来了，还有老男人老女人，他们毫无顾忌地仰望着屋顶，也不知是看烈火，还是看父亲和奇货。

2

二奶坐在离屋檐几丈远的桂花树下，被包裹在一床薄被里，像一个瘦弱的孩子。那床单并未将她包裹严实，一眼就能看出，她一丝不挂，这是她睡觉的常态。她目光茫然地望着屋顶。

我心里非常难受。那一刻，我脸皮一阵发烫。我知道，这不仅仅是屋顶火光的炙烤。

大郎二郎三郎都加入打火的队伍，他们拿着脸盆奔跑着，从河边抚了水，往屋顶扬去。他们更多的是无用功，那水并没扬到屋顶，大都像雨点一样，落在父亲和奇货的身上。

聋二在我家门前站立。麻球冲他喊，快，快来递水。聋二没有动。似乎在等着房屋更猛烈地燃烧。我想，他这么好的一个人，在这一刻，心怎么一下子变得狠毒，希望我家烧得片瓦不留？到底是外姓人！我正要喊他帮帮我家吧。聋二突然往梯子上去，让父亲下来，父亲一边泼水，一边喊，哪有工夫换人？你就搭把手，递水吧。

聋二就把梯子下端他够得着的两个人拽了下来，剩下最上面的父亲。他拿起一把锄头，艰难地贴着父亲的身子蹭上去，站在我家屋檐上，像薅秧苗似的，从前到后耙动，只听瓦片噼里啪啦掉在地上。父亲去拽他，父亲舍不得瓦，但父亲拦不住他。聋二让父亲下去，说危险。父亲没有下来，就站在旁边看他。聋二不但把那些瓦片都砸碎了，还用锄头把檩条砸断，掀开，往地面扔。父亲看拦不住他，就说了句，你给盖啊！

瞬间，火势下去了。聋二这才让大伙把水递上来。他站在屋顶，把水往下泼，很快，屋里看不见火，只剩下烟。时间不长，烟也小了，只有雾和水汽。

火灭了，水停止，父亲从梯子上下来。他这时才想起羞耻，双手捂着胯裆。梯子不稳，在梯子上，是要扶着上下的，何况上面有水，滑。他很难站稳，差点掉下来。麻球喊，你就别捂了，早让人看够了。脸面重要，还是命重要。父亲正要松开手，又没有勇气。他急中生智，转过身去，把身子贴着梯，把屁股朝着众人，像奇货那样。但奇货有围裙，他没有。奇货的棒槌被他的围裙挡住了，而父亲的裆，是被他自己的身体挡住。他背朝着大家，面贴着梯子往下。父亲的双脚离开最后一个木头梯档时，不是双脚踏在地面，而是歪倒在地。

我不知道，父亲是太累了，瘫倒了，还是因为他怕别人看见他赤裸的裆，便故意倒下去——他面朝地歪倒下去的，把一个白得放光的屁股朝着碧蓝的天。

聋二脱掉自己的长褂，扔在父亲的屁股上，父亲将它抻开，将自己的屁股拱起来，双手从两侧将衣服移到腹部，将衣服的两个袖子系在腰间，这样，父亲就像奇货一样，也拥有一个围裙。他这才慢慢地站起来，跛着腿，往屋里走。他要去看看家烧成什么样子了，聋二拦住了他。聋二说，里面全是二氧化碳，不能进去。父亲就踮着脚走回来，将聋二的褂子在他腰间紧了紧，坐在老槐树的石凳上，埋头呜呜哭。我对父亲的憎恶突然消失，反倒动了恻隐之心。我不知道，他一只跛腿，如何在梯子上站得那么稳，站了那么长时间。他为了救我家的房子，为了我们全家，他那么卖力，不怕丢丑。

火灭了，有一个人突然问，五郎呢？五郎出来了吗？接着就问二奶。五郎这才哭喊着跑向母亲。母亲坐在泥水里，哭天喊地。

五郎早被救出来了。我一贯蹒跚而行的二奶，那天抱起我的五弟飞奔而出。她半遮半掩在床单里，双目漠然地望着那屋顶的火光。我们看见的，是她那满是褶皱的皮肤，和那耷拉着的干瘪乳房。有人问是怎么起的火。母亲说是五郎，五郎半夜起来玩火，把房子点着了。五郎急哭了，说不是我，是你俩玩火，你俩不穿衣裳在那里玩火。

麻球窃窃地笑。

二郎的火气一下子上来。他抓起一块半截砖头，砸向他那间房子的一扇窗，把玻璃砸了个粉碎。他吼道，这是个么家？这家没法待了。

父亲愤怒了，他冲过来要打二郎，结果，他围的褂子掉下来，他再次露出他的白屁股。他只得坐回去。二郎发了一通脾气，没人理他，他静下来。他一静，整个竹林湾都静了，我们听见父亲的哭声，像静夜里河水穿过石桥河的桥孔，幽暗沉闷。我忍不住跟着伤心地哭起来。

3

很长一段时间，我家那场大火，成为整个竹林湾乃至周边几个湾子的谈资，因为当时邻近几个村子的人，也有跑来帮忙灭火的。人们议论纷纷，有人说我的父亲丢人，为了那几间破屋，打着条胯打火。也有人认为，他才是一个伟大的父亲，为了保护全家人的财产，宁可丢自己的脸。

那天清晨，父亲在老槐树下干号几声后，终于想到，哭泣不是办法，有些悲痛是眼泪无法洗刷的，减少悲痛的办法，是将伤口愈合。我家的伤口，自然是那破败的房屋。屋顶的瓦七零八落，墙都熏黑了，檩条烧断了，隔板也烧得百孔千疮。屋子里全是水，灶台也被水冲塌。父亲起身，将聋二的褂子重新整理，将两只袖子在腰间盘了系了，拿起锄头，要进屋收拾。奇货拦住他。奇货说，你别破坏现场，找乡政府要照顾去。就你那两下子，想重新盖屋，你会累得拉稀。

正说着话，梅花鹿和“拱屁股鼓”毛小幺来到现场。烈火无情，我家的一场大火早传到他们耳朵里了，他们代表大队部来慰问，并了解灾情。那时候没有保险一说，但政府有照顾。狼藉一片，没地儿坐，也没地儿站，梅花鹿和毛小幺站在门槛上，一左一右，探头往里察看一番，匆匆走出来。他们大概也怕二氧化碳。我的母亲把一张旧泪摞新痕的脸，展现在这两个人面前。这一刻，她完全忘记了自己的男人其实也是大队干部，是大队部的一员。母亲说，这日子么样过咧，我要不是舍不得我的几个儿，我就去跳河死了咧，年年有人跳河，也不差我一个咧。日子好难啊，好难啊……

毛小幺抓住母亲的手，说她这就回去打报告，让杨会计亲自送到镇里，镇里会给照顾的，日子会好起来的。说完，她掰开母亲拉住她的那只手，对父亲说，杨会计，走，到大队部去一趟。

我们这才想起，我的父亲就是杨会计。

父亲这个时候，已穿上了衣裤。他跟在毛小幺身后，走上河套，向着观音寨大队部的方向走去。母亲望着他的背影，喊道，屋里这样乱，你不收拾再走。父亲回头喊，没得钱，么样收拾？

父亲跟着毛小幺，一起到石桥镇上，找到了镇长，镇长当即就给我家批了一千块钱。那个年代，八百块钱就能盖一间屋。而我家的檩子并没完全烧坏，有的还能用，湾子里的人工不花钱，聋二把他窑场储存的瓦都赊给我家。我家仅用了五天，就盖起了两间新屋，与我们那一间没有烧毁的屋并在一起。父亲母亲和大郎二郎三郎仍住他们以前住的屋，二奶住南屋的下半间，上半间为灶屋，这样，我家终于有一个宽敞的整间堂屋。

麻球说，五郎真行，一个小细伢，烧了一间屋，盖起两间屋，比大人还有能耐。五郎急眼，哭，手里无论拿着什么，都往地上一扔，说不是我。你只要向着五郎，指一下房子，他就会把手中的东西丢掉，哪怕是吃的，是糖块。五郎大哭着辩解：不是我玩火，是父和娘玩火。他们不穿衣服玩火。

麻球逗他，好像不是为了看他哭，看他丢东西，而似乎是为了听那句“不是我玩火，是父和娘玩火。他们不穿衣服玩火”。

母亲说，你就别拿我们开心了。看政府给我家批钱，你眼气，眼气你去把你家的屋点着了。你点着，我也让我的男人脱了裤子帮你打火。麻球笑得嘴咧到耳朵根，说，你这个女人，就怕别人忘了你男人那个条胯。

我家房子头天盖好，石桥河就下起了雨。住在崭新的屋里，把门敞开，看屋外雨像水帘子似的奔泻，那种幸福和满足，那种少有的安全感，萦绕于心，像喝了一杯兑了蜜的水。

父亲母亲也挤在门口。父亲望着我家右前方，矮二哥家那落魄的房子，感叹，多亏了毛主任，不是她，镇长不会批那么多钱，我家最多只能把烧的这间屋修起来。好人，好人啦！

母亲那张幸福的脸，陡然像被一盆雪水侵蚀，她问，她咋个就那么好呢？她哪块好？你说，哪块儿好？

父亲嫌恶地看了母亲一眼，说了句，岂有此理！他缓慢地踱着脚，不看雨，到八仙桌前喝茶去了。麻球说得没错，父亲就是一个乡村穷酸秀才，一个挨了刀的男人。

事后传出这样的话来，说是那天晚上，我们弟兄都不在家住，二奶又如同死人。我的父亲母亲，先是争吵，为父亲有没有同毛小幺睡过觉，到后来和好。父亲把年幼的五郎送到二奶床上，就同母亲撒野。因为父亲是挨过刀的人，不中用，直把自个儿折腾得精疲力竭。父亲说，饿了，母亲也说饿了。他们就去弄吃的。没有剩饭剩菜，大半夜，做新饭太麻烦。他们发现了红苕，发现做夜饭时烧的松枝还有暗火，里面煨着几个红苕，那是烧给五郎和我早晨吃的。他俩就扒出红苕来吃，吃完了，去睡觉。可能是风把灶膛里的火星子弄到灶膛外，暗火在松枝和稻草里蔓延出来，陡然变成明火，屋子就着了。父亲一丝不挂，打着条胯，大火无情，他哪顾得上穿衣。

我的母亲，到底是女人，在往外逃的时刻，包裹了一条床单。这样的传言，同竹林湾的许多传言一样，像石桥河面的一阵风，不知从哪里而起，一定时间后，又会像风一样，悄然远去。

麻球说，这两个人玩浪漫，光着屁股吃烧红苕，吃出一场大火，赚了两间屋。世间的事，上哪儿说理？

奇货在我家那场大火中，博得一片赞誉。大伙说他仗义，不是他家的屋，他那么下力气，裤子都没顾得上穿，甩着膀子打火。他平时除了杀猪，可是什么都不干的人。

关于聋二，褒扬更甚，都说他到底是当过兵的人，眼看着屋烧得那么厉害，怕是要倒，他冲了上去，把屋顶给掀了。如果不把那屋顶给掀开，火在里面闷着烧，一桶桶的水，洒在瓦上，还不是像雨一样流了下来。那样，烧掉的将不仅仅是灶屋和与灶屋相连的堂屋了，我家的另一间屋子——上半间父亲母亲住的和下半间大郎二郎三郎住的，也会烧干净。聋二的努力，使我家的屋除了与灶屋堂屋相接的地方被熏黑，且破碎了一些瓦片，并无大碍。到底是当过兵的人。

4

新屋盖起不久，我家再次起火。这次，没烧着房屋，只是父亲母亲的蚊帐着了。当时，踮脚麻球拽下蚊帐，往怀里一收，抱着那个火球，冲向水塘。他的折腰裤掉了，他顾不上提起，干脆两脚踩掉了它，就那么光着脚，赤裸着下身狂奔。他上身穿着粗布短褂，火球在他面前燃烧，他像一位战地残兵飞奔在战场，那么悲壮。

蚊帐毁了，麻球安然无恙。有人说他老如榆树，皮不着火。有人说他是侧着身子，顺着风跑，那火自然没有烧着他。关于他有没有烧着，烧成怎样，竹林湾的人并不关心。或许他死了，也只是他自己的事。他们更关心的是，蚊帐怎么就起了火？为什么灶屋没烧着，反倒把蚊帐烧着了？麻球为何恰巧碰见？他为何赤裸着下身？

整个事件，我亲眼目睹。我有发言权，但我什么也不说。我只告诉了聋二。我还没说完，他就阻止了我。他说，有些事是要埋在心里的，不能什么都往外说。他说，人，是要有秘密的，每个人都要有。我于是在内心深处，守着那个秘密。

那个早晨，我从不睡懒觉的母亲，不知为何，长睡不起。二奶还在她那间屋里熟睡。父亲把大铁罐里煮得开花的米捞起来，炒好菜。把捞起的大米放进铁锅蒸好，把盛菜的盘子放在米饭上，盖上锅盖。他往灶膛里塞了些柴火，就出去了，说是去大队部有事。母亲还躺在床上，她说她乏，不舒服。她让我坐在五郎摇篮旁的小凳上，摇晃着五郎。

我先是闻见一股猪粪味，接着，一个黑影在我身后一闪，就到了我跟前。是麻球，他没看见我，或者说无视我的存在。他进了父亲母亲的房间。我跟了进去。那天母亲可能太困，或许是病了。她扫了麻球一眼，没理他，只顾自己睡。

秋日的早晨，白天有些热，早晚有些凉。母亲盖着薄床单。麻球穿着折腰叠裆长裤。他就那么站在母亲床前的踏板上，盯着母亲。他说，鳏日的，昨黑吃韭菜吃多了，好难受哇，让我上个鳏吧，让我上鳏，让我上鳏……他的声音抖动得厉害。但他没动，只是那么站着。我看见亮瓦的光照在他身上，他的折裆支棱着，好像一把洋布伞。那天清晨，母亲太疲惫，她一直微闭双眼，似乎没有力气睁开，也没有力气理他。麻球或许视母亲的无声为一种默许。他突然蹿上床去，扑倒在母亲身上。他扑向母亲时，手迅速地拽开他的折腰裤，同时拽下头顶的蚊帐。蚊帐就像一盆水泻下来，而身后的那一半，依然挂在帐钩上。整个床，就像关了半扇门，门里，麻球在母亲身上耸动着。我看见他那尖屁股，像一只猪嘴在他宽大的裤子里拱动。我惊讶地望着他们，那一刻，我知道这个家伙在做着丑事，我渴望母亲一把将麻球推开，但她没有，她似乎没有一丝力气。她只轻轻地睁开眼，又无力地闭上。没有痛苦，也似乎并无喜悦，她就那么平静地躺着。麻球的动作越来越大，母亲的脸上，表情渐渐丰富了。她轻轻地哼着，像是在用力要推开麻球但没有足够的气力。我突然意识到我要去帮她。我去拽麻球，但我没有成功，我根本拽不动他那正忙碌着的双腿。

麻球嘴里的话，越来越清晰。他不说“上骒”，他说搞。他说，桂花，我好难受，让我搞一下呗。让我搞一下，搞一下，搞一下……

我希望母亲反抗，但母亲并没有，母亲好像准备反抗的，但她只挣扎了几下，就像被点中了穴位，动弹不得。

寡汉条子麻球的手摸索着，啃咬着。我撕扯他，用手拍打他，仍旧没有反应。我突然想到了火。我跑到灶屋，拿起火钳，夹上一股柴火，那上面火光闪动。我回到母亲房里时，看见麻球在母亲身上抽搐着，像得了羊角风。他可能是病了，那我也不同情他。我举着火钳，将那燃烧着的火苗，朝着麻球那搭在床沿上颤抖着的一只脚送去。那火苗并不听我指使，它直奔蚊帐而去，接着，我看见的是一片火。

我听见麻球骂了句鶨日的！我看见他翻转身，跳下床，拽下蚊帐团在胸前，就踮着脚，一上一下颠着肩向外飞奔。

对于我家这第二场火，竹林湾人的议论更多，各种猜测铺天盖地：怎么就起了火？为什么灶屋没烧着反倒把蚊帐烧着了？麻球为何那么巧撞见了？他为何赤裸着下身？

麻球自己的解释是，他抽烟，想进去借个火，撞见了。哪能见火不救？至于赤裸下身，他说，你们都知道呀，折腰叠裆裤，系不紧，一跑动，就掉了。

还有人说，我家的前一场大火，为我家赚了两间屋，我母亲想旧戏重演，再赚两间，便点着了蚊帐。这种说法，等同放屁。谁敢点自己的房子？这个火候怎么把控，万一烧死了人呢？

这场火归罪于我，我没有像五郎那样去辩解。我听聋二的话，什么也不说。母亲自然是要站出来辩解的。但她的辩解，难以自圆其说，湾子里的妇人，并不满意。母亲急了，拿了我家一块菜板，还有一柄菜刀，在石桥河上剁骂两个时辰，竹林湾的女人们，便闭了嘴。至于她们回到自己家，与自己的男人咬舌头，母亲听不见，心不烦。

他们隔着床单呢，我一直这么来为母亲解脱，来平息我内心的不快。

5

几天后的一个下午，麻球在路上拦住我，说，你娘喜欢我。我撇着嘴。他说，真的，你父挨刀之后，你娘就不喜欢他，喜欢我。

我说，你莫放屁。我父别说挨刀，我父就是死了，我娘也不会喜欢你。他说，这儿马子，好歹毒，咒自个儿的老子死。

我没理他，躲开他。我看见了毛小幺，她的肚子竟然瘪下了。她从石拱桥上缓慢而高傲地走过，都没跟我们村的那些妇人们打招呼。她过去之后，石拱桥上，留下一股槐花似的暗香。她过去之后的石拱桥热闹起来，我的母亲、葵花，还有崔寡妇，站在桥上，说着毛小幺，她们说毛小幺的肚子瘪了，是把孩子打掉了。妇女主任不当了，要到部队去见她的未婚夫，一个军官。

好狠心咧，一条命哩，说打掉就打掉了。

不打掉，那个军官能要她？

也许是那个军官的种呢，听说去年过年，那个军官来她家住了一晚。

她们七嘴八舌，有时还用手挡着嘴，压低声音。但石桥河面的风，把她们的声音传得很远，毛小幺也许能听见。她们的话让我心生愉悦。毛小幺这么漂亮的女人，就应该找一个军官。只有军官，才配得上她这样的女人。

我后来再也没有见到毛小幺。她不久果真被那个军官接到了部队，那天，她石拱桥上缓慢而高傲地走过的身影，成为她留在我脑子里的最后影像。从此，她与她的那个军官，过上了幸福的生活。

她很快消失于我的记忆，唯有那个夏日的两场大火，像西天的火烧云，在我眼前长久燃烧，挥之不去。

第十一章　活着

1

竹林湾很多故事发生在黎明。那个黎明的一声呼喊，让我陡然梦醒。我睁开眼，那喊声又尖又亮，将天幕撕裂开一条口子，如同一条白亮的河流向远处奔涌，大地由黑暗变得朦胧。竹林湾的男女老少，迎着呼喊声倒腾着他们的双脚。我赤裸着上身，穿着半截裤，奔跑在人群中。循着喊声，我们到了崔寡妇家。我们看见崔寡妇披头散发，坐在地上，身上裹着床单，那床单像僧人的袈裟，斜挂在她的胸前。她的一只奶子被床单包裹着，鼓鼓囊囊，一只奶子露在外面，像一只灰白的鸽子，随着她的哭泣而震颤。她的腿有一大半露在外面，只有靠近屁股的地方，被耷拉下来的床单的一角遮住。崔寡妇一边拍打着她白色的大腿，一边哭诉着她的委屈。她把自个儿的大腿拍得响亮而有节奏，像是打击人皮鼓：我说我的男人没这么大嘎，我说我的男人没这么狠嘎，我的男人从来不让我像狗一样趴着咧，我以为我的男人是要玩个新花样嘎，哪晓得是这个天打雷劈的东西嗫……

我们终于从崔寡妇的哭泣和大人们嘈杂的话语里，知道了事情的大概：奇货见崔寡妇的男人刘照海那个夜晚没回来，半夜时溜进她的家，同她上骒。那时正是夏日，天热，竹林湾夜不闭户。睡梦中，崔寡妇把他当成了自己的男人。哪知她的男人刘照海突然出现在堂屋里，刘照海没说话，但刘照海的咳嗽，比他的话更能证明他就是刘照海。他长年开拖拉机，吸拖拉机排出的废气，肺子不好，咳嗽一声接一声。刘照海进到里屋里，崔寡妇发觉那个要同她上骒的男人不是她的男人，于是大声呼喊，一个亮闪闪的高大肉身，像风中云朵一样，飘然而出，奔向北山洼。

随着哭喊的节奏，崔寡妇前俯后仰。那床单起来就不下去，像有一只手，把那床单一点点往上拽，我们几乎看得到她的大腿。我看见刘照海的哥刘映山，还有麻球、父亲，都盯着那两条腿。崔寡妇还在前俯后仰，眼看就要露出她那白胖的屁股，母亲及时上去，把那床单往下拽。我敢说，那个黎明，竹林湾所有的男人都烦我的母亲，嫌她多事，把崔寡妇那眼看就要完全暴露的白胖的屁股给掩盖起来。我的父亲甚至忍无可忍，训斥我的母亲，别破坏现场！母亲白父亲一眼，将崔寡妇腿上的床单一搁，一摔，我们只见一片白光一闪，随即消失了。母亲朝父亲吼道，看吧，你看吧，你不就是想看吗？崔寡妇并不在意母亲对她床单的摆弄，也不在乎那些个男人的目光，她沉浸在她的哭泣里。

崔寡妇的男人刘照海举着拖拉机摇把，在手中一次次摇摆着，像耍弄一根三截棍。他说，我去找奇货，把这个狗日的脑浆敲出来。但他只是说，并没有去追奇货。他在那里蹦着跳着，问自己的女人，你跟他睡了吗？他把你睡了？你们成了，还是没成？他问的问题，正是竹林湾每一个人想问的问题，大伙睁大眼，等待着崔寡妇的回答。崔寡妇并不回答，只顾自己哭诉道，王八蛋啦，你想害我呀，你害得我好苦啊，我还以为是我的男人照海回来了，我还寻思，我男人的货，怎么这么大咧，像一个熬肉的罐子咧，我还以为他是吃了药咧……她这样的诉说，并没有说出一个结果。她说奇货想害她，又说把她害得好苦，到底是害了她，还是没害她？

出人意料，这天早晨的刘照海，暴跳几下后，冷静了。这么大的事，换别人，别说拿摇把，早拿菜刀冲上去了。他没有，他只顾问他的女人，他把你害了吗，到底害着你没有？我们小孩子听不明白什么是“害了”，光棍麻球给我们配“画外音”，说，照海问的问题，说白了，就是奇货胯裆里那个粗大的家伙，到底有没有插进崔寡妇的胯裆里。

刘照海那天早晨像个缩头乌龟，让整个竹林湾的人很失望。何以如此，我从大人们的议论声里，听出两种解释，一说他毕竟是给大队部开车的人，见多识广，处事冷静。他必须搞清楚奇货最终有没有进入他的老婆，他要根据他老婆受害程度，来决定对奇货的处罚。另一种解释就是，他就是个缩头乌龟，他怕奇货。人高马大的奇货，别说他拿一个拖拉机摇把，就是拿上一把菜刀，怕也是白费力气。你菜刀哪抵得过奇货的杀猪刀？

刘照海只不过把奇货的衣服甩在地上，用脚狠狠地踩了几下。一条长裤，一条衬衣，还有一条短裤，我们竹林湾人，拿它当裤衩。眼尖的麻球说，这狗东西，脱得这么光。奇货的儿毛刺也来看热闹，他气呼呼地望着崔寡妇，骂着自己的老子奇货：我望着他就够了，么样不死？麻球说，你别在这儿骂他，你快把衣服送给你老子。毛刺说，我才不送呢。麻球说，你不送，他光着屁股怎么回屋？毛刺说，不管他，让他死在外面!

葵花说，你个躲日的，他死了，你吃屎去，狗日的奇货嗫……

我突然想起奇货为何叫奇货，他有一个硕大的裆。此刻，他那条短裤引起我的兴致。他连短裤都没穿，说明我正好可以去看看，见识一下传说中他的奇货。我从地上捡起奇货的裤子，对麻球说，我去吧。

我只捡他的半截裤。山里人，有这条半截裤遮丑就够了。

麻球夸我懂事。葵花说，看，四郎多乖。四郎，晚上我家炸韭菜粑，你到我家去吃。麻球说，这娘们，心比脸盆还大，出了这档子事，还吃韭菜粑。

2

我抓起衣服，按麻球手指方向走向北山洼。在北山洼里，我听见林子里有动静。我喊了句，奇爷（叔），他嗯一声。我说，你的半截裤。他说，你送过来吧。我往里进，他就在林子深处，好像就在坟地，那里树更密集，能遮挡他赤裸的身体。

因为雾，天没有完全亮开，我想起麻球说的那个绿衣女子，心里有些害怕。我就在林子边拿着衣服，接着喊他。我说，奇爷，衣服在我这儿，你出来拿吧。他说，你放在那里吧。他不出来，我知道他害羞，需要这树林遮掩。我被内心的好奇驱动着，就假装走了，停下自己的脚步。奇货见没有动静，走出来，看见我，又闪到树丛中。高大的身躯像一堵白色的墙，一闪而过。我看见了他，就不怕了，抓起他的衣服往里送。穿进树丛走到他跟前。他面朝松树，把背朝着我。他的手从后面抄过来，要接我递过去的衣服，我故意不递到他手中，把衣服往他前面送。我企图跨到他前面，把他看个清楚，他转动身子，像驴拉磨一样，只把屁股朝着我，不让我看他的正面。我就成了那头拉磨的驴，他就像磨，我围着他转，却永远到不了他正面。我们这样转了几圈，再转下去，就不好意思了，我把衣服递给他，他反抄过手来接了。他背对着我，弯腰套上了短裤。他屈腿把脚往裤腿里伸出时，我看到他屁股下的确掉出一大堆，如同崔寡妇所说，黑乎乎像个熬肉的罐子。

但那只是个阴影，我到底没看清他的奇货。他赤裸的后身，让我记忆犹新，他像一头健壮的公牛。

我回到湾子里时，崔寡妇还在哭。她诉说着她的苦。她说，奇货嗫，你害得我好苦咧。你把我当苕咧，我一摸就摸出来了，我的男人没这么大，像个熬肉的罐子咧，我的个娘嗫……她骂着奇货，无意中给奇货做了宣传，同时暴露了她男人的隐私：她男人刘照海胯裆里吊着的，原来是个小家伙。

竹林湾的人，在崔寡妇的骂声中，偷偷地乐。

这件事最后怎么收场，我已记不清了，估计与每一次吵闹一样，都是在别人的劝说下慢慢平息。事实上，这事永远不可能真正平息，它折磨着竹林湾的男人女人：奇货到底是被崔寡妇叫去的，还是主动去的？这事算强奸还是通奸？无论强奸还是通奸，奇货最后把事做成功了，还是半途而废？还是仅仅在萌芽之中？这事，只有崔寡妇和奇货知道，崔寡妇的男人刘照海都说不清。但这事是不能问崔寡妇的，也不能问奇货，问他们，无疑是自讨挨骂，弄急眼了，只怕奇货手握杀猪刀，白刀子进红刀子出；那个清晨，崔寡妇哭诉中的话，让人一知半解，只能是猜测。

竹林湾的人，迷恋猜测。

瘸子的屁股——邪了门，奇货这个家伙，挨过刀，还这么邪行。麻球说。

3

崔寡妇那个黎明的呼喊，并非她人生悲剧的开始。那个午夜，才是她人生的分水岭。在此之前，她还不是寡妇。寡妇是她的诨名，她年轻时是戏子，在一曲楚剧里演寡妇出了名。谁知那天，她真的就成了寡妇。

那时我还在睡梦中，聋二把我叫醒，说，如意家出事了，去看看。竹林湾人和睦，谁家有事，都去帮衬，聋二也不例外。他不敢把我一个人扔在窑场，只得带上我。

黑夜里的窑棚越来越远，崔寡妇的哭声越来越近，越来越清晰。她说，我不该呀，我明知道他出车，不应该跟他做那事，可我不想让他难受，他要做，我就让他做。哪知道要了他的命咧……我们从崔寡妇的哭泣声中终于明白了，崔寡妇的男人刘照海死了，车祸。人已经被拖拉机送到家，在堂屋里躺着，等着装棺材。聋二拉着我，不让我进去，他怕我害怕。

麻球的声音很高：春娥妹子，刘照海的死，与你让他上骒没关系。他的死，都是报应啦。他的拖拉机，像是拉牲口似的，拉了那么多的人去挨刀。你让他上骒，是让他走之前快活，你没有错。母亲说，这个时候，你还瞎说个么事，真得拿猪粪把你的嘴巴糊上。母亲的话接着转向死者：可怜啦，刘照海，多好的一个人啦。从来没打过春娥，哪像我的那个杨大志，说起来没语言，打起人来，手可生。哎呀，好人不长寿咧……

我能想象母亲是趴伏在刘照海的肩膀上哭泣，尽管他已经是一具尸体。母亲几次扮演这样的角色，比死者亲人还亲。

聋二紧紧拽着我的手，我们回到窑场。在通往窑场的路上，我的心就收得特别紧，总觉得刘照海一直跟在我们身后，总是忍不住想回头看，聋二的胳膊搂着我的脖子，把我夹在他腋下，不让我回头。老人们说，在我们石桥河，死人还未满“七七”，活着的人在村子里走夜路是不能回头的，会撞见那个死人的灵魂，会被他缠上，成为他的替身。

三天后，刘照海被埋在北山洼的北坡，这是他们刘家坟地。恐惧再次包裹着我。夜里，我抓着聋二的手睡。即便在睡梦中，我也要感觉到他的存在。

我不该跟他做那事咧，说是男人出门，做那事不好，何况出那么远的门，都到河南地界了咧……

成为寡妇的崔春娥，三天两头就跑到坟地这么哭诉：那天是我男人的生日，三十九岁的生日，才三十九岁啊。他有预感咧。那天清早，还没到早饭时，我给他煮了一大碗面，打了六个鸡蛋。六个鸡蛋啦！竹林湾哪个女人舍得给自己的男人打六个鸡蛋咧。打三个就是多的了。崔寡妇说，就是给他打六个鸡蛋，他也会给如意留两个，吉祥要在屋，就给吉祥留一个。吉祥不在屋，他也要给我留一个。可是那天，他一气把六个蛋都吃了。他以前从不这么嘴馋这么贪吃哩……

没人应她，她接着以哭泣的方式，诉说她和她男人刘照海最后的故事，满脸是泪。她说，他明明拿着摇把，去摇拖拉机，拖拉机启动了，他又让它熄了火，突然回到屋里来，把门一闩，要跟我做那事。我说，天都亮开了，他说，天亮开怕什么，还早，没人来的。他把我往床上拽。我知道，人出门前，不能这样，这样不吉利，可是，他非要，好可怜的样子，好像不做，他就要死似的。我就由着他。他昨夜要过一次咧，他竟然还要上，那么欢。现在想来，他好像知道他再也回不来，再也不能跟我做那事咧……

姑娘去畈田路过，听不下去，急匆匆走。麻球故意拎着粪箕，在她附近捡粪。捡粪是假，他是百听不厌。他面带笑容，沉醉在崔寡妇的哭泣里。父亲说麻球，你也听不够？麻球冲父亲一个邪笑说，听不够，每次版本大致相同，细处不一样，新鲜着哩。

竹林湾的人，起先觉得崔寡妇是真的忏悔，是释放痛苦。时间长了，次数多了，才知道她这么一次次哭诉，其实是在留恋，在回味她那个美好的黎明。她活在过去，活在回忆里，不能自拔。

一天清晨，崔寡妇拿了一瓶农药，打算在男人坟头痛哭一场之后，将农药灌进肚，她说她不能没有男人，没了男人，她一天也活不下去。窑场，离她哭泣的坟地最近，以前她哭泣，聋二躲得远远的，那天，他听她说她一天也活不下去，跑过去抢过她的药瓶。

你就舍得下你的儿？聋二大声训斥她。

她说，谢谢聋二大兄弟，我舍不得我的儿。我得活着。

麻球埋怨聋二多事：她才舍不得死哩。哪有要死的人，成天把死挂在嘴边？聋二没理他。

崔寡妇的哭诉，是我性启蒙的一部分，因为我无数次被她的哭诉迷住。

父亲对崔寡妇充满同情。

父亲离开学校回到农村的第八个年头，石桥河大队新建学校，就是我们后来读书的观音寨小学，大队部让父亲去当民办老师。这个时候，母亲让他去镇中心学校，开那个他曾经是公办老师的证明。父亲说，算了，不求他们，多年不教书了，教一年试试，水平行，自然可以转正。水平不行，转正了，也是误人子弟。

父亲这次当老师，只持续了一年。他是民办教师，不拿工资，像生产队员一样，拿工分。教书是轻巧活，一天只挣八分，不像生产队的劳动力，挣十分。有了三郎后，母亲每次做农活，做到一半，就要回来喂奶，耽误工夫，扣了不少工分。这年，我们家是竹林湾最严重的缺粮户。年底分粮，父亲挑着箩筐，大郎跟在他身后。别人家分得满满的一担谷，我家两只箩筐只盛一半。年少的大郎，说别人家的比我家多，自己拿铲子往箩筐里铲，在碾场等着分粮的人，都笑了。老队长刘家轩往父亲的箩筐里铲了半铲子，大郎还要，刘家轩笑道，不能再铲了，再铲大伙就有意见了。你家挣的工分少，只能分这么多。大郎倒在地上哭。老队长就哄大郎，先回去，你父脚不好，挑不动，挑回去再来挑。

面对这两个半箩筐的稻谷，母亲哭出声来：么样办，开春我得出去要饭咧……

第二天，父亲不去学校，他拿起锄头，要到生产队干活。父亲腿不好，太重的活干不了，但他干活效率高，别人挑两趟，他少挑些，跑三趟，照样能挣十个工分。有时做包工，父亲勤快，额外多挣几分。母亲抢下父亲手中的锄头，说，你去吧，我愿意你当一个老师。你去吧，再苦再累，我来承担，伢们饿不死。你去安心当个老师。

父亲说，不！

4

那年父亲被梅花鹿叫到大队部当会计，也算是人尽其才，可惜仅仅当了三年，就被查，再次回到农村，成为一个纯粹的农民。父亲被查这年，正是崔寡妇新寡。这年年底，父亲总共有五百块钱不知去向。他们说，父亲挪用公款。

那时已进入腊月，都二十六了，眼看就要过年。大队干部说是拿钱去买一些东西，慰问孤寡老人，父亲拿不出钱。梅花鹿说，大队部还有钱，至少有五百。父亲说，他也搞不清钱到哪里去了。梅花鹿说，你看着办吧，那些五保户，都在家里等着大队干部去慰问呢。

我记得那是一个漆黑的夜晚，梅花鹿带着吴光亮和几个民兵冲进我家。他们在我家翻东西，想找出钱。我家虽然小，可父亲要真是把钱藏起来，他们是找不到的。他们就让父亲交代，父亲说，是有五百块钱，可他真的记不清那钱放哪儿了，他也没有挪用，怕是丢了。吴光亮就让民兵连长抓鸡窝里的鸡，抓得一个不剩。屋子里鸡飞狗跳，乌烟瘴气。他还要把我家那喂了一年的二百多斤的猪拉走，说拉去杀了，把肉分给孤寡老人，分给困难户。就是这样，这也抵不上那五百块，算是便宜了我家。

母亲哭，说这日子么样过呀。你们就缓一缓，这眼看就过年，明年我们把钱还了，砸锅卖铁也要还。梅花鹿劝说着吴光亮，猪就不牵了吧，让他明年把钱还上来。吴光亮不干，一定要把猪牵走。三郎从灶屋冲出来。他手里拿着一把菜刀，大吼一声，别动，哪个动我剁哪个，我剁掉他的脑壳！

三郎还是孩子，两个民兵缴了三郎手里的刀，就不再理他。这是三郎这辈子唯一的壮举。在未来漫长的时光里，三郎一直是以老实人的身份生活在竹林湾，似乎一只蚂蚁都不忍心踩死。

那几个民兵，是在吴光亮家吃饱饭喝足酒后被吴光亮带来的。他们借着酒劲，像疯子一样，冲着父亲喊叫。他们说，不让抓猪，就抓人，送到公社去，向公社书记说清楚，弄不好，是要坐牢的。父亲坚决不让抓猪，他说，坐牢就坐牢吧，猪要留下。过年都没舍得杀，这猪是留着过完年卖了，给儿子们交学费的。走吧，我跟你们走。

母亲撕扯住父亲，撕心裂肺地叫喊，死活不让他们带走父亲。母亲说，你们不能抓他，你们把他抓去，再回来，就不是他了，就是坐过牢的人了。

我吓得大哭。泪眼中，我看见父亲跟在他们后面，朝着石拱桥走去。我家的大门敞开，灯光照在石拱桥上，石桥古朴幽暗。这幽暗的境地，突然被一声高亢的嗓子划出一道白亮的光，这光照见一个头发蓬松的女人，她就是崔寡妇。她冲过去，扑通一声，跪在梅花鹿的面前，拦住他的去路。她哭诉着说，大志的钱给我用了，大志的钱在我这里。我这里还有二百块，不够，我再去借，去讨，我也要把这钱顶上，求你呀，书记，千万别把他抓去，他是好人，好人怎么能让他坐牢呢。他坐牢，他家那么多儿，怎么活呀。

崔寡妇跪在地上，上身挺直，伸手去抱梅花鹿的大腿，梅花鹿躲避着，后退着，她就那么跪着倒腾着膝盖，跟随着梅花鹿。梅花鹿一步跳开去。崔寡妇说，你要是抓大志，我就跳河。她说话间，已经冲向石拱桥桥栏。梅花鹿吼道，行了，行了，别哭了，大志，你回去！

父亲回到家。民兵连长不高兴，说他们白跑了一趟。在吴光亮的指使下，他们到底把我家的猪套走了。

我不知道吴光亮为何对父亲这么狠，他与父亲是同事。父亲不做解释。

那个夜晚，母亲连骂带吵，闹了一夜。我后来想，那晚上，崔寡妇要不出来，父亲被抓去了，几天就回来，就会风平浪静，他毕竟只是挪用了几百块钱的公款，又不是杀人放火。崔寡妇这一冲出来，看似平息灾祸，实则将我家的风波再次掀起。母亲当着我们的面，说父亲与崔寡妇有勾当，父亲说没那回事，完全是同情他们孤儿寡母。母亲说，你对自己胜似亲娘的二奶都没这么好，对自己的儿都没这么亲，没勾当才怪呢。父亲说，人要善良，要有同情心。人家多可怜，男人死了，大儿子刚上高中，是咱们竹林湾第一个高中生哩，眼看着没钱供。母亲说，我不可怜？我不可怜？我这就去死。我的男人贪污公款，不给自己的儿子花，不给自己的女人花，却拿去喂一个寡妇。只怕喂了她的一张嘴，还得喂饱她的另一张嘴。我去跳桥咧，我死了你就好了哩，去跟那个寡妇过日子咧，两家合到一家咧……

父亲说，你这个女人啊，唉，跟你说不清。

父亲不但没跟母亲说清，也没跟我们说清楚，他与崔寡妇之间有无勾当的事，一直折磨着我们，也折磨着竹林湾的男人女人。父亲从来不解释，随着年龄的增长，父亲越来越习惯沉默。

5

第二年，父亲彻底沉默了。父亲挪用公款，该了账，当不成会计，只得回到竹林湾生产队干重活。父亲不当教书先生，成为瘸腿后，母亲瞧不起父亲，时常数落他。父亲当了大队干部，母亲态度好转。这次父亲受挫，回到竹林湾，母亲的数落又多起来。

我那时还小，还没住到聋二的窑场。那段时间，我总感到饿。一家人都饿。我记得有一天晚上，五弟一直哭，他的哭声并没阻止我睡去。也不知什么时候，天近黎明吧，父亲把我喊起来，让我到灶屋，他给我剥落花生吃。刚烧熟的，很烫。落花生在父亲的手上倒腾。就在他要剥开一个时，我听见急切的敲门声，父亲急忙把堆在地上的那些落花生捧起来，埋进箩筐里的草木灰里。那是一只破箩筐。父亲去开门，那几个人进来了，是大队部的。他们径直来到灶屋。他们怒气冲冲，在屋里的灯光下，像鬼影晃动。母亲披衣冲出堂屋，奔过来，问么事，么事？二奶依然睡着，像死人。大郎二郎三郎的鼾声响亮，不知这边发生的事。大队部的人说，父亲扯了公家的落花生，被人发现，现在来搜查。父亲说，没得的事。他们说，闻到烧落花生的香味了。父亲说，是有烧落花生，那是去年的落花生，是自己家里的。吃了。他们问，落花生壳呢？父亲说，烧了。

那个年轻人姓梅，真名我不知道，诨名叫歹狗子，一听就知其人的厉害。他们恶言恶语，指手画脚，我吓得直哆嗦。我看大郎二郎他们玩打仗时，叫喊着坦白从宽，抗拒从严，我在电影里也听到过这样的台词。我怕他们打父亲，急忙指着那个破箩筐说，我父偷的落花生在这儿，我父偷的落花生在这儿！我是哭着指给他们看的。

歹狗子抱起那个破箩筐，扔到我家堂屋里，屋子里灰尘弥漫，像放了烟幕弹。花生硬，有弹性，从尘灰里蹦跶出来。花生并未被稻草灰染黑，他们看见了落花生。歹狗子捡起几个落花生，说，这哪里是去年的落花生，这是新的，上面都烧出了浆水。

歹狗子朝外喊，进来！就见进来两个五大三粗的人。我的父亲被他们当场带走。母亲喊叫着，莫要带走他，莫要带走他……大郎二郎醒了。母亲说，他们要把你父捆走啊。二郎抓起鸡窝上的斧头，大郎抓起一把铁锹，往屋外冲。二郎说，我非得把这几个狗脑袋砍下来，今天来牵猪，明天来捆人，欺负我们小！母亲死死地拽住他们，母亲说，他们是民兵，有枪。他们有枪啊儿啊，你是打不过他们的！我出面，女人出面，他们不会打一个女人！母亲一手拽大郎一手拽二郎，死死地拽着，就是不松开。也不知是母亲的力气太大，还是母亲说他们有枪吓住了大郎二郎，他俩最终并未冲出去，而是站在屋子里生闷气。母亲出去了，我也跟出去。那夜的月光很明，父亲留给我的背影清晰。他被反剪着手，身子拧着。他挣扎着，像是要挣脱他们，但他没能够。他扭转脖子，对我们说，你们回去，没事的，没事的。

父亲被他们带走了。母亲的呼喊刺破夜空：你们莫抓我的男人咧，他没有偷队里的落花生，是别人偷的，掉在路上，他捡起来的。孩子快饿死了，他也没偷过队里的东西，他是个读书人，读书人会偷吗？大郎冲母亲吼道，喊么事喊？全湾子都听见了，生怕别人不知道我家的丑事！

母亲就哑巴了。

到底有邻居被惊醒，他们开门，披衣起床，问么事。大郎没好气地说，没么事，我娘同我父吵架，把我父气走了。

但纸怎么包得住火？

天刚亮开，父亲的偷盗行为曝光。父亲像个犯人，被人押解着，还是昨天那几个人，两个大汉反剪着父亲的手，歹狗子站他们身后。竹林湾的黎明沸腾了，人们披衣敞怀，边系裤子边问出了什么事，猜测父亲犯了什么法。

耍流氓了？有人问，或许因为父亲与母亲年轻时那段风流韵事，他们最先想到的是“耍流氓”。在那个年代，流氓和破鞋常被这么游街。

歹狗子手拿一只破锣，他边敲边喊，整个竹林湾的人，很快都知道父亲是盗贼。二郎拿起斧头，大郎拿起锹，母亲死死扯住他们。一切，像昨夜的重演。

他们押解着父亲，游完了竹林湾，还要把父亲押到别的湾子去批斗。在后山坡去往远湾的路上，聋二拦住了他们。聋二说，算了，差不多就够了。歹狗子说，你算老几。聋二上前，抓住歹狗子的手，歹狗子立刻像狗一样嗷嗷直叫。竹林湾的人这才想起，聋二是当过兵的人，是从战场回来的特种兵。聋二说，松开他。聋二声音低沉，却有着很强的震慑力。歹狗子让那两个民兵松开父亲。

父亲回到家。二郎说父亲是个苕，脚瘸，脑壳也瘸？我们偷东西，从来不拿回家，在外面就消化掉了。有人追就逃，逃不掉，就吃掉。捉奸拿双，捉贼拿赃，找证据？让他们在我们的屎里去找吧。他们真的能去看我们拉的屎？

二郎知道是我指出父亲藏的落花生，骂我，都怪你，鳏日的，苕货！我一脚踢死你！说话间，那脚已踹在我的大腿上，我不敢哭，又憋不住哭，泪流满面。那一脚踢得真疼，我怀疑腿被他踢断了。

母亲骂二郎，鳏日的，杀人的心都有！

直到天黑时，我腿上还有隐痛。幸运的是，我并没像父亲那样成为瘸腿。

6

天黑的时候，大队干部全到了我家，书记梅花鹿说，父亲犯了错误，要惩罚父亲，要让他游遍观音寨大队每一个湾子，但既然没游到，惩罚是不能免的。父亲说，我没偷，是路上捡的，别人偷的落花生，撒落在地上，我捡回家。歹狗子说，咋那么巧，让你碰见了。父亲说，孩子饿，闹，睡不着，我就到外面走走，就碰见了。

歹狗子说，明白了，孩子饿才去偷。父亲说，我真的没偷。歹狗子说，算了吧，你连人都偷，更别说偷落花生。他的话，我听不懂，我只觉得他好凶。我不知道他们为何要对父亲那么凶。后来听说，歹狗子是新任民兵连长，贪功心切。

大队部的农场，经常被人偷盗。那两个光棍，年老的亏荣，找了个苕女人为妻，享受天伦之乐；年轻的吉喜，耐不住农场的寂寞，回了自己的家。农场近日失窃频繁，需要增加一个人去看守。梅花鹿说，大志，你去吧。我和吴光亮商量了，你偷落花生的事，就不往上反映了。石桥镇整顿乡村风气，抓典型，报上去可不得了，但不惩罚，怕群众有意见。就罚你上农场看秋吧。

我不理解他们的话，既然父亲是个盗贼，为何让父亲去看秋，让他去，岂不偷盗起来更方便，但民兵连长歹狗子的话，让我觉得他真是歹狗子。他说，去吧，大队部决定了。让你照看落花生，还有红薯，还有山上的树。凡是有被盗的，你若没抓到人，就视为你偷的。

这一招真绝。

母亲抱起一床被子，递给父亲说，既然非得去，那就去吧，抓到别人偷东西，就把他交出去，让他去看农场，你再回来。

这夜之后，父亲成了一个半哑的人。这天夜里，父亲一人孤零零地躺在农场潮湿闷热的值班房里，一个知识分子，曾经的一介书生，一个军人，被当窃贼批斗，现在还罚他来守农场，父亲觉得颜面丢尽，无脸活在世上，一口气没理顺，他从床下掏出一个瓶子，将那瓶液体一气灌进肚里。

液体燃烧着父亲的舌头，燃烧着他的嘴、他的喉管、他的肠胃，父亲疼痛难忍。他爬起来狂奔。他没有奔向我们家，而是上了窑场。

聋二闻到一股浓烈的柴油味。他惊讶，同时有一丝庆幸：是柴油，不是农药。他借来板车，找了麻球、刘映山，拉着父亲往镇医院跑。

父亲没有死，在医院被抢救过来，但柴油烧坏了他的嗓子，不能说话了，成为一个哑巴。大队部再也不敢让他去看秋。那几天，他常坐在石拱桥上沉默，也只有石拱桥和石桥河河水能忍受他的沉默。他不敢在屋里长时间静坐，屋里有一个二奶，她是沉默的，再加上一个沉默的父亲，那这屋就成鬼屋了。

喜欢沉默的父亲，自此更加沉默。

父亲就这么在河边坐了三天，谁也喊不回他。麻球怕父亲跳桥，让我们弟兄几个轮流看着他。二郎说，哪个看得住，飞身一跃，就下去了。麻球说，至少可以喊人救命。二郎说，石拱桥下，每年都有人往下跳，你见几个被救起来的。这么高，不淹死，也拍死了。二郎回家呼呼大睡。大郎把窗户打开，这样，如果父亲跳桥，他能听见动静。三郎那几天晚上，总起夜，到门口尿，看来，他也惦记着父亲。母亲让父亲回，父亲不理她。母亲说，不回算了，死了还好一些，死了还有人可怜我是个寡妇。母亲说着，自个儿睡去了。

二郎把一只鞋从半截土墙上扔到母亲那边去，他倒不是砸母亲，他砸东西。他朝母亲喊，你的心真狠，咒我父死。

我跑到父亲身边，让他回。他不回，我就一直在他身边，不知什么时候，睡过去了，等我醒来时，在母亲的床上。床上没有父亲。

第四天早晨，五郎跑到父亲身边，稚嫩的小手抓住父亲黑瘦的手，稚嫩的声音喊道，父，回屋，吃饭。

父亲痴呆地望着我，他突然把五郎抱起来，往屋里走。他泪痕满面。他说，走，回屋，吃饭！

父亲的声音又尖又细，好像被人拃住了嗓子，但他到底发出了声音，声音穿透晨雾，在竹林湾上空回荡，像一只公鸭在嘎嘎叫。

竹林湾的人很快知道，父亲能说话了，只是他的声音没有以前那么好听，变成了公鸭嗓子。回想起父亲以前的声音，那么好。父亲读书、教书，方言里夹杂着普通话，我爱听。可母亲说他是“陕西的骡子做马叫”，现在，他的声音就像锉刀锉在铁器上，就像喉管里卡着一块骨头，他说话费劲，听的人也难受。父亲真的成了“陕西的骡子做马叫”。

即便这样，还是令我们感到意外，有一丝惊喜，毕竟相比死一般的沉默，父亲有了声音。至少他不是一个哑巴。

麻球说，原来石桥河上的雾，石拱桥面的水汽，有药用功能哩，熏好了大志的嗓子，大志，你接着在石拱桥上坐，再坐三天，就能利索说话了。

父亲不去桥上坐。

麻球说，你父其实不想死。那天晚上，农场值班室的床下，有一瓶柴油，一瓶“敌敌畏”。柴油和农药气味差别那么大，不开瓶盖就能闻出来。他偏喝了柴油。他舍不得你们这些儿。

7

20世纪80年代初，政府落实一项政策，说是以前的公职人员，只要不是犯错误的，正常下放的，有下放证明的，可以恢复公职。可这个时候，父亲已经瘸了。瘸脚老师，还是有的，半哑的公鸭嗓，就没法教书了。父亲放弃，母亲不甘心，去找人，母亲说，哪怕到学校烧火，也是吃外饭的人。无奈教育局只认当年那一张证明，老梅老师和校长吴顺男的私人证明信都无效，父亲无法恢复公职。

父亲更加沉默，他似乎在用他的沉默告诉我们：人得认命，一条路，方向偏了，一切就都变了，但你还得往前走，默无声息地走下去。

第十二章　像云朵一样飘荡

1

新娘子是在一片唢呐声中娶过来，成为银山媳妇的。

众人吃过酒席，满嘴流油。喝着茶，抽着烟，等着闹洞房。

天黑下来，雪停止了飘洒。大人们踏着薄薄的积雪，呼唤着，走哇，走啦！父亲放下碗往外走，母亲将碗重重地磕在八仙桌上，骂了句，老不正经的东西！她不让父亲动身。过了不长时间，门外又有人喊父亲，像是麻球的声音，父亲故意说，他娘不让去，你们自己去吧。屋外的人便蜂拥而入，劝说母亲，你男人不去？老教书匠不去，洞房还有得闹？谁都知道他口才好，能把上骒那种事说得天花乱坠。母亲便骂道，去去去！母亲是让门外那些人去，那些人便故意喊道，啊，同意了，走了！就进屋拽父亲的胳膊，父亲乘机溜了出去。父亲边走边说，么教书匠，早就不是了，语气却是自豪的。父亲进了洞房，如同偷渡的人越了境，进入安全地带。在我们竹林湾，女人是不能闹洞房的。

我尾随父亲，偷偷地进入洞房，挤入人群中，他们已经闹上了。我见麻球点了支烟，吸了一口，让新郎含在嘴里，要求新娘不用手，将烟叼过去吸。新娘羞答答地将脸贴过去，噘起好看的樱桃嘴。因为怕烟燃着的那端烫着新娘，新郎极力将脸贴过去，噘起嘴，于是，他们就当着大伙的面亲嘴了。两人配合了十几次，新娘才将那支烟含在嘴中。屋子里的人笑成一片，有人甚至杀猪似的尖叫。

麻球笑过之后，走到新郎新娘面前，要新娘坐到新郎的身上去。新娘扭扭捏捏的，漂亮的脸上泛起好看的红晕。麻球说，你不干？你不干那就坐到我身上来。说着坐在婚床上，一把将新娘抱在自己的两腿上，还怕新娘坐得不踏实似的，使劲将新娘的身子往下按。一个人喊道，太过分了，裤子再大点，就进去了。我没听清是谁，但这句话让我很迷惑，我不知道他说的什么意思，不懂。新娘在麻球的身上不断挣扎，新郎大概怕麻球占了便宜，一下将新娘抢过来，稳稳地让她坐在自己的大胯上。

麻球，没下雨，撑什么伞啦。人群中有人喊。大家向麻球看去，麻球的裆部撅起老高。麻球一步跨过来，把我拉出去，站在我的位置上，又把我拉回来，挡在他的面前。麻球的裆部顶着我，弄得我浑身酥痒痒的不自在。

这个成天捡猪粪的人，用香皂抹了汗，擦了身子，他身上那种特有的猪粪味没了，换成一种劣质的香味，像硫黄。

刘映山到屋子中央，搬了个凳子，站了上去。银山媳妇管刘映山叫叔，要是平日，绝不会拿晚辈开玩笑，但在我们竹林湾，新婚三天无大小，除了女人，谁都可以来闹洞房，有时还把新郎官的爷拉过来，逼着他拉儿媳妇的手，当众“扒灰”。刘映山站到凳子上后，手中举了个茶杯，让新娘给他斟茶，规矩是新娘不准踏凳子。

大约这是以前闹洞房惯用的一招，新郎很老练地递给新娘一个茶杯，抱起她，新娘正要斟，刘映山将杯子往高了举，新娘老半天才斟了半杯茶，将新郎折腾得满头是汗。果然新婚三天无大小，刘映山的话胆子大，他笑道，闹吧，把媳妇闹到我的床上才好呢。人群中便哄笑一片，有人骂他老不正经。

父亲终于出场了。父亲很慢地跨到前面去，他一定是怕新娘看出他的腿疾。父亲说，我说的第一句话是新郎说的，我说的第二句话是新娘说的。我说完，你俩学着说一遍，要爽快点，否则，你俩今晚别想美事。

父亲用的是那种诵读古诗的语调，抑扬顿挫：

细瓷杯，盛白酒。

新郎学着说：

细瓷杯，盛白酒。

父亲又说：

晚上睡觉肚贴肚。

那天，父亲第一次不避讳他的公鸭嗓，那天也怪，他的公鸭嗓不但不难听，语句也顺溜。新娘低下大红脸，不说。众人起哄，有人就要把稻谷皮往婚床上撒。新娘急忙道，晚上睡觉睡两头。父亲说，不行不行，新婚之夜，睡两头，以后还不得打脱离（离婚）。看来你们是要我出新招了。

新娘赶紧说，肚贴肚。说完自己忍不住笑了，但她立马憋住笑，将头更低地低了下去。父亲说，不行，偷工减料，表述不明，别人还以为你们大白天肚贴肚哩，重来一遍。这时，再次兴奋起来的麻球复又走到新娘面前，新娘也许是怕麻球动手动脚，急忙说，晚上睡觉肚贴肚。新娘的声音细如丝竹，脸如一片火烧云。新郎就不一样，他笑得嘴都合不拢，眼里闪着幸福的光，仿佛已进入他渴望已久的那个梦幻般的世界。

父亲好像兴致未尽，倒了一小杯白酒，端在手中，在新娘面前晃了晃，他眯缝着眼问，嘴对嘴，腿缠腿，中间钉螺丝，你说美不美？真是“新婚三天无大小”啊，什么话都说得出口。新娘扭过脸去不回答。众人附和道，快说，美不美？新娘知道，今晚的话，无论她懂还是不懂，都不是什么好话。但不回答是不可能的，他们不会就此罢休。新娘细声说了句，不美。父亲说，不美？不美喝酒，喝酒就美了。说着就将酒杯往新娘嘴边送。这不是一般的白酒，里面早掺了辣椒末，新娘当然不敢喝，只好说了句，美。

哄笑声一片。

村里人说父亲是才子，我却不这么认为。细瓷杯，盛白酒，与晚上睡觉肚贴肚，似乎没有什么因果关系。嘴对嘴，腿缠腿也太直露。我说父，你说得太白了。父亲说，你这个小杂种，怎么跑这儿来了？还不回去！我说，我也要闹洞房。父亲说，我的个儿嗫，你有这本事，老子当年就不是教书匠。那天父亲不知怎么了，放得特别开，他平时不同我们这么说话的。我说，教书匠有什么了不起？再说，你已经不是了，早就不是了。父亲说，臭小子，教书匠有什么了不起？你将来当个教书匠，让你老子脸上也见点光！

大伙起哄，说，让四郎来吧，让他来吧，没准这会儿他就能让你脸上见光。

我一步跨到了屋子中央，说，新郎官新娘子听着，我说的第一句，是新郎官说的，我说的第二句，是新娘子说的，我说完后你们赶紧说，不要拖拖拉拉的，我第一次闹洞房，要给面子啊！

我说，阿哥有个大萝卜。

新郎官笑着说，阿哥有个大萝卜。

我又说，阿妹见了乐呵呵。新娘子的脸上涌起潮红，用极细的，然而大伙都听得见的声音说，阿妹见了乐呵呵。

我说，妹呀，快来拔阿哥的大萝卜。新郎官说了，新娘子脸红得越发好看。我教新娘子说，丢了萝卜别怪我。新娘子说了，说完捂嘴而笑。新郎官也笑，冲新娘子说，不怪你，谁叫我是你的情郎哥。

屋子里沸腾起来，笑声冲上屋顶，撞击得瓦片噼里啪啦地响。麻球说，四郎有水平，比你老子还有发展。

经我一闹，新娘的胆子大了，她一步走过来，说，这位小兄弟长得眉清目秀的，你有没有萝卜？说着手就伸过来要抓我的裆。我身子往里一缩，屁股后拱，再次被麻球这个龌龊的家伙顶了一下。有人大声疾呼，四郎有，你拔不拔他的？我急忙拨开人群，钻了进去。但钻进去后，我立马后悔了，心想，如果让这样一个美人抓一下，那感觉一定美妙极了。

2

闹到约莫三更时分，大伙都倦了，刘映山宣布闹洞房到此为止，人群便闹哄哄地往外拥。麻球挤到我身边，小声说，小子，考验你的时候到了，今晚我们要揭新郎新娘的被子，明日挂到神树上去。这两个家伙太狡猾，门上上了暗闩，菜刀是撬不开的。他们送客时，趁乱你钻到床底下，等他俩睡熟了，你偷偷起来，打开门，我们在外接应，注意，动作一定要轻。

这不是当地下党吗？我想起电影《两个小八路》里的大兴和小

武，想起《闪闪的红星》里的潘冬子，他们都是那么机灵那么勇敢，我得向他们学，一定要完成这个光荣而艰巨的任务。

大伙都往外挤，新郎新娘送客，没人注意我，我顺势钻到婚床底下。

床下很潮，地上冰凉的潮气侵入我的身体。我盼着新郎新娘快点上床，快点睡去，我想早点离开。新郎一定也困了，他对新娘说，早点睡吧。新娘说闹了一身汗，想抹汗。新郎就出去打了水来。新娘却说，你先洗吧，你们男人简单。新郎便拿出个大盆，将刚打来的水一分为二，把暖瓶里的水往盆里兑了些，脱光衣服，试探着踏进去。

由于床沿的遮挡，我几乎移到了床边。我以为他们只有在昏暗的床上才那么有情趣，他们居然在灯光下就那么大方，仿佛一对老夫老妻。新郎将水往自己身上撩。他转过身去，让新娘给他擦背，新娘娇滴滴地嗯了声，从新郎手中接过毛巾，在新郎宽大的脊背上轻轻搓揉。

我第一次看见一个男人当着女人的面，脱得赤条条的，内心隐约有一丝羡慕，几分妒忌。

新郎被新娘搓揉得不老实，那个最能暴露男人内心世界的部位迅速膨胀。他将水盆放在新房门口，跳上床去，对新娘说，再磨蹭天就亮了。

新娘一件件脱衣服。我看见新娘的衣服花瓣一样飘落在木凳上。我闭上眼，我害怕！我从来没这样没遮拦地看一个女人的裸体。

水从她的身上滑落，滴在盆中，雨点一样脆响。我听着，不能自已地睁开双眼，但我什么也没看见，我感觉眼前生出一道白光，比窗外的雪还白，刺得我双目难睁。

我试图再次睁开眼时，眼前已是灰黑一片。头顶的床，发出咯吱的声响，伴着猫崽一样轻轻哼叫，我有一种想尿的感觉。

他们掀起狂潮，如阵阵海浪。我感到自己被带上一叶小舟，随波逐流，好不舒坦。

不知过了多长时间，床上静止了，响起了呼噜声。我悄悄爬出来。我该走了，这个麻球，一定是骗我。我举手，正要开门，传来三声猫叫，接着又是三声，是麻球他们来了。

我迅速地打开门闩，有人冲进来，冲锋陷阵的气势。我还没来得及把新郎设的陷阱告诉他们，其实我也并不想告诉他们，我以为一定是麻球冲在最前面，我想摔他一个狗啃屎。果然就听见有人摔倒的声音。我跑过去看，不是麻球，麻球完好无损地站在我的面前，见有人摔倒，也不去扶，一步跨过去，扯开新郎新娘的被子。房间里旋起一阵风，像拽走一片云，露出两片洁白的云朵。

我没想到，冲在最前面摔倒的是我的瘸子父亲，他爬起来，竟然扫了那个赤裸的银山媳妇一眼，他显然看到了她的赤裸。他没有立刻撤离，接着又看了一眼。这么一个喜欢沉默的人，这一刻，完全颠覆了我的认知。

聋二是湾子里唯一不愿加入闹洞房的男人，但他一直在村头等我。我们回到窑场，雪夜，整个世界是明亮的，这是一片圣洁的地方。我看见聋二孤独的身影越发孤独。他为何不去闹洞房。我突然有些伤感，有些困惑。

我仰面躺在床上，半天不能入睡。聋二打起了呼噜，但那是装的，他并未睡着。我弄不明白，他为何不娶女人。

窗外清冷的月光照进来。月光里，银山和银山媳妇的影子时而轮番浮现，最后重叠出场。银山时常穿一身绿色的军装，戴着军帽，走路脚下生风。站立的姿态也帅，像山里一棵青松。有时，银山会脱去军上衣，露出里面的白衬衣，人显得那么干净，像是从秀水塘里钻出来的。难怪那么好看的银山媳妇，会从城郊嫁到山里来。听大人们说，银山媳妇是菜农。菜农在县城仅次于工人，他们不种水田，不种旱地，只种蔬菜和鲜花，不像山里人这么辛苦。随着县城的扩建，他们还有机会成为县城里的工人，吃商品粮。

月光慢慢地淡了，天地暗下来，之后，又慢慢地有了光亮，迎接我们的，是一个崭新的黎明。我们在老柳树上，看见了新郎新娘的被子，被夹在高高的树丫上，像一个巨大的喜鹊窝。

老柳树静静地立在秀水塘边。秀水塘的水，总是那么清澈、平静，只要没有捣衣妇，没有光屁股的男孩戏水，秀水塘就是安详的，像一面镜子平躺在那里。石桥河从北流来，向南流去，在这里转一个大湾。竹林湾的人，在这个湾处夯土坝，拦成一个水塘。土坝像是过滤器，使水塘的水，清亮秀美，这也是秀水塘名字的由来。

秀水塘就像是石桥河的一个大肚子。塘的北侧是竹林。老柳树老得空了芯，中间成了一个洞，他们说，树神就住在洞里。

老柳树下，已是人头攒动。男人不下地，女人不生火，都拥到塘坝上，看新郎新娘拜树神，接被子，舞狮子。除了新郎新娘，我也是这个早晨的主角。我猴一样爬上树，去树上取被子，然后，扔给树下的银山和银山媳妇。这活神圣。扔得准，飘到岸上，这对新婚夫妇接稳了，明年能生个大胖儿子，为人父人母，小两口会白头偕老。新娘高兴，会掏赏钱，运气好的，扔被小男孩能挣够下学年的学费。这样机灵的小男孩，在大人们眼里，将来也是有出息的，是要吃国家饭的。

新郎新娘接了被子，不能随便抱着就回家，一手抓个被角，将被子顶在头顶。女人前，男人后，跳狮子舞。跳着，闹着，将整个村子转一圈，再把各家各户跪拜一遍，才能回到新房，猴急地过他们的日子去。

新媳妇的被子被扔进水里的，将来的日子就不顺。刘仁义娶媳妇，就因为当时被子扔得太飘，新郎新娘没接稳，湿了一个被角。婚后，他们夫妻总不和谐，三天不吵五天吵，吵着吵着就砸锅摔碗，日子过得惊天动地。还有天福，洞房闹得挺好，被子没扔好，湿了大半块。好好的一家人，运气一下子就差了。起先两口子并没当回事，依然高兴地过日子，生儿子，可是，五年后的一天，天福媳妇到城里去了一趟，就成了别人的老婆，再也没回竹林湾。

所以扔被子的小男孩，是精挑细选的，要机灵，眉眼要俊俏，年龄在十二三岁。孩子太小，没力气，肯定把被子扔在水塘里。孩子太大，就可能不是童男，不吉利。

我瞅一眼树下，新郎官银山翘首，一脸倦怠，却咧着嘴笑。新娘子银山媳妇低着头，扭捏着。我给自己加油，一定要让被子飞起来，像银山和银山媳妇手里的风筝，稳稳地飞到塘坝上，落在他们手中。我要让银山媳妇一辈子在山里，不去给城里人当老婆。

我瞅一眼新郎新娘，昨晚那两个白水萝卜状的人体，浮现在我眼前。我浑身燥热，抱住被子，使出全身力气向下扔。被子上，两只鸳鸯在白色的浪花里戏水。鸳鸯像在飞翔，浪花像在飘落。

没有人注意我，所有的目光，都朝向那飞翔的被子，朝向银山媳妇。我被冷落，失望的情绪像火苗一样蹿上来。我突然觉得塘坝上那些男人很讨厌，就知道盯着银山媳妇，眼里像有火苗在燃烧。一个恶作剧便在我的脑子里诞生，我决定吓唬这些人，也让银山媳妇在这个特别的日子里，受点惊吓，并因此记住我。我摸索着脱光衣服，夹在树丫上，低头看了看清凌凌的水面，两三丈的高，足可以让我完成一次飞翔。这是我们夏日经常在石拱桥上玩的游戏。我飞身一跃。我感到我的身体越来越轻。被太阳晒得温热的空气抚摸着我的肌肤，痒痒的，舒坦、畅快。我看见了水里我的倒影，它像一片人体状的白色云朵，轻轻飘荡。

3

这种像云朵一样飘荡的少年裸体，第二年夏天在石拱桥上再次飘荡，不过，那个少年男孩不是我，是石头。他是我生命中一位过客，却永远铭刻在我的记忆里。

石头是外乡人，姓秦，跟着他父亲秦铁匠来到我们竹林湾。石头大眼睛，长睫毛，黑亮的眸子，瞅上去就机灵，可他却总是躲闪着目光，显得胆怯，眼神像极了秦铁匠。父亲说，那是外乡人特有的眼神。

秦氏父子是从大别山那边过来的，河南新县人。我与石头第一次见面时，铁匠铺的炉火烧得正旺，秦铁匠刚安顿下来，没有干活，父亲到他屋里坐，同秦铁匠说着话。石头给他们沏了茶，就坐在那里，一双胆怯的眼，扫视着父亲，当发现父亲看他时，那目光便迅速闪回。他头大，脖子不太壮实，脑袋转来转去的，像拨浪鼓。

铁匠铺在桥头，生产队的队部。几年前，分田到户，队部名存实亡，三间瓦房闲置起来。每年春末夏初，秦铁匠来到我们湾，将自己的铁砧、火炉和大小铁锤挑进去，铁锤声响起来，整个竹林湾便热闹了。不仅仅是我们竹林湾请他打铁，秦师傅人缘好，加工费便宜，十里八村的人，都会到这里来，给菜刀开刃，给镰刀加钢，给用秃了的锄头铁锹接上一截生铁，烧红锤打，淬火，一把新的锄头铁锹就成了。秦师傅的手艺活漂亮。

无事的时候，石头就同我玩耍。在竹林湾少年男孩的眼里，跳水是最刺激的戏耍。我们拽条毛巾，围在腰间，走上石拱桥，抱着石头狮子的脖子，越过石板护栏，站在伸向空中的条石上，将腰间毛巾拽下，握在手中，人瞬时就跃向空中，飞向水面。这在我们竹林湾，算不上粗野的举动，更不能说是流氓行径，就是那些胆子大起来的新媳妇，将眼睁得像铜铃，看到的，也只不过是一片人体状的云朵。云朵像遇到了飓风，高升、急坠，倏地一闪，就淹没在河面菊花状的白色水花里。

石头很快加入到我们的队伍里。

父亲问秦铁匠石头为何不上学，他应该上学的。秦铁匠，你想让石头子承父志？父亲总也忘不了他教过两年书，喜欢用成语，偶尔会夹杂半句普通话，与竹林湾的山水不相融洽，母亲就骂他“陕西的骡子做马叫”，怕别个不晓得你教了几天书，丑死了。父亲自然是不理母亲，微红了脸，立在一旁，略显尴尬。

这一闹，秦铁匠就忘记回答父亲，石头为何不读书。

我们后来知道，秦铁匠的女人，去年腊月里死了，他走乡串巷，家里没人照顾石头。

日头挂在西山顶，秦铁匠封了炉子，坐在铁匠铺门前抽烟、喝茶。我和石头把凳子搬到屋外，在夕阳的光线里看书。这个时候，我们是最高兴的，但似乎也有一丝不快。我明白石头的心思，就对秦铁匠说，秦伯伯，你让石头上学吧。秦铁匠说，上什么学呢？我们走南闯北的，没个根。

我说，就在这铁匠铺住下去嘛，这不就是你和石头的家吗？你再把石头他妈接过来。我看见秦铁匠的脸，陡地冷下来，人僵在那里，好像突然被什么东西击中。我转过脸去看石头，他低着头，看着自己的光脚丫，两只脚拇指挤在一起，上下交攀。我这才想起，石头是没有娘的。我可怜石头，心里悲伤，但似乎也有一丝庆幸。如果不是这样，石头怎么会到我们竹林湾来，我也就不会有他这个朋友了。

一个电影剧组进驻红安，竹林湾沸腾了，石拱桥沸腾了。他们在我们红安城拍一部与黄麻起义有关的电影，名叫《我们去战斗》。他们要以石拱桥为背景，拍一组镜头。

听说要群众演员，一湾子的人，都拥上石拱桥，导演吓得赶紧往桥下撤，说，这么多人挤到桥上，桥非得垮塌不可。有人说，不会塌，塌不了，这桥有三百多岁了，是清朝的货，结实着哩。

导演络腮胡子，母亲说他像个野人，引来人群窃窃地笑。导演的衣服上有很多兜，都瘪着。母亲拽了一下他腰间的一个兜，笑道，不装东西，要这么多兜做个啥，费布。省下的布，能做个裤衩哩。母亲的话，引得人群又一阵笑。

我和石头正在玩跳水，像以前一样，用毛巾围着羞处，上到拱桥上，扯下毛巾，纵身一跃，像人体状的白云在河面漂荡。导演对我们这些村野的孩子们很感兴趣。

剧本里有这样一段戏：一个放牛娃，给红军的游击队送鸡毛信，被敌人发现，遭到追赶。他越过石拱桥，借助石拱桥的掩护，爬到老槐树上去了。敌人没有发现，接着前追。当导演看见我们跳水后，突发奇想，决定让这个通信员在情急之中，从几丈高的石拱桥上跳下去。

父亲说，这拍的不是我二父吗？我儿子的二爹，我的二父。那个衣服上有很多兜的导演说，你让开。父亲说，真的，我二父十二岁就给红军游击队送信，被敌人追着跑，就是从这桥上跳下去，才捡了一条命。导演说，你二父叫啥？父亲说，叫杨纪红。导演说，不对，这里写的，是一个叫石头的小孩。父亲说，对对对，我二父小名就叫石头。导演说，也许是吧。

导演没再理父亲，一步跨到石头跟前，两手捉着石头的两只耳朵，问石头，你也会跳？石头点头。导演将双手从石头的耳朵移到他的头顶，拍打着他的顶门心，问，你敢跳？石头又点头。导演笑了，说，你莫不是个哑巴。石头笑了，笑出声来。导演问石头叫什么，石头说，叫石头。导演惊呼道：哇，天赐啊，名字都不用改，就是你了！

原来只要一个，我心里很不是滋味。我想，我要是不拽着石头，石头绝对没有胆量站在导演身边。可这是没办法的事，石头虽然少言语，但那一双闪亮灵动的眼睛，纯净无邪，把该说的话都说了。我要是导演，我也会选他。

导演后来说，他本来在县城选了一个小演员，石头原本是那个通信员的替身，见到石头后，导演又临时改变了主意，石头不是替身，他就演那个叫石头的通信员。

导演同石头的爷秦铁匠谈价钱，让石头从拱桥上往下跳，要跳五次，取最好的一次，每次五十块钱。崔寡妇说，这不是二百五吗，好几丈高哩，少说也得给三百。导演点头。崔寡妇就说，先拿钱。导演让他的助理从口袋里掏出三百块钱，递给崔寡妇，崔寡妇搔首弄姿道，我拿这钱算么回事？她没接钱，脸上却是笑开了花。

然后就说戏。

导演让石头穿着戏装——黑长裤、白土布坎肩，让他从河东，也就是我家住的那个地方，往石拱桥上跑。后面是七八个“敌人”，边追边打枪。石头跑到石拱桥上，越跑视野越宽阔，无一遮挡，眼看跑不掉，就翻上桥，去抱那个石狮子。借助石头狮子躲避“敌人”射过来的子弹。河岸围观的人，都为石头担心，不让他跳。导演的确有水平，把那个氛围营造得特别像真正的战场。当石头穿着摄制组给他准备的衣服，从村东跑过来时，很多观众入戏了，不断地冲石头喊：跑，快跑！都担心他真的中弹。

导演要石头一边跑，一边脱去坎肩，随手扔在石拱桥上，营造紧张气氛。之后，他跨过石拱桥栏杆，借助石狮的遮挡，迅速褪去长裤。抓着长裤，赤裸地往下跳。我听导演助理说，这不符合情理。当时孩子着急了，哪顾得上脱裤子。导演说，这河边的男孩有经验，知道穿着裤子游泳不利索，当然就要脱去裤子。

光着屁股从这里跳下去，是我们常干的事，可现在，当着这么多人的面，面对摄像机，要脱裤子，我没这个勇气，但是，石头做到了。他里面没穿短裤，这让他把这件事做得很利索。他褪去长裤，抓在手中，纵身一跃。我感到石头不是在下坠，而是在飘落，因为他下坠得特别慢。我伸着脖子往下看，才想起石头跳下去的地方，是石拱桥的最高点。这么高跳下去，或许淹不死，但会不会砸在水面，摔个鼻青脸肿？

石头显然扎得太深，他在水里待的时间长。水面溅起的浪花落下去了，波浪歇了又起了，只听见桥上和岸上人的呼吸，就是听不见水里的动静。

许久的寂静之后，先是石头的裤子漂起来。这时，只听我母亲的哭声撕裂盛夏的天幕：儿啊，我的儿啊……有人拽着我的手，将它高高举起来，冲母亲喊，你儿在这儿呢。母亲并不理他，依然喊着，儿啊，我的儿啊……大伙才知道，她是喊石头，她曾跟秦铁匠说，认石头当干儿。

母亲并没有眼泪，她的干号声，让大伙的心都悬起来，似乎石头的死，成了事实。

天地可怕地静。

按照剧情，石头会从水底下，一直潜游到河岸边，躲进水竹丛里，躲过敌人的追捕，终于把信送给了游击队。但是，这一百多米宽的河面，石头做不到，我们村任何一个男孩都不能完成，导演说，这要两个镜头来组合。尽管这样，我还是把目光投向河岸的水竹林，希望石头从那里钻出来，但石头一直没露面。我们知道石头水性好，能在水里憋很长时间，可这也太长了，长得让人崩溃。

秦铁匠冲向拱桥，朝着水里喊道：石头——

似乎是听见他爹的呼喊，石头像一条白鲢鱼蹿出水面，之后，倒下，然而，他没有游动，只是平躺在上面，随波逐流。石头像一具溺水而亡的尸体，不过，从他阳光下一闪一闪的两只大门牙看，他的嘴在一张一合，他在和着水浪的韵律，大口大口地喘息。

4

石头还活着，只是在水里憋得太久了。

石头游向他的裤子，拽着他的裤子游到竹林边，穿上长裤爬上岸，走上石拱桥。导演要求石头跳第二次，导演这次让石头头朝下跳。这样的跳水姿势，我们还没跳过。

我们都是脚朝下，在入水的瞬间，还要腾出一只手来，捏着鼻子，怕被水呛着，石头这么往下，会不会有危险？石头直摇头，说没事，没事的。

我从那些树林一样的腿和肥大的屁股间蹭过去，对导演说，石头太累，我跳吧。导演摇头，说，你俩长得并不像。你没有肌肉，只有肥肉。看他的肌肉多发达。你俩的身材，在镜头里一眼就能看出来。我把肚子一缩，胸肌鼓起来。导演根本就没理我，继续同石头说戏。

石头似乎没有耐心听导演细说，他开始了又一次表演。他走到石拱桥的最高点，双手扶着那个最大的石狮，跨过石板护栏，站到那伸出来的石梁上，借助石狮的遮挡，褪去长裤，背对着我们，一跃而下。

石头没能成功。他没有像第一次那样双脚朝下，成自由落体。他像我们平时在河岸往水里扎猛子，但因为太高，运行时间长，石头没能控制好，他的动作过了，后背重重地砸向水面。

白色水花溅起一丈多高。如果是肚子朝向水面，那就完了，五脏六腑都碎了。

当石头第三次站到石拱桥的大石狮身前时，我冲向他，但被人拦住了，因为镜头还没完事。挡着我的是个大个子，长相特凶。我灵机一动，从他胯下钻了过去。我拽着石头，可石头不听，我就冲父亲喊，父，你别让他跳，你快来阻止他。父亲说，那是人家的事，人家愿意。我说，父，你可是他的干爷！父亲说，他亲老子都没阻拦。

我的母亲跳出来，拽着石头的手，说，儿啊，你莫跳，你跳了，要是有个好歹，我这当干娘的，心里怎么过得去，心里怎么过得去……母亲说着，拍打着自己的胸脯，但我总觉得，母亲有演戏的成分，那个导演，应该把我母亲选为群众演员。

石头跳了下去，这次，他跳得很成功。他只在快入水时，才将头朝下，深深地扎进去。而且，这次，他没让更多的人担心，很快就钻了出来。

石头依然往石拱桥上走，看来他要接着跳。父亲见石头不理他，也不理我母亲，父亲就冲向导演，他说，你们在我的地盘上搞，招呼不打一个，屁不放一个，没门！他冲上去，挡在摄像机前，说，你们欺负这样一个孩子？不能再跳了，再跳就要死人了。父亲说着，把一只粗大的手掌，伸在导演面前。

干什么？导演说，要打架吗？父亲说，拿钱来，他跳了三次，拿三百块钱来。

导演说，说好的，一次五十块，共一百五十块。父亲说，这么玩命，才一百五十块？拿三百，一分不少。导演就递给父亲三百块钱。父亲接了钱，把钱递给秦铁匠。秦铁匠从三百块里，抽出一百块，递给父亲，说，向阳也出力了，这个给他。父亲说，你算了吧，我才不拿儿子的命挣钱。

父亲的话，伤秦铁匠很深，我看见秦铁匠手足无措地站在父亲面前，我又看见不远处的柳树下，崔寡妇掩面而泣，她说着，别让石头跳，我的儿啊，你别跳啊！她的哭声比母亲的更真实，更撕扯人心。竹林湾人关于她对秦铁匠“动了心思”的猜测，随着这哭声浮出水面。

石头挣扎着，父亲像老鹰抓小鸡一样，把他死死地抓住。

石头虽然认我父亲干爷，但是，他是怕父亲的，他一直躲避着他，眼光躲避着他，人也尽量地躲避他，脖子扭到一边去。父亲把石头拖进我家，对我母亲说，给他弄得点吃的，压压惊。

母亲一把抓住石头的手，说，你那个狠心的爷同意你去跳水，是想得到一些钱，给崔寡妇买金耳环吧？母亲说，这个当爷的心可真硬！

母亲说这话时，咬牙切齿。母亲说，公狗想母狗想疯了，什么都舍得出来。石头要是有个意外，这个秦铁匠就后悔去吧！

母亲的话让我烦，我道：你莫在这里放屁！母亲大吼一声，我的儿，你也责怪娘？你这个无法无天的孽种，敢骂娘放屁。娘是可怜你那个干兄弟石头哩。

我说，你可怜石头，你们就该给他拿三百块钱，让他不要跳！母亲说，我哪有钱？我凭么事拿钱？

我说，石头不是你的干儿子吗？你平时一口一个儿子，原来口是心非。他爷的心硬，你的心也软和不到哪里去！

母亲不再说话，到灶屋给我们煮了油面，里面煨了四个鸡蛋，我们每人碗里盛了两个。我们热乎乎地吸着面条。父亲望着我们吃。父亲说，这个秦铁匠，想女人想疯了，他不向我认个错，儿子他别想领走。

石头说，不关他的事，是我自个儿要跳。

母亲叫道，哎呀呀，我们忙活半天，一家人到底还是一家人，替他那个狠心的老子说话。

父亲说，你看住这两个小崽子，我找他们去。父亲说着，摇晃着身体冲出屋。

我们很快吃完面条，因为好奇，我们趁母亲洗碗，又跑了出来，直奔拍摄现场。

我们一边向河边走，一边说着话。我问石头，你这个苕货，你为什么要跳？石头说，导演告诉他，他们在七里坪还要拍一场戏。这场戏演好了，下场还要带我去演。

你真的就相信他们？

我不想打铁。

他们真的能把你带走?

我喜欢演戏，像打仗，好玩。

你真的这么想离开这里?

这儿不是我的家。

你要到哪里去?

石头望一眼远山近水，眼里只有迷茫。

摄制组走前，要带石头一起走，说等一段时间，还要拍一部电影，叫什么《告别大别山》，也是战斗片。石头同意了，石头的爷放心不下，没让去。

后来，我们果然在电影里看到了石头的表演，原来石头那么机灵，那么可爱，有着明星气。他跳水的姿势很美，比我现场看到的好看。可惜电影是在腊月里放的，那个时候，石头已经离开了我们竹林湾。我在电影里，看着石头穿着个白色坎肩、单裤，赤裸着跳水，觉得心里很冷。看完电影，我一个人躲在那株枯死的老柳树下，哭得很伤心。我先是想石头，可怜他，后来又可怜起我自己。

5

拍电影的走了，喧闹的竹林湾越发喧闹，铁锤的敲打声，我们小孩的打闹声，响彻竹林湾。我们自此迷上了“打仗”。以前在电影里看打仗，我们模仿着玩，那是小打小闹。现在，这场近乎真枪实弹的“战斗”在竹林湾上演，点燃了我们的激情。我们的野性暴露无遗。每天黄昏，顺喜带一拨，我和石头带一拨。我们把柳枝绕成圈，戴在头上，背着木头枪，口袋里装着“子弹”玩攻城的游戏。我们把石拱桥当碉堡。有时转移阵地，撤退或攻另一个高地，去到村南的王母寨，后来又到七角山，这都是当年红军战斗过的地方。我们不喜欢演“敌人”，都愿意演红军。我们多次跑到红军洞里隐蔽。

起先，秦铁匠不让石头去，要石头学打铁，后来让石头去了。母亲对石头说，你爷不舍得让你去？你们前脚走，崔寡妇后脚就到铁匠铺了。

母亲说话总是那么尖刻，指桑骂槐。我们不理她，继续我们的“战斗”。有时候，那“仗”打得真逼真，不小心给脑袋“开了瓢”的，折了手的，崴了脚的，都发生过。我们瞒着大人，当钢铁战士。实在痛得受不了，没瞒住，我们也不说是“打仗”负了伤，只说是不小心摔倒了。

我们的暗号含蓄，在伙伴家门前一晃，一个眼神，递过去一句话：走，我们去战斗。

我们乐此不疲。那是一段快乐的时光，记忆中再没有过。

我和石头在河边捡过两块鹅卵石。几乎是一模一样，我可是信手捡的，他也不是刻意。我心里一动，好像我和石头真的是亲兄弟。

石头说，我们一人一块，放在床头。我离开竹林湾，我就把这块石头留给你，看，它们还真的像双胞胎。

他笑了，我也笑了。他的目光转向很远处，突然有所悟似的说，长大了，我们去当兵，我们去战斗……

看他那神情，他是认真的。我点头说，好，我们去当兵，我们去战斗……

6

早饭后，没听见叮叮当当的铁锤声，我到铁匠铺去看，我看见秦铁匠已经在收拾东西。他们一直说要走，看来，真的是要走了。

父亲问，一定要走吗？秦铁匠用沉默回答了父亲。父亲说，把石头留下吧，你安顿好了再来接他。秦铁匠没有回应父亲，埋头叠放石头少得可怜的几件衣服。

我一直看着他们。父亲对我说，你上学去。我说，石头不去，我也不去。说好他留在竹林湾，与我一起上学的。秦铁匠说，我们先不走，我们还欠别人的几件农具要打。

如果是平时，我肯定不上学，偏偏那天，举行开学典礼，我作为尖子生代表发言。

下午放学，我快步冲向竹林湾，直奔铁匠铺。铁匠铺门关着，那把象征性的旧锁挂在门环上。我推开门，屋子里空荡荡的，属于秦铁匠和石头的东西，几乎都带走了，只有那块鹅卵石，静静地躺在床头的那张旧桌上，虎头虎脑地朝着我。石头上有水滴，我也不知道是他洗过，还是石头的眼泪。

我一把抓起石头，冲上石拱桥最高处。

西望茅草地，一条路空荡荡的，将茅草地切割成两半。在坡地转弯处，我看见了他们，秦铁匠挑着担子。他的背，比夏初他刚来时驼得更厉害。重担压迫下，脖子像长颈鹿似的努力向前向上伸展。石头在他身后，半低着头，脖子前伸，像背着书包。但那书包并没有在他肩上。

我拔腿去追，父亲在身后拽住我。母亲说，太远了，石头都等你半天了。他爷非要走，石头说，要等你放学回来。

我说，那为什么还是没等我？母亲说，这不，太阳都落山了。母亲长叹一声，石头这孩子可怜，天都快黑了，也不知道要去哪儿，在哪儿落脚。父亲骂了句，你个妖婆子，怕是舍不得石头他爷吧。声音却变了，震颤着，像弹花匠手里的钢丝绳。

我嫌恶地瞥父亲一眼。我也烦母亲，一见秦铁匠与如喜的娘在一起，她就说三道四，搞破坏。我虽然小，但我还是懂得一些事的。如果秦铁匠同如喜娘好上了，石头就会留在我们竹林湾，同我一起上学。

他们向西，朝着太阳落下去的地方，走得很快，好像是要追赶那轮就要沉下去的遥远的夕阳。

我紧握那个石头。我抱着石拱桥最顶端那头大石狮，那是石头经常抚摸的地方。我看见石狮的凸起的眼珠湿淋淋的。我知道，那不是它的泪，石狮是不会流泪的，那是河面升上来的水汽。

他们的背影已随着天边晚霞的暗淡，渐渐远去。一同远去的，还有我的少年时光，我的欢乐和悲伤。耳畔那熟悉的铁锤声，也随着夕阳最后那一抹余晖的消逝，淹没在悄悄弥漫过来的暮色里。我隐约看见石头飞奔而来，在石拱桥最高处跃下，像一片人体状的云朵，在河面漂荡。

第十三章　大郎从军

1

我的大哥杨大郎，是母亲过门后不到七个月出生的。麻球说，大郎其实是私生子。我不懂，我不知道大郎到底算不算私生子。麻球说，私生子都特别聪明，这一点，我倒是相信。大郎的确聪明过人。麻球说，私生子聪明，是因为私生子大都是野外的产物。他说，我的父亲从部队退伍后，母亲来我家找他，二奶不喜欢母亲，把她往外赶，父亲以送母亲为由，与母亲在山谷中，河水旁，石桥上，夜露里，做着男女之事。大郎聪明灵性，是夜露滋润的结果。我不知道麻球说这话，是他的真实发现，还是信口雌黄。

大郎的聪明，在他四五岁时显露出来，那时，麻球常捉住大郎，问，你父你娘晚上怎么睡？大郎不慌不忙，回答说，同你爷你娘一样睡。又问，你父天天夜里掐你娘的脖子不？大郎反问，你爷夜里掐你娘不？那时候，麻球的爷和娘，早已是山上的一把烂骨头，大郎所谓麻球的爷和娘，是骂人的话。麻球生气地走开，直到数年后，他故技重演，来捉弄我。他在石拱桥上捉住我，让我猜谜：

一物生来六寸长，有时柔软有时刚。软如醉汉东西倒，硬似疯僧上下狂。

我不懂。他说，你父身上有，我还是不懂。

我知道他是从说书人那里学来的，说书人有时会说些我们小孩听不懂的话。

他自觉无趣，降低难度，用通俗的大白话，问我，你父你娘晚上怎么睡？我说，两头睡，他说，后来呢，我说，后来就到一头睡。他问我，你父夜里在床上掐你娘脖子不？我说，掐，天天掐，掐得我娘直叫唤，差点把我娘掐死了。我的回答正合他的口味，他总是满意得哈哈大笑。有一次，麻球还把下巴笑下来，嘴张着，无法吃喝，流着涎液，那样子，笑坏了一湾子的人，最后找董家大湾一位老中医，来给他抬上去的。

大郎聪明，刘映山说，那年入学，小学一年级的题，大郎都会，老师让他直接上二年级，他考试居然还是第一。大郎没读小学五年级，就直接被老师送到了初中，就是父亲曾经教过书的桂花楼学校。大郎是初中一年级快班的班长，初中期末考试，跳过了五年级的大郎，依然考第一。老师敲锣打鼓，把喜报送到家。那时，连校长都认为大郎是神童，是读大学的料，将来一定能考清华北大，让县教育局的人开着小车来送录取通知书，来接他到武汉坐火车去北京上学。没想到大郎因为学校要他十块钱的学费而逃了学，再也没走进学校。

如果是小学，大郎半天没上学，家里人很快会知道，但大郎读的是初中，离家六里地，父亲就很难发现。大郎对老师说，他不读书了，家里大人要他放牛，家里太穷了，他要帮家里挣工分。大郎不上课，每天照样去上学，只是逃到山上捡地耳子，在河沟旁扯鱼腥草，拿到镇上卖，大郎就是想补贴家。等父亲知道大郎失学后，已是半个月后的事。很少发脾气的父亲大吼大叫。大郎说，咋就这么贵？以前的学费，都是一块两块，一下涨这么多。父亲到学校，把学费交给学校。但大郎随后去把钱要了回来。大郎还说学校黑，乱收费。大郎破釜沉舟，把校长得罪了。

父亲追着要打大郎。大郎不像后来的我，他不跑。他抱着一棵树哭。大郎说，你打吧，打死一个少一个。你打死我我也不去读。读书有个么用，一年到头，就分那么一点谷，这样下去，一家人都得饿死。我要到队里出工，挣工分。我要让几个兄弟吃饱饭。天天吃粥，我们都不长个。个子长不起来，将来都得当寡汉条子。

父亲的眼泪涌出来。他转过身去，到底没舍得下手。父亲说，你还是去读书吧，不读书有么出息。大郎说，你不是读了那么多书吗，还不是种田？你种田还不如那些没读书的人。

父亲不语，缓慢地走了。也不知他是无力快走，还是想在他的儿子面前，掩盖他那只残腿。父亲的脸阴沉了几天。他让大郎重回学校的想法并没有断，无奈大郎见他就躲，有时连饭都不吃。母亲说，算了，不读就算了，他不去上学，你还能把他捆去？莫饿坏了伢。

大郎给队里放牛，与麻球一起。一天三个工分。父亲不想大郎当放牛娃，但这是无奈之举，大郎毕竟身子还没长起来，干不了重活。

牛群里，那些公牛常露出红通条似的家伙，去趴母牛的背。父亲觉得这种场景“少儿不宜”，就对麻球说，你照顾一点大郎。麻球说，我当然知道照顾他。父亲说，你别老让公牛跟母牛上骒，大郎还小，你避着他一点。麻球说，这事我哪管得了，那些牛发起情来，哪个拦得住？你莫说牛，你自个儿不是这样？都五个儿子了，还要日，还要生。父亲红着脸狼狈而逃。

父亲没有办法，只能这么稀里糊涂，领着一家人，跟着日月往前走。

两年后，大郎的个子长了一大截。大郎到窑场，找到聋二，说要同他一起学做砖瓦。聋二说，这是寡汉条子做的活，你这么年轻，做这活，自己的前途就废了。大郎说，我想做砖做瓦盖房子，家里实在没法待了。聋二说，你家做屋，我帮你做砖瓦，不用你。这是没出息的人干的活，一块砖一把汗，一片瓦一层皮，太苦。大郎说，二父，你就让我跟你学吧。聋二说，这不是什么手艺，根本不用学，一看就会。只是我真的不愿意你干这个。这种没出息的手艺，把人的名声都搞臭了，将来都说不上媳妇。你想跟我似的，当个寡汉条子？

大郎不走，也不辩论，他眼里有活。聋二和泥，他提水；聋二推土，他拿锹帮着装卸；他像牛一样，站在泥水里踩泥巴。那时还没分田到户，聋二不同别的劳动力，他不出工，干窑匠，做的砖瓦给生产队，或把卖的钱上交，是竹林湾第一批搞副业的人。大郎清早给队里放牛，黄昏时，就来聋二这里学艺。他还说，等到下一个大年初一，要给聋二拜年。

2

忽地晴天一声惊雷，大地为之一震。这年秋天，竹林湾分田到户，大队也不再叫大队，叫村；小队不叫小队，叫组。我家人多，分的田地也就多一些，像二郎、三郎、我和五郎这样吃闲饭的，没有挣工分的，也有田地。大郎成为家里的主力。他不再放牛，牛分到各家。我家分到一头黄牛，其实是黑色的（区别于水牛的叫法）。这牛不再用大郎放，三郎不上学时，他放牛。三郎上了学，母亲就把牛牵到菜园边的林子里。她一边放牛，一边种菜。大郎起早贪黑地干活。地里的活收工早，他就到窑场去做砖瓦。他的目标是，这年年底，一定要盖两间屋。麻球说他，这是急着娶媳妇呢。

大郎成为竹林湾最勤快的人，他起得比麻球还早。有一天，麻球拎着他的高腰粪箕，在竹林湾走了一圈，一坨猪粪都没捡着，他正纳闷，看见大郎往我家茅厕里送粪，麻球很是生气，说大郎抢他干了多年的营生。父亲也不让大郎捡粪。父亲认为，男人要勤快，这是好事，但不能把自己搞臭了。麻球除了腿瘸、脸麻，他招人烦的另一个原因，是他一身臭。

年轻小伙子，不要捡粪，你看四周这些湾子，哪有年轻人捡粪的？父亲阻拦着大郎。

大郎不捡粪，改为偷粪。他把二郎三郎拉进来。他自制了一辆板车，深夜到西河湾，把西河湾别人茅厕里的粪便，舀到粪桶里，用板车拉回来，倒进我家的茅厕。在茅厕里沤几天，再拉到畈田，泼洒到我家的水田里。大郎偷的粪汤洒了一路，干干净净的石拱桥，被他弄得臭烘烘的。西河湾的人，沿着这脏乱的痕迹找到我家，大郎不承认，还要同人家打架。大郎每偷一次粪，竹林湾会臭三天。竹林湾的人怨声载道，苦不堪言，大郎不理睬。他想偷更多的粪。他让二郎帮他，二郎说，我才不干那臭烘烘的活，大郎就动员麻球一起，结果在那个深夜，他被西河湾的人逮了个正着。大郎逃了，麻球一只腿瘸，跑不快，被打得几天起不来床。一湾子的人，说麻球这辈子真是与粪有缘，每天捡粪，离不开猪粪狗粪，最后因为人粪，吃这么大的亏。

大郎不再去偷粪。但经过大郎这些个夜晚的努力，我家化肥钱比别人家花得少，粮食却比别人家打得多。除了上交公粮、余粮，粮食在碾场堆得像山。大伙才知道，大郎偷的不是粪，是粮食，是钱。这年年底，母亲给我们每人做了一身新衣，给二奶也做了一套。二奶把它压在枕头下，说要等二爹回来再穿。

他还活着呢，二奶说。她从不说“你二爹”，总是称“他”。二奶说“他”时，一脸幸福。她说，我听见他说话呢，他告诉我，让我等他。二奶的肺不好，她的声音像蝙蝠在黑夜里扇动着翅膀，发出噗噗的响动，很是瘆人。

这年我家打下来的稻谷把谷池子塞得满满的，谷池子好像随时要被胀开。大郎做的砖坯瓦坯，也越堆越高，只等秋天到大山里去砍柴，把砖瓦烧出来，年底好盖新房。一向沉默的父亲，话多起来，一次次向别人述说着他未来的宏伟蓝图，全然不顾忌他的公鸭嗓。在父亲的描述下，我们全家人兴奋无比。父亲脸上成天荡漾着笑。大郎不爱说话，但从他脸上的表情，能看出他内心的喜悦。

现在回想，二郎是我家最明智的人，他没有被这一点小小的成绩冲昏头脑。他一直想走出山去，当一个国家工人。他虽然也辍了学，但总有一些话，在鼓励着他，也鼓励着我。他说，书山有路勤为径，学海无涯苦作舟；他说，少壮不努力，老大徒伤悲。我就问他，那你为何不读书，他又说，条条大路通罗马，哪片黄土不埋人。

二郎记忆力惊人，格言警句，过目不忘。他为何不继续读书，缘于他的官瘾。那时候，桂花楼中学分快班和慢班。二郎学习好，分到了快班，也就是尖子班。但二郎在尖子班，只是一个普通的学生，没有当班长。小学五年，二郎一直是班长，学习也好。二郎失落了，他提出到慢班，慢班班主任喜欢二郎。二郎一去，他就让二郎当班长。

宁做鸡头，不做凤尾，二郎说。

但慢班毕竟是慢班，没有几个爱学习的，混子多。打架，逃课，跑到观音寨上做自淫的丑事。二郎作为班长，去管他们，结果被“策反”。二郎同他们一起玩，学习成绩一降再降，直到初中毕业，他没能考上高中。

二郎一直想出去，不想在泥巴田里泡着，大郎诓着他，带他下田干活。十五六岁，还是细伢，他就挑草头。草头是割倒后捆成一团，还没有打下谷粒的稻谷，每担足有一百二三十斤。遇到稻田湿，沾上水，就更重。那时，一家人做得苦，连我，也下水田栽秧割谷。

这是一个收获的季节，六郎就出生在这个季节。六郎出生时，整个竹林湾上空飘荡着花生油的香味。那是一年中最富足的时节，晚稻谷收进了仓，秋白菜经过秋霜的润泽，格外香甜。大方一点的人家，还能炒一两升花生，在静夜里嚼上几颗。也就是说，母亲坐月子的时机选得好，不缺吃，不愁穿，秋阳温和。

母亲身体好，又有吃喝，生六郎的当晚就起床转了一圈，三天后下地干活。当然是旱地，不是水田。

大郎并没忘记他的誓言：我们老杨家，只能有弟兄五个。六郎出生了，我也要走了。这年，大郎十六周岁，在早些年的农村，都该娶媳妇生孩子了，而我们的母亲还在生，这可能是让大郎深感尴尬，而不在家里待的原因。从母亲有生孩子的征兆，到六郎满月，大郎没有在家住一个晚上。也不知他在哪里歇息，这成为一个谜。有人说，他偶尔会到寡汉条子麻球家，我觉得这纯属传言，麻球那么脏，他也睡得着？我更相信他在稻草堆睡觉的传言。

大郎说，他要走，要到老君山里去闯荡，听说那里开了个矿，招合同工。父亲阻止了他。父亲说，你要走，没人拦你，但你也得有个方向。这年，南方战事正紧，天天在死人，父亲竟然让大郎去当兵。父亲的决定，遭到一家人反对，大郎却被说动了心，去意已定。他恳求我们不要让二奶知道。我们就都瞒着二奶，二奶成了这件事的局外人，她成天只到后山坡等二爹，盼二爹。她像是生活在幻境中，周围发生的一切，几乎不在她的世界里。

母亲冲父亲吼，指着他的鼻子说，虎毒不食子啊，你让他当兵，你的心，比老虎还狠。你让他当兵，我就死给你看。这次，我父亲没有屈服。他指着母亲，说母亲妇道人家，头发长见识短！父亲说，当年我那个部队要不解散，也轮不到你嫁给我！父亲这话，大快人心。事实如此，一直受到欺压的父亲，早该把这话说出来。父亲接着说，我已这样了，埋怨也没用，但我决不能让我的儿子像我一样，将来在遗憾中过日子！父亲用“遗憾”二字，用书面语，以示他读过书，有远见。父亲态度坚决，几乎是吼着，你要死就死吧，你要是不怕六郎没娘，不怕六郎饿死，你就去死！

一贯不与母亲较真的父亲，这次那么执着地要让大郎当兵。母亲把自己关在房屋里，号啕大哭，怨自己命苦，说父亲的心比豺狼都狠。父亲不理她，不做任何反应，他一向话语少，这次说完让大郎当兵的话，就沉默，等同于哑巴。他领着大郎，走进了镇体检站。

我们这才知道，我父亲的军营情结，一直在心里埋着，埋了这些年。这年征兵的消息，再次将他点燃，只不过这次灼烧的不是他自己，而是大郎。

接兵干部对父亲说，你可考虑好了，南方正在打仗。

打仗才更需要兵！父亲比画着，让大郎翻译给接兵干部听。他宁可让人觉得他是哑巴，也不暴露他的公鸭嗓。

大郎走的那天，六郎还在摇篮里。母亲说好大郎走的时候不哭，讲忌讳。她怕自己控制不住，就把自己闩在旧屋里。可是，当我们送大郎到后山红土坡时，母亲突然从我们身后冲上来。母亲冲着大郎喊，儿啊，儿啊……你让娘再看一眼啊。葵花拉住母亲的手，劝说她，大郎娘，你别这样，伤了身子，六郎还要吃奶……母亲越哭越伤心。葵花说，你看你，越劝姑娘越跷脚，哭得越发地用劲，你这样不好，好像大郎再也不回来，好像大郎是去送……话到嘴边，把那个“死”字咽了下去。父亲觉得母亲这样哭不吉利，觉得毛刺娘虽然是好心相劝，但这些话说得他心里是个疙瘩。我看见他脸上的悦色瞬间消逝，眉头一下皱起来。母亲再次骂着那句话，虎毒不食子啊，部队正在打仗，你把儿送去当兵。母亲哭成了泪人，头发也散了，像个疯子。母亲为何这么悲痛，一定是想起了二爹。二爹一去不回的阴影，一直蒙在全家人的心中。二奶无数次的唠叨，将二爹从红土坡离家的情形，变得那么真实，仿佛当年十三岁的二爹，跟红军远去时，我们现在的一家人，都参与了送行。

更多的妇人劝说着母亲，母亲挣脱开她们，冲到大郎面前，一把拽着大郎的手，说，让我再看一眼我的儿啊，让我再看一眼我的儿啊！母亲的哭声撕心裂肺，似乎大郎是与我们永别。麻球说，算了，别让大郎去了吧，别让他去了！听他娘的话，好像老大去了，就回不来，唉！

父亲让送行的队伍停下来。他奔向远方，飞快地奔跑，那条伤腿暴露无遗，身体晃动得厉害，一次次像要摔倒，又一次次那么有惊无险。我们不知道父亲要去干什么，都焦急地等着他。时间并不长，父亲回来了。他抱着一大盘鞭炮。

他上远湾有康的小卖店买的。不是放过鞭炮了吗？麻球问。父亲没应他，他默默地点燃了那挂鞭。鞭炮在他身边响起，他都没躲，慢慢地起身，慢慢地移开他瘦削的身体。

万字头的鞭炮在北山坡上轰响，像当年北山坡上打仗时子弹呼啸。鞭炮声很久才停息。我父说，这下好了，晦气炸没了，邪气驱走了，大郎不会有事了，你们都回吧。

母亲依然哭。父亲说，不就是怕死吗，不就是担心有血光之灾吗，不就是要见血吗，那好，我就把这要见的血，先让人见了，这事也就过去了。

父亲在地上捡起一块石头，石头一角在他的手背上飞过，一股血喷涌而出。

3

大郎在东北当兵。新兵训练结束，大郎接到上前线的通知。他血书一封，那文字都是现成的，千篇一律，他抄了一份，用鲜血按上自己的手印。大郎像父亲划破自己的手背一样，用一块有棱角的石头，划破了自己的手指。后来战争停歇，他才发现，他一同去的同班战友，只有他还活着。他身边的人，是多次重新整编后的结果。

亏得你父手上的那股血，麻球知道大郎的故事后，朝父亲竖起大拇指，说，血光之灾被破，你父的血没白流。

大郎立了战功，提了干。大郎提干时，年仅二十岁。

大郎当兵走后第二年冬天，二郎去了老君山秀姑家。我对母亲说，我回来住吧，家里有地方，再住在窑上不合适。母亲不让我回，母亲说，聋二一个人在那里，太冷清，你就给他做伴吧。

我明白母亲的心，她还想让聋二继续供我，我不揭穿她，我怕她生气。那年我家产的粮食堆得像山。第二年，上交的粮食翻了几倍。

历朝历代，农民就是农民！麻球说。

大郎当兵那两年，我家损失惨重。分田到户后，石桥河一带的人，都张罗做屋，需求的砖瓦多。大郎在家，一年要做好多砖瓦。麻球说，你家不该让大郎去当兵。他说这话时，大郎还没提干。父亲反驳了他。父亲说，大郎不去当兵，就会同我一样，在泥巴田里苦一辈子。

父亲并未说“保家卫国”之类的大话，他怕麻球嘲笑他。

大郎在家时，少言寡语，一天说不了几句话，用母亲的话说，是“有亦无”，他一走，家里却明显冷清了。

大郎提干，成为我们老杨家一个大事件，成为我们石桥河人的谈资，成为我们心中的骄傲。父亲期盼着他当更大的官，但仅仅过了几年，父亲梦想破灭。随着南方战争势头减弱，大郎离开战场，回到东北那个军营。回到军营后的大郎，简直无所适从。在战场上，他勇猛好斗不怕死的个性成就了他，在和平军营，不允许个性张扬，他们需要的是听话，是服从。因为辍学早，没多少文化，大郎虽然是排长，却也成天埋头干活，寡言少语。

老实人不吃亏，大郎这种老黄牛精神，很快被人发现，他随后被调到团通信连当司务长。在一次全师后勤工作评比中，大郎带着他的炊事班团队，夺得通信总站第一。他们的团长，一个高大的东北人，一下子记住了这个默默无闻的小排长。

大郎个子不高，但五官周正，又是立过战功的人，团长一眼相中了他，想把他妹妹许配给大郎。团长的妹妹就在他们那个团的服务社，一张银盆似的脸，高挑身材，灵动的单眼皮给她平添了一份灵秀。大郎喜欢她，这个团里很多军官都喜欢她，小战士们也喜欢她，可喜欢归喜欢，大郎觉得人还是要从实际出发，毕竟服务社是个临时单位，团长的妹妹是个临时工。团长在位时，她能在那个服务社干下去，团长一转业，他妹妹在这个服务社，恐怕就站不住脚。现实就这么残酷，新的团长会把自己的妹妹或表妹弄进来。

大郎不愿意找一个临时工。好不容易走出农村，成为一名军官，这可是拿命换来的。走出来了，就不能再回去，要找一个有工作的城里姑娘。但人家毕竟是团长的妹妹，大郎不好拒绝，他就来一个金蝉脱壳。大郎让父亲给他发了一封电报，说二奶病危，请假回家，与团长妹妹的事，等探亲回来再说。

大郎决定在老家找媳妇，如果可能，一个月假期结束，就带她到部队看一看，自然而然地，就拒绝了团长的妹妹。

在石桥河镇，大郎算个人物，他在战争年代去当兵，冒死去打仗，成为一名军官，这些消息，早被我父亲宣扬出去了。大郎回来后，给他说亲的媒婆踏破门槛，大郎经过筛选，见了两个。一个是县纺织厂的女工，家在我们石桥镇。这人长得水灵，穿戴洋气，可惜也是个临时工，但据说有转正的希望。有希望不等同于事实，人家说有希望转正，将来要是转不了，难道你同她离婚不成？大郎就随着媒婆去见另一个。她是一个正式职工，在我们县莹石矿，工作地点在七里坪那里边，天台山腹地。大郎乘兴而去，败兴而归。那个女子长得谦虚，为人却过于热情，两颗门牙原本龅出，却偏爱微笑，让它们暴露无遗。大郎当即按了一下胸口，安抚自己受惊吓的小心脏，同时把口袋里紧贴的钱按实，提醒自己，不可冲动，这钱不能乱花。

来见面前，大郎口袋里揣了不少钱，计划请这个正式工吃饭，还想带她看电影。大郎把这个正式工提前在他脑子里构想了一遍，有十几个女孩的形象在他脑子里闪现过，就是没想到是这个样子。大郎后来说她的那两颗龅牙像两把扁铲，戳向他，他总是不自觉地歪头躲避。女工人关切地问大郎，你怎么了，偏头痛？还是脖子不舒服？大郎说，没怎么，有风。女工人说，瞧你这兵当的，这风也不大呀，还不如我们女同志哩。她说着，自己先笑了。人说一笑泯恩仇，她一笑生怒火，大郎彻底崩溃。她笑时，不仅是两颗牙，整个上面的牙，都露出嘴唇，像半朵盛开的雪菊。大郎当时就否定了她，但他嘴上没说出来。人家是个大姑娘，他得照顾人家面子。大郎就说，我部队上忙，你留个地址，我回头给你写信。那个龅牙女就给大郎写了地址，并让大郎留下他的地址。大郎离开这个龅牙女，回到竹林湾，一屁股跌坐在石拱桥上，感叹道，这世上的事，没有十全十美的。他望着缓缓流动的河水，突然特别想团长的妹妹，她是那么清纯，看着就舒服。就算是个临时工，就算她以后没有工作，他也愿意同她在一起，养她一辈子。

从县城回到家，大郎一天也待不住，第二天，他就要往部队返。父亲留他，让他再住两天。大郎没吱声，默默地整理他的皮箱。母亲一声叹息，儿大不由娘，他十几岁就想着往外跑，现在，有部队了，有地方去了，就更不愿在家待了。这才回来几天！走吧，都走吧。儿子是一个也指望不上了。母亲说着，竟然哭起来。

4

大郎回到部队后，立刻给莹石矿厂的那个龅牙女写了信。大郎心眼好，怕伤人家姑娘的心。大郎说，他觉得她是个好姑娘，他配不上她。他是一个当兵的，常年不在家，怕以后照顾不了她，就说这事算了，请她再找一个比他更好的。大郎自认为信写得很委婉，也说得很明白。哪知他斩草不除根，落下后患。

大郎回到部队，开始有意识地出现在服务社。半个月后，他找到了爱情的感觉，几乎不能自拔。他每天至少三次出现在服务社。一日不见，如隔三秋。几天后，门卫来电话，告诉他，司务长，嫂子来队，你到大门岗来接一下吧。

嫂子？我是老大，怎么会有嫂子？大郎说，他困惑，继而陷入困境，部队都管领导爱人叫嫂子，管比自己大的老兵的爱人叫嫂子。这么说，门岗小兵说的嫂子，应该就是大郎的媳妇，可大郎并没有媳妇呀。门卫坚持说是大郎的嫂子，大郎直奔大门岗。一定是搞错了，他要亲自去解释一下。

大郎到大门岗一看，几乎晕死过去，她竟然是那个龅牙女，她毫无保留地把她的龅牙暴露出来，红着脸冲着大郎笑。一阵眩晕过后，大郎让自己站得更威严，更有气魄，以至他的话更有力量。他说，你来干什么？谁让你来的？我让你来了吗？龅牙女一听这话，就哭了。她一边哭，一边诉说着自己的心思。她说，你杨大郎说配不上我，我不在乎；你说你当兵，常年不在家，我也不在乎。你回不了家，我可以到部队来。这不，我就来了。

大郎想起那封信，懊悔地拍打着自己的脑门心，一下重似一下，后来由掌变拳，擂着自己的额头。龅牙女死死地拽住他的双手，不让他打。她把他的那双手按在自己热乎乎的胸前，死死地抱住他。她心疼他，哭得汹涌澎湃，哭得死去活来。她似乎明白了什么，说，你要是不愿意，我就回去，你别这样打你自己，别这样折磨自己，你这样让我的心，像刀剐。

龅牙女拎起自己的包就走。大郎望着她。她一直低着头。她的哭声停止了，变成了抽泣。她抽泣得很厉害，双肩一耸一耸的，使她那个包菜头不断地抖动。她沿着长长的柏油路，向着远离营区的方向走去，一步，两步，三步……

大郎望着她那抖动着的背影，心突然有些酸，有些软。人家那么远来了，总不能这么就走了吧。几千里地，她回去的车票还没买呢，万一站票都买不到，一个姑娘，可怎么办。

等一下，大郎冲她喊。龅牙女停下来，但她并没转身，依然抽泣着，抖动着。大郎冲过去，接过她的包。大郎说，天都快黑了，可能没有车了，明天再走吧。龅牙女惊讶地抬起头来，一脸疑惑。大郎发现，她笑的时候，露出龅牙，她伤心时，那龅牙就隐藏起来了，人好像并不那么难看。大郎避开龅牙往上看，他看到的是一双好看的眼睛，大而水灵。

大郎想隐蔽地处理这件事。他不带龅牙女到连队，在团部招待所给她开了个房间，让她先休息。从大门岗通向招待所的林荫道并不远，但大郎觉得那么漫长。大郎陪着龅牙女走在路上，像走在铁板上一样不自在，他担心有人会看见他，更怕人看见她。大郎在路上碰见几个兵，他没敢正视他们，一直低着头。他听见他们走过去之后，传来窃窃的笑声。这笑声让他脸红，好像是笑她的龅牙。这笑声更坚定了他要让她早点走的决心。他托转业到铁路上的战友给龅牙女买了一张回武汉的卧铺票。大郎对龅牙女说，你在这儿休息，我一会儿来接你。

他装作什么事也没有，回到连队。连队的人早知道了。大郎还未进连队的大门，就听见有人议论着他和龅牙女。他听见炊事班的班长问，司务长的老婆长得咋样？一个兵回答得那么干脆，报告班长，司务长的老婆长得真丑。班长又问另一个兵，你说呢？那个兵说，长得这样。大郎从窗户翘头一看，那个兵张开嘴，伸着两个手指头，将手背贴在嘴上，学着她的那对龅牙。一阵哄笑。班长又问一个小个子南方兵。他显然比前两个兵要聪明。小个子兵说，我说不好，你一会儿自己看。

这就是他杨大郎的兵，当面对他尊重，言听计从，背地里取笑他。他想朝他们发火，但他最终克制了自己。小不忍，乱大谋。大郎觉得，他要做的，是立刻把龅牙女送走，不要让炊事班的班长看见她。他逃离开去，决定把龅牙女接出来，送到城里的宾馆住下。刚出连队大门，背后传来指导员的声音：杨大郎，先让你媳妇住下，这两天不打扰你们，过两天，按照惯例，我和连长要请弟妹吃饭。

大郎说，指导员，不是我媳妇，我们还没确立关系呢。指导员笑道，那就抓紧确立嘛，今晚就确立，今晚就确立！人家大老远来了，一定要对人家好！

屋里一群兵，喷着唾沫星子笑。

大郎走到招待所门前，停下脚步。人家刚到，千里迢迢，一夜未歇，就赶人家走，他到底狠不下这个心。他还担心，万一她出一点事，虽然不是他媳妇，但人家是奔他而来，他脱不了干系。

大郎跑到军人服务社，他想同团长妹妹说说话，驱去龅牙女带来的烦闷，但服务社的消息一点也不比连队的来得慢，团长妹妹阴沉着脸，一直没搭理他，大郎只得逃离，哀叹，偌大的军营，无我杨大郎立身之地！

晚上，大郎在食堂给龅牙女打了一碗饭，一碟菜，给她送去。他在她的房间里坐下，看着她吃饭。吸取那次写信的教训，这次，大郎决定果断拿出自己的态度。他要告诉她，车票买好了，让她明天吃完早饭就回去。但他几次张嘴，终没将话说出来。他一拖再拖，想等她吃完饭再说。吃完饭，绝不照顾她的情面。谁知这一等，等出问题来了。战友们拥了进来，有他带过的老兵、老班长，有跟他一起出生入死，在同一个战壕打过枪，在一个猫耳洞睡过觉的兄弟。大郎让他们走，说他有事要同她说，他们就起哄，说，咋这么急着吃豆腐。说得龅牙女羞涩地低下头。

这些战友，望着桌上的饭菜，闹起来，这是什么呀？嫂子来了，就这样招待，这也太瞧不起咱们通信连的兵了吧。来来来，重新整！他们说着，把东西拿出来：凉拌黄瓜、油炸花生米、猪耳朵、水煮鱼、红烧鸡、酱板鸭……白酒啤酒，他们把房门一关，喝起来。

那个夜晚，在老兵闹腾下，大郎喝了很多酒，喝到最后，他自己给自己倒，像是借酒消愁。没等那帮老兵离开，他就像一截木头，倒在招待所的床上。

那一夜，大郎因为喝酒太多，烂醉如泥，他什么也没做，但在外人看来，他什么都做了。

5

清晨的阳光透过薄纱窗帘照进来，照着这一对沉睡着的新人，这看似浪漫的情景，其实是一场闹剧，大郎是如此的嫌弃她，若不是酒精的作用，他怕是早逃离她的房间。她无法自控，号啕大哭。她说，杨思红，你不喜欢我，我这就走，你用不着这样嫌恶我，我是来看你的，不是来要饭的！

龅牙女说着，默默地穿衣，洗脸，整理行李。她的脸上一直挂着泪痕，洗净了，又流了一脸。她一直在抽泣，抽泣得浑身抖动。大郎的心软了，他说，你别走，你再住两天吧。这个时候的大郎，内心防线已经崩溃。冲破这层防线的不是性，不是爱，是道德，是善良，是同情，是担当。都跟人家同屋住了一晚，说不清，道不明。红安民风淳朴，民众思想单纯，龅牙女这么来一趟，回去之后，在他和她的熟人眼里，她不是他的媳妇，也是他的媳妇了。她在他们眼里，定然是一个与那个年轻的军官同居过的人。声名受损，如果他不娶她，她怕是很难嫁人。大郎在招待所客厅里，面对穿衣镜，沉思良久。他凝视军装，那么威严，那是人民给他的荣誉、信任和责任；他抚摸着军衔，那改变他命运，同时让他无比自豪的军衔，一股力量油然而生。他觉得他要保护她，不能把她推向困境。她是奔他来的，他不能那么自私。人不能这样，军人更不能这样，更别说一个军官。大郎对自己说，是对是错，就是她了。

那个夜晚，大郎走进了龅牙女的房间。那个夜晚，大郎滴酒未沾。

母亲看不上龅牙女，说她丑。母亲当着她的面说，你别老是把嘴张得那么大，生怕别人看不见你的牙齿。龅牙女并不生气。二郎说，她显然生气了，只是不表露出来。二郎说，她聪明，知道她现在还是局外人，名不正言不顺，忍气吞声才是她最应该做的。多年媳妇熬成婆，她现在连媳妇都不是，更应该熬，先熬成老杨家的媳妇再说。等着瞧吧，二郎说，母亲这么对她，不会有好果子吃。

父亲也不喜欢龅牙女，但父亲听说龅牙女怀了大郎的儿子，默默地接纳了她。家里住不下，他让她同母亲睡，他到臭烘烘的麻球那里去睡。他还给她单独弄些吃的，比如肉丝面、红糖荷包蛋。这个时候，母亲总是瞪着一双大眼，用鄙夷的目光看着他。父亲能感觉到她目光的存在，他的目光扫向别处，默默地伺候着龅牙女。母亲见父亲对她的眼色没有感觉，难听的话喷出来：瘸子你可真行，伺候儿媳妇比伺候老娘都强。老娘为你老杨家，生了一胎又一胎，你啥时候这么伺候过我？真是全世界最棒的老公公，伺候媳妇一点不脸红。父亲不理她。父亲习惯沉默。

母亲开始指桑骂槐。我的母亲就是这样一个人，她不喜欢的人，一刻也不希望他在她面前。她喜欢的人，她愿意给他端茶倒水递烟。

龅牙女自然在我们老杨家待不下去，回了娘家。一个怀着孩子的大闺女住在娘家，显然不是长久之计。她给大郎写信，说他要当爸了。大郎把这情况向领导反映，领导一纸命令，让大郎回湖北老家结婚，别弄得后院起火，殃及池鱼。

第二年盛夏，龅牙女给我的大哥杨大郎生了一个胖儿子，八斤二两。此后，我不再叫她龅牙女，叫她大嫂。

大郎顾家，他把节省下来的军装邮寄回家。每次邮递员给我家送邮包的那一天，就是我们兄弟几个的节日。母亲给我们发放军装，从父亲到大郎二郎三郎到我。五郎六郎太小，没有这样的军装，他们哭着闹着要，母亲没法，到县城扯一块绿布，给他们每人做了一套。我们家聚在一起时，像一个战斗班。

那时候我们还小，刘仁义和他的堂弟刘大嘴欺负我们，大郎回来看儿子，我向他告状。大郎无言，一瓶白酒下肚，在我家南面的碾场打醉拳。他手掌开砖，额头破瓶。碾场边有一棵刺槐，他一脚踢断。自此许多年没人敢欺负我们老杨家。麻球说，大郎天生是个当兵的料。战争要不停，他怕也会像红安那些老一代战将一样，成为将军。

十一年后，大郎所在的部队精减，集体撤编。大郎给家里发电报，父亲回复道，全国部队那么多，找领导，申请上别的部队去，新疆西藏也行。他不知道，历史常会那么惊人地相似，像他当年离开部队时一样，大郎的领导自身也难保。一个午后，父亲站在后山坡上等邮递员送大郎传递好消息的电报。这次，大郎没用邮递员，他背着那床旧军被，出现在父亲面前的山路上。

那几天，父亲目光茫然、失落。他是希望大郎在部队干一辈子的。

庄稼黄了，颗粒归仓，原野空旷。父亲坐在田埂上，久久地凝望，满眼苍凉。

第十四章　送水堤

1

那年，父亲当选竹林湾生产队队长。新官上任三把火，父亲要修送水堤。我们竹林湾地势高，干旱天气，地里的庄稼歉收。父亲说，守着这么多的水，竹林湾还受干旱之苦，竹林湾人愚钝。

父亲说，咱们来个“愚公移山”。

水要到达送水堤，先得建抽水站；抽水站需要抽水机，抽水机需要电来带动。父亲说，那就先通电。

那天中午，我们放学回来，竹林湾闹哄哄的，很多人聚在一起，热火朝天，是一群人在架电线杆。大人们在电线杆旁挖一个大坑，把电线杆粗的那一端，用撬杠撬到坑里，利用绳索拉拽，将电线杆立起。

无数男人一起用力，挖土、填坑。

他们喊着号子：

竹林湾呀，嗨哟，

人心齐呀，呀嗨哟，

安电灯，呀喂子哟，

好亮堂呀，划哟……

哟嗨，呀嗬嗨，呀喂子哟，划哟……

是龙船调的旋律。

一根根电线，像一棵棵泡桐树立在那里。几天后，电灯接通。每天天还未黑，就把灯打着。新鲜的不仅是我们小孩子，大人们也新鲜，一家一家地串门。电灯的明亮，让夜变得通透，人心里似乎一下子敞亮了，没有那么多隐私和秘密。

麻球家不通电，他说，电灯下，人连个影子都没有，太寂寞。他还是喜欢油灯，油灯一亮，他的影子映在墙上，他就不是一个人了，是两个人，他的夜便不那么寂寞。

另一户不通电的人家是聋二。从石拱桥畔到窑场，要过后山坡，再到北山洼，要好几根电杆，还要好多电线。上面没有批这段路的电杆和电线，竹林湾自己无这份钱，聋二个人安不起。有人劝聋二回到湾子里来住，在孤山野地做什么，像个野人。聋二不回。他想自己出资，到山上锯木头做电杆，扯胶皮线，但麻球阻止了他。麻球说，这么远，北山洼风又大，电线会被刮断。断电事小，把这林子点着了，事就大了。聋二说，我何尝不知道，我只是想，四郎向阳写作业，灯光太暗。我急忙说，干爷，我不喜欢电灯，电灯使夜晚透亮，人没了遐想。

什么想？瞎想？你个鴂日的，嫌我们没文化，就拿这些新鲜词来肉麻我们，麻球说，我看你这个鴂日的，将来这竹林湾，怕是容不下你。聋二咧，你儿子将来是要吃外饭的，怕是要到京城去哩。

我看见聋二朝着麻球自豪地笑，仿佛我真是他的儿子，仿佛我到北京去吃外饭，已成事实。

煤油灯的光，在透过门缝的夜风中闪烁。我在油灯下写作业，聋二沉默一旁。这情景，日后让我想起来是那么温暖。聋二的眼睛，在这黑夜的油灯下，看上去显然没有白天时清澈，一切都是朦胧的。

电通了，父亲开始实施他的第二个计划：建抽水站，筑送水堤。抽水站在河边，送水堤筑在南山顶。南山地势高，水只要到达送水堤，就能流经竹林湾每一块田地。有人出来反对，说工程太大、太难，不是竹林湾人所能完成，父亲告诉他们，这一关总是要过的，闯过去了就好了，竹林湾就世代不再受干旱之苦。父亲的公鸭嗓发出铿锵的铁质声音，手势果断有力。

工程浩大，父亲到镇上找政府请求支援。父亲本来是想要抽水泵，还有粗大的抽水管。镇上送物送技术，额外给他们派来一个技术员。

技术员年轻英俊，水电大学毕业，会工程爆破，长得白净，看来坐办公室的时候多，被乡村太阳晒得还不够。

技术员也姓杨，叫杨万一，万里挑一之意。大人们叫他杨技术，我叫他技术哥。因为有这样一位同姓的本家哥哥在镇上，我很骄傲，像亲哥似的叫得亲切。杨技术穿着蓝色运动服、白色的运动鞋。他走在我们竹林湾的乡道上，像跳舞似的，躲避着乡村的牛粪猪粪和鸡屎。一天下来，那双白色的运动鞋还是那么干净。我总是用羡慕的眼光看着他。我甚至想，长大了，一定要成为他那样的城里人。我心里清楚，要成为他那样的城里人，就得好好学习，天天向上，将来考大学。

奇货的妹子气兰不喜欢杨技术，说他是个饭桶，穿得这么干净，哪像做事的人？跑到我们竹林湾疗养？当造粪机？气兰性子辣，话语粗俗，杨技术满脸通红。我们起先以为气兰真的烦他，直到有一天，麻球看见他们一前一后钻松树林，才知道，一湾子的人被气兰骗了。气兰那么恨杨万一，叫他“饭桶”，其实是打情骂俏。

气兰的名字，是民办教师刘映山起的：气若兰花。

2

我们竹林湾的这项水利工程，原计划要半年时间，结果四个月就完成了。抽水站像一列火车立在南山坡，向着后山延伸，直达北山洼，渐渐隐入树林。第一次试水是在深秋，旷野到处是凉飕飕的空气，但我们小孩子不顾这些，赤裸裸地跳进送水堤，冲向那个大铁管，搏击水浪。

一湾子的人庆贺，这么大的工程，没伤人没死人，竹林湾的人，真行咧！然而，气兰却给大伙添了堵。她的肚子，比之高大的送水堤，更明显地挺立在村人的眼前。

朝霞将竹林湾映得通红，像是要燃烧起来。麻球望着火一样的霞光，一声叹息：这样红，怕是有血光之灾哩。

竹林湾人想到了杨技术。他们还以为气兰与她所说的那个“饭桶”，只是简单地谈情说爱，哪知他们竟然生米煮成了熟饭。那时已是年底，竹林湾的送水工程结束，技术员杨万一也要回到镇上。

出了这样的丑事，最好的遮丑方法，就是同那个丑闻制造者结婚，嫁出去，不足年月就生孩子，总比生在娘家好。哪知杨技术有媳妇，是镇中心小学的老师。据说那老师长得黑瘦枯干，像个村妇，但人家是人民教师，有文化，工作好，是城里人，你气兰就算真如刘映山所说，气若兰花，怕也只怨生错了地方。认命吧。

气兰偏不认命。很多人的悲剧，都是不认命而诱发的。气兰到镇上找杨技术，杨技术躲着不见。好容易在他上班的路上堵着了，他竟然像健忘一般，不认得气兰。

奇货裤腰里别着他那把剔骨尖刀，要去把杨技术阉了，气兰却不让，说杨技术是她的人，不用他狗咬耗子。奇货气得把刀一扔，说，你去死吧！气兰当晚就去死，却没死了。麻球最先发现的。麻球一声呼喊，惊醒了整个竹林湾：快来人啊，有人跳了送水堤！

喧闹声响起，无数脚步声踏在黑暗里奔向麻球的呼喊。我听聋二说，莫不是气兰！他披衣飞奔，我跟在他身后，外衣都没来得及穿。

我们赶去的时候，气兰被卡在树丫上，像一只死去的猫。手电光照着她的脸，纸片一般苍白。聋二爬上树，去抱气兰。麻球喊人回去搬梯子，抬门板。

他们费很大的劲才把气兰传递下来。

麻球是亲历者。他说，我睡不着，夜里起来走走，看见送水堤上站着个人，我还没来得及喊，她就飞身跳下去了。幸好被卡在树丫上。

气兰静静地躺在门板上，有人用手电照着她，她的脸苍白得真是骇人。有人喊，别照脸，照个么脸！ 声音阴冷，充满恐惧。

手电光往下移。我们看见气兰的肚子坍塌了，临时塞在她身子下的棉被湿淋淋的，被血浸染。她产下了一个婴儿，男孩，死了，像一团粪便。他本应该像粪便一样被倒进茅厕里，就像湾子里那些女人小产的胎儿一样。气兰却不这样，她活过来后，把他抱到河边，在河水里洗净，像洗一只胡萝卜。她用红布将他包裹，装在一个木头匣子里，埋在北山洼，那里是他们刘家坟山。按竹林湾的风俗，未成年的男孩，是入不得祖坟的，何况他只是胎儿。气兰不管这些。葵花说，完了，这可怎么办咧！

竹林湾的人寻死，大都是跳桥，气兰为何要跳送水堤，大家心里清楚。她是在修抽水站送水堤时，认识杨技术的。她与杨技术私会，也是在送水堤旁这片密实的松林里。

气兰自此不爱吱声，竹林湾的说法是“神经”了，城里人的话，是抑郁。

窑场多了新的恐惧，我往聋二跟前凑。聋二紧紧地握住我颤抖的手，我才不至于那么惧怕。我就这么度过了一个又一个半梦半醒的夜晚。

奇货要像捅猪一样，把杨技术捅了，聋二拦住了他。聋二说，杀人偿命，这种人，不值得咱老刘家再搭上一条命。

这事大概过去了一年，杨技术骑自行车下乡，在石桥河镇南出口的河坝上，连人带车摔了下去。那坝并不高，也不陡，可偏偏人倒下去时，自行车的龙头杵在他心窝上，不能动弹。他被人送到医院时，已经不行了，心都捣碎了。消息传到竹林湾，老人们说，是气兰的那个伢在阴间没了爷，没人养，阎王把他叫去了。阎王也怕孩子哭闹。

我坐在高高的送水堤上，它是我们竹林湾的最高处。我望着南面高高的观音寨。我望着不远处缓缓流淌的石桥河水。我远眺石拱桥。我有时仰头看天。我感到我离天空很近。气兰和杨技术的故事，像我脑子里一个残余的梦。黄昏的风袭来，穿过石头缝，发出唢呐一样的哀号。

3

深秋的时候，聋二要到老君山里去砍柴，为他烧砖瓦做准备。我让他等我，我放了寒假一起去，聋二说，若等到冬天你放了寒假，天冷了，树冻得梆硬，砍起来费劲，砍树的人也遭罪。遭罪事小，万一大雪封山，柴就砍不成，年前年后就烧不了砖瓦，明年就盖不成屋。

聋二要走，我一个人不敢在窑场住。他准备把我送回家，我躲在茅棚里放声大哭。我想跟他一起去，我已经特别依赖他了。聋二就带着我，去找刘映山。刘映山是我的班主任，教我们的语文数学。聋二说，刘老师，我要带四郎向阳到山里砍柴，他会落下几天课。你费心了，他落下的课，他回来后，我每晚送他上你家来补上。刘映山说，没事，一个湾子住着，没事。四郎向阳聪明，只要不是落下太多，他跟得上。你们早去早回，回来后到我家来，我给他补课。

聋二起身，塞给刘映山一包烟。我跟在聋二身后往窑场走。王桂莲迈着大步，追出来送我们。王桂莲说，四郎有福哇，聋二对你，比亲生的还亲。聋二说，有个么福，我又不是能干人。他跟着我，受罪。

因为要远行，我兴奋得一夜未眠，等天亮开，紫红的霞光洒满窑场。聋二挑起我们的被褥、砍刀、稻草绳，还有碗筷、大米、南瓜、萝卜，踏着霞光前行。

我们奔向远垸，在远垸村子尽头一个叫吴大的人家停下来。他家一个老母亲，带着五个光棍儿过日子。因为阶级斗争那阵子，把他家定为富农，那时吴大吴二吴三正年轻，名声臭了，没人愿来当媳妇。后来摘了帽子，年纪又大了，可怜弟兄五个，四个都是寡汉条子。老五刚初中毕业，现在说他是寡汉条子为时过早。他倒是挺争气，全镇校运动会，拿了800米、1500米、3000米，三个第一，被一所体校相中，但面对高额学费和伙食费，他家放弃了。我们到他家时，看见吴老五牵头水牛，在水塘边的草坪上，一边放牛，一边看书。我立刻对他充满敬意。

吴三开手扶拖拉机，我们坐在车斗上。好远的路，我们把天都快走黑了，中间还给手扶拖拉机加了几次柴油。我们在一个小吃摊吃了油条和稀饭。

拖拉机一直往山里走，山路颠簸。也不知山里暗，还是天黑了。吴三打开拖拉机的灯，那灯光微弱，吴大和聋二，一人手持一个手电，照着车前方。随着拖拉机轰隆隆前行，手电光缩短又伸长，再缩短，再伸长。我们奔向无边无际的黑暗，像是手持两柄电钻，开着挖掘机，挖掘着山洞。我们终于在黑暗的前方，看见一星微光，是山里一户独立人家。吴三把车放在他家门口，屋里出来一个六十多岁的老汉，聋二跟他言谈几句，好像是说砍多少车柴，给多少钱，或者给多少钱，那片山都给你，除了树，灌木随便砍。我不懂大人的勾当。几句话后，老汉点头，聋二也点头。老汉让我们进了他家的屋。他指着一间黑漆漆的小屋，像是指着一片黑暗，他对聋二说，后生伢，那是灶屋，你们自己煮饭吧。都说累了，不煮了，早点睡。老汉就从黑暗处抱出一些干树叶，还有稻草，撒在他家堂屋里，说，只有一张床，能睡两个人，别人就得睡地铺。吴大说，聋二你带着四郎睡床吧。细伢小，莫睡病了。老汉好像这才发现有我这么个细伢，伸手摸一下我的脸，那是一张既粗糙又温暖的手。

我醒来时，天已亮开。我闻见锅里的饭香。大人们在泉水边刷牙洗脸，我也跟过去刷牙洗脸。吃过饭，我们向山里行进。拖拉机留在老汉家。我们的东西，都裹在被子里，塞进麻袋。我跟在他们身后。聋二挑着锅碗瓢盆和我俩的被褥，吴氏三兄弟一人挑着生活用品，两人扛着几根木头。我们往更深的山里行进。灌木丛茂密，又扛着长木头，需要在树缝间穿行。我们行进得很艰难。行了一阵子，吴三说，走不动了，就这儿吧，挺累的。于是安营扎寨，找一块略为平缓一点的坡，搭茅棚。他们把那几根木头杠子四散开，顶端收拢，用稻草绳绑起来，就地取材，砍些树杈，横成行，竖成绺，粗枝大叶绑在木头杠子上，最后铺上细枝末叶，两个尖形的茅棚就成了。老汉挑来两担上等稻草，一根根黄亮柔软。我们把稻草铺在茅棚里。我钻进茅棚，把被褥铺开。空气清爽得令人兴奋。

老汉叮嘱，山里有豺狗，不过它不咬人，只叼鸡。再说你们人多，又都是男将，它嗅出你们身上的汗臭味，早跑了，但要提防狐狸精，她专迷年轻漂亮的小伙子，你们几个大人没事，这个学生伢，怕是不能睡得太死。我突然有些惧怕，聋二说，没得狐狸精，他逗你玩。我看老汉，他朝我笑，果然是逗我。老汉问我能否吃得了这苦，若是不能，跟他一起回他家待着。我当然不会同一个陌生人住一起。我们住在山上，而不去他家，是为了节省上山下山的时间。

开始干活。聋二不让我砍柴，怕我砍着自己的手。他先是让我在茅棚里学习，大概是想起了豺狗，就让我在离他不远的地方看书，他往山里深处，我随时跟进。灌木丛茂密，他们往树林深处移动的速度很缓慢。

水汽很重，清晨衣服被浸湿。每人带了换洗的，可是谁也不换，更别说洗。太阳一晒，一会儿就干了。

夜里躺在茅棚里，依然很兴奋。我竟然不害怕，因为这山里没有坟，没有我熟识的人死去的影子在身边游荡。

半夜醒来的时候，我置身于一片黑暗的树林。我喊了聋二，让他起来看着我，我撒了一泡尿。他没有撒。等我躺下了，他才走到林子更里边，接着，我听见水流的声响。

清晨起来，鸟声水洗过一般清亮。满眼是雾，像仙境。我望着眼前的一切，聋二望着我。我被淹没在他疼爱的目光里。鸟鸣声顺着溪水的流淌传出来，我淹没在这混合声里。我嗅着松木的香气和蘑菇的香味。

茅棚往下几十步的地方，有一眼泉。我们就在那里刷牙洗脸，淘米洗菜。锅就架在泉边的石头缝里，那里不容易着火，万一着了，有泉水扑救。我们开始我们的野炊。吴大生火，下米，掌管火候，其余的人砍柴。饭后吴大也砍柴。吴大吴二和吴三砍他们家的，聋二砍自家的。这么说来，聋二还算是占了便宜。我懂事地去添柴火，总是往锅灶里塞多了。锅在石头丛的洼处，窝风，烟雾散得慢，吴大就不让我烧火。

我站在一旁，看吴大做饭。米饭飘香。我招呼他们回来吃饭。我帮他们打洗脸水，把饭盛好。饭后，我给吴大聋二沏茶，之后我帮着洗碗筷。

吴大是一个很祥和的人，五官很周正，只是年龄有些大。我不会看年龄，说不清他有多大，只断定他应该是我父亲那一辈的人。我有时偷看他一眼，他的侧相也很祥和。吴二和吴三也不丑。我纳闷，这样的男人，咋就找不着媳妇。我们石桥河一带，除了聋二和麻球，那么多长得让人烦的人，比如大嘴，都找着媳妇了。我替他们生出一丝悲伤，哀叹世事不平。但吴大好像并不悲伤。他总是面带微笑，总是用一种疼爱的目光看着我，也这么看着周围的山水。他说，聋二，你有这样个儿，这辈子知足了。他偶尔也叫我“儿”。

吴二呢，看不出对周围事物的热情，也看不出冷漠，是很多乡村农夫面对大地的表情，倒是吴三，沉默寡言，鼻梁与眼窝处有一道横皱，我能在他的沉默里感受到他的忧愁。他莫不是想娶个媳妇？

聋二砍柴，让我看书，我哪看得进去。我拿起砍刀，聋二几乎是吼叫起来：你别干这种活，你别砍坏了手。你砍坏了手怎么拿书，怎么捏笔，你将来是要靠笔杆子吃饭的！吴大笑道，看你把他惯的，我七岁就会烧火煮饭，他都多大了？九岁有吧？

聋二说，时代不一样了。我们农村，该出一些读书人了。总这么下去，不行的。

吴大烧火时，让我给他打下手。他并不真让我伸手，只让我站在他身旁。我才明白，他喜欢我站在他旁边，他害怕寂寞。

吴大说，儿，把碗刷了；儿，把菜洗了。当我蹲下去刷碗或洗菜时，他又似乎嫌我干不好，蹲在我身边自个儿干。有一次，他像是很郑重地对我说，四郎，给我当儿子吧。我没老婆，有这样一个儿，这辈子也值了。他说着，就过来搂我的肩。一次，我背过身去撒尿时，他伸手去抓我的裆，我躲开了。我不是穿开裆裤的三岁小孩，不能再任凭这些村野匹夫戏耍。

跟我当儿子吧，我这几拖拉机柴拉回去，就烧砖烧瓦，盖新屋，我就有新屋了，咱爷俩住进去。我们远垸你是知道的，那山那水，不比你们竹林湾差。你们那个石桥河里总死人。你们竹林湾的竹林里，“青竹彪”毒性大，那种蛇，咬到谁谁就得死。他说得我心里有些惧怕。我本来在这山里，忘记了竹林湾那些不快。聋二不让他说那些。吴大说，我知道你是他干爷，可多一个干爷，多一份照顾，有什么不好？我这柴拖回去烧窑，腊月里只要不下雪，我就做屋，不等正月四郎开学，我就可以把他接到我家住。吴大笑，聋二笑，我也笑，都知道这是玩笑话。

4

无边无际的树，一层层的山。鸟儿声清脆，叫得人心里痒酥酥的。阳光稍微热烈一些的时候，那泉水流淌声，让人听着就凉爽。清晨，山里凉爽而不寒冷。随着太阳升起，阳光钻进林子来，凉意渐渐远去，空气里有一丝暖意。

我看到了野鸡。我在竹林湾北山洼也看到过野鸡，但都是母的，公野鸡还第一次看到。当聋二告诉我那是公野鸡时，我惊叹公野鸡竟然这么漂亮，与电影里的孔雀差不多。聋二告诉我，动物界与人不一样，动物都是公的美，以此来吸引雌性。

红色的柿子，金黄色的柿子，野葡萄，山枣，秋梨，板栗。每天的山果，吃得我肚子圆滚滚的，饭都不想吃。

吴大抓到一只兔子，他们让我看好，说晚上早点回来杀着吃。等他们砍柴去后，我看箩筐里的兔子，它那双通红的眼睛盯着我，好像乞求我把它放了。它的肚子很大，好像还怀了崽。我想象它将被剥皮，从嘴巴的豁口处下刀，最后炖它的肉吃，我心一软，偷偷把它放了。它先是使劲狂奔，跑两步，又停住，回头看我。这才悄然跑进林子深处。那是一只灰色的很肥大的兔子。

聋二他们砍的柴，就那么散放着，让穿透枝叶的阳光晾晒。等天向晚，他们再把这柴火堆起来，避免露水打湿。第二天雾散去时，再把柴火散开，如此反复。

到第四五天，砍的柴火就堆起来，不再晾晒，用草绳捆扎，一束束，像稻草人。

吴大他们弟兄仨，人都不错，勤快，热情。虽然两家分开砍柴，但他们并未分得那么清。他们三个大劳动力砍得快，收晒柴火，像机器一样利落。聋二一个人，身体好像也不如他们，干活的时间一长，就哮喘，咳嗽。吴大他们就帮他收晒。有时他们来到聋二身边，砍一两捆，扔在聋二身后就走。一次，聋二躺在草地上，双眼望天，说，唉，这一家人，挺厚道，挺仁义，咋就都娶不到媳妇？这世事，没法说。聋二本是自言自语，我却听得真切，心里像突然被猫抓了一下。他说别人，他自己何尝不是这样？他莫不是在哀叹他自己。

吴大走过来，坐在聋二身旁。我听见他们说着话。我只听了个大概，聋二觉得吴大是个好人，想把他妹子气兰说给他。聋二说，你年纪也不小了，需要一个人。气兰呢，是跟过一次人的，精神上受了点刺激，需要人疼爱。她病得不重，有人疼有人爱，慢慢地，伤口就好了，过去的事就忘了，是一个过日子的人。

吴大说，我晓得的，你是好心，可我都五十多岁了，心窝以下已埋在土里的人，我还求什么呢。

好说歹说，吴大就是不同意。聋二就说，那就说给你家吴二吧。吴大说，我家老二年龄也大。你要真是可怜我们弟兄，就把她说给我家老三吧，他想媳妇，嘴上不说，其实抓心挠肝。人是个好人，年龄也不太大，才三十八岁。

聋二问，他能同意吗？吴大说，唉，我们这样的家庭，还有什么本钱挑剔别人？娶个媳妇，续个香火，就算祖上积了德。

那就说说看。我可先说好，我妹子精神上受了点刺激，但我清楚，她若找个人家，有了孩子，日子过起来，她就会好。

可是，气兰能同意吗？吴大半信半疑地问。他显然对自己的家庭缺少信心。

气兰都那样了，也没本钱挑肥拣瘦，聋二说，但他似乎觉得这样说，贬低了自己的妹子，急忙补充道，她脑子是空的，需要新生活来填充，一旦有了孩子，她就会好起来。

吴大起身，伸手拍打屁股上的尘土，去探吴三的口气。聋二脸上，有一丝焦虑，我也处于焦虑之中。我的焦虑与聋二不同，他是在等待吴大的回复，而他们的回复，与我没有直接关系，我纯粹是因了聋二的焦虑而跟着焦虑，我不希望他受这种折磨。

吃夜饭前，我看见吴大冲聋二笑着点头，这说明吴三没有意见。我接着看吴三，他一改前几日那种愁苦的神情，一张愉快的脸，顺带着一丝难为情。于是所有的人，包括我在内，浑身都轻松了。这种轻松的情绪，一直持续到砍柴结束。这是我许久以来最为快乐的时光。

深秋的淫雨下了一天，整个山里像冬日一般寒冷。老汉怕山地潮，把我们请到他家歇息了一晚，吃了喷香的南瓜饭。这次，我依然没见着他家别的人，他似乎也是一个寡汉，不便探听。

雨夜里就停了。清晨太阳照常升起，吴大指着那一堆堆晒得半干的柴火说，差不多了，够了。我们大山里的生活，随之将要结束。吴大家三个男人，砍了三拖拉机。吴二吴三，先拉了两趟，一趟就得整个晚上，返回又得半个上午。在这期间，聋二带我到老君山山顶，那里有个老君庙。我们倒不是去拜佛，聋二说，来了，就去看看吧，以后不定什么时候有机会。

山真高，清晨开始，爬上老君庙时，日头已到正头顶。那时候，老君庙的香火并不旺，庙门敞开，香炉里只剩灰烬。香案上无香蜡。

整个庙像是有人打扫过，却并无人看管。聋二说，既然来了，就磕个头。我跪下身去，磕了三个头。没有香，烧了艾草，算是敬了一炷香。

5

吴大家拉回去两车柴，还剩一车。聋二只有一车。吴三开着拖拉机，老汉在山那边帮聋二雇了一辆拖拉机。这天午饭后，两辆拖拉机，装着山一样高的两拖斗柴，向县城进发。与老汉只见几面，离开的时候，竟然还有些舍不得他。他送我一升炒熟的板栗。炒熟的板栗，比花生还香。我们离开老君山，在手扶拖拉机连环屁声中，轰隆隆前行，老汉挥臂告别的身影，淹没在烟雾里。

夜幕完全降下来时，我们到达县城城北。城里路灯还很亮，吴大从柴火垛上爬下来，在路旁的摊子上，给我们买了油炸粑。那时没有矿泉水卖，干吃也吃得那么香。

城里的灯略微暗下去时，我们穿城而过。拖拉机在寂静的街道上，拖拉机的声音像连环屁，又臭又响，难以忍受，于是便越发地开得快。街道平整，开得快，也不那么晃动。

七角山的路最难走，“七角山，八个凹，就像母猪的条胯”，路就在这凸凹处盘绕。一边是山，一边是崖壁，下面是水库。把车灯开到最亮。为防止意外，坐在柴火堆上的人，下了车，跟在车后行走。

过了七角山，再行三里地，远垸往东，我们竹林湾往南偏西，各自再行三五里，就到地了。

第二天清晨，一个骇人的消息，伴着秋日凉透衣衫的晨风，传到我们竹林湾：昨夜吴大家的拖拉机翻了，吴二被甩出去，当场死亡，吴三连同拖拉机一起，掉到水渠里。秋日水瘦，成一条旱渠，脑袋磕在石头上，人当场就不行了，送到医院抢救，还没到医院，人就断气了。

这都是命啦，一下子死了弟兄俩呀。咋那么巧！渠里有些水，大都是泥底子，咋偏就磕上了石头，传递消息的女人说。她是远垸的一个中年女人。她匆匆说完，匆匆而去，好像是专门来报信的，但吴三在我们竹林湾并没有亲戚，她不知把这个噩耗告诉给谁，于是就站在石拱桥上，对着石桥上的石狮说，对着河水说。

我心头涌起一阵悲伤，同时有一丝微妙的庆幸：那个被摔死的，不是吴大。

聋二飞也似的往远垸跑。毕竟他同吴二吴三在山上一同砍过柴。还有，他与吴大关于气兰的约定。

分开的时候，还好好的，咋这几里地，就出事了！聋二边跑边说。

我去了学校。在课间，听远垸的同学说着吴三的事，好吓人，脑袋都瘪了，全是血。

傍晚时，聋二把我接到窑场，他可能怕我害怕，没提吴二吴三的事。他接刘映山来过夜，他还没忘记给我补课的事。我说，不用补，白天老师上课，我跟得上，没有不会的。聋二坚持要请刘映山，一是怕我真的掉课，另外，说过的话，他要兑现。菜并不多，但都是乡村招待贵客的菜，煎鸡蛋，煎豆腐，油炸花生……只差没杀鸡。刘映山一边说一个湾子里的人，不用客气，一边很香地吃着。他呷着白酒，津津有味。饭后，他给我补课，胡须都扎着我的脸，还有满嘴的酒味。

一个正午，聋二说，吴三人品不错，你气兰姨没那个福。我都快忘记吴三了，聋二突然这么说，把吴三那张愁苦的脸推到我眼前。

聋二的话刚落，吴大来了。他同聋二谈及吴三的事。他说，眼看就要到家了，都到我们吴家坟地了。就见车忽悠一下，像是被一只巨大的手掀了一把，车就翻过去了。吴家坟山那条路，你是知道的，一边是坟坡，一边是渠。吴二被甩出去后，可怜的吴三，他完全有机会跳向右边坡地，可是，他极力稳住拖拉机，并不断地喊我快跳。他是给我跳车争取最后那点时间，等我跳下来，他已经来不及了。吴大讲述着吴三。他的眼睛潮乎乎的。他哭了。

死的人死了，活着的人还得活，屋还得做，吴大说。

聋二说，烧窑时，我去帮你。

石桥河一带，数聋二烧窑的技术最好。

吴大说，行，不过也得吴二吴三“五七”以后，烧了纸，送了寒衣，才能动土动火。

吴大说，你说把气兰许给吴三，吴三没了，还有吴四。聋二说明白了，可吴四年轻，还不到三十岁。他还有机会找个利落的人。气兰那个样子，你是知道的。

像我们这样的人家，还有个么挑头？现在，又出了横死（非正常死亡），哪个利落的人愿意嫁过来。我们不在乎气兰怀过伢，怀过伢更好，说明她能生，嫁过来我们吴家肯定就会有后。

吴四没得意见？

他说可以。

聋二说，那我过夜后去同哥嫂说一声，又说，你这大哥，操的是当爷的心，好人啦。吴大说，我也有私心，吴家有了后，将来我走了，就有人把我送到坟山不是？他的话让聋二脸上一沉，他莫不是想到了自己。吴大意识到他的话不妥，急忙挽救说，你不一样，你有四郎，四郎将来还能忘了你?

聋二晚上去同奇货和葵花说了，两人都同意。葵花看见气兰成天在家像个闷葫芦，早就想甩掉这个包袱。

两家没什么意见后，走得就勤了。先是吴大来。气兰的事，由她大哥奇货和大嫂葵花当家。吴大每次在气兰家商量完事，都会到窑上，同聋二说说气兰的事。吴大到窑场，还有另一个原因，就是顺便来看我。他常会从口袋里掏几块糖给我，那糖有的化了，与糖纸粘在一起，揭不下来，应该是储藏了好长时间。他还说要做新屋，却不再说接我到他家去的事，更不提让我去当干儿子。或许他家死过人，他怕我害怕。再说，当他干儿子的话，本身就是一句玩笑。

后来就是吴四来得多一些，直至第二年气兰嫁过去。气兰出嫁前，聋二给她准备嫁妆。他似乎有些愁，不知准备什么，他请了几个人，熬夜烧窑。烧出砖瓦后，卖了一些钱，到县城，给气兰买了一对金耳环。吴四买了电视和缝纫机。虽然气兰这个样子，但他相信她只是被一种东西给迷住了，就像喝醉了酒，很快会醒过来。醒过来，她就会像别的乡村女人一样，看电视，坐在缝纫机前缝补衣服。

气兰的耳环大，而且不是向男方讨要的，是娘家的嫁妆。竹林湾和远垸的人，都说聋二讲究。

聋二又烧了一窑砖瓦。他把砖瓦码放在窑场的沙地，晚上陪我在窑场。白天除了伺候庄稼，就到石头窝起石头。石头窝在北山北坡，每天放学，我不敢走过北山洼到那里找他，就在自己家里，或在石拱桥上玩耍，等到天黑下来，他来接我。那时候，聋二信心很足，就是想盖三间屋。他当然是为了我。那天，他不知为何高兴，喝了两盅酒，红光满面。他告诉我，你干爷就这样了，什么样的茅棚，都能住得。想当年，在泥里都能睡，洞里阴凉冻骨头，也睡得着。但是，我要让我四郎向阳有屋住，这屋要向阳，太阳能照满堂屋。我知道，四郎向阳将来是要吃外饭的，不会住在这农村，但从城里回家，总得有个屋住吧。

6

聋二的计划落了空。他烧的第二窑砖，被他嫂子葵花借走。说是借，其实就是拿。她趁聋二不在家，叫拖拉机把砖瓦拉到石拱桥西山坡。她硬要在那里盖房，占地基。砖已经拉过去了，一家人，再拉回来，就太说不过去。

气兰嫁到远垸后，果然好多了，虽然依旧不爱说话，但眼里渐渐泛着波光，不像前一阵子那么痴呆。不久，她的肚子大起来。第二年，她生下一个男孩。她生下男孩后，吴大和吴四一起，挑着两担东西来报喜，一担给奇货家，一担给聋二。吴大脸上乐开了花，那脸就越发显老，背也驼了。后来我读初中，周末回家，看见气兰从远垸带着她的儿子添喜到竹林湾做客。气兰有说有笑，全然看不出她曾经“神经”过。添喜在她身边跑来跑去。她爱怜的目光追逐着添喜，唯恐他跑丢。

这年年底，吴四在山里做水库，脑溢血，死了。气兰眼看又要痴呆，远垸的老人可怜他家。气兰年轻，肯定还是要走一回的。孩子是男伢，不能让她带走，她又舍不下伢。远垸的老人说，要不让气兰跟吴大过。于是同吴大商量。吴大说，我都快奔六十，土都埋到脖子了，就剩下鼻子和嘴出气。我领着添喜到镇上，谁不说他是我的孙。算了，气兰要是真的不走，就让他们跟老五行不？他们年龄还差不多。我家这条件，总也翻不了身，爬不起来。眼看老五也要当寡汉条子。气兰若是没意见，就跟老五，他们年轻，还能生。不生也没事，把添喜养大，我们吴家也算有了后。

老人们向吴大竖大拇指，说他仁义，一辈子不知女人啥滋味，这时候还想着兄弟，长兄如父啊！老人们感叹着，去找气兰商量，气兰说没意见，她生是吴家的人，死是吴家的鬼。吴老五呢，更没意见。吴四的五七烧过之后，气兰与吴老五就搬到一起住上了。第二年生了一个女。历经各种打击，气兰挺了过来，现在，根本看不出她曾经是个痴人。几年后，吴大死去，吴老五让添喜摔瓦盆，下跪，披麻戴孝。这没什么，关键是他自己也下跪，也披麻戴孝，给吴大父亲一样的礼节。远垸的人，赞叹了好长时间。

吴大死了，聋二的语气满含忧伤与惋惜：唉，多好的一个人啊！

我久久地立在窑场，眼前浮现他要抓我的袑，看着我笑的样子，心里酸酸的，眼泪从眼睛里流出来。

活着的人，在这片土地上，艰难地活着。他们脚下的这片土地，或许就埋着他们的祖先，埋着祖先的痛苦，当然，也有欢乐。

聋二烧他的窑砖。他在窑里放了一只碗坯。他要给我烧一只“铁饭碗”，将来吃外饭。聋二不会上釉彩，烧出来的碗很粗糙，颜色也不鲜亮，像古陶，却是特别结实，碰撞出铁质的脆响。颜色是纯正的靛青。

我喜欢那些看起来很久远的东西。我将它摆放在窑棚的桌子上，那是我吃饭和写作业的地方。

冬天来了。先是冷风，接着雪花飘落。竹林湾美得像童话。聋二站在冷风里，他的脸被冷风吹得红扑扑的，下巴上的毛孔里，支出黑色的胡茬儿。雪花纷扬着，带着清新浓烈的香气，落在聋二宽厚的肩上，落在他的鞋上，落在他面前的金黄色的沙地上。

聋二迎着风雪，眺望远方。我站在他身旁，顺着他的目光看去，后山坡往南，送水堤像一列火车，向远方奔驰。

第十五章　入学记

1

早稻谷铺满晒场，被木齿耙扒出一道道凹痕，放眼望，像浓缩了的黄土梯田。天近黄昏，那些稻谷被收拢成堆，在夕阳的映照下，像金字塔群。竹林湾家家丰收。每个人的脸上都洋溢着喜悦，好像都过上了小康生活。用我母亲的话说，竹林湾的人，脸笑成了屁股，开了花。母亲没啥文化，说话却很尖刻、形象，常常一针见血。这或许与她有个风流倜傥的父亲有关，她的父亲我们的外公是个文化人。

我也丰收，这是我人生第一个重要收获。我接到了高中入学通知书，而且是重点中学——红安一中，整个桂花楼中学两个毕业班，共七十三人，唯我一人考取重点。我的脸笑得像不像屁股，我不知道，但我心里笑了，乐开了花。

刘映山送通知书。他不是初中老师，但观音寨小学是中转站。母亲高兴地点火做饭，留他过夜。

一个湾子的，客气个啥，回家过夜，刘映山嘴上这么说，却是跛子拜年，就地一歪，肥大的屁股重重地落在我家椅子上，就不再抬起。

母亲烧火做饭。母亲并不是小气人。夏日菜在园子里疯长，新的稻米也下来了。家里有粮有菜，母亲舍得留人吃饭。何况是我昔日的老师，更何况他是来送通知书的。父亲从畈田提早收工，笑容在他黑色的皱纹间荡漾，好像我考上的不是高中，而是大学。竹林湾到现在，还没出现过大学生呢。

母亲炒菜。松枝火旺，菜的香味很快在屋子里弥漫开。时间不长，满满的一桌菜。

父亲让我去把聋二喊来，刘映山趁机表功，可不是，聋二供四郎读书哩。拿到通知书时，我还犹豫呢，是送给你杨大志，还是送给聋二？我想，这露脸的事，还是你来。毕竟你是他的亲老子，亲的。刘映山笑道。

我觉得他的话有些多，没喝就醉。

聋二没有来，他说胃不好，喝不得酒。父亲说，喝不了酒，过来吃菜。我又跑了一趟，聋二还是不来。我明白，他在那孤山野岭待久了，不习惯热闹。但他很高兴，直说，好，好！

四郎了不起，太了不起，两个班七十三人，只他一人考到县里去了。孔子弟子三千，七十二贤人。咱们桂花楼中学，初中两个毕业班，共七十三个学生，也是七十二“闲”人，唯独四郎一人考上重点，你说啦，你们自己说，了不得，真了不得！咱们桂花楼中学，破破烂烂的，几时考上个县重点。条件如此之差，师资力量薄弱，四郎在这样的环境里，居然能考上县重点。这在清朝，就是进士哩。我早就看出他是块读书的料。好好学习，将来考大学，中举人……

四郎学习这么好，还不是小学的基础打得牢。

刘映山夸奖着我，顺带着把他自个儿也夸了。父亲说，那是那是，他小学时基础打得牢，这承蒙刘老师偏爱。父亲被刘映山拐带，话语也变得文绉绉的。母亲笑道，你们快吃菜，喝酒，你们说么事“咸人咸人”的，莫不是我炒的菜盐放多了？竹林湾的两个知识分子哈哈大笑。

我也笑。

刘映山很晚才走。走前，他让我把通知书拿出来，说他要再看一眼。我拿出通知书。红色的通知书在灯光下像一片火，跳动着希望的光芒。

日子朝着好的方向走，但我家并没一下子富起来。大郎走后，二郎占了他们的房，再没有别的房屋，我还是没有自己的空间，我还得回聋二那里去住。父亲送我，他让我带上通知书，让聋二看看，让他分享快乐，父亲还没从那文绉绉的话语里回到现实中来。我听着有些肉麻，但并不太在意。父亲他高兴，由他去吧。

过了后山坡，到了北山洼，我看见聋二站在马灯下的身影。他在等我。我转身朝父亲说，父，你回去吧。

茅棚里热浪滚滚，灶火未灭。聋二的小方桌上摆了四个菜，量大，几乎占满了整张桌子。他拿出一瓶“黄鹤楼”，摆上两个小酒盅。这是他许久以来第一次喝白酒，刚才还说不喝呢。他让我陪他。他没怎么吃菜，只是喝。三小盅灌下去，我说，干爷，你胃不好，不喝了。他笑着，摇头，说，我高兴，喝两盅，没得事。那一盅他喝了很长时间，一点一点、一滴一滴地呷着，我听着他嘴里发出“吱吱”的声音，幸福而甜美。

聋二疼爱地看着我。他说，四郎，我高兴咧，七十三个人，你考第一，是块料。咱们桂花楼中学，破破烂烂的，几时考上个重点。这在清朝，你是进士哩。是块读书的料，好好学习，将来考大学，中举人，我供你。

他的话竟与刘映山如出一辙。

聋二给我倒了一盅酒。他说，四郎向阳，你也喝一盅。我说我不喝。他说，喝吧，就一小盅。我心里暖暖的，呷了口酒，心里更暖，似有火在燃烧。有些话我掖在心里，说不出来。借助这酒，我说出来了。我说，干爷，我一定好好学习，等你把我供出来，我把你接到城里，给你养老。我本来想说养老送终，但觉得这么说为时过早，也不吉利。我没说一个谢字。我们竹林湾人，不习惯说谢谢。“恩重不言谢”，越是亲密的人，越不说。我们的感谢体现在行动上。现在，我无力在行动上体现，我把希望寄托在将来。说到将来，聋二目光一亮，我知道，他在憧憬着美好的未来到来的时日。

聋二举杯与我碰。我又抿了一小口，辣得我咝咝地像蛇吐芯子一样吐着舌头。为了让聋二高兴，我捏着鼻子，像喝中药似的，将那一小盅酒全灌进嘴里。他笑了，但眼里却亮闪闪地含着泪花。他说，你到学校，住读了，星期六回家，还上我这儿。上我这儿拿米拿菜，你就是我的……

自从那次葵花掀了聋二宴席上的桌子，他很少叫我“儿”。这是他许久以来，想再次叫我儿，但他到底没能说出“儿”字。但他分明在心里叫了，我其实是幸福的。我冷不丁地，也不好叫他爷，还叫他“干爷”。我知道，他是那么希望我喊他一声“爷”。那个晚上，虽然天有些热，他还是挨着我睡，挨得很紧。半夜里，他的一只手还抓着我的一只手，好像我是一只鸟，怕我飞了。

2

毛刺普通高中都没考上，在家郁闷着。他娘为此骂了半个时辰的街，说她的儿子考上没考上，不用别人管，不要别人生，不要别人养，莫瞎喷粪。其实湾子里并没人议论毛刺，他娘怕别人说她儿笨，以攻为守，就先把人家的嘴堵死了。

我劝毛刺去复读，也考重点。我说，周六周日回来，我们还在一起学习。他说行，但脸上的表情，没有先前那么纯粹，已经有些排斥我了。

我去报到的那天，天下着小雨。细雨润物无声，地面都是泥泞。山路有青草和石子，路还算好走。清晨，父亲把我从窑上接到家，告诉我吃过早饭就送我上学。他用扁担挑着我的行李，一头是大米、咸菜，装在二郎临时给我打的一只木头箱子里。一头是被子。被子很旧，但母亲给浆洗过了。父亲怕它被雨淋湿，用塑料布包裹着。木头箱子上，也罩着一块塑料布。

县城在竹林湾东北方向，要路过后山坡，从窑场南面的那条土路前行。土路与窑场隔着一片坡地，聋二站在窑场，就能看见我和父亲。父亲却并不走后山坡，他带着我，从我家门前，上到秀水塘塘埂。塘埂边的大青石上，崔寡妇在捶衣，她扭转头来同我们打招呼，问上哪里去，完全是明知故问。父亲指着我，又指着行李，说送我上学。她就站起身来，哇的一声，说，好哇，四郎，好好学习，将来考大学。但她的脸随即晴转多云，她一定是想到了她的儿子吉祥，书没读出来，人却消失了。

我跟在父亲身后，从塘埂上下来，进到湾子中间。路上有人同我们打招呼，挑着担子的，拿着饭碗的，除了毛刺家住在桥对面，父亲几乎从每个人家门前过了一遍，我这才知道，父亲不直接走后山坡，而要走塘埂，是要把我上重点高中报到的消息，传递给竹林湾每户人家。

父亲满面红光。我相信，这是我出生以来最为父亲长脸的一次，这也是我看见父亲最为得意、自满的一张脸。在湾子中央，我们还碰见麻球，他问，送四郎上学？父亲点头，说，嗯……县……里……一中。

这次，麻球的话不像以前那么难听，他也会奉承几句：四郎聪明，是个好苗，将来是考大学的料。我路过银山家门口，银山媳妇穿着红色雨衣向河边走。她的这身打扮，把我带回她嫁进门的那天，我眼前浮现出她身着红棉袄，在纷飞的雪花中走进我们竹林湾的情景。那一直是我记忆里一个缥缈的梦。我忍不住多看她一眼。她冲我一笑，直接朝向我：大学生，上学去啦？她的嘴可真甜，“大学生”，三个字，满足了我的虚荣心，我只觉得一股甘甜在心里涌动。我也抄近道，不叫她银山嫂子，直接叫嫂。我说，嫂真勤快，天还下着雨哩。她笑道，细雨，又不是泼天大雨。到底是城里来的，言语比我们乡村媳妇多一分浪漫。

我的心，跟着银山媳妇的背影走了很远，直到父亲一个趔趄，差点摔倒，我才回到现实中来。他的跛脚，虽然在竹林湾装电线时再遭挤压，而阴错阳差正过来了，但在泥泞路上，受力不均不实，依然暴露明显。他的屁股歪向一边，裤缝线拧着。我突然有些嫌弃他。我终于鼓起勇气说，父，还是让干爷送我吧。我想，聋二虽然耳朵背，但他不吱声时，谁知道呢，别人还以为他高傲，不爱搭理人哩。而且，他的耳朵似乎并不背，像是装聋。他还有自行车，父亲这扁担挑着，多丢人。

父亲停下来，看着我。他的腰矮了下去，好像肩上的担子突然重了。他定在那里，把一个背影留给我，却并不转过身来。我知道，我的话伤害了他。我解释说，干爷有自行车，那样快一些。父亲说，这雨天，自行车陷进泥里，骑不快。父亲好像突然明白了我的心思，挑着担子走向窑场。

聋二果然在窑场凝望我们。他以为我和父亲只是从窑场南面的土路经过，朝我们挥手，算是告别。见我们沿着北岔道奔他而去，他高兴地迎上来。父亲让他送我上学。聋二高兴，但似乎有些窘迫，显然心理准备不足。他窥探着父亲，用眼神，亦用语气，毕竟这是一件荣耀的事。他说，要不，还是你送。我骑车把四郎和这些东西驮到县城边上，他再跟着你到学校去。父亲借口说他有事。我说，你去吧，干爷。

这是一条我走过无数次的路，但这次却特别兴奋。踏上这条路，到达县城，我就是我们竹林湾有史以来第二个高中生。

3

我考上县一中的喜悦，很快就被现实生活驱走。我报到的第一天，就被划分到“下等生”的行列。我说的下等生，不是学习成绩，而是家庭生活条件。当时聋二带我去报到。我们到了教务处办手续，交学费生活费，窗口坐着的是一位三四十岁的胖女人，她问聋二，你儿子是吃小食堂还是吃大食堂。聋二问这有什么不同。那个女人说，吃小食堂，就向食堂交钱，买饭票、菜票。吃大食堂，就自己带米，自己淘米，放进饭罐里，送去蒸，开饭的时候，到饭槽子里找自己的饭罐，吃自己带的咸菜。聋二没有立刻回答她。女人说，这有什么犹豫的，自家么样的条件不知道？条件好，你儿吃小食堂，条件不好，就吃大食堂。聋二非常清楚他的口袋，交了学费后，口袋已经比脸还干净了。那钱是整个暑假，他起早贪黑烤烟叶，卖烟叶挣的。聋二的砖瓦都是赊账，只有腊月才结算。

吃大食堂，聋二说，他的声音很低，没有底气，像是从女人身后的墙壁反弹回来。我们刚要离开，一个女孩子的声音将聋二的声音压了下去。她说，给，一年二班，张晓，小食堂！

我循声抬眼，她同时斜眼看了我一下。我也是一年二班的，这么说，我们将是同班同学。要是别的班，我可能不会这么难堪。我低下头去，脸火辣辣地曝晒在九月的阳光下。聋二似乎看见了我的难堪，他将迈出的脚又收回，扭转头问教务处的那个女同志，能吃半个月大食堂，再吃半个月小食堂吗？

不能！胖女人回答得干脆。她的肿眼泡上翻，迅速又垂下。我感到她的那双眼伤害了我，更伤害了聋二。我心生怨怼，不耐烦地瞪聋二一眼，怪他多嘴多舌，家里没这个条件，他是知道的。

我想赶快离开，聋二却走得很慢。道路泥泞，他并没有骑车，而是像父亲挑着我的行李一样，挑着我的全部家当。我让他快点走，恨不得我们都立刻消失，但聋二就是走不快，很慢地走着。直到那个叫张晓的女生办完手续，跟了上来。她朝着我喊，杨向阳，你好，我们是同班同学。你是我们班第二高分。我刚才滋生的自卑感，瞬时冲淡了。我脸红了。我只要同女生说话脸就红，特别是长得好看的女生。我扯着嘴角干涩地笑。我问她，你怎么知道？

我当然知道，我是全班第一。她笑着回答。她的笑声，把我刚缩回去的自卑又拽了出来。

我知道我考了多少分数，但我并不知道我这分数在班上所处的位置。

杨向阳，再见！她笑着，马尾辫晃荡着。

我说，我不是杨向阳。我不想她把刚才窗口前那个窘迫的人与我联系在一起，但是晚了，她已经记住了。她说，你是杨向阳，我刚才看登记册了，我前面只有你。我带你走吧，我们的教室在那。

她伸手向前一指。我感觉到这个女生热情得有些过分，我不喜欢这种胆子太大的女孩。我想甩开她，我说，你先去吧，我去宿舍一趟。

宿舍在北边，我也知道，我带你去，她说，我从小就在县城住，我初中就是在这个学校读的。

这是一个难缠的女孩，是一个张扬的家伙，她展现出她的优越感，简直让我嫉妒。

我说我要上厕所。我想起我们小学时甩开一个女生的最好办法。张晓的脸倏地一红，与她红色的上衣相辉映，有些尴尬，但转瞬即逝。她冲我笑笑，说，你去吧，我们一会儿教室见。她说着，晃荡着马尾辫，快步走了。

我没有去厕所。我怔怔地望着她的背影，像望着一片跳动的霞光；她没有家长陪，像一条红色的小金鱼，自由自在地穿行在人群里，看来她真的是县城里的人；她就像一块顽石，在我内心激起一阵波浪。我有预感，我与她可能有故事发生，她甚至很可能是我的敌人。因为这一刻，我开始排斥她，却又无法将她从我脑子里驱逐出去。她那弯弯的马尾辫，在我心尖扫着，似痛似痒，挥之不去。

聋二把我送到宿舍，帮我占了一个挨墙的床，下铺。他帮我把箱子搁在床前。床前有现成的砖，那上面有风干了的大米饭粒，还有几绺萝卜条，看来是师兄们留下的。他们上二年级去了。

聋二帮我把床铺好，除了被子，只是薄薄的床单，因为没有褥子，只得等新来的人搭伙。我觉得有些寒酸，幸好学校有通知，说床位不够，四人一张床，上下铺各两人，一人出被子，一人出褥子，搭伙睡。这个通知让我有借口：不是我家拿不起一整套行李，是学校不让。

聋二走了。他好像有些不好意思，好像有些自责。我一直把他送到学校大门口，直走到金沙河边。他将自行车立在一旁，望着流淌的金沙河水，说，你先吃大食堂，下月有钱了，再让你吃小食堂。

聋二不敢朝着我说，他朝着金沙河的水。聋二不敢看我，正说明他说这话是没有底气的。我说，不用，初中在桂花楼学校，中午那顿饭不也是这么蒸着吃的嘛。再说吃大食堂的人，又不是我一个。

我知道家中的苦，二郎相亲欠下的账没还清，三郎又要相亲。聋二的收入有限，现在人家做屋，都买红砖，红砖喜庆，青砖老气横秋。聋二的青砖，就都堆在窑上。我要做的，是把蒸罐捧回宿舍，不看那些到小食堂打饭菜的人，自个儿闷头吃饭，埋头学习，将来考上大学，成为一个“吃外饭”的城里人。

4

聋二的背影远去，我回到宿舍。我的床上多了一床被子，一个瘦高个子站在我的床前，他冲我笑。那是一张很阳光很帅气的笑脸。

他自我介绍说他叫吴三宝，他爸是城关派出所的所长，他要同我搭伙。我惊得说不出话来，像是做梦一般。吴三宝，我都不敢认他，他也不相信是我。当彼此确定就是小学三年级的同学时，都惊呼起来。吴三宝比我高半头，一个白面书生。吴三宝给了我一个贴身的拥抱。

吴三宝说，他家有着三室一厅的房子。我那时不知道什么室啊厅的，只知道有里屋外屋，上厕所不用出门。我说，这么好，你还到这儿睡？吴三宝说，我不想总在家住，我爸管得太严。

我回味着他的话。我才知道，不只是我这个山里娃，几乎所有的孩子，面对自己的家，都想逃离。

缘分，不打不相识啊。我俩大笑，再次拥抱。

吴三宝就成了我的同床好友。他熟悉县城。我在县里像睁眼瞎，上哪里去，都是他带我。

毛刺没有选择复读，他也到了县城。不过他读的不是县一中，而是第三高中。第三高中教学条件较差。毛刺是自费生，也叫计划外招生，学费是计划招生的十倍。他如果不到三中，就得上我们镇的柳塘中学。柳塘中学的升学率为零，毕业后毫无悬念回家务农，被戏称为“农高”。

三中与我们学校隔河相望，但联系并不方便。我和毛刺虽然同在县城，其实上学放学并不同道。奇货给毛刺买了一辆崭新的自行车。他周六晚骑着自行车回家，自行车钢圈闪着刺痛眼的光芒。

我到校算比较早的，这让我有机会占一个好座位。我坐到第三排中间位置，刚掏出书本，张晓坐在我身旁，还冲我笑。我赶紧把书收起来，坐到了后排中央。这种外向的女生，与她坐在一起，是自讨苦吃。

我那么想离开家，离开家了，却想家。下课了，走出校园，走到金沙河边，脑子里浮现出聋二离去的身影。聋二的身影消失后，父亲的身影出现了。还有娘，还有大郎二郎三郎，甚至嫂子们的样子也出现了。我最后还想到了毛刺，不过他也就在我眼前一闪而过，我眼前只剩下空荡荡的金沙河。水波荡漾，一道道波纹，被岸吞噬，河心那座孤岛，便像是一只大船，离我越来越近，却总也到不了边。

我常上河边，每次眺望那座岛，就像是远眺竹林湾，离我那么近，却又似乎那么遥远。

周三下午，聋二来了。他给我带了两瓶菜，花生米和咸萝卜条。那咸萝卜条金黄油亮，嚼在嘴里脆响。天热，我带来的腌白菜快坏了，长了一层细密的白绒毛，聋二让我扔掉它们，怕我吃坏了肚子。聋二递给我一床被子。他说，能一个人睡就一个人睡，自在，睡得香，白天有精力听讲。我说被子你带回去吧，不让一个人睡，学校没多余的床，只能两人合伙。聋二说，留下吧，秋天到了，天慢慢凉了，多垫一层也暖和。

高中第一次摸底考试，我跌至全班二十名之后，英语拉了我的分。他们城里孩子，小学三年级就开始学英语，还学口语，我根本不敢用英语说话，输在起跑线上。我原本没把分数看得这么重，只稀里糊涂地学。得知我在这个班以总分第二名考进来，我才注重分数。我不看教室后面贴的摸底考试成绩表，那里人头攒动，像一群啄食的鸡。我离开教室，走到校门外。我沿着金沙河走，一直把夕阳送走，把夜晚迎来。

英语单科测试，我得了七十分，而一百分的竟然有六人，包括那个张晓。她现在看我的眼神，也不像刚来时那么友好，惊鸿一瞥，目光虽然不冷，但显然失去先前的热情。这刺痛了我。我才知道，我是在乎她的。这个晚上，我躺在床上，哭了，没有声音，只有眼泪。第二天清晨，我第一个起床，走到金沙河边，开始了我的晨读。那时候，天还没有完全亮开，我看不清书本上的英文单词，我就想象一些汉字，再试着把它们翻译出来。

冬天冷，常常下着细雨，落地成冰，我们红安人管这冰冻的地面叫油光凌，形容冰上泼了一层油，是何等的光滑。我一个人蜷缩在被子里，睡到清晨，全身无一点热乎气，脚完全不像是自己的，像是被子里藏了两截木头。我同吴三宝说起这县城冷杀人的天气，他说，上我家去住吧。我以为他只是随便说说，晚上下晚自习，他真的等我。他爸工作忙，我们很难打照面，偶尔碰着了，身上带着酒气。那是一个帅得像王心刚一样的男人，他总是微笑着，撞见他，就像撞见了一股暖气，全然不像别的穿制服的人那么威严。倒是他妈那张脸，常常是冰冷的，近乎没有表情。我想，她莫不是还记得我小时候打破吴三宝脑壳的事，她莫不是还记恨在心。吴三宝像是有所察觉，他背地里解释说，你别介意，我妈不是冲着我们的，她是冲我爸。我爸在外面有女人。他毫无顾忌地把家丑外传。他同他妈说，妈，杨向阳是我们班上学习最好的，我同他住在一起，有利于提高我的学习。他妈的脸上，居然露出了一丝笑意。原来她并不是一个没有笑容的人。她的笑消除了我的胆怯。

吴三宝不爱学习，他说，你自个儿看书吧，我先睡了。他除了打篮球，就是睡。他的一张脸白净而光洁，可能跟睡眠充足有关。

吴三宝对我友好，让我感动。我偶尔鼻子酸涩，想什么时候回报。几天之后，我恍然明白，天上没有掉馅饼的事，他对我好，是把我当他的“随从”，他喜欢有人跟在他身后，奉迎拍马，找黑社会老大的感觉。他选中了我。我觉得自己被利用，受骗，想离开他。他说，整个冬天，我都可以在他家睡，我的双腿，就顺着他背影追上去了，我控制不了它们。在校舍，在寒风中摸黑跑两百米，到露天厕所如厕，苦不堪言。他家室内厕所，对我无疑是诱惑。

我跟在吴三宝身后，偶尔能引起同学们羡慕的目光，他们佩服我能与城里的公子哥打成一片。他们是那些同我一样来自乡下的农村伢。

5

我自此住在吴三宝家，这让我感到整个冬天都是温暖的。人一旦饱暖，就没了斗志，容易安逸。晚上下了自习课，那些农村来的同学还在教室里自习，我像个城里孩子一样，跟着吴三宝，奔向他家，奔向我们那个热被窝。

吴三宝除了上课，就泡在球场，把自己弄得疲惫不堪，待到课堂上，呼呼大睡。老师管过几次，就不管了。老师知道像吴三宝这样的计划外招生，最终只要一纸文凭，根本不会参加高考，不会影响整个班的升学率。

班主任在乎我，有一天，他在校园里碰见我，拦住我，对我说，我跟你讲哈，你得好好学习哈。你不能总跟吴三宝混，你跟他没得比，他爸是城关派出所所长哈，将来兴许还是县公安局局长哈。他将来可以直接考警校，内招哈。你呢，你自己想想哈。

这个问题，我的确没想过。我把班主任的话说给吴三宝听。吴三宝说，你别学那个老腐朽，一句话三个“哈”，讨人嫌。我将来当兵去。原来他早已把自己的未来设计好了。我想劝他，结果反被他“策反”。他说，学习那么苦，还不一定考得上大学。就算考上了，农村孩子，怕是砸锅卖铁，也未必读得起。你身体好，学习好，将来也去当兵，考军校，当军官。

我对当兵不感兴趣，但我的未来，竟然被他言中，几年后，我入伍，考军校，成为一名军官。

吴三宝抢下我手中的书，说，走吧，我带你去一个地方，那里学习氛围特别浓。你进去了，就不愿出来。

原来是录像厅。我知道这是我们不应去的地方，学校明文规定。可是，我一只脚进去了，就拔不出来了，另一只脚跟随而入。那幽暗的光线，那压抑的气氛，带给我的是兴奋，是诱惑。我平生第一次看到了那么凶残、血腥、暴露的电影。我看到了变态狂，他一只手拿着鞭子，抽打着一个女人的后背，另一只手，扶着那个女人的胯骨，而他的整个身子，就站在她背后，一下一下撞击着她。我立刻想起银山和银山媳妇，我脑子里好久没有他们在一起的影像了。生理反应让我感到浑身鼓胀而快乐。录像厅里，到处是搂抱的人和清脆的吻声。我知道，我要被吴三宝带坏，但无法抗拒。我承认，我喜欢这种场合。那个晚上，等吴三宝睡了，我偷偷地在被子里抚弄自己，当快乐来临那一刻，我差点没能压抑我的呼喊。

这是我频繁自淫的开始。

我的学习成绩一落千丈。吴三宝更干脆，倒数第一，一点滑翔的过程都不要。

寒假来临。

这是我在校住读后的第一个寒假，那么短暂，就像冬日的石桥河。冬日水瘦，河面窄，似乎一跨就跨过去了。

第十六章　野水塘

1

周六的午后，我从学校回家拿大米和腌菜，路过北山冲的野水塘。我看见银山媳妇独自一人车水，想起几年前的那个洞房之夜，我趴在床下看她与银山洗浴。我想起那个早晨，我爬上树扔她的被子。我内心如潮涌。

我凝望着银山媳妇。一丈多长的木头水车，像一条龙。车头像龙头伸埋进水里。车尾沿着坡斜向上方，通向塘埂半腰的小涵洞。水车就这样将低处的水吸到高处，再流向自家的水田。

水车车头处，有两个伸出来的“拐子”，像自行车的两个踏板轴，也像水车的耳朵。车把子像一条细长的鱼。车把子前端有个窟窿，侧看像鱼的眼睛，后端有两只把手，做成鱼尾巴的形状。车水的时候，车拐子穿过“鱼眼睛”，车水的人，两只手握着“鱼尾巴”，一前一后推动着，侧面看，水车像一只龙在大口吞水。车头转动，水车上的叶片就把水刮起来。我喜欢看车水，它的确像一只龙，大口大口地吸水，直接把水从屁股拉出来。水车还像一座兵营，里面藏着一支训练严谨的队伍，那一只只木板打磨的叶片，像一个个行进中的兵士，勇敢地、义无反顾地赴汤蹈火，前赴后继。

野水塘离村子远，是天然水塘。塘埂上有棵柳树，也是野生的。人在附近车水、干活，累了，就在树下歇阴。这是夏末秋初的时节，正午的阳光还有些晒。我坐到树荫下，看着银山媳妇车水。我看着银山媳妇。她也看见了我。她说，大学生回来了。她说话的时候，并没停止手中的活。我脸发热。我说，哪里是大学生。她说，早晚是。

她真会说话。好话一句三冬暖，她在我心中越发完美。我是我们竹林湾第二个高中生，自从第一个高中生吉祥高考失利，继而失踪，湾子里的人再把我叫大学生，其含义可谓五味杂陈。银山媳妇是城郊人。我从她的语气和笑容里，知道她并无嘲讽之意，好像还有一丝尊重。她的这种表情和语气，一下子缩短了我们的距离。

车水是个力气活，一般四个人，大都是男人，也有男女共同作业的。分两侧站立，每侧两人，坡上坡下相对而站。坡上人往前送车水把时，坡下人往后拉车水把；坡上人往后拉车水把时，坡下人往前送车水把。如果人手不够，也有两个人车水的，分立左右，一上一下斜对着，进行“拉锯战”。实在找不到帮手的时候，一个人也可车水，那就是一件特别累的活。水车启动后，要尽力不让它停下来，保持它的惯性。这样的活，大都是身强力壮的男将。银山媳妇居然干这种活。

我问，银山嫂，你为何一个人车水。银山媳妇说，你银山哥单位忙，这礼拜天不回来了，这田里又等不得。

我问，铜山铁山他们不帮你？问完这句话，我立马意识到我很傻。我们竹林湾民风淳朴，男女之间，身份辈分界限分明。嫂嫂与小叔子怎能在这野地里车水。银山媳妇回答得巧妙，她说，就是一点旱萝卜，要的水不多，我一个人车点就够了。

我不同于她那些成年的小叔子，我是外人，而且还是个学生，用麻球的话说，毛还没长全。我要是帮她，不会被人误解，会被人认为是做好事，一湾子的人都会夸我。我就说，银山嫂，我帮你车吧。她笑道，那可要不得，你是学生伢，身体蓄住了，干不得这力气活的。我说没事。她说，要不得要不得，别说你父你娘，就是你干爷聋二，都得心疼死。她笑起来。她的牙银白如玉，这让我觉得，即便她在干农活，也是一个干净的女人。我很想离她更近一些，就像欣赏雨后干净的花朵。我说，我帮你车。

好像是知道有人要帮她，顺水车一侧，卧着一柄车水把。

我走向银山媳妇，走到阳光下。我抓起车水把，站在上坡的位置。上坡的位置累。她依然站在下坡处。我没等她停下水车，找准机会，将车水把的“鱼眼”对准那个龙耳朵一样的轴，往里一拍，车水把就套上去了。我跟着水车的节奏，前倾，后仰。她往前送车把时，身子前倾，我看见她雪白的脖颈。她手臂前伸，衣领被拉拽。我就看见她的胸脯露出来。我还看见她的乳沟，雪白之中有一道阴影。她后拽车把子时，为了减轻我向前推车把子的力量，使劲地往后拽，整个身子向后仰去。透过她那件薄薄的衣服，我能看见她的乳房被绷得紧紧的，像两只白瓷碗扣在她的胸脯上，我还看见了“碗”的边沿，丰满，鼓胀，雪白。它们是颤抖的。我看着它们，除了想到碗，我还想到小白鸽。我知道，这个比喻很陈旧、老套，没有新意，没办法，我脑子里当时想到的，的确是小白鸽。

“小白鸽”就在我眼前扑棱着，我前倾，她后仰；我后仰，她前倾。我每次前倾，想象中，几乎都会扑倒在那对小白鸽上。几年前那个洞房之夜，她和银山在大脚盆抹汗露出的两截下半身，还有他们在床上燕子呢喃般的呻吟，还有洞房夜他们的被子被揭去后，那两个白水萝卜一样缠绕在一起的身体，这一切在我脑子里反复出现。我接着想到《少女之心》，它是一本手抄本，最近在我们学校疯传。我想到里面的“表哥表妹”。听说银山当上工商银行城关镇支行行长，回来得少了，与银山媳妇的关系淡了，但这样的传言非但不影响我对银山媳妇的幻想，反而使我更强烈地在意念中把银山变成了我，或者把我变成了银山。银山做的一切，那感觉都在我身上，所有关于他们在一起的想象，那个男主角都换成了我。我就这么一上一下，扑向她，她扑向我，我再扑向她。这让我很舒坦，浑身燥热。她有时看我，我就不敢看她。我躲开她的眼，目光落在车把子前端，我还想象着，车把子前面那个“鱼眼”是她的某个地方，而水车那个磨得锃亮的，外端大里端小（防止车把脱落）的一拃多长的铁拐子，就是我的某个部位。初秋的下午，我只穿了一条长裤。我最能证明我是男人的那个地方暴露无遗。我怕银山媳妇看见。她可能已经看见了。我看见她白白的脸上，汗水掩饰不了红晕。这是很难堪的事，我急忙喊，银山嫂，歇一会儿。她笑了，脸依然红。她说，歇一会儿吧，歇会儿吧。我说了吧，学生伢，太嫩，不行。歇一会儿吧，我也歇一会儿……

我趁机转身，沿斜坡向塘埂顶端走。因为裆支棱着，我怕暴露，便撅起屁股，将它隐藏起来。银山媳妇看我这样，笑道，我说不行吧，大学生，这就累得直不起腰。我脸火辣辣的，不知她是否发现了我的龌龊。我爬到塘埂上的树荫里，顺势坐在草坪上，根本不敢直立。

2

银山媳妇坐进树荫里，离我很近地坐着，我能感受到她身上热烘烘的气息。四野无人。我看见她脸上有细密的汗珠，不像湾子里那些臭婆娘，身上的汗像男人似的流淌。她从她裤子口袋里掏出一块手绢，她摇动着手绢。有一种淡如桂花的香味飘到我面前。也不知这香味来自她的手绢，还是她的体香，这是我熟悉的味道。几年前闹洞房，在她的床下，我就闻到过这种香味，淡淡的，却深入心肺。她那薄薄的水红色衬衣，把她的脸映衬得像初熟的桃子，我忍不住想伸出手去触摸，但是，我不敢，我怕我把持不住自己。

大学生，银山媳妇喊了句。她伸出手，用手绢来给我擦汗。她右手几个指头呈兰花状，大拇指食指和中指捏着手绢，在我额上走过，而她的无名指，却轻轻地划在我的面颊上。我知道，她不是有意触摸。但这种触摸，太神奇太美妙，让我一阵战栗。我右手本能地伸出去。我说，银山嫂。我的声音是颤抖的，我的手也颤抖着，我全身都颤抖着。我像是被什么东西迷住了心窍，鬼使神差地伸出手去，触摸到她的奶。它那么鼓胀，柔软，有黏合力。我的手碰着之后，弹簧般缩回来，又弹了出去。这是少年以来，我第一次触摸一个女人的奶子。我小时候肯定也触摸过我母亲的奶子。但记忆中，母亲的奶子像一只灌了一半的热水袋，我能听见里面空荡荡的回响，它们早被我的三个哥哥吸吮得干瘪，像米汤一样毫无滋味。看看银山媳妇的奶子吧，只轻轻那么一碰，让人浑身舒坦。它像《西游记》里银角大王的宝葫芦一样，有一股强大的力量把我吸了过去。不仅是手，我被她触摸过的面颊，那么强烈地想要贴过去。我想，那个下午，我一定是被水塘里的水鬼迷住了，胆子才那么大。我就这么向前探出头去，将脸埋进她的乳沟。她推我，但好像没有什么力气，好像她车水把力气都用光了，她的手柔弱无力。她推着我，嘴里含糊不清地说道，莫这样，大学生……我坚信我那天完全是被水鬼迷住了，完全不能自控。我的脸埋在她的乳沟里，那种感觉妙不可言，可是，我的胸脯突然变得特别饥渴，它似乎妒忌我的脸，它那么强烈地也要去体验贴着乳房的感觉。于是我的脸顺着她的脖子往上去，让我鼓胀的胸肌贴上她那丰满的奶子。她依然推着我，突然，我的重心失控，一下子就将她扑倒了。我们就这么滚倒在塘埂上。这是一个微热的下午，我却感到我抱着的是一个火球，我一下子被这个火球点燃，燃烧。两个人的燃烧。

她向外推着我，我搂抱着她。我们滚动着。塘埂往外是一个斜坡，坡足有两丈长，但坡度很小。我们向下滚去。滚了很长时间，这坡像是漫无边际。那一刻，即使下面是万丈深渊，即便那块水萝卜田是一口大油锅，我也不会停下。我就那么紧紧地抱着她。

田埂拦住了我们，我们被卡在塘埂斜坡与田埂交界处的洼槽里。银山媳妇依然在我身下。那洼槽里有着柔软的绒草，像床一般的舒坦。我压着她，她动弹不得。我突然觉着这么压着，似乎不是我的最终目的。我突然意识到，一个男人在女人身上，不应该是静止的。

我运动着。

大学生，要不得……她说。她企图从我的脖颈上探出头来，但是，我紧紧地搂着、压着她，运动着，没有给她翻身的机会。我试图腾出一只手来，去褪我的裤子。我的这只手刚要抽出，她的头就翘起来，差点翻起了身，我不得不再次将她搂紧，按在洼处。我们这样反复了好长时间，直到她好像累了，不再动弹了。我的右手闪电般拽断了我那劣质的裤腰带，并褪下我的裤子——连同短裤一起推到胯下。接着，我拽下了她的长裤。石桥河一带的女人，是不系裤腰带的。她们的裤子侧开口，侧开口的两个扣子，能很轻松地拽掉，但她的内裤，竟然像上了锁一般，那么牢固地裹在腰间，那么顽强地存在着。她挣扎着，说，大学生，要不得……她的声音那么温柔、无力，完全是乞求，而不是训斥。

这温婉无力的话语，在我听来，近乎呻吟。头顶掠过一片云朵，遮挡太阳，将我们置于昏暗里。这呻吟和昏暗，让我重回几年前的那个夜晚，我脑海里再次出现银山和这个女人在洞房之夜滚床的动静。不同的是，昔日的银山换成了我，我就是银山。那一刻，我疯了；那一刻，我完全不是我，是水鬼，是野兽。我掰开她的大腿，喘着粗气寻找着我的最终目标。我去抓她的内裤，清理最后一道防线。她死死地守卫着，咬着牙护着她的内裤。她说，大学生，要不得……但在那一刻，我脑子里没有要得要不得。那一刻，我疯了，即便有一把刀架在我的脖子上，我怕也是停不下来。很快，银山媳妇没了力气，那只阻挠我的手无力地松懈下来。

俏大学生……她说。她竟然叫我“俏大学生”而不是“大学生”。“俏大学生”，多么高的一种褒奖，多么令人兴奋的称谓。她这是说我长得俊，还是文化人，这一定是她内心对我真实的看法。我受到鼓舞，撸起她的上衣。她的说话声，慢慢地变成了呻吟，彻底的呻吟，从她那炙热的颤抖着的胸脯传出来。

俏大学生，要不得……她的轻声低语和拒绝，在我耳旁变成一股巨大的海啸，将我完全地、彻底地包裹淹没，将我与外界隔开。一浪逝去，一浪又袭来，我感到自己完全变成了一叶小舟，被这波浪推动着，颠簸，沉浮，穿行，驶向没有尽头的远方。

那天，我仰望苍穹，头顶辽阔，满世界如梦似幻。

3

云朵移动，我和银山媳妇被暴露在阳光下。阳光的炙热让我回到现实中，我血管里激荡着的潮水慢慢退却，心中那头猛兽悄然远去。我手忙脚乱地整理衣襟。我看一眼遥远的野地，还好，没有别人。我目光胆怯而躲闪，朝向银山媳妇。我看见她的脸像二月桃花。她坐起来，扯了扯衣襟的下摆，拍了拍手臂，好像有衣袖似的。其实她穿的，只是一件水红色短袖衬衫。她不敢正眼看我，也不说话，只望着波光粼粼的水面。她像是惊魂未定，这让我越发地觉得她可爱。风吹动着她的短发，在她的耳旁呈好看的黑色扇形。有那么一小绺挡在她的眼前，使她的那双长睫毛的眼睛越发妩媚，像清晨的清泉，罩着让人沉醉的雾。我向她走过去，我想搂抱她，迫切地，比第一次还迫切，就像饥饿的人吃了一块面包，打开了食欲的闸门，更饿，更贪婪。就在这时，我听见山岗上的松林里，传来咳嗽声。那声音荒凉而苍老。我听出那就是聋二的咳嗽，那是一个吃了过多灰尘的窑匠特有的咳嗽声，像旱天的雷。

我朝向山岗，看不见人。

银山媳妇站起来。她不看那声音传过来的树丛。她收起车水把子，两个都收起来，上了塘坝。顺着塘坝上的路，下到塘坝去，踏上田埂。那是一条小路，通向我们竹林湾的小路，过了田埂，穿过一片林子，就是竹林湾北山的北坡。上了北坡，过了北山，就能看见聋二的窑场，再往南，就进到竹林湾了。

我望着银山媳妇的背影。她什么也没说，就这么走了。她的背影和行动，其实就是她的语言。她把那两个车水把子扛在肩，就是告诉我，水够了，不再车水了。天黑的时候，会有壮实的劳动力，或许是银山的兄弟，或许是别人，把她的水车抬回去。

我向东，走过塘埂。塘埂上面有片地，地的尽头有片梧桐林，那里有几个野坟。大概死人也喜欢风景好的地方，石桥河一带，美丽的野地都有坟茔。我有些怕，急切地向东面的山岗走。我不喜欢北山，那里是刘氏家族的大片坟地。银山媳妇这样一个弱女子，胆子倒是蛮大的。她背影隐没在远处的树丛时，聋二走出东面山岗的松树林。

我走到聋二跟前。我不敢看他，只看着他的身影。我们不说话，他在前，我在后，我跟着他，走向窑场。星期六下午，他总是天近黄昏时，站到东山顶上接我，这次，他为何来得这么早？我在心里问。他好像听见我内心的疑问，他说，我也不知道为么事，就觉得你像快回来了。牛好像也知道。我解开牛绳，它自个儿就往这边走。我望着那头老黄牛，它也望着我。这是我家的牛。聋二没有牛，与我家搭伙共一头。做完窑场的活，歇息时，他就把牛牵出来放。

聋二并没领着我走向窑场，他在树荫下坐着，我坐在他身边。他不让我那么早回竹林湾，像是在逃避着什么。

风无声，群鸟也不知躲到哪个阴凉的地方去了，听不见它们的鸣叫。畈田空旷寂静，只听见牛在吃草，动静很大，唰唰唰地像镰刀在刈割。

聋二的沉默里，隐藏着一丝不快，尽管他没表露出来，但我感觉到了。他强装的笑容深处隐藏着一丝苦涩，他几次像有话要说，却欲言又止。我们默默地坐着，一直坐着，望着牛吃草，想着各自的心事，直到太阳隐入西山，山水被蒙上一层淡紫的光芒。牛吃饱了，它站立着，望着远方，又掉过头来，看着我们。树下的草地温暖，有着和煦的风，我疲惫而畅然地睡去。我醒来时，阳光依旧，我发现我枕在聋二的手臂上，梦里，我还以为我的头埋在银山媳妇的乳沟间。我脸发烫，小腹膨胀难忍，它暴露着我龌龊的内心。

我闻到聋二身上的汗酸味。我刚入窑场时喜欢闻的那种味道，但现在，我有了一丝不快，说不上是嫌恶，但至少是尴尬。我留恋银山媳妇身上的那种桂花一样的幽香。

我把头从聋二手臂上移开，聋二起身。只要我枕着他，或者一条腿压着他的一条腿，他从不动弹，他怕惊扰了我。现在，我们回到窑场，步入晒场内，收捡瓦坯。

我要帮忙。聋二说，进屋吧。尽管是茅棚，聋二从来说是屋。他空闲的时候，起了一些石头，堆在茅棚后面，准备打地基，他想盖三间砖瓦房的梦想，一直未灭。

我进到茅棚里，聋二的表情突然严肃，语气也变得坚硬，不那么柔和。他说，我都看到了。我问，看到么事？

野水塘，他说。

我心剧烈颤动，像传过一道电波。

我故作镇静。

聋二洗手，给我做饭，是手擀面。吃过饭，他又给我打抹汗水。我说，干爷，我自己来。他没理我，硬是把热气腾腾的大半盆水端到我面前。我大了，他也是好久没给我打洗脚水了。他这么对我，是有话要同我说。

但他到底什么也没说。其实，他说了，他深锁的眉上刻着三个字：

野水塘。

我依然装迷糊。

4

母亲来看我，说我从学校回来了，怎么不回老屋去看看。母亲到底是母亲，因为生活的压力，把我往外撵，但她还是惦念我的。

母亲很快就走了。

有夜风吹进窗。我们躺下后，感到有些凉。我们扯了床单当被子盖。床单是母亲亲手织的，用的是她自己种的棉花，她自己纺的线。母亲在织机上左一下右一下，一梭一梭织出来。床单很厚，很宽，有两处接头，三匹布的宽度。

虽然刚抹过汗，我依然能闻见聋二身上的汗味，淡淡的，微弱的，若有若无。我已经习惯了他身上这种味道，它让我在这孤山野地感到一个壮实男人的存在，让我心里踏实，少了恐惧。

那是一个男人身上散发出的父爱。

灭了灯，天黑下来。窗外的月，钻入云层，又从云层钻出来。聋二依然沉默。

他没有说出来，我也装糊涂，不吱声，但心已像一片秋叶，迎风乱颤。

我知道他要说什么。

我打着呼噜。我企图用假呼噜骗过他。他识破了我，知道我并没睡去。他说，野水塘。他再次说到野水塘。“野水塘”成了我的咒语，我的恐惧源，听到这三个字，我就浑身战栗。

都看到了，他说，离她远一点。我心里怦怦敲着鼓。我装迷糊。聋二却直奔主题。他说，银山当官了，听说在外面有了女人，正想找借口把她休了。你可不能做苕事。

我不吱声，依然战栗。他接着自言自语。他说，我估计你该回来了，去路上等你。看见你们已经滚在一起。我想喊，可是，我不敢喊。这种事，我是知道的。明明是女人在勾引男人，可一旦被发现，女人就一口咬定是男人强暴她。那样，你这辈子怕是完了，毁了。所以我没敢喊。我不但没敢喊，我还在那里看着，万一有人来，我会咳嗽，给你们暗号。幸亏是中午，除了我，没有别人。

我大汗淋漓。

这样的苕事，可不能再做。这事要是让人知道了，没等传到银山那儿，他的几个兄弟就把你腿卸掉了。

我知道，为何他一再沉默，这样的话，他是要留到黑夜里，他才能说得出口。

我的手颤抖着，我同时觉得失落和空虚，但幸福的感觉从来就没有逝去，它只是瞬间缺失，就像水里的漩涡，很快被奔涌而来的水填满。是的，我后怕，但不是后悔。我哭泣，因为我想起正午的幸福，我从未那么幸福过，幸福让我落泪。

聋二可能以为我吓坏了，拿着手巾，擦着我脖颈的汗水，还有脸上的汗水。聋二说，话说回来，一个十几岁的细伢子，晓得个么事。明事理的人，都知道是女人勾引你。事已发生，就不要去想，她家到现在没什么动静，应该平安无事了。

我穿衣准备起床，我说我想走。他说逃避不是办法。你走了，人家说啥就是啥。他说，别惹事，但事已发生，就不要怕事。我就留下来。这一刻，我再次感受到，聋二比之我的父亲，更像父亲。

这样的事，要是被父亲发现了，不知会是什么样子，我不敢想。他绝对不会像聋二这么冷静。至少，他那青蛙似的眼睛会鼓出水来。聋二安慰着我，我内心平静了很多，不再那么慌乱，但还有一丝担忧，总怕事情被暴露，突然而至。

煎熬中，夜越来越深，整个竹林湾是宁静的。石拱桥是竹林湾最热闹的地方，但是现在，它是那么宁静。银山家住在上半湾。上半湾也是宁静的，连狗叫声都没有。但我和聋二还有些担心，就那么静静地躺着，都睡不着，能听见对方的喘息，却不说话，都知道彼此在想着心事，也都知道想的是同一件事。月亮落下去时，天抹了墨似的黑。聋二说，睡吧，没事了，放心睡吧。我们就这么睡去。我们在睡梦里等待着黎明。我们希望这个黎明像这个夜晚一样宁静。

黎明果然静得甜美，这表明，昨天我与银山媳妇销魂的正午，被银山媳妇隐藏在心底。

到底做贼心虚，在接踵而至的这个白天，我像一只被打怕了的狗，躲在茅棚不敢出去。度日如年。太阳终于偏西，聋二给我炒腌菜，照例给我五块钱。聋二怕我营养跟不上，让我每天中午买一个炒菜，白菜或萝卜丝。而星期天，他则会炒两大碗青菜，让我使劲吃。

我那个大的帆布军用挎包里，装着大米和腌菜，被聋二绑在自行车三脚架上。我坐自行车后座，聋二骑车送我。

自行车行在东山头的山路上，我扭头回望，北山洼南面是我们竹林湾的后山，后山那边就是石桥河。日头偏西，后山那边的石桥河的上空，霞光绚丽如血，像我清晨看见的那片河水。我心猛地一沉。

聋二站在学校大门外，天突然暗下来，似乎是为了迎合他那严峻的面庞。我背着大米和腌菜，感到像一座山压下来。我转过身去。我知道，聋二在身后看我。每次，他都等到直到看不见我的身影为止。

就在我要进入大门口时，我听见聋二的声音。聋二说，儿，用心读书，莫做苕事。

他的话，像一枚催泪弹刺激了我的泪腺，我的眼泪涌出来，它们顺着我的脸庞，直奔嘴角，酸甜苦辣。

他叫我“儿”，他很少叫我“儿”，我被包裹在一种黏稠的感觉里。

第十七章　风吹槐花落

1

陈晓的出现，让我倍感意外。她怎么会踏上这条城郊土路？这是通往棚户区的偏僻小路，是我们乡村孩子到租房区的专用路，她可是城里的公主。我不解地凝望着她。她身影轻盈，云朵似的在我眼前飘来飘去。我自此不敢在这条土路上疯跑，总远远地、轻轻地行走，害怕我的喘息惊扰了她。

开春以后，学校改革，规范管理，不再让我们吃蒸饭，所有的学生，都要买饭票菜票，到大食堂打饭打菜。

饭时，二十多个窗口，流水作业。饭票菜票递过去，收票的人，接过我们的铁瓷饭碗和菜盘子，按饭票和菜票的价位，冲里面那些站在大米饭大菜盆旁的人喊着，饭，五毛，菜，一块；饭一块，菜两块……说话的同时，手一挥一推，像是分别扇了饭碗和菜盘子一个耳光，饭盘子菜盘子就旋转着，沿着案板滑行到他们身后，后面负责打菜的人，打好饭菜，再把饭碗和菜盘子推回来。这么样反复，放眼整个饭堂很是壮观。二十多个窗口，四十多位工人，这么来回推送，像工厂里流水线作业。那些饭碗菜盘，像行走在输送带上。我惊叹于这些打饭师傅对我们饭碗菜盘的掌控能力，饭不撒米，菜不漾汤。

我们的铁瓷饭碗和菜盘子底下，一天就磨掉了瓷漆，锃亮闪光。

可惜这壮观的场面，我只欣赏了一周。这样的饭堂，我每天往外掏钱，每天掏三次，我不具备这个条件。我提出转学，到二中去。二中抢生源，一中的学生，只要去，他们都要。

二中依河而建，与一中离得并不远，声名却大相径庭。一中升学率高，学生只知道学习。二中学风不好，打架斗殴的事，时有发生。但二中除了吃小灶（用钱买饭票菜票）也可以吃大食堂的蒸饭，自带大米和咸菜，像一中最开始那样。

二中所在的位置，叫城关镇，是镇，不是县。

我来到二中。像我这样，学习跌至全班二十名以后的，走了也就走了，轻轻地，悄悄地，不带走一片云彩。而处于班级前十名的学生，若是要走，一中会极力挽留。家庭困难的，校方会提供免费饭菜，以保证一中高考升学率。

聋二接受了我转入二中的事实。

陈晓也到二中，是我没想到的。那天她说，一定要去二中吗？我不说话，只冷着脸。她说，那我跟你一起去，她说着，竟然哭了。我也哭，我感动。从小到大，还没有一个女孩这么对我。我去牵她的手，这时，我醒了。只是一场梦。

醒来的事情，与梦里完全相反，陈晓到二中，与我无关，与她的父母有关。他们的婚姻走到了尽头。陈晓的父亲，原是城关镇的镇长，当上副县长后，与他的女秘书坠入爱河，不能自拔。而她人老珠黄的母亲，斗不过父亲，赌气从县城回到镇上。陈晓坚决与母亲站在同一战壕，与父亲决裂，便从县第一中学，转到城关镇，为的是离母亲近一些。她与县城里的父亲，虽然只一河之隔，其实隔着鸿沟。

关于陈晓的家事，我并不知情，是吴三宝告诉我的。吴三宝也转学来到二中。吴三宝说，为此，他爸扇了他一个耳光，那他也要转。他说他纯粹是为了我，为了友谊。我说，你肯定是为陈晓，为了友谊？你有那么纯粹？

后来我知道，吴三宝是被劝退的，他在一中混，会影响升学率。我和吴三宝站在路边，看陈晓缓缓地走过来，又缓缓地走过去。我们的目光随着她的背影移动。原来这么一个完美的女生，竟然有着她的苦。托尔斯泰说，幸福的家庭都是相似的，不幸的家庭各有各的不幸。托翁伟大。

陈晓的长睫毛下，目光冷漠，但我已感觉不到寒冷。我更多的是伤感。

出于同情，我想陪她走走，她却不配合，独自踏过一座独木桥，过了溪沟，向着一条胡同行走。胡同那边，是她将要进去的小屋。我愣在那里，心一阵隐痛，难道我是瘟神吗？她竟这么急匆匆要逃离。这与以前那个乐观、豁达，主动与人打招呼的陈晓，判若两人。那时她那么高傲，那么自信，那么快乐，像阳光下跳跃的山泉。

一个家庭的变故，对一个女孩的影响这么大，连性格都变了？

这个周末我没回家。星期六正午，我和吴三宝一起玩篮球，太阳偏西，我才想到，聋二今天该给我送米送菜来了。我往我的小屋奔。那个小屋，是聋二特地托他那个战友帮我租的，说是让我不受干扰，回小屋就自习，还不会被别的孩子带坏，这自然增加了聋二的负担。

我以为聋二走了。事实上，他没有，他还坐在我的床上。我惊喜，他亦惊喜。他站起来冲我笑。他还要赶二十里的山路。

桌子旁，倚着一袋米，桌上几罐菜。我望着瓶瓶罐罐，有咸鸭蛋、油炸鲫鱼。聋二望着我，眼里是温暖的疼爱的光，每当这个时候，我是幸福的，我与别的孩子不一样，我拥有两份父爱。我心里涌起温暖的同时，也会有些酸涩。我说，干爷，路远，你赶紧走吧。他就走出门。这时，我看见了同学吴三宝，他在街上游荡。他冲我说，这是你爸？咋变样了？他的语气略带嘲讽，目光也不友善。我迅速瞅一眼聋二，常年耕作，他脸黑，背微驼。但他身体健康。我父亲瘸腿，吴三宝小时候见过，还因模仿我父亲走路，挨过我一个石头。他忘了，还是故意？我摇头，说，不是，他是……我们湾里的一个寡汉条子。我不知怎么，就脱口而出，说出了“寡汉条子”这几个字。我后悔，但话已说出。我希望吴三宝没听见，或者根本不懂“寡汉条子”这个词，但吴三宝听见了。聋二也听见了。我看见聋二像中了枪，突然停止了脚步。他愣在那里，但没有回头，短暂一两秒钟后，他继续前行。那脚步越走越快，他在逃离。我知道，“寡汉条子”这四个字，会让聋二怎样的难受，定然像四把尖刀，插在他的心坎上。

聋二远去了，他默无声息地踏上那条碎石路，脚步声时轻时重，他像一个醉汉。天暗下来，黑夜逼近，聋二将在黑暗中，奔走二十多里的山路。虽然有自行车，但很多地方根本骑不了，只能车骑人。我突然可怜起聋二来。他还不是为了我，多黑的天，他都不能住下，屋里还有鸡，有猪，这些，也都是为了贴补我。

望着黄昏里远去的那个背影，我心生懊悔。我想冲上去，喊他一声“干爷”，但吴三宝像一座山阻挡了我，我迈不开腿。

吴三宝，这个幽灵，他总是在我不希望他出现的时候出现。我必须摆脱他，但我做不到，我离不开他。

2

月底我回家拿米和菜，也看看家里。走到七角山下，变天了，乌黑的云沉沉地压下来，在我头顶滚动着，要下雨了，是暴雨。山谷宁静，万物似乎都怀着一颗恐惧的心，等待着这大雨的到来，接着就有了闪电。闪电使那些树在黑暗与白亮之间，奇形怪状。有一株古松，被击断了一根树枝，那枝丫倒挂着，雨顺着丫而下，形成雨帘子。我看见了她，那个被毛刺太爹和爹爹用锄头挖死的女鬼，她就站在那棵松树下，站在雨帘子的背后，穿着绿裙子。她身上竟然一点没湿。她冲我笑，说，来呀，来呀，这里没有雨。我吓得几乎要喊出来。我不知怎么办，往前走，还有漫长的山路，山里更幽暗；往回退，依然是山，还要路过水库和坟地。战争年代，红军和白军曾在这里激战数日，死伤无数，尸骨遍野。

我立在那里，不敢前行，也不敢后退。我想哭，想喊，同样不敢，这山里有回音，我的声音会吓着我自己，更会招来更多可怕的东西，比如豺狗，比如鬼魂。我记起小时候的那个雨天，放学路上，聋二在雨中接我。此刻，我多么渴望他能出现在路上。我没想到我都是高中生了，还这么惧怕鬼魂，我自我安慰是小时候撞见过鬼，被吓破了胆。我陷入绝望之中，屏住呼吸，但胸腔不听使唤，里面像装了个风箱，起伏着。我感到今天就是我的末日。这时，我听见一个熟悉的声音，穿越风雨，那么清晰。他喊我，向阳，四郎向阳，是我，是干爷。我本能地循声而望，我看见聋二从林子深处那条小路走来。他没穿戴雨具，一张热气腾腾的脸，湿漉漉的。

在这孤山野岭，在暴雨中，聋二如果不先把声音递过来，我会被吓死。

聋二有两件雨衣，一把伞。他先把伞遮在我头顶，让我穿雨衣，他自己淋得像落汤鸡。我喊，干爷，你有雨衣，为什么不穿上。聋二说，我穿着雨衣，你一下子看不清我的脸，会被吓坏的。他自责道，天变得太快，我特意早点出来，还是晚了，怨我。聋二知道我胆小。

我冲向聋二。他左手紧紧地抓住我的手，右手轻轻抚摸我的头，说，没事，我来了，什么事也没有。寒风苦雨中，我内心的恐惧瞬时没了踪影，全身涌动着一股暖流。我这才知道，我心里一直是喜欢聋二的，只是我不愿意表露，不愿让别人看出我对他的喜欢。我有时故意气他，其实也是源于对他的喜欢、在乎。

回到窑场，那里一片狼藉，那些砖坯瓦坯，成了一坨一坨的烂泥，这至少是聋二一个星期的血汗，因为接我，他耽误了。现在，他要做最后的抢救。

我说，干爷，我将来给你养老。我的话，显然出乎他的意料，也在我的意料之外，我自己都搞不清，我为何说出这样的话来。聋二愣了一下，他没看我，盯着一株苍老的松树。他凝望这株树，没有吱声，但整张脸活泛了。他那么一直站着，站在风雨里，像他眼前那株古松，迎着风雨，却岿然不动。

聋二进屋，极快地生火，在铁罐里烧水，锅里煮面条。水热了，他让我抹汗，让我整个人坐到大脚盆里。他说人受凉了，用热水洗，祛寒气。我泡了一会儿，聋二捧一脸盆热水，往我盆里加。他倒一点，就把手放进盆里搅动，试探水温。聋二给我加第三次水时，没有走开。他拿着他的手巾，给我搓脊背，我难为情，我说我自己来。聋二笑道，后背你够不着。

我换上聋二宽大的衣裤。他的衣裤用米汤浆洗过，穿在身上暖和、舒适。之后，我吃上热腾腾的面。

雨天的床，并不是我想象中那么潮湿，这与聋二坚持晒被褥有关。我躺在床上，望着聋二。我想，等他抹汗的时候，我帮他擦背。聋二不用我，他打了一盆热水，端到茅厕里。平时，他总是这么抹汗，但我没想到雨天他也这样。我说，干爷，你就在屋里洗吧，莫感冒了。他说，没事。他好像有意避开我。他更多的时候，并不用热水抹汗，他用凉水冲洗。他孤身，没有女人，他或许是在冲刷他身上的烦躁和内心的苦闷。

第二天，窑场来了一对男女。女人年龄不算小，但是一个很洋气很漂亮的女人，一看就是城里人。她的气质，可以同银山的媳妇媲美。我眼前一亮，心里却阴沉了。我总觉得她不像一个好人，像一个掠夺者，要掠夺什么，我也说不清。

她的身边，还有一位穿着蓝色工作服的中年人。我想起来了，是那年我打破了三宝的头，聋二带着我向他借钱的那个人，聋二的战友。他的出现，让我心里亮开一条缝隙。我以为他们是一对，但他们的言语，否定了我的猜测，他是给聋二送老婆来了，那个女人是聋二战友的同事。她男人下海到深圳，赚了钱，抛弃了她。聋二的战友给她介绍聋二。她说，只要聋二不嫌弃她，对她好就行。

我伤心地坐在窑棚外的刺槐树下，什么也不干，就那么坐着。我听见他们谈话的声音越来越高，最后竟然吵起来。聋二说，瞎搞，你们走！战友说，走什么走，那么远来了，不留吃饭？聋二说，冇得饭吃。

战友说，你嫌弃她？聋二说，我条件太差，配不上人家。战友说，我托人把你安排到我们机械厂，你也当合同制工人，有么子配不上的。聋二说，我不去，我不会技术，我去吃闲饭让人瞧不起。战友说，谁说你吃闲饭？你手巧，我们那技术，你一个月就学会了。聋二摇头。聋二说，我过不惯城里人的生活。

战友说，你到底还是嫌弃她。聋二说，我能嫌弃谁？我为什么要嫌弃她？她与我有关系吗？我嫌弃一个与我没有任何关系的人，这不很可笑吗？

他们愤然而去。走了几步，战友回头，冲沉默不语的聋二说了句，真不知道你是怎么想的！

那年聋二不要那个讨饭的女人，竹林湾的人还可以理解，毕竟人家是讨饭的。可这个女人，又干净又漂亮，吃国家饭，住在城里，聋二竟然还嫌弃，这就不可理喻，用麻球的话说：脑壳有问题。

那个女人走了，我内心竟然很畅快。但想到我不在窑场时，聋二的孤苦，我的心很快变得沉重。也巧，就在这天下午，从外湾跑来一只小狗崽，比老鼠大不了多少，我一见它就喜欢。我把它抱进窑棚，让聋二养起来，充实他虚无的时光。

聋二说，窑场这么冷清，这么穷，养不熟的，过几天就跑了。先养着吧，但它总是要走的。

聋二的语气充满悲凉，眼里亮光闪动，好像噙着泪。他莫不是想到了我。我说，干爷，我不走，我永远同你在一起。如果我将来出息了，进了城，当了工人，吃商品粮，我把你接到城里。

聋二凝望着我，那眼里的泪，终于流了出来。

3

我越来越迷恋那条土路。我走在槐花的暗香里，走在那条土路上，不远不近地跟着陈晓。由学校到我们租房区，由租房区到我们学校。

聋二有我小屋的钥匙。那次我对吴三宝说他不是我的生父，是我们湾的一个“寡汉条子”，聋二一定有感觉，再给我送米送菜，总是在我们上课时，悄然进到我的屋子。他依然把大米立在桌子旁，把装着咸菜的瓶瓶罐罐放在桌子上，锁上门，自个儿走了。这几次，他是走着来，走着去。他的自行车被偷了，就是给我送米和菜时被偷的。他当时把车立在我的门口，车上了锁，还是被偷。他再也没有攒够买辆自行车的钱。

这天，聋二送我后，没有马上走，他一直等到太阳偏西，等到我在学校吃过饭，回到宿舍自习。我回到我租住的房屋。我看见聋二脸色阴沉，他第一次问我，这次考试，你在班上排第几名？年级呢？我很震惊，甚至有些蒙。以前，聋二从不问我学习，他知道我爱读书，渴望走出农村。“响鼓不用重锤”，他说过。我低下头，不敢正视他。第几名？我也不知道第几名，反正班级前十名没有进去，年级第几，就更不用说。何况这是二中，我成绩急剧跌落，情绪也一落千丈。

我不回应。聋二默默地盯着我。他目光如炬，不依不饶，一定要得到我的回答。我心里胆怯。我这才发觉，他沉默的时候，我其实很怕他，这是他沉默的力量。他点燃一支烟，坐在我的床头。我很少见他抽烟，他只在有心思，或是生闷气时，点上一支。聋二指间，火光一闪一闪的，灼烫着我的心。烟只吸了一半，他把烟扔在地上，一脚踩上去。聋二说，跟我回家吧。我说，不是下个星期才回吗？米和菜你都送来了。他没回应我。他的眼神，他的表情，他踩烟头的动作，一切表明，没有商量的余地。他叠好空米袋子，把空瓶子空罐子往网兜里装。他的手颤抖得厉害，把那些瓶瓶罐罐碰出一阵脆响。

我们离开学校，过了金沙河，走过十几条田埂，翻过两个山坡，过了七角山，再走过一片林地，进入一片略为宽阔的洼地。那里有一排高大的房子。一个院墙将那房子围起来。院墙大门紧闭，我们无法进入大院。高大的院让人觉得天一下子黑下来了。我们沿着围墙绕行，在西侧一个窗口，聋二示意我停下。我们扒着窗户往里看。屋里灯光并不亮，但我还是一眼就认出了父亲，他瘦弱的身影在灯光里走动。聋二说，这是个预制板厂，你父夜里在这个厂子做临时工，白日还要赶回去种地。二郎年底要娶媳妇，中秋节看家，要用一大笔钱，你父发愁，想来抓两个现钱。这是水泥板厂，可都是年轻人干的力气活。你就在学校玩吧，追女伢好玩嘛？

像一阵冷风在我头顶刮过，像一把尖刀划过我的心，我周身一颤。一道铁青的颜色，笼罩着聋二的面颊。空气骤然凝固，我感到窒息，眼睛一阵酸涩和湿润。我说，我没有，我没追女生。聋二抓起我的手，在夜风中，他的手有一股温热。他说，我们先回家。

山路不平，我们高一脚低一脚踩在路面。

与你一起走的那个女生是谁？我上次来，看见你跟在她身后，我还以为是凑巧，这次，我又看见了，你在她后面，一前一后。你父为你们当牛做马，你却满肚花花肠子！聋二越说越激动，声音高了上去。

我蹲在地上，呜呜地哭。聋二显然被我的举动搞蒙了，半天支吾着，却连不成句。许久，他也蹲下来，将一双大手搭在我的肩上。他说，行了，不说了，也许是冤枉了你。走吧，回窑上住，好好歇着，明早我送你回学校。

我不再走那有槐花香味的塘埂，不再去远远地陪陈晓，我只是学习。我甚至下决心，一个月回一次家，把周六周日的时间都用上。

4

每天晚饭后，我都会在金沙河边散步，看长河落日，之后，在天微黑前，我回教室自习。星期天不回家，我会给自己放假，沿着河边走得远一些。天完全黑下来时，河边没有灯，我会绕到街里，回宿舍。我记得很清楚，那天也是星期六。那天我莫名地有些兴奋，走得有些远，回来时，天很晚了，街灯陆续灭了一些。我尽量走有灯光处。我在寂静的街道，有些恐惧，很轻微。这时候，一个年近六旬的大叔，站在大门口的灯光下，冲我微笑。他跟我打招呼，这么晚，你还回学校？好像他是我一个很熟悉的人。我礼貌地回应他，嗯，是的。

他说，进来坐一会儿。我说，太晚了。他说，我这儿也住得下。那是一张微笑着的圆脸。我喜欢圆脸的老人，不像方脸那么有棱角，圆脸看上去慈祥和善。那天我有些累，秋日的风提醒我的衣服很单薄。他的笑容经由灯光送过来，我感到屋子里有一丝温热的空气奔向我，那温热的空气像风洞一样将我吸了进去。

来，坐。他说着，用毛巾拍了拍放在床前的那张椅子。他坐在床上。那是一张比双人床窄，比单人床宽的床。屋里有电视。电视诱惑着我。

我就在那儿看电视。是一个武打片，有些暴力，还略带一点色情。一个男人，把一个女人按在办公桌上，撩起她的裙子，在她后面一下一下撞击着她。我看得面红耳赤。我想到银山媳妇，仿佛那个女人就是银山媳妇，而那个男人就是银山，银山继而变成了我。

我想，我该走了，但是，屋子里的空气黏住了我，我迈不动腿。屋子里有一个暖瓶，一个电水壶。电水壶的水开了，老头停了电视，让画面留在那男人对女人施暴处，我才知道，那不是电视，是录像。这里是一个机床厂，看样子，老头是这个机床厂的看门人。

他往一个大脸盆里接了半盆凉水，兑了热水。他对我说，抹汗吧。我愣了一下，毕竟我只是一个陌生人。我站着没动，他说，洗吧，毛巾是新的。好像我是他的熟人，是他的孩子，好像他是我的父亲。我突然想起了聋二。

我坐着不动，我不好意思在一个陌生人面前抹汗。

老人说，抹吧，语气那么肯定，不容商量，好像是命令。好像我要是不抹汗，他就得把我赶出去。

我还想待一会儿，那两个停止运动的男女，那么强烈地诱惑着我。老头走到门后，反锁了门。

我几步走到盆边，面对一盆热气腾腾的水。我脱去上衣，弯下腰去，先洗脸，抹胳膊，抹前胸后背。之后，我褪下长裤，解开半截裤腰绳，换上抹汗巾，一手撑开半截裤，用缠着汗巾的另一手，在身上抹墙似的抹着。

老人不让我倒抹汗水，他就着我的水洗。他说，细伢用过的水，不脏。

老人洗过后，让我坐到床上去。我希望他让电视屏幕上那叠在一起的一男一女活动起来，但他没有。他脱去自己的衣裤，放在床边的椅子上。他甚至连短裤也脱了。他倒大方。

他让我脱去衣裤，我不脱。他说，这样睡不舒服。我就脱去了裤子和长袖衣服。我留了背心，还有短裤。他把身子侧过来，朝向我。他问我，你发育完全了吗？我不懂他什么意思，我说不知道。

屋子里的气氛有些紧张，好像缺氧，我有些憋闷。我说，叔，你不放录像？他就按了遥控器，同时抱紧我。我推开他，他按下暂停键。他再次抱住我，同时按了播放。他把遥控器放在我脸旁，把我搂得更紧。我再次推开他，他关了电视。

你饿了吗？他问我。他说着，赤裸着跳下床，穿上裤衩，在脸盆里洗了手。他打开床头一个立柜，捧出一只碟子，碟子里摆放着三个白得放光的馍。他拿起一只馍，将筷子插进去，支在煤炉子上烤。很快，焦煳的香味扑鼻而来。他在馍上抹一层辣椒酱，将馍送递给我，我无法拒绝。我太饿了，这才想起，我是没有吃晚饭的。我除了大口吞咽，别无选择。

他和蔼地望着我吃。他说，再给你烤一个？我说，那两个，我明天早晨吃行吗？他说，当然可以，都是你的。你现在可以吃，明天早晨吃也行。

他说，明晚还来住吧，明天我还给你留三个馍，夜里一个，早晨两个。他们都下班了，没人到我屋里来，你要不看录像，就睡吧。

我们乡下盛产水稻，馍，对我来说，是稀罕之物。每天三个馍，我的晚餐和早餐就有了着落。我没应他的话，算是默允了。

他说着，洗了手，上床来，再次在我里侧躺下。这次，我没吱声，没有推他，甚至连挣扎都没有。我装作睡着了，装作没有感知身后发生的事。我知道身后的他在做什么，我害怕痛。他的动作越来越大，我像一条搁浅沙滩的鱼，被一排排浊浪拍打，无数的沙砾和水草将我包裹，我感到我被捆扎，浑身被塞满，像吹足了气的皮球。

随着他在我身后的一阵战栗，我的身体也颤抖得厉害。之后，像河浪远去，像海水退潮，随之而来的，是无比的空虚、失落。说实话，一点也不痛，但我还是哭了，没有声音，只有两滴泪滑落。

他终于累了，慢慢地睡去。我也睡去。

5

清晨我醒来，一抹阳光，从窗帘的缝隙射进来，屋子里有了光亮。我不敢正视他，匆忙穿衣，囫囵咽下两个烤馍。我走出他的小屋。开门那一瞬间，他在我身后紧紧地抱了我一下。我没有挣扎，也没有迎合。仿佛他抱的不是我，是另一个人。或者说，是他的影子被阳光映在我的身上，而非他的肉身。

我一脚踏出去。

聋二站在马路对面的一株槐树下。他目光如炬，那眼里生出了火。我不敢迎过去，沿着马路走。他追上来。他举起手，那是一只积攒了全身力气的手。它向我扇过来，但它像是突然被一颗子弹击中，那手僵在空中，并没抽打在我脸上，而是缓慢地，缓慢地下落，最后移到他的胸前，紧紧地按着他的胸。

那里射进了一颗无形的子弹。

我一步跨过去，扶着他。他轻轻地叹息，摇头。他像是嫌弃我似的，推开了我。他嘴唇嚅动，却没有任何话说出来。他其实说了，我熟悉他的嘴型。他说，做人要有骨气。他还用目光告诉我：你不是小孩子了。

我想蹲下。每当我犯了错误，就蹲在地上，把头低下去。但这次，他拽住了我的衣服，不让我下蹲。他说，是个男人，你就站直了！

他的那双手那么有力，几乎将我拽离地面。我被动地站直，却依然不敢正视他。我渴望他的那个巴掌举起来，重重地扇在我的脸上，那样，我会好受一些。然而，他没有。他松开我。我跟着他走。我知道，他是给我送米送菜来了。但他是怎么找到这儿来的，我不知道。

我才发现，脚下的土地是湿润的，遍布零落成泥的槐花，原来昨夜下过一场雨。

一阵晨风袭来，槐花雪花般飘荡。

第十八章　倒春寒

1

冬雪飘洒了几天，但这个冬天，我并没感到冷，我浑身燥热。我以为随着时间的流逝，我会忘记那个闹洞房的夜晚，忘记那个狂野的正午，事实正好相反。深夜我躺在床上，两胯之间，偶尔会喷出一股温热的液体，而那个诱惑我的人，正是银山媳妇。

这是一个舒畅、疲惫而空虚的寒假。

我在聋二那里过的大年初一，也算是给干爷拜年。吃过初一开春饭，聋二给我二十块压岁钱。这是这几年来他给我最少的一次。前几年，他都给我包一个红包，很厚的一个红包，那里有我的全部学费。我拿着二十块钱，红包很轻，心却很沉，现实是那么残酷，我的学费没有着落。我知道他为难。我回老屋去。不用开口，一到老屋，母亲就知道我是要钱。没事时，我很少回。母亲问，聋二没给你准备学费？我说，怎么好意思，我又不是他的儿子，在人家吃，在人家住，还要用人家的钱。

母亲说，你吃他的应该。他本来就是你姑父，是他不同意，让你姑等了他五年。一个大姑娘，等了五年，那还能嫁个好人家？这才嫁到山里去了。不是他，你姑能嫁到山里跟那些野猪住在一起？母亲说着，我走到一边，不听，我烦。我都听烂了。她不是讲故事，是发牢骚。我去找父亲。我与父亲在一起，对他是个压力，这一点我非常清楚。只要我不上学，杵在他面前，就是一块巨石压在他心上。他心里，他面子上，都过不去。

父亲果然很不自在地沉默着。

转了一圈，我还得回到窑场。我别无选择。

年过月尽，年轻人外出打工，乡村静下来。我整日不出窑棚，坐在床头等待聋二的脚步声。我常常是从清晨等到黄昏，在风吹松枝的瑟瑟声里，昏昏欲睡。

聋二每天都出门，与其说是给我借学费，不如说是逃避。他心里清楚，正月里，山里人讲禁忌，不愿拿钱借人。

去年初冬时，聋二卖出去的那些砖瓦，大都是赊账。聋二腊月里去取钱，才发觉，葵花已在他之前，把他赊过砖瓦的那些人家都走了一遍，讨回来一些钱，装她自己腰包了。有些人家葵花没要来钱，他去要，更要不来。那样的人家，多半真的没钱。

你先到学校去吧，我要到了钱，就给你送去。那天早晨，聋二对我说，是一种商量的语气。

我眼前浮现出开学时教室里的情景，交了学费，领到书的同学，满脸喜悦，有的拿着新书，在课桌间追逐嬉闹，或坐在座位上，把书翻得哗啦响。而我，独在教室一角，鸵鸟一样将头埋在手臂间，不敢看别人，却分明能感知同学们的目光射了过来，尤其是女生，目光如炬，将我那点可怜的自尊，一点点燃烧、吞噬。从小学到初中，开学时的状况大都如此，我挺过来了。但现在，我突然对教室充满着惶惑与恐惧。我是高中生了，人大了，自尊心强。拿不着学费，我选择逃避。

聋二又出去了。他的脚迈过门槛那一刻，回头，目光却并没看我，而是盯着堂屋的墙角，仿佛是在同墙说话。他说，你等着，今天应该能借得到。聋二的声音很小，不像说给我听，像是在安慰他自己。

学费没提前准备好，他觉得有愧，他不敢正视我，我也不敢正视他。我们都在逃避着对方，逃避着没有学费的尴尬。

正月十五的鞭炮响彻山村，炸得我心里一阵慌乱。明天，正月十六，学校将正式上课。拖至正月十六还不去报到的，往往就算自动辍学。我决心到武汉去打工。我这么想，心里就坦然了。夜的黑从头顶压下来，我倒床便睡。

记不清什么时候，聋二喊我起来，说，走，跟我到有康的小卖店去。

有康是我家转弯抹角的亲戚，我叫他表舅，他与聋二也熟，以“老表”相称。有康在石拱桥西的三岔路，开了一家小卖店。

有康在柜台里的床上半卧。聋二在柜台外那张椅子上坐了，我就站在聋二身边。静坐一会儿，聋二直了直腰，他想说借钱的事，但他扫一眼有康那张倦怠的不耐烦的脸，到底没说出来。聋二只说我，说我的学习成绩好，不读书可惜。

聋二一边说着，一边拿眼瞅有康。有康那张脸并没有因我的成绩好而变得和蔼。聋二就说砖，说瓦，说他的窑，说现在盖房子的人多。我知道，他怕有康担心他还不起钱，便在他借钱之前，用砖瓦来做铺垫。

偶尔有人进来买东西，聋二便停下来，等那人走了，他再接着说。

有康下了床，站起来，不断地打着呵欠，还斜眼扫着聋二，这是在下逐客令。聋二站起来，走到有康身边，隔着柜台，微低头，弯腰，膝盖好像也有些弯曲。他仰头看着有康，清了清嗓子，显然是在努力地说服自己，让自己有勇气张口借钱，但有康抢先封住了聋二的嘴。有康说，唉，现在生意不好做，民国时通往麻城的商道，早就不从这里过，你是知道的。四周的几个湾子，倒是上我这儿买货，都是赊账，我都快撑不下去了。

我看见聋二像被人抽了脊椎骨似的突然矮了下去。

我们走出小卖店，头顶那轮月，已偏向西天。月缺一角，天并不晴朗，不时有淡黑色云朵在月前掠过。

十五的月亮十六圆，聋二说。我明白聋二为什么说这句话，他是在暗示我，明天一切都会好起来，但是，我已经不相信明天。聋二借钱时那个可怜的样子，深深地刺痛了我，我要走了，打工去。

2

夜在黎明中醒来。我像村子里别的打工仔一样，一个蛇皮袋，塞着我的铺盖，向石桥镇走去。在那里，我将坐上去武汉的汽车。

聋二送我，他走在前。出了村口，他没走大路，选择了一条田间小道。我懂聋二的心，与上次父亲送我不一样，他怕碰见熟人，怕熟人看见我上不起学。

太阳露出瑰丽的光，天豁然亮开。聋二突然停下来，指着满田的油菜说，你看，咱们种的油菜花开了。我扫了一眼，眼前一片碧绿。聋二说，你仔细看。我顺着他的手指，果然看见一株金黄色的油菜花，就在离我们几步远处。聋二说，要不，你还是上学校去吧，这油菜花都开了，太阳一晒，三两天就全开了。过些日子，天暖和了，就会结籽，籽饱满了，熟了，就是钱，够你交学费的。

聋二是在同我商量，更像是在乞求。他一直低着头，不正视我，只看着那朵金黄色油菜花。

在那一刻，我看见满山的矮松，碧绿的油菜，还有万绿丛中这朵金黄色的油菜花，它美得令我心动。我感到天地陡地一亮。阳光洒在油菜花上，压在心里多天的阴霾，被那一片金黄驱得无影无踪。晨露沾在油菜花上，晶莹剔透。有一滴露珠，被松雀的鸣叫震落，似乎滑进了我的心里，我感到它的清凉。我的眼前，幻现出漫山遍野的油菜花，一股金黄色的希望火焰在心中升腾。我的腿软了下来，似乎已无力迈向石桥镇。我放下蛇皮袋，坐在田埂上，低头，拔着田埂上的野草。眼泪悄然流出来，滴落在我的手背上，滴落在野草上，滴落在拔去野草的新鲜泥土上。

聋二趁机提起蛇皮袋，将我拽起来。我们转身，回到窑场。我说，明天再去。聋二应了一声。他下地干活，我在屋里看书。与学习无关，我看小说《芙蓉镇》。此刻，只有“豆腐西施”胡玉音与黎满庚的搂抱情节，才能让我暂时忘记没有学费的苦恼。下午，我回到老屋，告诉父母我明天去学校。父亲知道我没学费，他的沉默越发显得深沉。听说我明天去学校，他脸上绽出一丝笑容。

母亲给我煮饭，炒菜。我现在只要回老屋，母亲会给我弄些好吃的，好像我是客人，这反而让我无法真正回归家里。吃过饭，天还很早，我回窑场。我看见一条蛇，它拦在路上，翘起头来看着我，那么凶狠的样子，三角形的脑袋，眼里冒着闪亮亮的光。我头发根根竖立。我不敢转身，怕它从身后飞扑过来。我盯着它，慢慢地退着，退了两三丈远，再突然转身，向家的方向飞奔。

我气喘吁吁回到家。母亲问我，咋又回来了，你不是回窑上了吗？我说，不去了，今天不去了，就在家歇。母亲问，咋的，聋二不高兴？我不耐烦地说，没有。我就想在家住一夜。

那个夜晚，突然变天，起了好大的风，随后是大雨。第二天清晨，风停了，麻球一早就到我家来敲门，冲我母亲说，四郎个鳔日的，真是命大。昨夜里，聋二的茅屋塌了，一根檩条掉下来，砸在聋二的床上，正砸在四郎睡的地方，就砸在枕头上的那个凹凼，那就是四郎搁脑壳的。四郎命大，躲过去了。大难不死，必有后福。四郎，你将来是要做官的。你将来做了官，莫忘了你麻哥伯伯。

我笑道，我哪能做官呢？我要是有那个命，怎么忘记麻哥伯伯。

麻球今天的话，出乎意料地让我舒服。谁不希望有个好的未来，即便这仅仅是一句虚无缥缈的话。

我想起了那条蛇。吃过早饭，我到窑场去，那条横在路上的蛇不见了，茅屋塌了。那根檩条的尖端，正杵在床上那个凹凼里，麻球说得没错，那正是我平时睡觉搁脑袋的地方。

聋二在那里翻修他倒塌一角的茅棚。他好像无力抬起那根掉下来的檩条。这两年，聋二的胃病频发，砖瓦本来就做得少。去年深秋，他照例到山里砍柴，淋了露水，受了风寒，很严重。回来硬是挺着，把那些砖瓦烧出来，病得重了，就到县里住了七天院。回来后，那些烧出的砖瓦，一块没剩下，被人偷了。砖瓦是在一个雨夜被偷的，雨水冲走了拖拉机的印痕，成了无头案，派出所来做了笔录，就没了下文。聋二自己去侦破，谁家盖了新屋，他就上前察看，抚摸那墙上的砖块，甚至要爬上人家的屋顶，看人家的瓦。他说他认得自己烧的砖瓦，但没人理他，有人要揍他，有人把他当“神经”。

执着的聋二最终找到了自己的砖瓦，那是从我们竹林湾往西，行走三十多里地的一户人家，不但不属于我们石桥河镇，甚至不属于红安县管辖，是黄陂的地界。那些砖，已垒成了墙，瓦也上了屋顶。

望着那三间青砖大瓦房，聋二欲哭无泪。

那是个穷得叮当响的寡汉条子，想媳妇想疯了，就想盖几间房，招引个媳妇进来。寡汉条子说，要钱没有，要命一条。不要命，就把砖拆了把瓦揭下来，拉回你竹林湾去。

公家也是这么说：看来他是拿不出钱，只能把砖拆了把瓦揭下来，拉回竹林湾去。

聋二说，扒墙揭瓦的事我不干。

聋二回到竹林湾。湾子里的人说他没用，聋二并不辩解。

3

父亲告诉我聋二去年冬天发生的事，我内心酸涩。父亲帮聋二在细雨中修茅屋。我望着聋二忙碌的身影，心里透凉。一个窑匠，却无力给自己盖两间砖瓦屋。北山洼东侧的油菜花迟迟未开，它们被雨水浇得缩回了头。我望着细雨中的田野，真的没有勇气去学校。父亲停下手中的活望着我，他一定知道我内心所想。他说，今年的学费，我特地让你大哥给你准备，他说他给你寄。他说年前该到，不知道怎么，没见邮电所的人来送汇款单，我明天去邮电所问问。

这一年，大郎还在部队。那时没有手机，我们村子也没有电话。大郎来信说，我的学费没问题。母亲说，你莫听你父的，你不知道他爱扯谎？父亲涨红了脸。他的确爱扯谎，但似乎都是善意的谎言。

面对母亲的抢白，父亲扯着脖子，摇头否认。他进了他们的房屋，拿出一封信，指着信说，信上写着呢，我这就上邮电所去打听。父亲说着，把大郎的信递给我。大郎的确在信里说，他给家里邮了两千块钱，一千块是给我的学费，一千块，贴补家用。

父亲到镇邮电所去，天黑才回来。父亲说，邮电所所有人，都说没有汇款单来，或许是春节放假，没有送到。那人让父亲正月过后去看看。

父亲每天到镇上，每天空手而归。我等不了，要去武汉。父亲说，再等一天，今天该来了。他带着我到镇上，还带着我的米和腌菜。父亲说，如果汇款单来了，把钱兑出来，我们从镇上直接坐车去县城。

我们败兴而归。一路上带着大米和腌菜，重不说，丢人。天黑回到老屋，我把米袋子往桌上一放，说，这书我不读了！

我的眼泪在眼眶里打转。

父亲很无奈。他爱脸面，他怕我不上学，在湾子里游荡，让竹林湾的人笑话。他连夜带着我到下河湾。我们去的是与母亲同姓的一个表舅家，有康的堂弟，叫永康。永康的妹妹永平，嫁给武汉她隔山表哥。那个人是个瘫子，从小就瘫。她说嫁，其实是去伺候他的屎尿，等他死了，他的房子就归她。永平表哥的爸，是一个机床厂的厂长，私下办了一个锅炉厂。他让永康带几个人，到他的锅炉厂去干，让永康当小工头。父亲把我送到永康家，求永康把我也带去。永康没吱声，没点头，也没摇头。父亲递给他一支烟。永康一直沉默着，把那根烟抽完了，才狠狠地往地下一扔，一脚踩上去，像是下了很大的决心。他说，行！父亲说永康他们走得早，让我在这儿将就一夜。永康朝着父亲夸张地张着大嘴，父亲这个主意，显然是他没想到的。父亲急忙赔上笑，压低他的公鸭嗓说，开春了，家里鸡正下蛋，过两天让你姐过来一趟。父亲为了套近乎，把母亲说成是永康的姐。永康张大的嘴慢慢合上了。他说，下屋是柴火屋，有一张案板，可当床。新铺的稻草，就是没有床单和被子。父亲连忙点头，指着行李，说我们带着哩。

父亲就把我带到那个下屋，与永康他们的新房只一墙之隔。父亲把我的被子和床单打开，怕我明早不会捆，就给我做了示范，把打开的被子和床单重新叠上，用麻绳系紧，再展开，给我铺好床，父亲给永康打声招呼，离去了。

我躺下，久久难以入睡，待正要睡去，被隔壁哼哼唧唧的声音弄得有些兴奋。我知道永康他们在干什么。我双手捂住耳朵，可又忍不住放开双手，想听。那边的响动越来越大，我浑身燥热。我不由得想到了银山媳妇和银山的勾当，在他们最后的呐喊声里，我也达到了畅快的巅峰。那边平息了，我也疲惫了，正要睡去，那边响声又起，哼哼唧唧，我不能自已，再次与他们一同进入那销魂的境地。这对年轻的小夫妻，一夜这么反复六次，我也六次反复，好像今晚是我们的末日。

4

我见到了永平。永平很水灵，这是我能想到的。石桥河是金沙河的支流，而金沙河水大都来自大别山顶，初春是天然雪水。受河水的滋润，石桥河两岸的人家，“十个女子九个俏，一个不俏是没见着”，我们那里的人这么说。

饥饿和干渴折磨着我。永平给我倒水，我不敢喝，怕别人嫌我乡下人脏。永平虽然原先也是乡下人，但是现在已经不是了，穿戴很洋气，说话夹带着半生不熟的武汉腔。我估计她接下来会为我们做饭。我想，饭我还是要吃的。我计划吃过饭，懂事地帮她洗碗。

永平坐在矮凳上择菜，永康在桌旁喝茶，我站在一旁。屋子里静得不正常，一盒磁带被扔出来，砸在床上，反弹到我的脚旁，打破屋里的沉默。我心一紧，想逃离这个压抑的屋子。但我没有，我懂事地捡起那张磁带，是湖北大鼓名家张明智，他的图像清晰地印在上面。我后来才知道是永平那个瘫子男人扔出的磁带，我不知道他扔出张明智是喜欢他还是讨厌他。永平过去把门关上，里面的人，又开始扔东西，像是书砸在门板上。永平就对她哥永康说，病人心焦，怕吵，你带他们直接上工厂去吧。她告诉永康坐哪趟公交车，又在哪个站下，我们就来到了锅炉厂。

给我们烧火做饭的，是永康的堂兄，一个寡汉条子，快六十岁了，头上皱纹密布。他跟着出来打工，让人心痛。我双眉紧锁看着寡汉，被永康发现，他说，你还是心疼你自己吧。

吃过饭，一个老工人给永康做示范，告诉永康怎么往锅炉内装耐火砖。时间不长，永康学着老工人的样子教我们干。其实很简单，像泥瓦匠砌墙。

耐火砖比聋二窑场的砖重。窑场的砖，我一手一块，这耐火砖，我得两手相抱。天还未黑，我饿得像一堆稀泥，瘫倒在地。他们把我扶起来，把我搀到民工房。我躺在床上，老寡汉给我喂水。他说，哎呀，身体这么弱，还是个学生伢，身体蓄住了，怕是干不了这活。永康说，是干不了，明天给你买车票，回石桥河吧。

我直摇头。刚出来，一天工都没做，回去让人戳脊梁骨。我不能回去，就是死，我也要死在武汉城。

永平是第二天早晨出现在工厂的，原来她也在这儿上班，早晚伺候她那个瘫痪的男人。永平穿着很鲜艳，也不知是身体胖，还是衣服瘦，她的两个乳房鼓胀着，像哺乳期的女人。

永平听说我昨天晕倒，可怜起我来。她说，我同郝厂长说一声，让他给你安排一个轻巧一点的活，说起来你娘还是我湾下的一个姐。

她说的郝厂长，就是她的公公。郝厂长比我想象中的要年轻，在我们乡下，当老公公的人，已经是满脸褶痕了，而永平的公公，却一点也不老。他干净，有气质。他的武汉话有一股很强的磁力。他出现在我面前时，我手足无措。他问，你就是向阳？我说是。他说，重活你干不了，到我办公室当个通信员吧。我问，什么是通信员，他说，就是通个风报个信，传个话端个茶。

我懂了，这活轻巧，适合我。我无限感激地看他一眼。我决心要把工作干好，精心服侍他，但我很快发现这是一个骗局。永平没读多少书，“文秘”于她，只是个摆设，她把这些活都交给我。我并不反感，反而很乐意，这能证明我的价值。

郝厂长不在的时候，办公室里只有我和永平。我把她的名字写成“永萍”，她纠正说，不是的，是“永平”。

郝厂长两三天来一次，有时是上午，有时是下午。他每次来，都笑着对我说，啊，没事，你回宿舍吧。

那天下午，他来了，我照惯例回宿舍，到宿舍门口，才知钥匙忘在办公室，我回去取。因为着急，忘了敲门。我推门而入时，看见郝厂长站在永平的身后，他们像在同看一份文件。郝厂长的头，搁在永平的肩上，一双大手覆盖着她的两乳。我的闯入，终止了这一切，郝厂长挪开手，站起身，走到窗前，凝望窗外劳作的农民工。

我退出办公室，轻轻地带上门。我满脸烧烫，心里难受。我在想，为什么有男人的地方，就会有女人；为什么男人和女人只要在一起，就要做偷偷摸摸的事？城里原来也是这样，并不比竹林湾好多少。

毫无疑问，明天，我会回到锅炉旁，回到干体力活的地方。我哭了，不是对明天劳动的惧怕，只是觉得自己委屈。明摆着是他们在做丑事，却像是我的错。谁叫我撞上了呢？他们对我那么好，我对不住他们。

这只是永平公公的一个车间，据永康说，他的厂子很大。

第二天早饭后出工，我自觉上工地干重活，永平喊我去办公室，她说，你怎么不打扫卫生？不给厂长沏茶？她不但没撵我走，还递给我一盒巧克力。那是我第一次吃巧克力，那种苦中有甜的滋味，极像我那一刻的心境。我知道我应该怎么做。我说，永平姐，这巧克力真好吃，吃了它，我都不想说话了，什么多余的话都不想说。她笑了。她说，你莫瞧不起姐，姐就是想留在城里。你在城里待一阵子就会明白，城里是天堂。农村有个么意思，农村就是鬼窝，一年到头，做死做活，一件新衣服都扯不起，一顿肉都吃不上。她说着，竟然流下了眼泪。

我也想留在城里，我想，没准永平能帮我。要想她帮我，我就得表现好。我不但要勤快、嘴甜、机灵，偶尔也要迟钝，比如知道永平和厂长在办公室，我不但不去推门，我还要守在门口，为他们站岗放哨。这其实是掩耳盗铃，时间长，大家都知道，只是都不说。永康都不说，外人说它干吗？毕竟我们现在的工作，是郝厂长给的。

星期天有半天假。永康说，可惜只有半天，要是有两天就好了，我就能回石桥河，回下河湾，同媳妇睡一觉。他说，太难受了。寡汉条子说，你不刚从家来吗，这才十几天。永康说，没办法，想睡，就是想睡，特别想！寡汉条子说，过几年让你挨一刀，你就老实了。永康说，听他们说，挨了刀更甚。

他们常常说这样的话，完全没再把我当学生伢，这让我很伤心。我真的就不再是一个学生了吗？

我去对面邮局给郝厂长寄信，父亲出现在工厂大门口。父亲说，大郎邮的钱到了。父亲说，其实早就到了，是一个老邮递员的儿子上大学，没钱，把大郎的汇款单扣下，把钱挪用了。永康说，这可以去告他呀。父亲说，已经这样，算了。父亲指了指自己的胸脯，说人心都是肉长的，人家也是为了孩子有前途。父亲的手势，多过他的语言。父亲让我回去接着读书，我不去，学校已开学多日，我跟不上，面子上也过不去。父亲问我，累不累，我双手握拳，说不累。沉默了一会儿，父亲说，你要是实在不想回去，就在这里好好干，将来说不定还能转正，成为武汉人。父亲说着，往车站的方向走。他要回家。我把他送到巷子出口，父亲塞给我二十块钱，我不要，我说我马上就有工资了。

巷子里有卖小吃的，父亲买了一屉小笼包。他让我吃，我不吃，我说我们的伙食挺好的。父亲坚持让我吃两个，我只吃了一个，说实在吃不下。父亲就让我回。我转身走，忍不住回头看一眼，父亲吃得很狼狈，他两个两个地夹起，用力很大，把小笼包拦腰夹出两道深深的槽，像一只白色的蝴蝶。父亲一定是饿坏了。

第二天，聋二出现在厂子里。他说，走，回去上学。

我跟着聋二，我的心，其实一直就在学校里。

5

一场倒春寒，侵蚀着红安大地。那个夜晚，竹林湾像一个巨大的冰窖。冷空气冻死了我家的牛，连带着它刚出生的小牛犊。我在窑场听到这个消息时，感到绝望。父亲、母亲、三郎，都在自己的热被窝里，躲避着外面的雨夹雪，母牛却在四处透风的潮冷的牛棚里，如果把它牵到屋里，它就不会冻得早产，不会连同小牛都冻死。

母亲眼泪汪汪，哭着说牛可怜，母牛也可怜，小牛更可怜。我说，你莫假惺惺的，都怪你们，牛就是死在你们手上！

我望着那直挺挺硬邦邦的母牛，还有那可怜的小牛犊。它们静静地躺在冰冷的地上，我心里憋闷。

我也不能原谅父亲，尽管他一再解释说，倒春寒来得太突然，来的时候，他处于熟睡之中。麻球却说，这是报应，外面天越冷，被子就显得越暖和，暖和的热被窝，催发了你父的性欲，他缠着你娘做丑事。待他终于如愿，听见雪粒敲打着瓦片，他说了句，糟了，牛！他套上棉裤棉袄出来时，母牛已早产，奄奄一息，小牛的身体，已经冰凉。

我回到窑场，暗自落泪。傍晚时分，麻球到窑场，他告诉我，母牛被剥了皮，卖了肉，家里的损失倒也不是太大，可怜的是小牛犊，生下来，就被扔进了茅厕里。

我在粪池里找到了小牛犊。我借用麻球的粪耙，将小牛犊捞起来。我提着小牛的一只腿，来到石桥河边，将小牛冲洗干净，把它扛到后山上。我一边落泪，一边挖坑，将小牛埋了。

我望着那个小坟包。我一直盼着小牛出生。我眼前无数次出现小牛在母牛身边跳跃的情景，而现在，它活活地冻死了。其实，人只要稍微为牛做一点事，把它牵进屋，或在牛棚里放个火盆，牛就不会死。

寒冷像云一样，就这么飘走了。太阳温暖地照耀着竹林湾。毕竟是春天。但这年的倒春寒，我又怎能忘记。这年的雪真大。石桥河两岸，死去的不仅是我家的两头牛，狗也有被冻死的。河西湾一个捡粪的老头，掉到被白雪覆盖的粪坑里，死了。

那年的雪真大呀！多年以后，竹林湾的人仍感叹道。

那年留给我的记忆是寒冷的，但偶有阳光相伴。阳光在我面前的野地慢慢地铺展，斑驳的树影移动。我看见我的影子。我影子旁多了一个影子，是聋二。

我炖了排骨汤，回去喝吧，聋二在我身后说，明天去学校。

关于那个锅炉厂最后的故事，后来是母亲告诉我的。母亲说，我走后不到一个月，那个郝厂长就出事了，说是贪污，搞破鞋，被抓。树倒猢狲散，永康回到了竹林湾。

永平没有回，她说好马不吃回头草，就是死，她也要死在武汉。

再后来，听说永平生了个儿子，终于在那个家里站住脚了。接着又听说永平的男人，腰部以下瘫痪，根本就不是男人，永平的儿子，是她公公的种，他应该管永平的男人叫哥，管郝厂长叫爸。几年后，又有消息说，永平盼星星盼月亮，终于盼得那个瘫子男人死了，他们居住的那套三室一厅的房子，归永平所有。不久永平嫁给一个死了老婆的武钢工人，名副其实地成为武汉人。

第十九章　去军营

1

深秋的一个午后，吴三宝敲开我廉租房的门。他手里拎着一只箱子。他把箱子塞到我床下，说先搁这儿，下午来取。

他走了。他从来就是这样，来无影去无踪。我一觉睡到黄昏，起床时，夕阳透过窗户，照在地上。地上有血，像一条蛇向门口爬行。我冲出门，边跑边喊，血，血！

血是从吴三宝的皮箱里流出来的。电影里那些凶杀的镜头，跳进我脑子里。死人！女尸！先奸后杀……我向大街上冲，却被两个人架住了膀子：哪里跑！

我双膝一软，身体像一摊泥。

是两个警察。一个说，他们是顺着血迹追过来的。昨天深夜，城关镇“东方之珠”歌厅一陪唱女失踪。

我不是怀疑你，我们决不冤枉一个好人，但也决不放过一个坏人，另一个警察说。

这么说来，那只淌血的箱子里，真的装着一具女尸。我淹没在无边无际的恐惧里，直到他们打开了皮箱，那里蜷着一只山羊。它脖子上有个窟窿，那里已经不再淌血，只有粉红色的气泡不断地涌出，破灭，再涌出，再破灭。

我一阵干呕。

我被带到派出所。他们问我羊的来历，我不说，我不想出卖吴三宝，一个警察挥手扇了我一个耳光，一声脆响，我眼前电闪雷鸣。那我也不说，我要学电影里的钢铁战士。

另一个警察飞起一脚，踢在我的小肚子上，我只觉腹部一热，我的尿被他踹出来了。我当即蹲倒在地上打滚。我说出了吴三宝的名字。我不想当钢铁战士了，我再不说，可能会死。

那人又踢了我一脚，不过这一脚改了方位，它踢在我的屁股上。他骂我，你个龒日的，你自己偷杀别人的羊，赖吴三宝。

听语气，他们认识吴三宝。我说，的确是吴三宝，不信你们去审问他。

他们走了，不再管我。我不知道他们是不是去找吴三宝，我是要去的。尽管这只是一只羊，它毕竟是一具尸体，我不想同尸体睡觉，我得让他把尸体拿走。

我找到吴三宝时，他正在一个台球厅打台球，没闲暇理我，直到他们杀出胜负。他骑着一辆自行车，带着我，来到我的住处。他扔下我，一手骑车，一手擒箱子，箭一般飞行在布满煤尘的土路上。

我擦去地上的血痕。那个夜晚，我很压抑，先是梦见吴三宝杀羊，接着梦见他杀蛇，杀人，也不知到底杀的是人还是条蛇，像是一只人蛇合体，一只美女蛇。他与美女蛇搏斗，一会儿天上，一会入水。他追逐了整个晚上，也没能将美女蛇杀死。他好不容易抓住了它，它妖媚地望着他，他舍不得它。他们竟然搂抱在一起。美女蛇伸出血红的长舌头，朝向吴三宝。吴三宝将嘴巴迎了过去，把那个血红的舌头吞没进他的嘴里。他们纠缠在一起，越缠越紧。美女蛇就像一根粗麻绳，将吴三宝完全缚住，这时，我听见吴三宝“啊”的一声大叫。吴三宝的大叫惊醒了我。

第二天正午，我和吴三宝被我们的班主任冷冬霜叫到他的办公室。冷冬霜要我们说出杀羊的经过，吴三宝不理他，傲慢地仰着头，呈大义凛然之态，好像还说了句，要杀要剐随你便。冷冬霜拿他没法，就问我，我说我不知道，我没参与。我说，人在屋里坐，天上掉下祸，我睡了个午觉起来，发现床下有个箱子。派出所的人来，我才看见里面有只被宰杀的羊。

我自始至终没提吴三宝。

冷冬霜劝我们退学，说不是勒令，是“劝退”，给我们留点面子。

我说，冷老师，只是一只羊！冷冬霜说，今天杀羊，明天就该杀人！

我觉得我特委屈，吴三宝依然不吱声。冷冬霜说，你们出去吧。

我还想辩解几句，吴三宝一把将我推出来。

当天晚上，吴三宝挨了一顿揍。他爸用铐子把他铐在床头，还用腰带抽他屁股。

吴三宝的爸，打了他，但到底为儿子前途着想，给那户人家赔了羊钱，给冷冬霜一盒秋天的新茶。吴三宝最终没被退学，只是给了个严重的口头警告。

冷冬霜说我参与了杀羊，至少是从犯。他要我回去叫家长，否则，要将我“劝退”。我找来聋二。聋二以家长的身份，向冷冬霜做了保证、签了字。他签字时，手哆嗦得厉害。

走出冷冬霜的办公室，聋二倚墙而立。他说，你走吧，回教室，我歇一会儿。我不走，也不敢看他，低头看自己的脚。他没有责备我，只说了句“跟好人学好人”。我其实早想远离吴三宝，我们就不是一路人，可我下不了这个决心。我在县城没有朋友，我害怕孤独。

2

一年后，我再次陷入困境，也是在早春二月。一场倒春寒，侵蚀着红安大地。那个夜晚，竹林湾像一个巨大的冰窖。冷空气冻死了聋二养的小牛犊，那原本是聋二给我准备的学费。他已经跟邻村一人说好了，只等正月十五一过，天暖起来，那人就带钱过来牵牛犊。

聋二自责，他说，我没看好牛，它不应该被冻死的。然而，那个晚上，聋二病了，一直发烧，发烫，他根本无力爬起来。

聋二病了，咳嗽得厉害。而我，打篮球手骨折，在医院打了石膏，缠了绷带，回家休养。一个半月后，我回到学校，学习已经跟不上。学校筛选考试，我的成绩处于全班后十五名，被老师“劝其退学”，第二年再考，以免影响学校的升学率。

这年对于我，是雪上加霜。悔不该当吴三宝的跟屁虫。手骨折的原因，也在于他，是他投篮时，把我撞倒的。这是天意吗？小时候，他学父亲跛腿，我用石子砸破了他的头。

我回到竹林湾。竹林湾，生我养我的地方，此刻，却无我容身之地。

村里的包工头大嘴带人去做工，我明知大嘴不靠谱，但我还是要跟着他，完全是为了逃避。

清晨的空气有些冷，我顾不得这些。我扛着我的被子，跟在大嘴身后，走上山路。穿过那片松林，就是马路，顺马路再走五里地，我们就可以坐上去武汉的汽车。

岔路口的松林闪出一个人影，是聋二。他拦住我的去路。大嘴盯着聋二，等着他说话。聋二说，大嘴，你先走吧，四郎一会儿撵你。大嘴说，有多少话，就这儿说呗。聋二说，你先走吧。

大嘴往前走了几步。聋二让我进到林子里，不让大嘴听见我们的谈话。聋二说，四郎向阳，当兵去吧，奔个前程。

我凝望着他。

我犹豫之时，他从我肩头拽下我的被子。他扛着我的被子往回走，我不得不跟在他后面。身后传来大嘴的声音：这个寡汉条子，把四郎闲在屋子里有个么出息？等着像你一样当寡汉条子？

聋二没有回应他，聋二只跟我说。他说了句很抒情的话。他说，深秋来了，冬天就不远了。冬天来了，征兵就开始了。儿啊，去当兵吧。这是聋二人生少有的几次抒情。这次，他叫我儿，叫得那么亲切。他的目光从我的脸上掠过，投向遥远的田野。田野一片金黄。

金黄色的希望火苗在我心里燃烧。

穿上军装那天，我对聋二说，我想到学校去，跟同学们告别一下。聋二说，去吧。

我的一举一动，聋二都看在眼里。

到了金沙河大坝。我把自行车立在一边，站在大坝上，俯瞰我们学校。这个时候，阳光遍洒全镇。我才发现，我们的学校，竟是如此美丽，来来往往的学生，让河畔充满生机。

吴三宝出现在大坝上。他说，知道你该来了，特地来接你。他说，你走后，同学们议论我们很长时间。

我问吴三宝那天为何要偷杀人家的羊，这个问题折磨了我很久。吴三宝说，他与几个地方的“流子哥”打台球，输了，他们要他请客，他爸不给钱，他就杀了一只羊，准备送到饭店炖了。他认识饭店老板，哪知羊皮未剥，警察就发现了。我骂他该死，把我害惨了，小时候砸了你一石头，扯平了。我说着，望着他那张脸。他一副白面书生相，却是最不爱读书的人。那次他用的是美容缝针术，脸上几乎看不出疤痕。那条若有若无的伤疤，像一条抬头纹，倒增添了他脸上的生气。

你走后，我也愤然离校，我够意思吧，人家殉情，我“殉学”，三宝说。

我向他竖起大拇指，说，够意思。我知道，他也是要去当兵。与我当兵的目的不一样，他爸说管不了他，想把他送到军营去，让部队管。

我要当海军，立在甲板上，让海风吹拂我的脸庞；累了，头枕着波涛睡觉，那种感觉，多美！

吴三宝说，晚上别走，到我家住，我爸到县里开会去了。

我犹豫着，我是想在他家住，又不好意思。他爸在家还好些，我愿意看他爸那张和善、慈祥、英俊的脸。他妈的那张脸，总是没有表情。见我没表态，他说，晚上我让你见陈晓。

我心花怒放，但又怕她不见我。

听我安排吧，命中注定，你们有一次美丽的邂逅，吴三宝笑道。他笑得不正经，好像布下了一个陷阱。

吴三宝一点也不隐瞒家丑，他说，他父亲在外面又有了女人，那个女人就是陈晓的后妈。我问，陈晓知道吗？你们见面不别扭？吴三宝说，他们是他们，我们是我们。再说，又不是她亲妈。吴三宝说，帅就是资源，是陈晓的后妈追的我爸。他说这话时，一脸自豪。

吴三宝请我吃兰州拉面，我吃得很香。饭后，吴三宝右手一挥：走！我跟在他身后。我们走过一条街，穿过一个十字路口，进到城关镇政府大院，来到吴三宝他爸的办公室。此时他爸，是城关镇派出所所长。吴三宝不开日光灯，只打台灯，他说日光灯太亮，打人眼，怕他爸单位的人发现。台灯暗，看起来像是前楼那些灯光映照在办公室的窗玻璃上。原来他偷配了他爸的钥匙，这刺激了我，我莫名地兴奋。

吴三宝从一个抽屉里，拿出一则手稿，说，我爸这儿有很多案子，新审过的，你看吧，很有意思。他说着，冲我挤眼一笑，就关上门，出去了。

3

这是一个干净整洁的办公室，长沙发很软和。吴三宝说要安排我与陈晓见面，自个儿却走了。我心里烦闷，随手翻着桌上的案卷，却一下子被那些案卷吸引。我看得心惊肉跳，呼吸急促。是一桩婚外情引发的血案：有一天，一个乡村放映员到外村放映去了，放映员的妻子独自一人在水塘边车水。这天是周末，一个在校住读的初中生回家，见放映员的女人这么吃力地干活，帮放映员的女人踩水。两人并在一起，手脚难免相碰。夏日穿得少，两只赤裸的胳膊碰在一起，突然碰出了火花。那个小媳妇伸手触摸少年那俊俏的脸蛋，那个少年伸手摸了那个女人鼓胀的奶。他们就那么滚倒在塘埂上。那是一个热得冒火的下午，这两个人在火一样的阳光里，被燃烧。

我浑身的血，大江大河般奔涌，我想起我与银山媳妇在一起的那个下午，这世上的事，竟然这么惊人的相似。一颗狂跳的心，差点从我的胸腔蹦出。

畈田无人，他们的事，本来没有人知道，可这个十六岁的少年，居然恋上了这个少妇的乳房，时间长了，纸没包住火，乡村放映员知道了。他扇了少年一个耳光，少年掏出水果刀，捅了那个放映员。放映员被送往医院，没有死，但受了重伤。

这是一个血腥的场面。然而，这血腥的描述，在我眼前一闪而过，留在我脑子里的，是少年与少妇的那段爱。说真的，我一点也不憎恨那个犯罪的少年，因为那个少年，几乎就是我。血腥的描述，并未将我内心的热情冷却，而那个少年的“壮举”，甚至给了我力量。我眼前浮现出银山媳妇。几声轻轻的敲门，打断了我的遐想，我收起案卷，开了门，是陈晓。这是我第一次单独与一个女孩子在一起，而且是在这幽暗的，没有开日光灯的办公室。

我没想到陈晓真的会来，是吴三宝的花言巧语把她哄骗来的，还是我军装的魅力。我那么想单独同陈晓在一起，可是，她真正站在我面前，我却又是那么局促。我盼着吴三宝早点来，他却迟迟未现身。

陈晓那张好看的脸，沐浴着窗外射进来的柔和的光线，像水中月。

我的局促慢慢地消失了，陈晓身上那股香味，令我莫名兴奋。我眼前再次浮现那个少年与放映员妻子在一起的情形。眼前的陈晓，变成了我想象中那个少妇，其实就是银山媳妇的影像，而我，几乎把自己等同于那个车水的少年书生。我伸出手去，想拥抱陈晓，我差点像那个少年一样，伸手去触摸她的胸。我又开始了漫长的局促。我心里燃着一把火。陈晓显然感觉到了，她说有些热。她打开窗，灯光下，树的影子，歪歪斜斜地散落在院子里。夜风吹动她的头发，她迎风而立的姿态真美。

我内心的火，并没被夜风熄灭，反而被吹得更旺。我听到有唾液在喉管漫上来的声响。空气震颤着，我内心的感觉交织：兴奋，愉悦，还有惧怕和痛苦。

我再次走向她，她说，还是热。她打开了门，我的心也随之趋于平静，平静下来的我冷静地想，就让这朦胧而美丽的夜，就这么朦胧着，美丽着。

吴三宝回来了，陈晓起身走。我和吴三宝盯着她的背影。她的背影消失的那一刻，我的心陡然被掏空了。

吴三宝的目光，很久才从陈晓离去的方向收回。他问我，你吻她了？我摇摇头。他说，她看起来不高兴，那就是因为你没吻她。我没理吴三宝。

离别是思念的开始，思念像蚕吃桑叶一样，啃噬着我的心。奇怪的是，我思念的并不是陈晓，而是银山媳妇，我想起在塘埂上与她滚在一起的那个遥远的下午。

4

入伍前的那个晚上，我依然是在窑场度过的，尽管母亲要我在自己家住一晚，我赌气似的说不。聋二把那只唯一的老母鸡杀了。他下手时，我在场，我阻拦他，不让他杀。他杀了，就再也没有鸡蛋吃了。但他说，要杀，四郎向阳去当兵，我不杀只鸡炖给他吃，我心里怎么过得去？我一把抢过那只鸡，把它抛向空中，但那只鸡并不展翅飞翔。它夹紧翅膀，重重地摔在地上，还跌出一只鸡蛋来。聋二抓起它，拔去鸡脖子上的毛，一刀抹了它的脖子。

如果不是为我，聋二不会那么残忍。

黄昏时，鸡肉的香味，在山洼里飘荡，但我吃得并不香，似乎还落了泪。我说不清是因为这只鸡，还是因为离别的伤感。聋二说，去吧，去当兵，考军校，当个军官，荣耀，将来好娶媳妇。

聋二笑着，眼里却挂着泪。原来娶媳妇，也是他这个寡汉心中的头等大事。

夜黑下来。我与银山媳妇滚到一起的那个遥远的下午，再次跃入眼前。我想去银山媳妇家，与她拥抱，告别，可聋二跟得紧，我也缺乏勇气，便早早睡下。

第二天，我与那些同我一样脸上带着傻气的新兵一起，一头扎进大客车，再转乘火车，奔赴遥远的东北。

邻近几个县去东北的兵，乘同一列火车。我正襟危坐，看着对面的新兵，从他们的脸上，我像看到了自己。越过那排新兵的头顶，我看见远处有个新兵，虎头虎脑，很像石头。我起身，向那边挤过去。

接兵干部问我：干啥去？我竟然脱口而出：我们去战斗！ 说完，我愣在那里。与我一样的新兵们，都看着我，傻乎乎地笑。我也笑了。

接兵干部没有批评我，他粗大的手，落在我的头上，摩挲了一下，那细微的力量告诉我：去吧。

果然是石头，我坐到他身边。我们相对无言，热泪奔涌。但这只是个插曲。这次意外重逢，给我们的喜悦是短暂的，而后是漫长的伤感。我们那时不知道自己会被分到哪个部队，没法留地址。我们去到自己的部队，就像鸟儿进了树林，再也难寻见。

我走后不久，吴三宝也走进了军营，不过，他并没当上海军，他南下广州，当了一名通信兵，我是后来才知道这一消息的。那时，我正在新兵连，突然接到一封来自广州某部队的信，吴三宝的字很洒脱，说话也不再像在高中时那样口无遮拦。

陈晓因父母婚姻变故，影响了她。她的学习不好，只考上了地区的公路中专，那所中专还不包分配。陈晓要吴三宝早点回来，她怕他当上军官，在遥远的异地，把她抛弃。

我的直觉没错，吴三宝与陈晓是恋爱关系。可他为何在我离校前，让我与陈晓单独见面，他是在考验我吗？

吴三宝三年后回红安探亲，秘密地与陈晓结了婚，一年后他们有了儿子。不久，吴三宝离开部队，北漂，进军影视圈，成了一名三流电影演员。几年后，吴三宝和陈晓，各自有情人。这也是吴三宝亲口说的，他说，我们各玩各的，互不干涉。他遵循他爸那套爱情婚姻家庭观。

5

两年时光，在军号声中度过：起床号、开饭号、训练集结号、熄灯号……号声悠远，青春激荡，我成了老兵。我报考军校，然而，名额有限。我别说进考场，就连学习班都没进。我后来听我们班长刘明光说，我们那个野战旅，每年考上军校的，不足二十人，军校扩大招收高中应届生的比例，也开始在地方大学直接录取。

不行找找人吧，班长说，那些能进入考场的，大都是有门路的，旅长的侄儿，政委的外甥，参谋长的小舅子，占去一大半。

找谁呢？我，一个上等兵？我说，班长，我就认识你。班长说，我就认识连长。他就去找连长。连长去找营长。可营长说，他官还是小，说了不算，报考名单由旅干部科统一定，旅长政委把关。

不行转个志愿兵算了，我自我安慰。班长说，那可不行，你正宗高中生，不考军校，转志愿兵，白瞎。

我把情况写信跟父亲说了，我没有单独给聋二写信，我知道，父亲会跟聋二说的。我知道，聋二也会跟着难过。但我不知道聋二会为了我考学，千里迢迢，跑到东北来。

那天下午，我接到门卫值班室通知，让我去接家属。我在门卫走廊里，与聋二撞个正着。

聋二抓起我的手，说，你别叫我干爷。我看他的样子，心软下来。我以为他要我喊他叔。他说，更别叫我叔，学城里人，叫爸。我停下脚步，瞪他一眼，说，你那么远跑来，就是为了让我叫你一声爸？他窘迫地说，你不愿叫，就什么也别叫。反正你别跟你的战友说我是你干爷。

我不知道他葫芦里卖的什么药。

他抓着我的手不放。我们走了一段时间的路。路的右侧，有一幢高大的楼房，那是我们炮兵旅最大的一幢楼，机关办公楼。聋二也是当过兵的，一看就知道。他说，走，跟我走。从当兵到现在，机关楼我还没去过哩。我吓得腿都软了。聋二拉起我。他的手像巨大的铁钳，我无法挣脱。我不知道他要干什么，直接被他拽上楼，拽到 301 房间的门前。他敲了敲门，没等里面传出声，他就推开门，拽着我进去了。

办公桌那边，一个大脑袋的男人腾地站起来，冲我们怒吼，谁呀，你是谁呀？让你进来了吗？大脑袋男人是我们的旅长，他不认识我，我认识他。他曾在训练场上给我们做动员。

我吓得像被人抽了筋，身子就要瘫下去。聋二一只手紧紧地拽着我的胳膊，把我拽得笔直，他自己也站得笔直。他向我们的旅长敬礼。他拽着我说，首长，他是杨向阳，二十连的战士，我是他亲爸，他是我亲儿子。我就这么个儿子。我儿子是正儿八经的高中毕业生。我想让他考学，可是，部队说名额紧，不让考。我也是个军人。旅长，你就让他考吧，他是我唯一的儿子，是我唯一的希望。我是上过战场的人……

聋二语无伦次。

旅长那张愤怒的脸趋于平静。他说，报考军校人员的名单，是旅党委研究决定的。这些战士，已经上文化队集训了，他们还有三个月就要进考场。

那你就让我儿子直接进考场。只要给他一次机会，考得上考不上，那是他的命。旅长，请你给他一次机会。

大脑袋旅长脸上舒展开的肌肉再次向中间云聚，那脸的颜色变成铁青，他像是在努力克制自己。他很快就会发火。我从未这么近距离地接触这么大的官，何况他这种表情。我吓得直发抖。我拽紧聋二的胳膊往外走，聋二却挣开我。他突然上前几步，接近旅长的办公桌，麻利地褪下裤子。旅长大声吼，你干什么，你要干什么！但随后，他重重地跌倒在他的椅子上，盯着聋二，准确地说，是盯着聋二的下身。他目瞪口呆。

聋二干瘦的白屁股朝着我，我觉得太丢人了。他为什么要这样，这样旅长就能让我去考学？

完了，我算是彻底完了。我说，旅长，他不是我爸。

聋二冲我喊，怎么不是，你嫌你爸丑，就不认爸！

旅长铁青的脸，恢复了一点血色。他向我摆手：你先出去！

我走出去，顺手带上门。我倚着墙，闭上眼，眼泪涌出来。我怕别人看见，我蹲在地上，像鸵鸟一样，将头埋在两臂间。我突然觉得自己特别可怜。我号啕大哭。

时间不长，旅长喊我，那个什么？什么向阳，进来！

我走进去时，旅长的脸不再铁青，恢复了原来的小麦色。旅长说，向阳同志，你回去吧，回去准备准备，明天上文化队报到，我这就给你们营长打电话。

我愣在那里，像在梦里一般。聋二一脸欣喜，他伸手点了一下我的胸脯，说，还不谢谢首长。我立正，敬礼，说，谢谢首长！

我们走出旅长办公室，走出办公大楼，踏上林荫路。走了几步，聋二对我说，我就不到连队去了，窑场时间久了没人，会垮掉的。我这就到城里，买回武汉的车票。你好好学习，一定要考上军校。重点中学的高中生，能考上，一定能考上！

聋二走了，我依稀像是在梦里没醒过来。

我茫然走回训练场。营长笑着向我走来，说，你不用训练，回去收拾一下，明天到文化队报到。

6

入军校后的第一个暑假，我回家探亲。我一身鲜亮的军装，红肩章像两片燃烧的火焰，照亮了整个竹林湾。

父亲用他沙哑的公鸭嗓说，去看看聋二。

我走向窑场。记忆中干净整洁的窑场，现在一片脏乱、荒凉。窑棚几乎垮塌。我以为我离开这几年，聋二能实现他的理想，在这片窑场盖起三间青砖瓦房。看来，那依然只是他的一个梦。他在忙碌，晒场上的尘土，在阳光的照射下，雪花似的飞扬着，落在他弯曲的膝盖上，落在他的脚背上，落在细沙子上。听见我的动静，他停下来，冲我笑。昔日高大的聋二，身子矮下去一截。凌乱的胡须，增添了他的沧桑感。他向着我迎过来。他一直朝着我笑，但他那深陷的腮，使他的笑容并不比哭泣更好看。

爷……我一直想这么喊他。在军校那几年，我无数次喊过他爷，在梦里，在无人的梧桐树下。

干爷……我喊出口的，还是这两个字。

嗯……他应道，有欣喜，似乎亦有失落。他伸出一只胳膊，准备像我小时候那样搂抱一下我，但踌躇之后，他的那只手只是若有若无地拍在我肩上。

茅屋阴暗。这就是我住了七八年的茅草屋吗，这就是我睡过的床，我坐过的椅子，我无数次伏在上面吃饭和写作业的桌子？给我炒菜炖汤煮面的，就是那口黑漆漆的锅？

我习惯性地坐在床上，还是那套被子，还是我睡过的床单，上面已经有了补丁，针脚粗细不均，歪歪斜斜，一看就是他的手艺。床上的潮气上涌。我感觉到潮气如丝，顺着我的脊背缕缕升腾。

我先是听见他一声高过一声的咳嗽。他还是戒不了烟。我看见他佝偻的身体。风吹日晒，他那暗红色的脸庞变成了黝黑。我不敢正视他，他完全不是我记忆中的那个人，他那么老，胡子拉碴，瘦削的脸，皱纹间落着灰尘。

我原本是想来同他坐一会儿，吃餐饭，晚上在这儿住，同他叙旧。眼前的一切，让我改变了主意。我原本想向竹林湾的人，证明我是一个知恩图报的人，现在看来，我做不到。我长大了，成人了，而且是一个军校学员，三年后，就是一名军官，我竟然还是害怕窑场。我心里清楚，我并不是单纯地惧怕窑场后面的坟地，怕那个绿裙女子，我是惧怕过去，惧怕回忆。

我希望过去的一切，只是我脑子里的一个意念，一段狂想，它与现实无关。

我起身，说，干爷，我走了，有工夫再来看你。我的嫌恶，不知他是没有感觉到，还是不在意，我从他的表情上看不出来。他说，我给你弄吃的，你吃些东西再走。他没说是烧茶，说是弄吃的。他没把我当客人，他依然把我当成他的亲人，或许，我依然是他心中那个“儿”。

但在情感上，这似乎已是生命中不能承受之重。

我走出窑棚，在门外站了一会儿。聋二追出来。门口有一辆牛车，他依然在用牛拉车。

假期结束，我要归队。父亲送我。我选择的路线不是后山坡，而是从南山坡到远垸，我没有说出来，但我心里清楚，我是在躲避着聋二。

从南山坡走出松林，我突然感到身后有什么东西，我回过头去。在那一瞬间，我看见一双眼睛，隐藏在松枝里，那是一双布满血丝的眼睛。我知道那是谁的眼睛，我描绘不出那种眼神，但它铭刻于我心。是的，那双眼睛，还有眼里的留恋与空寂。那一刻，我想，他的心也是空的。

瞬间，他那双手松开，那些被扒开的松枝合上了。

我心里一阵刺痛，可我没有勇气去追他。我继续前行，我感到他的目光透过浓密的松枝，依然黏在我身上。我努力地走，企图摆脱他的目光。我似乎终于摆脱了。

我真的摆脱了吗？

我脸上一热，是我的泪，我没去擦拭，我怕送行的父亲发现它。

第二十章　手艺人

1

那年大郎在部队提干，给我们这个在贫穷中挣扎的杨氏家族带来了希望，他将一条阳光大道铺展在我们面前。这条大道一端连着我家，一端通向军营。那时，二郎正忙着学木匠手艺，忙着找对象。父亲示意二郎去当兵。其时，二郎正在屋檐下砍一根木头，木头遍体鳞伤。二郎放下手中的斧子，漠然地望着父亲。父亲努力地表达着他的想法，你大哥个子不高，文化也浅，在部队提了干，在城里找了媳妇，虽然是龅牙，但人家吃国家饭，穿得干净，不用在这水田旱地累死累活。亏得这身军装。二郎放下斧头说，那我试试吧。

二郎走进体检站。但他没能通过体检，医生说二郎肝大两公分。多年以后，我问部队医生，他们说，医学上没有肝大肝小之说。现在想来，我们一家人是受了骗，一定是大队干部不想让二郎去，随便找个理由，把二郎给刷下来了。可这个时候，受骗不受骗，已毫无意义。尽管后来二郎多次说，他当年要是当了兵，凭他的脑瓜子，早提干当军官了。他还处处自诩他是我们弟兄中最聪明的人。他后来当了村长。他说，我是读书少，我的书再读多一点，能当县长。

二郎当兵未果，家里又出现了砍木头的声音。

二郎的师傅是我们的姑父金大牙。

在乡下，手艺人还是比纯粹下苦力的种地人受人尊重。手艺学成了，可吃百家饭。活计做到谁家，好饭好菜供着，好烟好酒敬着。二郎虽然未出师，但他在学，这预示着他有一个手艺人的未来。

那段时间，老君山林厂的树木砍伐得厉害，我的姑父金大牙他们没什么事干，被抽调到红安县第三建筑队。姑父把二郎也带去了，不同的是，姑父是国家正式工人，二郎是临时工。

临时工也比纯粹的农民强。

那个女子第一次到我家，我被她的美丽震撼了，她身上有一股淡淡的香味，像河畔的栀子花。我心里就蹦出“香姐”两个字。当我听她叫艺香时，我简直惊呆了。这让我很自豪，很幸福，好像我们早就认识。她就像画上的人，脸很白，白里透着红。她的眼睛很大，有着长长的眼睫毛。她黑亮的眼睛像宝石。

她很缓慢地走着，那样子让我陶醉。农村姑娘，走路从来都是风风火火，什么时候像跳舞似的走得这么慢？她还提胯，扭着腰肢。母亲在灶屋里说，走路怎么那么慢，像城里的女伢一样。这样的人，怎么下地干活？我当时往灶膛里添柴火，母亲的话让我反感。还未过门，她就这么说人家，何况母亲是个大嗓门，堂屋的艺香应该听得到。我跨过灶屋的门槛，看艺香的反应。艺香依然恬淡地微笑着坐在那里，或者缓慢地走动，给堂屋里的客人倒茶。

后来我发现，艺香的腿有点小毛病，她不能走快。她一走快，腿脚的问题就暴露出来了。

母亲看见了艺香走路的样子，愣在那里。她喊道，这样的脚，怎么下田干活？二郎朝着母亲怒目圆瞪，谁说要她下地干活？我就是要把她养在屋里！

父亲不同意这门亲事，他看不得艺香这么走路，好像艺香是在模仿他，嘲笑他。他的双眼青蛙似的鼓得都快掉出来，那眼里溢满泪水，像是委屈得哭了。二郎清楚父亲，他不乐意的时候就是这个样子。再往下，就是摔东西。二郎说，就是她了。腿脚好，长得又这么好看的，能跟我？她不嫌我们家弟兄多，不嫌我的老子是个瘸子是半个哑巴就不错了。二郎平静地说，却是把一块巨石砸在父亲的心里，父亲气得脸上肌肉抖动，大张着嘴，却一句话也没说出来。母亲见他气成这个样子，反倒安慰他，你别这样，当爷的管那么多做么事，是他说媳妇，又不是你。

艺香虽然脚不好，却并不自卑，反而高仰着细长的脖子，使她与其他乡村姑娘不同。我们后来才知道，她的舅舅是县城煤炭局的副局长，她初中毕业后，在舅舅家当保姆。那几年，她学城里人穿衣、走路，还学城里姑娘偷偷去滑旱冰，也就是那一次，给她留下了终身遗憾。她摔了一跤，磕着了膝盖。她怕她的舅舅，更怕她那个成天噘着嘴嗑瓜子的地主婆一样的舅妈。她不敢说，又无钱去医院瞧病，就忍着痛，慢慢地走路。她常常痛得额上的汗珠豆粒般滚落。后来不痛了，却落下毛病。她舅舅发现了，给她拿钱，让她去瞧病，已经晚了，骨头都长拢了，定型了，她的人生，也就定格在乡村。她的舅舅原本是想给她找个城里人家。

艺香对二郎倒还满意，就是嫌我家弟兄多，负担重。

怕是一辈子难翻身，她对媒婆说。

2

我感到在家的压力。我快步走向黄昏的深处。我的身后，聋二的脚步声沉重地传来。他走得很快，极快地。我沿着聋二脚步声传来的方向走去。聋二站在窑场边那个长满青草的土堆上等我。

艺香说想退亲，但并没有真退。这段时间，二郎没完没了地要钱。他要钱给艺香，算是彩礼。据说她家要的钱并不多，只是我家里没钱，才觉得她家总在要钱。

田里的二季稻秧苗都插上了，暂时没有犁田耙地的活，只是薅秧苗。这几天，二郎在县城没有木工活，回到竹林湾。他不薅秧苗，只是同父亲吵架，他逼着父亲上亲戚家借钱，说艺香的父母要买木材，给女儿打家具。父亲说他夜里再去借，白日要薅秧。都知道父亲是好脸面，不愿大白天去求人。二郎竟同父亲吼起来。二郎说，秧有个么薅头！薅出花来，也多结不了几粒谷。一家人震惊了，没想到二郎竟然敢同父亲这样说话。父亲怔怔地望着二郎。二郎又说，养这么多儿，有个么鸈用！父亲双眼盯着二郎，是那种青蛙似的，浸满水的眼睛。二郎毫不示弱，盯着父亲说，人家明天叫送钱去，钱送不去，就退亲！父亲当然不想二郎被退亲。他起先不愿意这门亲，现在退亲，前一阵子的钱就打水漂了。

那天是星期六，我回窑场拿米拿菜，顺便回老屋看父母，看到一家人那么低沉，二郎在家，阴冷着脸。父亲在畈田里没回来，母亲在灶屋里烧火。我就去窑场。走到林子里，被麻球拦住，他的一席话，让原本伤心的我，心里像刀割。麻球说，二郎把父亲打了。

我一听，心里像插了一把刀，这不是打娘骂老子吗？麻球又说，二郎不仅把父亲打了，还是追着打，撵到楼上打。我沉默着，不想听，可又想知道事情的原委。麻球说，你父可怜。艺香家要钱买木材，打组合家具，二郎见你父没借到钱，就骂他没龈用。要是只有他们两人，这事也就过去了，偏偏有一大堆人，都在你家门前的桂花树下。你父面子上过不去，就去打二郎 ，没想到二郎一手抓住你父的手，在他后背上打了一拳。可怜你父挣脱二郎，跑到屋里躲。二郎又追到屋里。劝架的人跟到屋里，拦住二郎，二郎还要追。硬是把你父追到你娘房屋里的板楼上去了。

我听着，浑身哆嗦。我要是见了，会吓个半死。我最怕打架。

那是个伤心的夜晚。那个夜晚，我与聋二坐在窑场边的草地上。我看见父亲的身影，由远而近晃动着。

父亲来到我们身边，在一旁坐下。聋二说，大志哥，你先坐，我去烧水，沏茶。父亲说，不喝了，不喝了，喝了睡不着瞌睡。父亲很少晚上到窑场来，聋二知道他想同我说话，便躲开了。

聋二的身影隐入茅棚后，父亲看我一眼，目光躲闪开。他盯着眼前那片泛黑的草。父亲说，你就在这里，好好地跟你干爷待着吧。我的能力有限。光我的能力，怕是供不起你读书。可是，一个人，必须要读书，不读书，就只有种田。

父亲擂了一下他那个右腿膝盖，似乎我们一家人没过上好日子，全因为那只膝盖。

我突然觉得父亲特别可怜。我想起麻球说二郎打父亲的事。我问，父，我二哥打你了？父亲摇摇头，说，没有，我是他老子，是他的大人，他怎么会打我呢。父亲越这么说，我越难过。我说，父，你别瞒着我，我都知道，麻球都告诉我了，说二郎追着打你，把你撵到板楼上了。

父，你莫要怕他，只要我在家，他不敢打你。他再打你，我就上去打他。我打不过，咬也要咬他一口。

父亲伸出一只手，放在我的肩头上说，莫听外人瞎说。麻球的话，是不可信的。不是二郎打我，是我打他。湾里拦架的人把我拦住了，我打不着他，他们把我推到下屋里，我就上楼，楼与墙之间不是有这么宽的空吗？父亲两手前伸，比画着半人宽的缝隙说，我就想从那个缝里下去打他。四郎，不是他撵着打我，是我撵着打他……

父亲结结巴巴，努力为自己辩解。

我不知道该信谁的，父亲说，其实，二郎很聪明，初二时，还当班长，初三那年，没有学费，老是拖，伤了他的自尊心，学习就掉下来了。怨我没能耐。父亲的眼睛，在灯光下闪动着亮光。他好像哭了。他说，你么事也别管，好好读你自个儿的书。

第二天我去县城上学，二郎也去县城。二郎把他的木匠工具箱绑在车后座架上，他要住到建筑队去。二郎说，我再也不回这个家了。但二郎与我们竹林湾的众多人一样，走前，因为恨，都这么说，可过几天，几个月，最多几年，还是回来了。二郎离家的时间并不比别人更长，他只是在建筑队待了七天就回了家。二郎走时，在米缸里铲了半蛇皮袋大米，还带了咸菜。米和菜吃完了，他再回来拿米和菜。娘问，做工还挣不上一口饭吃？二郎没吱声，但脸上分明有了怒气，母亲就不敢再问。但母亲的话被麻球听见了，麻球闪身过来，说，自个儿的儿子，从小养到大，再养几年又么样？这话显然有点嘲讽的意味。母亲没理他，生着闷气，回去生火做饭。

二郎回家次数越来越频，先是周末回，不久两三天回一趟，最后每天都回。每次回家，自行车后架上一定绑着那个蛇皮袋，里面是木头。他把木头堆在他那间屋子里，积少成多，几个月下来，就好大一堆。一次，父亲对他说，在外做事，手脚要干净，别贪别占。占小便宜，吃大亏。二郎平静地回答：这都是工地上不要的废料。二郎把这些所谓的废料，用板车一车一车地拉到他未来的媳妇艺香家去。

那时候，艺香的父母听说二郎同父亲打架的事，版本同麻球说的一样，说二郎追着撵着打父亲，直把他撵到楼上躲起来。他们说二郎不孝，他们要退亲，二郎的这一板车又一板车的木料挽救了这门亲事。那些天，二郎上班，早去晚归，归时不回我家，直接去艺香家，夜里加班打家具。他给艺香打了一套组合家具，艺香未过门的嫂子也定的是这年年底嫁过来，看中艺香这套组合家具，要一套，要一模一样的，若不给就退亲。二郎大气地说，那这套就给嫂子，我再给艺香打一套。艺香的娘就不再提退亲的事。

二郎虽然没有偷窃建筑工地上的木料，但他这种顺手牵羊的做法，还是让他吃了大亏，三年后，二郎所在的红安县建筑公司转一批合同工，临时工干满三年的，都可申报。二郎也申报了，但最后因为他好“顺手牵羊”，被人举报，他没能变为长期合同工。得到消息的那个下午，二郎从工地早退，回到竹林湾，在石桥河上站了整整一个下午。母亲在桥头看着二郎，怕他跳河。

3

在我印象里，艺香的家人很刻薄。二郎把给艺香的组合家具打好后，准备用边料给艺香家打两只箱子，艺香的娘说，不用了。家里拿不出彩礼，这亲事就算了。乡村人就这样，动不动就拿退亲说事。那天晚上，二郎早早地回到我家，告诉家里这个消息，我说，退就退。

她家这是逼人命。她一个跛脚，有什么骄傲的。二郎举起一截木条子，横扫在我腰上。这木条子要是敲在我的脑壳上，脑壳不塌方也得裂纹。我跑到一边生闷气。我为他说话，他竟然要打我。

二郎那几天脾气暴躁，母亲说，你们莫惹他咧，离他远一些。他就是个二郎神。

这时候，一封电报挽救了二郎的亲事，那是远在部队的大郎发来的。大郎说，部队正在招军工，大搞建筑。二郎会木匠手艺，经大郎推荐，被部队录用。二郎把信拿给麻球看，放出风去，却并不去找艺香，而默默地做着到部队报到前的准备。艺香急了，那天下午，来找二郎。那天晚上，艺香没有走。静夜，竹林湾很多人在河浪声声的间隙里，听见我家那间新屋里传来男欢女爱的声音。清晨，这两个年轻人还在沉睡中，麻球的感叹就回荡在竹林湾上空：到底是年轻人，整整一夜啊！

二郎三天后就到部队上去了。二郎到部队后，与艺香书来信往。二郎在信里对艺香说，他要用勤劳的双手创造幸福。

二郎四个月后就回来了。二郎回来后，比先前白了，穿着没戴军衔的军装。有时，他穿着部队上发的那种纯白衬衣，使得他看上去特别干净。艺香问二郎什么时候再去部队，二郎说三个月以后。这三个月是部队全力抓训练的时候，所以给他们这些工人放了假。艺香问什么时候带她去。二郎说，这得先结婚，不结婚，部队没法随军。二郎说，要不，我们算了吧。我觉得我配不上你。这话一说，艺香就哭了，撕扯着他，说，你这个陈世美，我不活了……二郎一把将艺香抱得紧紧的，之后，她的手慢慢地软下去，整个身子，也歪倒在二郎的身体下。第二天，他们就去扯了结婚证。不过，没举办婚宴。按农村习俗，婚宴大都在腊月办。

二郎以临时工的身份回建筑队上班。二郎说，总不能吃闲饭吧。三个月后，二郎还往建筑队跑，艺香待不住了，问他，为什么还不动身去部队？二郎说，向部队请假了，开春再去，腊月里先把你娶进门，内容有了，形式也得有。二郎说的当然是婚礼，我们竹林湾叫“过客”。

腊月二十六，艺香在鞭炮和唢呐声中，缓慢地走进我们老杨家。正月初八，艺香催二郎去部队，二郎说，过完十五就走。正月十五，二郎整理行装，打算像其他打工者一样，正月十六出门。正月十六这天一早，在一家人恋恋不舍的目光中，二郎走向石拱桥。在石拱桥顶，二郎突然扔下行李，冲向在门前站立的艺香。他紧紧地拥抱着艺香，哭泣着说，艺香，我不去了，我舍不得你，我离不开你。我情愿跟你在一起过苦日子，也不愿意抛下你，让你一个人在家。二郎痛哭流涕。

围观的人越来越多，劝说声随之响起。葵花说，这二郎重感情，要我说啦，不去就不去，新郎丢下新媳妇去做么事。外面是金山银山也不去。麻球说，不去怕也不是坏事，那年桑伢到矿上，不是再也没回来吗？他这么一说，艺香的脸色一沉，挣脱开二郎，走进新房。她虽然是不高兴，但显然也是默允了。

麻球又说，好感人啦，从来没见过这样感人的场面。麻球说得没错，就是城里人银山和银山媳妇，除了闹洞房，也没这么在人面前搂抱过。浪漫啊！

二郎进屋。我懂事地去拎二郎的行李。我回到家时，二郎的房门已经关上了，我推了一下，没推开，就在门前站立。我听见二嫂嗡嗡的哭泣声，我听见二郎说，军工是什么？军工就是部队的建筑工人，我不就是一个建筑工人吗？何必跑那么远？我们第三建筑队，正在招工，临时工，早晚会变成合同工，正式工。

很长一段时间，我们一家人特别后悔，认为二郎当时应该去部队当军工，而不应该恋家，都说他是苕货，二郎为了证明自己不是苕货，是聪明人，说出了事情的真相。原来部队上招工，是一个骗局。

二郎说，那时候，艺香与他闹别扭，他向大郎诉苦，他想到部队去找点事干。大郎说，部队在山里，没什么事可干。二郎就说要去玩几天，散散心，大郎同意了。二郎就假借大郎的口吻，写了一封信。他把艺香接到家里来，拿出信说，你看，大哥的信，大哥说部队要招军工，他把我的名字报上去了，我被录取。

二郎做梦都没想到，大郎那个部队，竟然在一个山沟里，比我们竹林湾还偏僻。

二郎到部队后，的确没事做。大郎是营里的司务长，营长教导员照顾大郎的面子，让二郎在这儿吃住，没事就去爬山玩。玩够了，二郎又不敢回竹林湾，怕艺香知道他骗她，甩了他，躲在这里想万全之策。白吃白住，二郎不好意思，大郎更是没法向营长教导员交代，就向营里申请，让二郎把营房的门窗修理一遍。山里不缺木头，有的门窗旧了，就重新做。这一趟下来，竟然也花去了二郎四个月时间。营里象征性地给了二郎一些工钱，大郎又给他拿了一些钱，二郎就回到了竹林湾。

分家后，二郎和二嫂住的那间屋，一隔为二，上一半睡人，下一半是堂屋。二郎在那犬牙交错的地基上，搭了半间毛坯房，当作灶屋，日子过得火热。二郎自此不再下田做农活，县建筑队有活，就在建筑队干。建筑队没活时，他就在家里打家具，好像他真的是一名吃商品粮的工人，像那些“半边户”家庭一样，男人工作，女人下地。

二郎闪电般的分家，令我家遭到竹林湾和竹林湾以外亲戚朋友的嘲笑。在竹林湾，媳妇娶进门，一般过三年才分家。实在过不到一块的，最次也要撑一年。这么快分家，遭人耻笑，父亲母亲觉得脸上无光。父亲很生气，可事已至此，他只能鼓着青蛙似的眼睛，表示他的不满。他上火，牙疼得整日歪着头。母亲惯治牙痛。她找来一个小油锅，油炸罂粟壳。锅上架着一个倒扣着的漏斗，让那热气从耳朵里钻进去，耳朵里会有白色的小虫，掉在油锅里，约七八只，米粒那么大。母亲治牙痛，远近闻名，但奇怪的是，她竟然治不好父亲，父亲痛得没法，用一小块布蘸上柴油，含在牙上，当麻醉药。

父亲的牙痛，一直延续到二嫂生下我的大侄子。大侄子是在冬雪纷飞的时候出生的，重不足五斤。二郎在高兴的同时，没忘记埋怨几句：就因为家里穷，没有营养，他奶不给儿媳妇弄好吃的，我的儿子才这么瘦。二郎给儿子起名杨清华。那次石桥河大队不让二郎当兵，二郎受了打击，生气地说：不让我去！让我去我还不想去呢。我不当兵，以后我儿子也不当兵，我的儿子，我让他们好好读书，考清华、上北大！

隔代亲，父亲的目光时常越过五郎六郎，奔赴二嫂的怀抱，疼爱地看着吃奶的大孙子。

4

三郎也是手艺人，篾匠。

三郎初中读了两年，嫌路远，嫌学费贵，不读了。父亲就让他去学手艺，好歹将来能说上媳妇，成个家。

父亲问三郎，你愿意学么手艺？三郎没有回答，他茫然地望着门前的石拱桥，望着缓缓流动的河水，最后，目光朝向远处的竹林。苍翠的竹叶一团团簇拥着，像一朵朵绿色的云。三郎说，学篾匠。父亲摆手，说篾匠活少。三郎说，泥瓦匠太累，窑匠太脏，博士（木匠）吧，你看我这身板，也拿不动斧头。三郎长得俊秀，像个白面书生。父亲点头说，行，有个手艺总比没手艺强。父亲就去给三郎寻师傅。石桥河一带竹子少，篾匠是个冷门，师傅自然难寻。父亲寻了三天，最后去了四十里外的河口镇。河口镇上有一条河，河两岸长满桂竹和水竹。离水近的是水竹，水竹长得小而有韧性。离水远的山坡上，是桂竹，也叫旱竹。桂竹长得壮硕。那个镇上篾匠多。河口镇是大悟、黄陂、红安三县交界处，集市繁华。父亲找到一个篾匠师傅。那人五十多岁。他抬身时父亲看清了那张慈祥的脸。那张脸让父亲觉得，把三郎送到他这儿，三郎不会受罪。父亲问那个师傅有无学徒。那个师傅说，十年了，没收徒弟。父亲问为么事，那人说，篾匠靠什么营生，不就是竹子吗？咱这河口镇四周的竹子越来越少。父亲说，竹子少了，这手艺不能失传。老人说，可没人愿意学。父亲说，传给我儿子吧。那人说，行，让他来。父亲满心欢喜，这事办起来，比他想象的要简单得多。父亲在家里说，拜师要准备四盒礼品，要烟酒，要把师傅接来吃饭，当面拜。这下都省了。第二天，三郎就背起铺盖，像上住读学校似的，去了河口镇。

三郎在师傅家勤快，清晨起来，把师傅家水缸挑满，之后扫地，做早饭。师傅和儿子分开过。他还有一个小女，不上学了，闲在家，没许亲，成天跟同学在一起，不怎么着家。每天，师傅师娘睡到太阳照屁股这才起来洗手脸，吃饭。饭后三郎洗过碗筷，忙完这一切，他下地干活。这样一天下来，三郎根本摸不着篾刀，也碰不着竹子。

一个月后，三郎跑回来了。三郎说，这哪里是学手艺，简直就是给他家当长工。

三郎自己跑到灶屋，将一大盘子剩饭炒了，逃犯似的几口就吞咽下肚。母亲说，么样搞得像饿牢里出来的。给他家当牛做马，连个嘴巴都糊不上，看把我儿苦的。父亲竖起右手的三个指头，说徒弟徒弟，三年受罪，他的师傅，当年不也是这么过来的？

父亲说，去吧，吃得苦中苦，才为人上人。熬出来了，出师了，你也带个徒弟，你不就可以过你师傅现在过的日子？母亲说，去吧，你不去么样办？你真的打算像麻球和聋二他们那样当寡汉条子？

第二天，三郎回师傅那里去了。也不知他是怕当寡汉条子，还是希望将来过他师傅那样有人伺候的日子。

这次，三郎待了三个月。他似乎习惯了那里的生活。他开始跟着师傅做篾器活。三郎干得咋样，不用问三郎，看父亲的脸色就知晓。父亲到河口镇上看过三郎，那天黄昏回到竹林湾，脸颊笑成菊花状。

三郎回来后，长白了，胖了。湾子里的女人逗他，说他搞得像个吃外饭的人。但他一连待了数日，没有回去的意思。麻球问他，咋个不去。你师娘让你吃她的豆腐了？三郎不悦，红着脸走开。几天后，父亲跟三郎生气，拿锹把要砍他的腿，他这才说他不去的原因。他说，他在师傅家，好容易开始学劈竹子，竹子把手割破了，包扎上了，不能沾水，夜里没法抹汗。时间长了，不抹汗，怎么受得了。他的师傅就给他抹汗。麻球说，这师傅多好，比你这亲老子都好。三郎说，我不喜欢他帮我抹汗！怪难为情的。麻球说，有啥难为情的，你把他当亲老子。三郎说，亲老子帮抹汗，也难为情。

这事并不大，这只是三郎的借口。真实原因是，三郎他受到了打击。他爱上了师傅的小女，师娘嫌他家兄弟多，穷。她告诉三郎，不要做白日梦。三郎在师傅家里，便有些尴尬。

三郎把这事当秘密告诉了我，我告诉了聋二。我在聋二面前，没有秘密。聋二说，你告诉你三哥，把他师傅伺候好，这事肯定成。

三郎三年出徒，回来后，果然把师傅的女儿带回来了。他们不喜欢在家待，住进了竹园。竹园深处，有一间土坯屋，那是村长刘仁义盖的。但他这个村长只当了两届，很快被选下来了。麻球说，再让他当下去，石桥河两岸的小媳妇，都得让他睡了。

话粗鲁，却像是那么回事，刘仁义当村长那几年，石桥河几个姿色不错的女人，与他关系密切。他与他堂弟大嘴的媳妇丫头有勾当，一直是传言，直到有一天，被大嘴娘抓了个现形。老太婆说，只等大嘴回来，告诉大嘴。麻球劝她，当娘的，糊涂就是明白，太明白就是糊涂，可别再用你那个死脑壳想这个世道的事，也别用你那双瞎眼看这个世道。这个世道是晕乎的，太明白了没法活。就说你家大嘴，半年也不回一次家，你以为他在外面闲着？他当包工头，有钱，不到外面搞女人，鬼都不信。你就睁只眼闭只眼吧，仁义是你侄儿，是大嘴的堂哥，照说，这肥水也没流外人田。

但纸终归包不住火，麻球知道了，竹林湾的人，还有不知道的？那年年底，大嘴回家过年，竹林湾半湾子的人，都把神经绷紧了，只怕刘仁义与大嘴打起来，都准备好随时冲上去劝架，哪知这对堂兄弟比亲兄弟还亲，晚上在一起大碗吃肉大口喝酒。有人说，大嘴不知情，有人说，大嘴知道了，根本不在乎。男人一年四季不在家，一家人，全仗着仁义哥呢。

大嘴嘴大心也大，是一个大度的人。

那年，刘仁义在竹林深处夯出一间土墙瓦屋，说是用于看竹林。他晚上不定时地住在那里。他进到屋里，也不点灯，让你弄不清他何时在竹林，何时又不在。再后来传言，这竹林中的土坯小屋，是刘仁义的隐秘之处，是他与大嘴的老婆幽会的地方。当然，这只是猜测，很难抓现行。竹林里的麻雀，总是扑棱着给他们报信。

那天，刘仁义的老婆秦菜花与丫头狭路相逢，秦菜花骂丫头，你这个妖精狐狸精，竹林里的青蛇精。

丫头说，我就是妖精狐狸精，我就是竹林里的青蛇精，我就能把男人迷住，你呢？两人撕扯在一起，从地里打到水里，从竹林打到秀水塘，再从塘埂打到石桥河边，撕扯到河湾里，若不是浅水湾，就同归于尽了。

被拽起来后，两个湿淋淋的女人依然打，自然少不了劝架的。母亲去劝架，刘仁义的老婆一屁股坐在地上，像一只落水的鸡，惨不忍睹。她拉着母亲的手，一把鼻涕一把泪，说，自从他迷上那个妖精，连脚指头都没碰过我啦。三年了，我就是个活寡妇啊……母亲说，你想多了嗫，那男人白天跑活，晚上还操着村里的心，是累了哩……

人在气头上，常把平时最不想让外人知道的事抖搂出来。听者心花怒放，嘴上假意劝说。

三郎憧憬这竹林里的小屋，提出要住进去。他说，我还可以帮你看竹园。刘仁义笑道，你当我是苕，我让一个篾匠看竹园，那不是让狼守肉摊。

三郎说，怎么会，我喜欢竹子，砍了可惜。刘仁义同意了。他说，行，反正你们也不能总在竹林待。竹林是我躲清净的地方，我烦了，累了，还是要过来躺一躺的。

三郎说，你啥时要躲清净，给个信儿，我们出去就是了。你要是睡觉，我们在林子边帮你看着，不让人来打搅你。

三嫂高个子大脸盘。我第一次见她时，她端坐在我家八仙桌旁。一双黑亮的大眼睛，使她整个人有了灵性。我们以为她是跟着三郎来相亲的，她却同三郎住下不走，直接就嫁给了三郎。

三郎对我说，这是你三嫂，又小声问我，怎么样，长得还行吧？我点头。三郎说，这是我师傅的女儿。聋二说得对，把师傅伺候好了，这事就成了。这三年，我伺候师傅，像伺候皇帝似的。师傅摔跤，手断了，我给他端茶倒水，接屎接尿，抹汗洗澡。三郎笑，笑得很得意。

5

三嫂没有嫁妆，没有婚房，没有“过客”（举办婚宴），算是“跑来的”，这对男方来说，是一件大喜事，省去彩礼，省去宴席。女方呢，因是跑来的，不是明媒正娶，没有底气，没有资格对男方的家庭挑剔和选择，在婆家难得挺胸抬头，只能低三下四，忍气吞声。

三郎的师傅是明白人，没有来闹事。倒让他老婆扯了几匹新鲜的布料送过来，当女儿的羞得没脸见娘，躲到林子里去了。

三郎不花一分钱，就把媳妇娶进来了。湾子里那些有儿等待娶媳妇的人家，羡慕忌妒。母亲从板楼上，拿出她珍藏的棉花，请弹匠给三郎弹了两床被。母亲喜欢三嫂，她没有像二嫂那样咬牙切齿要彩礼，彩礼不备齐不嫁，逼得二郎与父亲动手，让二郎成为我们弟兄六人中，第一个也是唯一一个打娘骂老子的人。

但母亲对三嫂这种不是明媒正娶，不计后果跑到男人家同居的女人，到底露出了一些鄙夷，反倒对尖刻的二嫂，更显尊重，甚至有一些惧怕。

竹林里没通电，每日，两人早早地睡下，急迫地做着夫妻该做的事，惊得竹林里的鸟迟迟不落营，在竹枝上扑棱着翅膀，叽叽喳喳。麻球说，久旱逢甘雨，饿虎见绵羊，干柴遇烈火，寒冬点木炭。这两个年轻人，真有战斗力啊！这三郎，看似老实，语言少，原来是闷骚。

大约六七天后，三郎厌倦了这没有灯光的日子，找来电工，扯了电线，装了电灯。自此，竹林的深处那星灯光，每晚都最后一个在黑夜里熄灭，又最早迎来东边的朝霞。

三郎是勤快人。

竹林湾，家家户户，都有了三郎做的竹器。三郎的竹器，美观耐用，三郎的名声远播。

那天，三嫂回了娘家。刘仁义让三郎到他家去做活。这天吃夜饭，刘仁义要三郎喝几盅。三郎不是喝酒的人，但刘仁义说，他自己想喝，让三郎陪。三郎不得不端起酒杯。刘仁义敬三郎，三郎干了。不干怎么办？现在还靠队里的竹子发财致富哩。

三郎就这样喝得有点多。刘仁义把三郎送到竹林深处的小屋歇息，走出林子，刘仁义并未回家，而是到我家，同我父亲唠家常。他闲唠了小半个时辰才起身，对父亲说，叔啊，我忘记跟你说，三郎晚上好像喝得有点多，你去看看吧，别出啥事。

母亲惊呼道，么样搞的咧，么样让他喝多了呢？我去看吧。母亲起身就往屋外冲。刘仁义拦住了她，刘仁义说，婶，你别去，夜里，蛇出来吃河边的水老鼠，莫让你一脚踩着了，吓死个人。母亲停了脚，对父亲说，那还是你去吧，快点。莫再出别的事。

父亲来到竹林，见三郎的门闩了，他敲门，里面没有动静；父亲喊，也没人应。父亲想，莫再喝死过去了。父亲急了，抬脚想踹门，怕把门踹坏了。他弓起身，把门抱在手，将门往上抬，往旁边一撤，门就端下来了。父亲喊，三郎，三郎。依然没有回声，只有粗粗的喘息声。三郎呼吸困难，有危险！他拉亮灯绳，看到比三郎酒喝多更可怕的一幕：三郎和大嘴的媳妇丫头坐在床头，两人扯着被子盖了半截身子。他们都低了头，不敢看父亲。父亲看到了他们，看到丫头那白亮亮肉坨坨的胸脯……

父亲吼叫着。父亲的吼叫，惊起一片鸟鸣。鸟的声音在静夜里传得很远，这提醒了父亲，他是个好面子的男人，他想到家丑不可外扬。他帮他们灭了灯，合上门，灰溜溜静悄悄地退出了竹林。

我一直认为，这件事是刘仁义设的计。他与丫头的事，三郎最清楚，他想把三郎拉下水，以便三郎给他死守这个已不算是秘密的秘密。但后来，随着事态的发展，我们才知道，事情远非那么简单。刘仁义设这计的真正原因，是想把三嫂搞到手。他曾经跟我说，你三嫂，除了脸盘大一点，是一个漂亮的女人呢，而且这么年轻，不到二十。你看她，明眸如潭，笑脸如花。刘仁义不知从哪本书上学来这两个词，用来夸我三嫂。我心里一沉，这家伙花心，一点不比奇货逊色。奇货喜欢大张旗鼓，而他，常于无声处，把别人的女人睡了。奇货是把女人睡了之后，女人才发现他的好。刘仁义，是还没同女人上床，女人就对他抓心挠肝。

这与他长着一副好皮囊有关。

6

刘仁义不但有一副好皮囊，人也斯文，他当了五年兵，会点拳脚却从不轻易示人。军旅生活在他身上烙下的印痕，抬高了他的身价。他言语间常会夹杂着一丝普通话，这与父亲不同。父亲教了几年书后，也喜欢夹杂普通话，却被说成“陕西的骡子做马叫”，而刘仁义的话，不但没人奚落，反倒觉得好听。他的斯文，就是人民教师刘映山都不及。刘仁义在一群粗野的庄稼汉里，儒雅得体。屠夫奇货睡女人，要给女人肉吃，刘仁义睡女人，女人找理由请他吃肉。

三郎与丫头这档子事，刘仁义想让人知道，又不想让更多的人知道，所以就让父亲去捉奸。要是我的母亲撞见了，指定会大喊大叫。那样，一湾子人知道了，就不是秘密，这条消息，也就失去它的价值。

这是我的猜测。

果然出事了。那天上午，三嫂冲出来，弄得鸡鸣狗跳，满竹园麻雀扑棱像发生了地震。三嫂披头散发。起先，我们以为三嫂是同三哥打架了，从三嫂的哭声里，才知道，三嫂被刘仁义骚扰了。那天，三郎在西河湾做手艺，三嫂本来在田里干活，回竹林小屋喝口水，就被刘仁义跟踪上了。三嫂哭诉着说，她进到小屋后，刘仁义跟进去了。她出于礼貌，给他沏茶。刘仁义接茶杯的手不去接茶杯，而是去抓她的手。三嫂就把茶杯放在桌子上。他又拿话问她，同三郎一晚上上几次骒，三郎主动还是她主动，做的时间长吗？你喜欢在上面还是在下面？三嫂被他问得面红耳赤，未等发怒，他就从后面一下子抱住了她。原来刘仁义的斯文也只是表面。三嫂挣扎着，刘仁义说，你就从了我吧，你的男人，都同丫头睡在一起了。你不信，去问你父。

三嫂挣脱开刘仁义，跑到我家。她来问我的父亲。但面对父亲，她语气低下来。她不好意思直问，便在哭声里诉说着三郎的不是，竟也没去指责刘仁义，怒气全在三郎身上。

父，你说，三郎和丫头，真的有那事吗？她的脸被眼泪糊住，被散乱的头发切割成无数小块，甚是吓人。父亲不吱声，不敢面对这张脸，他只是愤怒地望着地面，那目光，似乎要把地上钻出两个洞来。

母亲说，哪个说的，哪里有这样的事，你莫听刘仁义瞎说。

父亲亮起他的公鸭嗓，说，莫哭，是什么光彩的事吗？三郎才不是那样的人。丫头那么样的烂货，三郎能跟她？我这就去找刘仁义！

母亲不让父亲去，她怕两个男人打起来。

他不是还没害着你吗？母亲问三嫂。三嫂只是哭，母亲说，莫哭了，洗洗脸，就当啥事也没有。三郎回来，千万别说，要不，他非得拿篾刀去砍刘仁义。刘仁义，是那么好对付的？他笑不露齿，他杀人不见血，三郎那把篾刀，怕抵不上他的一只拳头。

三嫂到我家的灶屋，打水，洗脸，用母亲的梳子理了头发，到田里接着干活。父亲去找刘仁义。父亲一点声都不出，全用手势，大概是怕河面的风把他的话传给别人听见。父亲半哑多年，他的手势，刘仁义是明白的。父亲比画说，三郎和三郎媳妇在竹林，还指望着你关照。刘仁义知道三嫂肯定告状了。刘仁义说，你家那个三媳妇，喜欢我，我去找三郎，她一把把我抱住，两个大奶子贴在我的背上，双手还来抄我的裤裆，这把我吓的，我赶紧逃了。看你家三郎，这是个么样的媳妇。她骚扰我，我看你老杨家人仁义，就不追究了。

完全是倒打一耙！刘仁义什么样的人，父亲清楚。父亲回到屋，让母亲告诉三嫂，以后只要三郎不在家，她就到我家吃住，不要到竹林里去。他告诉母亲和三嫂：这也不是什么光彩的事，到此为止，任何人都不要让三郎知道。

晚上三郎回竹林里的小屋，没见到三嫂，到我家来接她，三嫂果然没有告诉三郎所发生的事，只说她白日里看到一条蛇，青竹彪，茶杯子那么粗，把她吓得半死。三郎知道，青竹彪不是蟒蛇，没有茶杯那么大的，三嫂一定是吓怕了，夸张了。三郎说，怕么事，生火做饭，住上了人家，蛇就不进来了，蛇怕油烟味。

三嫂说，我跟你讲，年底不盖新屋，我就回娘家，再也不回来。

7

这年冬月，三郎着手挖地基，赶在过年前，搬进了新屋。新屋共两间，还留下了一间屋基，顶上盖的板，留有犬牙状的钢筋，以后可在上面加盖。三郎盖的是平房，打的却是楼房地基。三郎这个蔫不拉叽的人，倒挺有志气。

三郎楼房的第二层一直没盖起来。因为他师傅的女儿，一口气给他生了两个女伢，三郎似乎一下子就没了奋斗的精神支柱。

三郎的篾匠活依然干着，但干得优哉游哉，似乎不是为了挣钱，而是为了展示他的手艺。别人请三郎上家做活，他精挑细选，一般人家不去，他爱干净，有的人家的饭菜，他不敢吃。他就让人家把竹子送到家里来，在家做活，工钱不变。三嫂说，你这做的个么手艺人？给人家做活，却自带口粮。

能被竹林湾的人尊称为手艺人的，就得是三郎那样的，经过正式拜师，学徒三年，游街串巷，靠手艺吃饭。但三郎慢慢地，也不像个手艺人。他舍不得砍竹林湾的竹子。他雇拖拉机，从外地把竹子买回来，打成篾器，周围湾子里的人，有要篾器的，上家里来买。

三郎更像商人。

三郎搬出竹林后，刘仁义推倒了那间土坯屋，砍倒一大片竹子，在那里盖起了四间大瓦房。竹园那条通向湾子里的小路，一直往南延伸，扩宽，铺上青砖，直通向秀水塘。那红砖瓦屋，掩映在竹林深处，像乡间别墅。

竹林湾有人提出抗议，说他虽然是村长、村民组长，但竹子是竹林湾人共有，怎么能随便砍伐。刘仁义说，他不是要砍竹林，是要扩建竹园，要以竹园为家。竹园北面是一片坡地，前几年，麻球在那里种过蓖麻。刘仁义从竹园挖出一些竹子，移栽到坡地。竹园的面积的确是扩大了。但事情并不向着他希望的那样发展，那些移栽的竹子，全部枯黄，继而死去。

原来的竹子，一夜之间，也像人得了淋病似的，先是局部长满斑点，继而蔓延到全身，不久，竹子成片成片地死。

竹林有竹子的时候，有落叶掩盖，看起来很平整。竹子成片地死了，那腐烂的落叶干了，被风吹进秀水塘。竹园竟然是坑坑洼洼的，用崔寡妇的话说，像麻球的脸。刘仁义的别墅，变成了“别野”，站在石拱桥上看去，他那四间红砖房，像癞痢头上一个巨大的疮，惨不忍睹。

三郎找刘仁义理论，继而吵起来。三郎语言上没占着便宜，回屋将一瓶白酒灌进肚，拿起一把篾刀，就去砍人，刘仁义几下夺过三郎的篾刀，将三郎的手反剪着。二郎手持祖上留下的那柄锈迹斑斑的剑去帮三郎，他举剑劈向刘仁义，刘仁义飞起一脚，点在二郎手腕上，那剑哐地跌落在地。二郎说，算了三郎，君子报仇，十年不晚。十年以后，让他管咱们叫爷。

武力没有解决，只能文明交涉。竹林里的竹子，是由外向内烂的。

当竹林里“竹王”开始长斑点时，三郎把它连同它身旁的两棵成年竹，还有三棵幼竹，一齐买下，移栽到他的新屋后。

竹子移来后的第一个春天，三郎的屋后的那片空地就钻出很多竹笋，不远不近地散布在三郎新屋周围。有的竹子放着紫光，众人都觉得奇怪，三郎说，是两地水土不一样，竹子发生了变异。三郎给这些竹子取名紫竹，给他的竹园取名紫竹林，区别于秀水塘畔那片竹园。

三郎的屋后一片紫竹，屋前栽着风景树：橡皮树，桂花树，栀子花，樱桃树，很美丽。我家在桥东北，三郎家的房子建在桥东南，站在门口，都能看到石拱桥，看见常年流淌的河水。三郎说，行了，一辈子就在这儿，哪儿也不去。

每年秋上，三郎梳理部分竹子，扎成灯笼，做成竹器，但三郎从不用他的竹子做盛脏东西的粪箕。他说，他的竹子是紫竹，紫竹是竹子里最高贵的竹。

秀水塘边的竹园死了，秀水塘的水面，漂荡着枯枝败叶。洗菜的人，不再到秀水塘边，而到河湾里。竹林湾的人这才知道，秀水塘北边的竹林是多么重要，北风从北边吹来的落叶和干枯的稻草被竹林阻拦，在竹子间腐烂；而离秀水塘近的水竹，那么长的根须，是长在水塘的泥沙下的，它们就是秀水塘的肺。没了肺的清理，秀水塘变得浑浊。

麻球说，幸亏有了三郎的竹园，要不，咱们竹林湾，没得竹子了，得改名叫死竹湾。

8

几年以后，三郎因计划生育挨了刀，身体废了，干不了重活，到六郎的庙里当管家。他最舍不得的是他的紫竹林。他移植几棵到庙上，竹子长势旺盛，繁殖迅猛。竹秆子带着紫色斑点，竹叶翠绿。那个庙叫净土寺，因那片紫竹，也叫紫竹庙。

竹子长势旺，每年都要砍伐、梳理。那些细长的竹竿堆放在寺院围墙一侧，三郎觉得可惜，忍不住拿起久违的篾刀。他剖竹，剖成竹条、竹片、竹丝，再从竹园挑来大的竹叶。三郎重拾手艺，纺织斗笠。纯手工制作，慢工细活，一天的闲暇时间，只能编一只。南方多雨，有的居士上净土寺拜佛，回家时赶上细雨飘洒，三郎就送给他们一只斗笠。居士们爱不释手，有的舍不得戴，竟脱了外衣将其包裹，带回家挂在墙上，当艺术品赏看。三郎编的斗笠，较常用的斗笠小一圈，精致，漂亮。

也是一次偶然。红安县开发红色旅游后，全国各地的党政机关，党校学员，武汉城的大学生，纷至沓来，瞻仰先烈。七里坪红四方面军军部纪念馆里，照片上，一个红军战士身背的斗笠，引起游客兴趣，他们都想得到一只这样的斗笠，当作旅游纪念品。

三郎也是常去七里坪的，纪念馆的馆长认识他。他与三郎联系，三郎便在七里坪镇，开起一家商店，专卖“红军斗笠”。每年到七里坪旅游的人数以万计，三郎的“红军斗笠”供不应求。三郎便从乡间找来几位老篾匠，他们重拾十几年没摸过的锈迹斑斑的篾刀。他们还带出几个灵巧的徒弟。篾匠的手艺，得以延续。

三郎成为我们家族第一个商人，谁喊他一声“杨老板”，他眉开眼笑。他在竹林湾原来的房子旁，盖了三层小洋房，集宾馆与饭店于一体，起名“红色山庄”。隔一段时间，三郎会带人来吃农家菜，吃山里散养的鸡，吃石桥河的鱼。三郎先是带他的朋友来，后来朋友的朋友也来，再后来，陌生人慕名而来。

三郎偶尔喝酒，酒后向客人讲述我二爹我二奶的故事。三郎说，我二奶了不起，与沂蒙山的红嫂一样伟大。她是红安革命历史长卷中的一本活教材。每逢说到此处，三郎眼眶湿润，他想念二爹，也可怜二奶。她的守望太执着，太清苦。她一辈子没亲近过男人，一辈子活在对一个少年男孩的幻想里。

三郎说，二奶百年后，他要给二奶建座祠堂，立个牌坊。

三郎在七里坪镇的倒水河畔，承包一片地，种了大量竹子。有风的日子，一团团竹叶簇拥着，像一朵朵绿色的云，被风吹得倾斜着，贴近地面向北，又被竹子的躯干拽回来，再被风吹，就像云朵远去了，又飘来。

第二十一章　雨中的呼喊

1

那年我二十五岁，未婚。那年的那个春节，我铭刻在心。我烦闷，慌乱，无聊。原本以为放了假，喝几杯酒，与兵同乐，会很轻松，殊不知乐不起来，心情越发沉重。

为何？我问自己。我不得其因，直到指导员那个漂亮的老婆和他虎头虎脑的儿子出现在我们连队，我悄然明白：我需要个女人，需要个家。

前提是，先得有对象。

我其实是处过对象的。那是军校时的事，她叫晏燕。她是我在长沙认识的，那时我在读军校。她是一个大学生。那时我穿着鲜绿的军装，两片红肩章像火一样燃烧在肩头，那是未来军官的象征，很受大学生倾慕。在一个中秋晚会上，那个大学播音主持系几个女生代表与我们中队搞联欢，其中就有晏燕。我们围坐在天井里。月明如洗，我们举头赏月。晏燕拿起话筒，为我们读诗。她朗诵戴望舒的《雨巷》。舒缓的背景音乐和她甜美的声音，把我们带到江南那个悠长悠长寂寥的雨巷，而她，自然成为我们一百多个男性学员心中的那个撑着油纸伞的姑娘。我那时开始写诗，像一个地下工作者偷偷地写，偷偷地往杂志社寄。可那天，晏燕那夜风一般柔和曼妙的声音，让我激动了。我坐立不安，无法自控。我把一本蓝色日记本递给她。

你能朗诵一首我的诗吗？我问。

哪一首？

哪首都行。

我窘迫地站在那里。

她一连读了五首。

我从来没觉得我的诗竟然写得这么好，完全是她声音的作用。她的声音，把那个夜晚变成一个梦，一个缥缈的梦。我游离于梦中，彻夜未眠。

我成了九中队的诗人，最后，被誉为三大队的才子。我的一首经晏燕诵读的以红安革命为背景的诗歌《红土地》，随即发表在校刊上。我很快红遍校园。这只是我那个夜晚收获的开始，我自此认识了晏燕。我们留下通信地址，鸿雁传书。

那时候没有手机，我们的信，大都说风花雪月，不敢说一个爱字。那些文字，华而不实，我自己都没有印象。

收到她的最后一封信，是一个宁静得令人窒息的黄昏，那时候，我已毫无悬念地被定向分配到东北，将去到那个尘土飞扬的煤炭之城。我打开晏燕的信，她说，你们军人是没有根的，看似牢实，其实如水上浮萍，号令到哪里，你们就到哪里。

她说，残酷的现实架不起爱的鹊桥。

我自始至终没说一个“爱”字，她却说了，说什么“爱的鹊桥”，但她加了定语“残酷的现实”和“架不起”。

我抬头看天，残阳如血。

我后来回想，我其实对晏燕并不狂热，我频繁给她写信，似乎更多的是为了满足我的虚荣心。那时候，我们班十四人，有十个有对象，有两对，在他们当兵之前，就已经开始同居。

我很久不想对象的事。我没想到，就在这个春节，我却躁动了。

指导员是政治思想工作者，知道我的心思。他老婆是驻地的，认识的人比我多。她主动给我当红娘。我说，我一个军人，从南方来，没有根基，没有积蓄。想靠我买房，是天方夜谭。我要媳妇，也要家。我想找一个既有房子又有工作的女青年，但她所介绍的几位，不是有房子没工作，就是有工作没房子。我没去相见。终于有一天，耐不住寂寞的我向指导员声明房子和工作不必兼得。两天后我收到两个电话，有房子没工作的问如果跟了我，她三年后能否随军。有工作没房子的问我是否买得起房子。房子，房子！我们当兵，四海为家，我有偌大的军营！我干脆地否定。

又是一个星期天，我去见一个既没工作又没房子的待业青年。

那天，街心公园北门，待业女青年走到我跟前。她化了淡妆，细挑身材，一身时装，精神利落。我的眼睛一亮，她的眼神却暗淡了。她站在我跟前，平视着我的额头，她显然发觉我海拔比她低了许多，没说几句话便走了，远去的高跟鞋声，像擂鼓似的敲打在我心上。

那夜，我喝了点酒。我喝的是“红星二锅头”，我叫它“红心二锅头”，它见证着我奉献军营的赤诚之心。但我说不清是失落，还是伤感。

2

我又很久不想对象的事，直到我认识了喜竹。喜竹就在我们驻地的村子，那个村叫平太沟。去年她的男人上山拉石头，准备盖房，车翻了，人死了，房子盖不成。她是一个好强的女人，除了种地，养了七八头猪。我第一次见她，就被她吸引。乡村的尘土，东北的风沙，并未使她的皮肤变得黝黑，那张脸是光洁的、白净的，年轻，没有皱纹。如果不是她身边带着一个小男孩，你看不出她是一个已婚的女人。

年轻寡妇的双眼偶尔流露出失去男人的愁怨，但只要朝向我们，它始终展现着和善的光。

算是缘分，那年我们排被团里抽调到车场站岗。车场大，有着一排排火炮和坦克。车场有个后门，很小，常年锁着。我至今不知这个小后门的用途，好像就是为了让我们与老百姓沟通。我就是通过这个后门，认识了年轻的寡妇喜竹，这自然让我想起竹林湾的细竹。喜竹结婚八年，有一个六岁的儿子。她的儿子竟然也叫石头，虎头虎脑，很是可爱。大概虎头虎脑的人，都容易被叫石头。石头让我想起秦铁匠的儿子，石头还让我想起我那活不见人死不见尸的二爹。石头喊我叔叔。他嘴甜，我心里也甜。

我们排单独开伙，每日有剩饭剩菜。不知谁的主意，又是经谁允许，喜竹每日黄昏带着石头，在铁门前接剩饭剩菜。她养着猪呢。我出于同情，睁一只眼闭一只眼。

石头喜欢吃我们蒸的馍。再后来，我们炖鱼的时候，也会给他们留一条，用食品袋装着。她不要，我们说，给石头。有时会餐，炊事班班长会给石头一只猪肘，他自己酱的，色香味俱全。他们每次来，守候在小铁门外，若是上面没有检查，我就会让他们进来。

日久生情。

我说的是处对象。前几次赴约受挫，我想，在这孤山僻壤，与这样一个女子过日月，现成有这么个好儿，不也美哉。倘若有一天，部队不要我，我转业回地方。我在城里上班，她在家务农，成为“半边户”，倒是我儿时的理想：粮油不用买，月底有工资。

那个黄昏，我很燥热，似乎注定要出事。喜竹带着她的儿子出现在车场。兵们到院外的菜地干活，只有山东临沂的一个新兵高小宝在站岗。他是我带的兵，也知道我心思。我没发话，他自个儿把门打开了。喜竹进到车场。她说，她还从未见过坦克。我说，那就进来看看。

她进来了。石头也进来了。石头进来一小会儿，嫌里面有机油味，要出去。我说，那你上小宝叔叔那儿玩吧。石头嗯一声，出去了，弹簧门自动合上。我听见石头小脚敲打地面的脚步声，由近而远。

坦克的门关上了，我心却慢慢地打开。天窗将幽暗的光透过来，车内朦胧，比黑夜更迷人，有一股强大的诱惑力。坦克内，白天成了夜晚，喜竹像月下的女神。坦克里空间狭小，这给我紧贴她的身体创造了条件。我说，走，再到坦克那边看看。我说话时，人已移向她身边。我本是想蹭过去，可身体与她的身体接触后，就再也没有力气移开。她似乎没有避让。

都是昏暗惹的祸，昏暗让幸福提前到来。

突然传来石头的声音，妈，让我进去，妈，你开门，妈，我要进去！妈，你在干啥？

我用嘴唇堵住了她的嘴。

她推搡着我，把嘴从我的嘴边移开。她说，大兄弟，这样不好。这样会毁了你。她推搡着我，但似乎暗中又是在搂紧我。她说，大兄弟，这样不好，会毁了你……她的声音被我的喘息淹没了，我也被淹没了，淹没在我们的喘息声中，淹没在昏暗里。

到达巅峰的最后时刻，我仰头，沉醉其间。时间停止了，满世界凝滞不动。她贴着我的胸脯，双眼迷醉，闪着迷茫的光。我亦微闭双眼，尽情地感受着海潮退去。一切都消逝了，平息了，我睁开眼，我看到一张圆圆的脸，一双惊恐的好奇的黑亮的眼睛，就在坦克的天窗上盯着我，盯着我们。

是石头！我仿佛受了奇耻大辱。我喊了一声：走开！那只圆脸消失了。我伸手，拽下天窗。随着天窗嘭的一声关闭，我听见重物坠地的声音，接着一声哭喊像一把利剑冲天而起。喜竹喊，快，快把门打开。我摸到坦克后门，打开，跳下车。石头已躺在地上，头上是血。我急忙把他抱起来。幸好车场是沙地，石头的头正好蹭在一粒石子上。细石子就像一片刀刃，把他额头划出一条口子。我抱起他，冲进车场宿舍，那里有急救箱。我用棉球擦去他脸上的血，用纱布缠了伤口。喜竹脸苍白如纸。她把石头从我怀里抢过去，只是流泪。石头还在哭。我安慰喜竹，没事，是外伤。他在哭，说明没大事，没伤着脑袋。

血渗出纱布。我决定带他上医院，要准确地诊断，额头上的伤口也需要缝合。高小宝听见哭声从哨位跑过来。他看一眼石头，再看一眼喜竹。喜竹的衣衫不整，最上面的扣子还未扣上，而我，衬衣的下摆都未来得及塞进军裤。高小宝的脸飞过一丝红晕，他显然明白了刚才发生的一切。我已顾不得这些，我说，高小宝，你盯着，我得送石头上医院去。一会儿班长回来，让他把车场看住了，别出什么乱子。

我回到车场时，已是晚上十点钟，兵们都歇息了，高小宝一直在等我。一见我的身影出现在后门，他冲过来。他告诉我，指导员打过电话，他告诉他，我在外面查岗，应付过去了。

我心中一块石头算是落地。但一躺下，石头的脸，就在我眼前。他的确只是受了外伤，但缝合后的伤口像一只蜈蚣，趴伏在他的额上。一个好看的小孩子，就这么破了相。

第二天，我们开了一天会。第三天，也有事。其实是借口，我没有勇气面对这对母子。跟随而至的一个星期天，我揣着五百块钱去太平沟看石头，喜竹家门紧锁着。邻居告诉我，他们一家走了，住到城里亲戚家了。孩子的伯伯是县扶贫办主任，把他们接到城里，可能是要给喜竹办低保，还要给她找事做。再后来，喜竹的邻居告诉我，喜竹嫁人了，嫁给了一个煤矿工人，那个工人的媳妇死于车祸。

我与喜竹的缘分就这么戛然而止。可很长一段时间，我总感到自己是有儿子的，我的儿子就是石头。每次入城，我就在大街上溜达，希望突然撞见他们，但这个愿望从未实现。

许久以来，他们母子的两张脸在我眼前轮番出现。我想他们，但我没有勇气去寻找。直到多年以后，我去看中学生篮球赛，一个十四五岁的少年在球场奔跑，那面部轮廓我似曾相识。中场休息时，我看见他额上的那道疤，它显然是比以前浅了，淡了，不再像一只蜈蚣趴伏在额上。

他的目光在我身上停顿数秒，随即移开。他认出我了吗？

那次流血事件后，我又许久不想女人，直到有一天，我遇到了唐丽娅。

3

那天上午，一个老乡请我们到他家吃饭。我到他家门口，敲响他家的门，等待中，一个女孩出现在走廊里，她向我们走来。我眼前一亮，以为是电视里那个甜歌妹子。那段时间，我和我带的很多兵，都是那个甜歌妹子的粉丝。有的兵，迷她迷得近乎痴狂。

她穿着白色的连衣裙，披肩长发。我望着她，以至老乡家的门什么时候开了，我都没感觉到。老乡看着我笑。我急忙进到屋里。我关门的那一刻，她冲我一笑，好像我们认识似的。她红唇皓齿，三月桃花样的脸，就那么镶在我脑子里。

老乡是军分区政委。饭桌上，他问，你看上隔壁那个姑娘了？她爸是我们的老司令，退休了，正让我在野战部队给她找个军官呢。她叫唐丽娅。

我笑而不语。老乡起身，开门，把那个司令叫来。司令姓赵，是这个军分区上上任司令。在武装部当部长那年，他把老家糟糠之妻甩了，找了个小媳妇，生了个儿子。刚才那个美女，是他与前妻的女儿，就是唐丽娅。他老家在黑龙江边界。唐丽娅的太奶，曾遭苏联军官强暴，生下她的爷爷。唐丽娅身上，有着八分之一俄罗斯血统。她不但漂亮，气质也好。老司令抛弃了前妻，却舍不下女儿，为了女儿的前途，他把她从老家带到城里来。可唐丽娅不喜欢她小妈，常在家耍性子，老司令急着把她嫁出去。

必须是个军官，老司令举起酒杯说，志愿兵可不行。他说这些的时候，看我一眼，看得我心花怒放。老乡说，这军官现成的，就在眼前。

老司令盯着我看了一眼，问，什么职务？老乡说，副连。其实，我只是排长，第三年了。老乡这么说，我不便当面揭穿。老司令再看我一眼，说，长得还行，有棱有角，鼻梁高挺，就是个头矮一点。你们处处看吧。

老司令喊来唐丽娅。唐丽娅大方，一脸笑，越看越可人。她不吃东西，坐在沙发上看电视，跟着电视里的人物笑或悲。我越来越不自在。我们喝的是老家产的劲酒，喝得我浑身燥热。

酒过三巡，有人困了，有人累了，天也暗下来，他们亮起灯，打麻将。灯光朦胧，我越发地想与唐丽娅近一些，再近一些，最好单独在一起。老乡看出我的心思，说，你俩到外面走走，外面就是小公园。

唐丽娅在前，我在后。老乡追出来，咬着我的耳朵说，那里僻静，没人去，把她放倒。他说这话时，灯光下的双眼放着绿光。见我不回应，他又说，别怕，这是我们军分区地盘。

我们走过一片水泥地，穿过一个月形门就是小公园。小公园里花草繁茂。公园里有几株刺槐。槐花花期已过，但花香隐约还在，也或许是唐丽娅身上的香味。我们径直走进一个长廊，长廊两侧爬满葡萄藤，密密麻麻，阻拦着那透过窗玻璃的灯光，这里就成了一个隐秘的空间。长廊半透空，那些空出来的水泥矮墙就成了石桌。隔五七步，就有两个长条形木凳。两旁隐约有流水声，有假山。小桥流水。

唐丽娅坐在那个长条木凳上，我坐在她身边。那天，我是穿着军装的。穿着军装的我有些拘谨，倒是她，挺大方地向我靠过来。她身上散发着旺盛的女性气味，撩得我心慌意乱。多么美好的夜晚啊，她说。她坦率地说着自己，说她从小缺少父爱。父亲把母亲和她丢在乡村。现在，如果不是为了自己的前途，她不会同父亲在一起生活。她的话，让我为之动容。当兵之前，我一直在乡村生活，深知乡村的苦。

她来城里三年，一直没找到合适的工作。我想，这样的绝色美人，还需要什么工作。把她养在家里，当专职太太，足矣。

她靠过来，更紧地依偎着我。这种情境下，应该是男人主动将她搂过来。我不认为她是轻浮，或许，她需要父爱。她父亲过早地抛弃了她。我轻轻地搂着她，像父亲轻抚女儿，但随后，一切都变了。那夜，我们不欢而散。

4

后来，我没再跟唐丽娅来往。去那个老乡家，也尽量避开唐丽娅的家人。老乡问我，怎么样，我把那个晚上发生的事给他讲了。我说，她主动勾引我，等我像你所说，想把她放倒时，她却给了我一巴掌。

唐丽娅不久后嫁给我军校同届学员，九连高个子排长，我感叹：世界真小！

九连在我们八连后院，有一天午饭后，我转过楼角，看见九连排长站在楼洞里与一个女人说笑着，竟然就是唐丽娅。

唐丽娅婚外情被暴露，是五年后的事了。那时候，高个子排长已经当了连长，半个月回家一趟，有时遇到上面检查，或者军事训练，一个月也回不了一趟家。家里有事，他会派通信员去帮一下。

通信员都是经过筛选的，长得白净，看着顺眼，机灵，嘴甜。天长日久，他们好上了。一次，高个子连长到师里开会，说好一周的会，只开了四天，连长提前回家，唐丽娅正跟那个通信员在床上寻欢，听见钥匙在锁孔里响动，通信员翻窗而逃，摔了个半死。

我那个政委老乡说，事实证明，你没再跟唐丽娅来往是对的。我说，娶谁为妻，不存在对错，缘分而已。

我突然想转业，回湖北老家去。打了转业报告，上面不批，说太年轻。于是我成天混日子，无聊、空虚、寂寞，我便看书，借文字消愁。

后来在市文化局，我认识了丽质的爸，他也爱看书，但他不写东西。活得淡定、坦然。

他约我到他家做客。他戴着一副玳瑁镜框眼镜，慈眉善目，像漫画里的老头。

一个二十出头的姑娘，在屋子里端茶倒水，之后，躲进里屋不出来。一个文静、大眼睛的姑娘。老人介绍说，那是他的女儿，在煤矿当记分员，叫丽质。这名字拗口，对我这个南方人是个考验。我总把她叫成荔枝。

时间流逝，我与丽质一家人越来越熟悉。一个春暖花开的日子，我再上她家。那天雪已消融，路旁的树木泛青，小河沟里有了积水，潮润的空气沁人心脾，我的心也是潮润的。我在丽质家坐了几分钟后，丽质的母亲说，小杨，你坐吧，我同丽质出去办点事，让你叔叔陪你。

饭菜摆上桌，他有心事似的，一杯接一杯，一瓶红葡萄酒，几乎都是他喝了。脸红了，话匣子打开，他说了很多话，比如他女儿性格好，心地善良。叫丽质，长得嘛，你也看到了，虽然不是天生丽质，但也不差。他与我碰杯，对我说，小杨啊，我很喜欢你，你做我的干儿子还是当我的姑爷子？

我愿意当他的姑爷子。我家弟兄多，我小时候，兄弟们葫芦娃似的一大串。一缸米，几天就没了。我常处于半饱状态，后来靠养父聋二，我才吃得饱。到部队后，遇到野外训练，也常常是饱一顿饿一顿的。想想丽质这一家人，多么热情。他们的女儿，又是那么文静、稳重，是正经人家的女儿。可我不好明说，我就说，我两样都当。

他长吁一口气，接连与我碰杯。他说，喝，干儿子；喝，姑爷子！

我与丽质开始处了。

教导员听说此事，把我找去谈心，给我敲警钟。他要我现实些，不要找煤矿工作的姑娘。教导员的老婆是市电视台的主持人。那个主持人漂亮，有才华，出镜率高。全团的军官，都羡慕他找了个好老婆。教导员说，一个军官，不说找个公务员，至少也得找个事业编的。煤矿是企业，有一天没一天，以后日子会很艰难。教导员的话，让我陷入沉思。

我走出教导员的办公室，走上空阔的操场。我仰头望天，月朗星稀。

我上丽质家去得少了。

5

洪水肆虐，松花江告急。我们奉命北上抗洪，从受领任务到出发，只给两个小时。我记得那天是八月八日。那时我们没有手机，我到军营超市打电话，本想是给老家的父亲打，没想到拨出的一串数字，是丽质家的电话号码。接电话的是她的爸。我叫了一声“干爹”。我这么称呼他，只是想表明，我是他的干儿子，我故意淡化了与丽质的关系。我告诉他，我们要去抗洪，他们在家，自己也要保重。

我放下电话，深思片刻。

两个小时后，我们出发。车队启动那一刻，我听见有人在细雨中呼喊，我听见我的被雨淋湿的名字在空气中飘扬。我以为是幻觉，回头搜寻，是丽质，她手里拎着一只旅行包，身旁，她母亲为她撑着雨伞。

多少双眼盯着我，我不敢下车。我向她们挥手，让她们回，丽质却向我的车奔跑过来。车已启动，我担心她的安全，就跳下车，向她冲过去。

雨水像细密的珍珠挂在丽质的发间。丽质把包递给我，沉沉的一包水果，还有烧鸡、饼干。她眼里含着泪。这几日北方洪水肆虐，她已从电视里见过。但丽质是坚强的，她的眼角始终挂着泪滴，她没让它们滚落下来。

我鼻子一酸，急忙接过包。我转过身，才发觉长长的车队停了下来，车上，所有的目光穿透细雨盯着我们，包括我们那个脾气火暴的团长。他一再下令，让每个官兵务必通知家人：所有家属不得送行！然而，丽质还是来了。她还不能称为我的家属，但她来了。

我等待团长一顿臭骂。我万万没想到，团长竟然下了车，面对着丽质和她的母亲，高喊一声：敬礼！

几百号人，坐在车上，齐刷刷将右手举到额角。许久，他们才放下手臂，将军用雨衣的帽子罩在头顶。

我的眼泪涌出来。我没敢回头，我想，丽质眼角那两滴泪，也一定涌出来了。我心里无比自豪，丽质是来送我的，虽然我们并未确立关系，她还不能称为我的“家属”，但此刻，她的确代表了所有的官兵家属。

团长钻进车。小车启动了，小车后，一辆接一辆的人解放跟着启动，长长的车队，在细雨中缓缓前行。

丽质还立在雨中，冷凉的空气里，我心里突然涌现出无限的温暖。她的背影消失了，我心里突然莫名地不安。我想起某部电影里那个镜头：部队执行任务，家人送行，却成了永别。

我心里陡地一沉，离别的伤感和对抗洪前线的担忧，各种感觉奔涌而至，扯痛着我的心。我在心里对自己说，如果我活着，平安归来，我就同丽质结婚。我的妻子，只能是她，不可能是别人。

在大庆，我参加了十八人敢死队，与洪水搏击。洪水冲走了我的军衣，冲走了我的裤衩，我赤身潜入河底堵管涌。我以为我必死无疑，幸运的是，我活了下来。

抗洪归来，天气凉爽了，我与丽质举办了婚礼。在入洞房前，指导员拉着我的手，说，想要儿子吗？进去以后往左拐，男左女右。这当然是玩笑。粗俗的男人啊，我的军营兄弟。

第二十二章　村官

1

二郎还不是村官时，许诺说，他要是当上村官，就全心全意为石桥河村的村民服务，他要在三年内让石桥河村人都富起来。

选举即将开始。父亲在各湾熟人之间游说，让他们不要选二郎当村长，他说，自个儿的儿自个儿清楚，二郎自私，他不会全心全意为村民服务的，他只会为他自己。麻球说，有你这样当老子的吗？你就不怕二郎说你。父亲说，我怕个啥，我一辈子没偷过，没盗过，我有着几十年的党龄。我以党性担保。父亲与麻球的对话被隔壁的二郎听见，二郎从屋里跳出来。冲父亲说，你没偷没盗，你的公鸭嗓子怎么来的？父亲满脸通红，伸长脖子，像吞吃田螺的长颈鸭。

二郎说，没见过你这么胳膊肘往外拐的，莫非我不是你的儿？

时令是初冬。二郎去了一趟汉正街，回来时，雇车拉了一车鞋，棉绒鞋面，厚而软的塑胶底。那鞋有鞋盒，有品牌，说不上高档，但手感挺好，抱着那一双棉鞋，像抱着一只小花猫，能感觉到它的柔软与温热。二郎把这些鞋一家家地送，每家一双，送给这家年龄最长的人，男女老人都健在的，送给女人。二郎说，女人暖和了，男人也就暖和了，一家人也就跟着暖和了。

二郎送鞋，先送一只，每家如此。他说装鞋的时候出了差错，都装了右脚，那一只，一周后再送来。不合脚的，告诉他，他特地到汉正街去换。

第三天，选举如期进行。二郎当选。当天下午，二郎把另一只鞋送给各家。这事惊动了镇政府，镇政府下来调查，说二郎为了拉选票，贿赂村民。调查到几个老者时，他们说，上哪里找这么好的村长，自己掏钱给我们买鞋。这鞋又暖和又轻巧又舒坦，我活了几十年，从没穿过这样的鞋。

我儿子都没舍得给我买这样一双鞋。

都说女儿孝顺，我女儿都没舍得给我买。

问二郎，鞋为何不一次给呢？非要选举后再给另一只？二郎解释说，纯属误会。我不知道这些人的脚是多大，你到鞋店去试鞋，有几个把两只鞋都给你。一家一只，合适了，才把另一只送给他，不合适，可以调换。

石桥河村几百户人家，二郎到底花了多少钱，没人仔细算过，二嫂为此同二郎吵了一架，二郎训斥她头发长见识短。

二郎当村长后，做的第一件事，就是撤掉竹林湾村民组长刘仁义，刘仁义是上届村长，重新选举被选掉，但依然是村民组长。二郎说，这种人当队长（老百姓不习惯叫村民组长），祸害女性，太要不得。撤掉刘仁义竹林湾队长之职，二郎不再在竹林湾选队长，自己兼任。

新官上任三把火，二郎的威信，成于他大义灭亲。计划生育，他拿三郎开刀。

三郎只有两个女儿，三嫂还想要一胎，渴望有儿。二郎去做三郎的工作，说，生个儿又怎的？还不得给他当牛做马，挣钱给他娶媳妇。女伢更孝顺，更贴心。三郎冷着脸说，你是站着说话不腰疼。你儿女双全，咋非得再生一个小幺？为了小幺，你还不是拿着刺刀同村干部拼命？二郎说，那是当时，现在悔青了肠子。娶个儿媳妇得多少钱？将来，天下又有几个儿媳妇是孝顺的？都是白眼狼，我算是看透了，可惜太晚了。

三郎不理二郎，二郎把派出所的找来，开着拖拉机来的。三郎如果不去挨刀，他们就把他的房子推倒。三郎三嫂以为他只是在众人面前做做样子，没理他，一家老小逃了。

二郎一声令下，挖掘机的大钩头就已钩去了三郎家屋顶的一角。二郎说，再不回来，就全部推倒。母亲一声嘶叫，我的天哪，好好的屋，搞漏了，这可么样得了呢，你们要遭报应咧。二郎朝母亲瞪眼，母亲就回到自家屋哭。父亲受不了，他知道二郎的脾气，到县城去找三郎三嫂。找了半个月才找到，可怜三郎三嫂，竟然在早市上，捡拾别人扔下的白菜帮子、萝卜缨子。他费了好大劲，才认出是三郎三嫂。父亲的眼睛就模糊了。他让三郎回。他说你们这叫过日子？田里的庄稼耽误了，细伢学习也耽误了，你们自己的身体，也得耽误，还能生伢？就这样的条件，能生出好伢？就算生了，你们用么东西养？行了，有两个女，也不至于老无所依，回去吧。

父亲等到太阳落山，天黑了，冷了，三郎三嫂终于动摇，决定回家。他们在考虑谁挨刀（结扎）时，进行了一番思考，都争着吵着要去，怕伤对方的身体。三郎说男的结扎，还可以打开，以后政策放宽了，还可以播种。女的结扎了，整个地就毁了。三郎他们生个男娃的希望并未破灭，于是最终决定让三郎去。

三郎当天就从医院回来，躺在缺了屋角的屋里。三嫂伺候他，像伺候月子一样。父亲找人给他们修屋顶。一时没钱买砖瓦，拉扯上蛇皮布。三郎一家像难民。二郎自此名声大震。他再带着派出所的人到谁家去抓结扎的，上环的，打胎的，底气十足：我亲兄弟都被我搞去了，你们跑得了吗？你们自己想哈。

三郎挨了那一刀后，人就蔫巴了，像被人抽了筋骨。原来那么勤快的一个人，现在干一点活就叫累，他的身体糠了，与三嫂的关系，急剧下降，两天不吵，第三天清晨，肯定传来吵骂声。几年前我回家，同大郎说起三郎。我们都认为，三郎变成今天这个样子，与他挨的那一刀有关，那个手术一定是失败的，它碰到了三郎不该碰的地方。我们想起诉镇卫生院，但终因时间太长，又难拿出证据，不了了之。

2

我行走在石桥河畔，逆流而上。我能听见时光倒流的声音。时间之河裹挟着竹林湾的鸡零狗碎撞击着我，就像暴雨后漂流在河里的木头、树枝、檩条、动物死尸。我遍体鳞伤。

我歇息下来。我看见高大的柳树枝上挂着无数的塑料袋，像一只只南飞雁。它们像随时要飞，飞向武汉城，或更远处。但终究还是被缠缚在这里，就像我们竹林湾的人一样，总想往外走，可到底还是被生活拖累，不得不留在这片河湾。

我碰见了二郎。二郎说，要修路，修一条通向我们美好生活的路，通向幸福未来的路。二郎说话像作诗一样，不但有诗意，句与句之间跳跃性强，也像诗。他说完修路，接着就说空心砖。他说空心砖便宜，实用，他要办空心砖厂。

那几年，农村时兴盖楼房，而成本最高的就是砖，是聋二那样的人工小窑场烧出来的。后来有了红砖，比手工青砖便宜不少，但也还是贵。二郎说，空心砖成本低，轻巧，在乡村应该有市场。

二郎东凑西借，据说也贷了款，买来两台空心砖机器，把南山坡辟去小半，建起了空心砖厂。那砖用沙土拌水泥，不用在窑里烧，自动凝固。二郎在竹林湾招工，大伙见他把南山坡搞得一片狼藉，气不过，都约好似的，不跟他干。二郎说，三条腿的蛤蟆不好找，两条腿的人有的是！

二郎几个电话，河西湾，河东湾，上河湾，下河湾，远垸十几个人来报名，都是有家有田地拴住身子，不能外出打工的人。他们愿意在二郎这儿干，早晚顺带着就把自家的田地侍弄了。

二郎的空心砖卖得好，聋二的砖，就只能堆在窑场，像一堵堵墙，堵着聋二的心。聋二不会干别的，年龄大了，外出去打工没人要，日子更加窘迫，身体眼看着垮下来。

那个空心砖厂，二郎第一年赚了多少钱，他不说。搅拌机一刻不停地轰响，拉砖的四轮子排着队。二郎眼看着就要成暴发户，河西湾有一个农民，突然到县城批了地，盖了楼，石桥河的人就一阵风似的，都拥到县城，在那里买地，盖房。他们买一块地皮，盖六层，留两层，卖四层，都发了土地的财。他们盖房，自然不会跑这么远来买二郎的砖。二郎的砖，像山一样堆着。二郎不得不停产。二嫂的叨唠开始了：让你莫搞莫搞非要搞，这下好了，都砸在手里。二郎说，怎么就砸在手里，我总会有办法。

二郎是村官，他信息灵通。二郎在镇上吃饭，认识了一个老板，老板做塑胶生意，总厂在武汉，乡下有分厂，分厂主要是搞半成品塑料。这样的工厂污染大，他在乡下的厂子被关了。没了原材料，总厂就得停。也算是缘分，二郎认识了他。二郎说，我们村有的是地，现在人都不爱种田，都上城里打工。我们村的田都闲着呢。我是村长，你上我们村投资。

那人投资三十万，在石桥河村盖小工厂。二郎负责建厂房。二郎拿着买砖的钱，就用自己的砖，在砖厂那片平地上建了四间厂房，他自己把自己的砖卖了，自己买下了自己的砖。厂房建好，老板运来机器，运来原材料，还带来一个技术员。老板在武汉待的时日多，他让二郎管理，给二郎开工资，还交给村委会土地使用费。

二郎一下子变得像老板，对手下的员工指手画脚。

老板运来的原材料等同垃圾，都是从废品站收来的破塑料，旧地膜，塞进那台搅拌机的大嘴里，从机器的另一端，拉出大肠一样的黑色塑料绳，这就是老板说的半成品。老板把半成品运到武汉，加工成凉鞋，或塑料玩具。与这塑料绳一样往外涌的，还有机器下面的水，沿着事先挖好的沟往外流，一直流到石桥河。

它就是一个大畜生，一边吃一边拉。吃的是黑的，拉的更黑。麻球说着这台机器，一语双关，把二郎也骂了。二郎装糊涂，反正他的目的达到了，那就是赚钱。

散发着臭味的黑色的水，像一条乌黑的巨蟒，钻出厂房，游向石桥河，不分昼夜。竹林湾的人敢怒不敢言。竹林湾的人，还能忍受，毕竟黑水在河坝稍作停留，就漫过坝去，流向下游了。下河湾的人向二郎提出抗议，那时老板不在，二郎对他们说，你们闹吧，闹得越凶越好。我又不是傻子，我干吗毁掉我们自己的石桥河水？你们闹吧，闹大了，上面就会勒令关闭厂子，反正我的砖卖出去了。厂房建在这里，老板搬不走的。你们一闹，他走了，我白落一套厂房。

那种浩浩荡荡的场面，母亲说，真是吓人。下河湾三百多人，老人小孩，在这里静坐三天，塑料厂无法生产。他们又闹到镇上，政府来人，封了厂子，拉走机器。几天后，老板回来一看，傻了眼，要二郎赔偿损失，二郎说，又不是我不生产，政府封的。老板找二郎要建房的钱，二郎朝着那四间大瓦房一指，都在那儿呢，你拆了，把砖拉走吧。老板一脸怒色，离开了竹林湾。二郎仅用三个月时间，落下四间砖瓦房。

竹林湾的人，以为二郎的财运到此为止，但几天之后，二郎得到一个扶贫项目，是上面拨下来的，扶持贫困县。分到石桥河村的钱，是二十万。二郎到村委会开会，传达上级精神，他没说有扶贫款项，只说上面动员养猪，会有一些照顾。各村民组长，无一人愿意养猪。现在地都不种了，哪有剩余粮食养猪？

既然没人养，上面又要求养，没办法，我养，谁叫我是村长呢，上面派的任务，总得有人配合。二郎颇有“我不下地狱，谁下地狱”的大义凛然之态。

大郎劝二郎不要养猪，粮食喂不起，饲料里都是添加剂。二郎说，你以为我真养？镇政府想把这一大笔扶贫款发到各村，是有原因的。他们要政绩，我们当村长的，何乐而不为？我也不多养，养个十头八头，装装样子，上面来检查，验收，我拿到扶贫款，往兜里一揣，他好我好，心照不宣。

3

二郎的养猪场，令竹林湾的人头痛。南山那么美的一片坡地，让二郎弄得一片狼藉。猪场紧挨着送水堤。送水堤是我们竹林湾的一道风景，像一列火车，每天清晨，它迎着霞光驶向远方，黄昏来临，它沐浴着紫色的夕阳，载着游子而归。送水堤西侧，石桥河水缓缓而流。站在高高的送水堤上，往西能看见石拱桥，南面放眼看去，隔着一片旱地、几块水田和一个堰塘，堰塘那边就是观音寨。观音寨三峰两谷，很是壮观。冬日立在送水堤，满目是葱绿的麦苗。春天，漫山遍野的油菜花，绚丽金黄。最近几年，有县城里的人发现了这里的美，站到这送水堤上看风景，拍照。自从塑料厂建起，坡地上的大片草地没了，林子里砍去了那么多树，四间高大瓦房突兀而起，送水堤就没了气势。竹林湾的孩子们，不再说送水堤像大火车了。像什么呢？像大怪兽。

二郎说拿到扶贫款后，把养猪场撤了。但事实上，他并没有撤，他发现养猪虽然不能挣大钱，但毕竟还能挣钱。而且通过养猪，二郎多了一个身份，猪场老板，“猪场”二字难听，“老板”听起来却很体面了。

因为要进料，二郎买了一辆二手皮卡。自那以后，二郎每天都要开着车，从南山坡到我家屋后，穿越土路而去，或向东北，去红安城，或向东南，到石桥河镇。这时的二郎，说不清他更像村长，还是更像老板。用麻球的话说，他像电视里的那些个暴发户。

麻球说二郎把整个南山坡毁了。杨主任啦，有人说你把整个南山坡搞得乌七八糟的。二郎说，哪个说的。麻球说，好像是……啊，名字到嘴边想不起来了。

二郎笑道，改革的进程中，总会有牺牲；致富的道路上，总是要付出代价的。二郎伸手，把他耳朵上夹着的那根烟摘下来，递给麻球，说，这烟是软中华，我去镇上办事，镇长给我的，我没舍得抽。麻球迅速地抢过烟。那抢烟的手，在空中抡起一阵风。他怕二郎是挑逗他。抢到烟后，他一刻不停地塞进嘴边。占了便宜的麻球，咧着嘴笑，满脸的麻子和皱纹挤到一块。二郎笑道，不就一根烟吗？看把你乐的。麻球闭了眼，吐着烟圈，陶醉其中。

给我喂猪吧，二郎说。

我？

对呀，你捡了一辈子的猪屎，现在整个竹林湾，除了我，没人喂猪了，你闻不到猪屎味了，一辈子与猪屎打交道，捡不到猪粪，不难受呀？现在整个竹林湾，就我这儿有猪屎，你随便往你的地里捡，往菜园里挑。

放心吧，我雇你，是要给工资的，一个月一千块。在我这儿干活，什么时候喂猪，什么时候清圈、取粪，你自己掌握，只要不饿着我的猪就行。不耽误你地里的那点活。

麻球的脸上有了悦色。继那次跟大嘴家当“长工”之后，麻球再次成为新时代的一个“长工”，但这次，他变聪明了。他要先开工资，后干活，每月第一天预支。

二郎每天早晨到养猪场转一转，之后吃早饭，吃过早饭开着他那二手皮卡，去石桥镇或红安城，晚上再回到猪场看一眼。猪圈交给麻球，田地交给二嫂。

二郎不久在猪场增设了鸡窝，养了二百多只鸡。为了防盗贼，二郎还养了两条狗。鸡鸣狗叫，竹林湾下半截湾子自此不得安宁。

一场洪水之后，二郎养殖场的粪便流入秀水塘。刘仁义说，我以党员的名义，来为竹林湾劳苦大众代言。他对二郎说，你把好好的一池清水，弄得乌烟瘴气，臭不可闻，是可忍，孰不可忍！你必须停止养鸡养猪！有你这样当村长的吗？一塘水脏了，慢慢地，一河水也臭了。二郎说，像你那样当村长好？把一村女人的肚子都搞大？刘仁义说，那是你情我愿的事。可你把湾子弄得这么臭，你同谁商量过，有谁同意？

二郎说，我不需要人同意。当年你当村长，在我们面前指手画脚，现在，轮到我了。

两人在空旷的河套打起来。二郎仗着年轻，先动手，他忘了刘仁义当过五年特种兵。他打过去的拳，都让刘仁义接了，而刘仁义打过来的拳，则实实在在落在他的身上。二郎没占着便宜。二郎说，刘仁义，你等着，我兄弟六个，你敢欺负我？你不就是当过兵吗？别忘了，我家大郎、五郎都当过兵。我家四郎现在还在部队，是野战军。

刘仁义说，你作了恶，众叛亲离，不会有人帮你。不信你试试，我就在这儿等你。

二郎回屋喊五郎，五郎说，我不跟你打架的。竹林湾这么下去，早晚要毁在你手里。

二郎挨了打，吃了亏，又没叫来五郎，这村长的面子被撕得方寸不留。二郎怒从心中起，他拿起手机，半个时辰不到，一辆警车出现在刘仁义家门口。二郎满脸是血，跟在那几个民警身后。警察冲进屋去，要抓刘仁义，刘仁义问，我何罪之有？

警察说，破坏乡村治安，殴打村干部，还装糊涂，你看看，你们石桥河的村长，被你打得满脸是血，怕是要坐牢。

刘仁义面对四个真枪实弹的警察，他没有反抗。

父亲冲过来，劝着二郎。父亲用他的公鸭嗓喊，算了，低头不见抬头见。这要是真的抓去了，哪怕蹲一个小时，名声也就毁了，自此就是坐过牢的人。二郎啊，人不能把事做绝。

名声？二郎说，他还有名声？他的名声早就叫女人毁了，是他先把事情做绝了。二郎对警察说，抓起来，抓起来！看把我打成这样，不给他点颜色，我这村长的脸都没地搁，以后村里的工作，谁愿干谁干。

刘仁义被强行塞进车里。在车启动的那一刻，一辆摩托车像一匹烈马，拦在面包车前。摩托车上，大郎双手一拦，像当年的关云长横刀立马，气震山河。大郎吼道，瞎搞！你们有么权力捉人！大郎说着，拉开面包车门，将刘仁义拉出来。刘仁义这时气势又旺起来，他朝民警说，多的不说，倒回去五年，你们一起上，都不是我的对手。

民警没理他。那天是周六，他们也想早点回去歇息。

大郎凝望养猪场，许久无语。要想不让二郎养猪，除非把他的猪场拆了，那必将引起兄弟之间的一场械斗。

4

大郎愁苦的时候，喜欢找几个退伍的老战友喝酒。要说这酒钱，不白花。大郎的战友在环保局当副局长，环保局鼓励乡村建沼气池，政府拨款，批了二十万，让二郎建沼气池。

二郎拿到钱款。大郎说，沼气池又高又大，还要承受粪水浸泡，可不是闹着玩的，一定要建牢固。他让二郎去把聋二的青砖买来，二郎坚持用自己的空心砖。他雇人建池，建到一半时，空心砖被水浸泡，倒了，一个小工躲闪不及，当场被砸死。

大郎在给我讲述这个事件时，眼含泪水，说，太可怜了，那个小工太可怜了。幸亏是个寡汉条子，要是有家有业有后人，不得跟二郎拼了。大郎说，二郎太贪。他建沼气池，上面一分不让他掏，他却还想从中赚钱。钱这个东西，是你的你就赚，不是你的往兜里装，早晚要出事。

大郎双手捂脸，那泪水漫过指缝。大郎心善。

二郎的沼气池自然建不成，那钱，赔一半给那个寡汉条子的侄儿，另一半的钱，二郎说，不够建沼气池，不建了，只扩大了粪坑的面积，晴天臭，雨天粪水到处流，上面来人验收二郎的沼气池，追问钱的去处，二郎说，都赔给死者的家人了。来验收的人，见出了人命，悄然而退。

二郎搞臭的不仅是我们的竹林湾，还有他的名声。

后来的一天晚上，我与父亲通电话，父亲说，你二哥变了，到底有了一个村干部应该有的模样，他正张罗给湾子里修水泥路呢。那晚父亲的声音不似往昔的低沉，它高亢，溢满欢喜。再后来我知道，自全国性的扶贫工作展开，对二郎他们这些村干部的纪律作风整顿更严了，二郎的形象，也随之骤变。

再后来，他的两个儿子进了军营。清华当的是武警，北大在广西野战部队，入伍第二年，去马里参加维和，这任务，既危险，也光荣。

有一天，二郎与县民政副局长说起二爹的事，副局长说，县里以前出台过一些政策，凡是参加过红军，之后音信全无的，一律定为烈士。红安是革命老区，不能让烈士的后人心寒。

二郎拿到二爹的烈士证，我们老杨家，就成为烈军属，能领到一份抚恤金。烈士证是二郎去办的，抚恤金由他领，还有一块烈士牌。

二郎把烈士牌放在我老家的香案上，二奶把牌匾扔在地上，冲二郎喊道，这不是他，他还活着，他叫石头，不叫杨向东。他还没死呢，他在梦里跟我说，他明天就回来。明天不回来，过年就回来了。你盼着他死，你的心比狼还狠……

二奶像一个孩子一样，呜呜哭起来，这让一家人很害怕。多年来，她不哭，也不笑，像一个没有感情没有灵魂的人。

二郎把烈士牌捡起来，放在他的养猪场。

第二十三章　母亲过生

1

人到七十古来稀，不觉间，母亲已经老了。年前，父亲告诉我，希望我们回去给母亲过生（庆寿）。母亲不让，母亲的生日在冬月，她说冬月里，在外打工的，陪读的，上学的，都未回来，竹林湾没得人，不热闹。她说她想把生日放在正月过，七十大寿，日子就选在正月初七。

我明白母亲的意思，她的生日，其实是要过给别人看的。

正月初六，银山媳妇提前给母亲送寿礼，也给我和丽质送东西。

银山媳妇拎着一个大竹篮，里面满满一篮花生，花生上面摆满了鸡蛋，少说也有二十个，这在竹林湾是大礼。母亲一边接，一边客气着，你的两个伢还在读书，要补身体，留给他们吃吧。银山媳妇说，还有，还有哩。

我给她递烟。竹林湾的女人是不吸烟的，但烟要接着，这是礼节。她们把烟夹在耳朵上，带回去给自己的男人抽。但银山媳妇硬是没接，她的男人银山当上县工商局副局长，没回来过年。

我一直不敢仔细看银山媳妇，我怕我看清她脸上的皱纹，那无疑是一柄弯刀，会将她留在我心中的美丽生生剔除。送过礼，她低着头匆匆离去。我望着她竹竿一样的背影，内心茫然，满眼雾水。

母亲说，你那年被子扔得好，她的家运就好，她的两个孩子聪明，儿考上了大学，女在县一中读书。母亲说着，哀叹一声，伢是出息了，她却累出一身病。母亲放低声音说，也不是身子累，照说她日子过得好，她是心累。银山在外面有人，虽然没打脱离（离婚），但她也是个寡妇哩，活寡妇。父亲制止母亲，你就少说两句吧。

母亲的石桥河方言，丽质一句都听不懂。她只是看着母亲微笑。

秀水塘塘边，一辆大卡车飞驰，车上拉着一株老态龙钟的松树，树枝在我眼前掠过，惊飞几只山鸟。山上那些长了二三十年的松树，都飞奔到城里去了，去装点城里人的花园、广场。我盯着脚下新修的柏油路。我们儿时渴望有这样一条通向城里读书的路，现在，路像一条僵死的巨蟒，硬硬地躺在脚下，巨蟒的头，钻进湾子中央。我怅然若失。

2

天快要黑的时候，聋二来看我。他总是独自一人。他就站在我家门槛边往里看。他冲我笑。他想进来看我。我在夕阳的光里看清了他，他那么黑，那么干瘦。他头发蓬松、灰白。丽质上前说，老爷爷，进屋坐吧。他张嘴笑了，笑得很尴尬。他说，我老了，太老了。他尴尬地笑。他张着的嘴像一个黑洞，参差不齐的几颗牙，支撑着他无力的瘪塌的嘴。

几年没见，他竟这么迅速地憔悴，衰老。

我想起我与他在窑场同睡一床的那些个夜晚，曾经的我依赖那种感觉，现在，我有些不自在。我走回灶屋，母亲用锅铲翻动锅里的红菜薹，那是我最爱吃的菜。母亲翻得很重，锅铲与锅磨出刺耳的声音。母亲说，聋二没来看你？我说，算了。母亲说，一湾人都来了，他不来，是瞧不起你。他有什么了不起的。我说，应该是我去看他。母亲说，你几年没回来，你是客。

我本来想告诉母亲，说聋二就在外面。但我没有，我一说，母亲就会把他喊进来，我不想他在屋里多待。他一进屋，丽质与他的话会多起来，会问他是谁，我不想丽质知道我的过去。等我再出去时，已不见聋二的身影。

晚上睡觉前，母亲还挑聋二的理。母亲说，聋二忙个么事，抽不开身。母亲说着，将竹筛拿到她的房里。竹筛里，是她单独给聋二留的一把糖块，一捧核桃。

母亲是刀子嘴，豆腐心。

关于过生，我们石桥河一带有很多讲究。男女四十岁往上，都可以操办生日，逢十的叫过整生，比如四十岁、五十岁、六十岁……不逢十的叫过散生。男人过虚岁，称“望生”，女人过周岁，称“满生”。

过生前，主人家要接客，主人家派一个人，到亲戚朋友家，一家一家地走，告诉他们，我们家谁，哪一天过生，请大伙去做客。去接客的人，也不能空手，多少要带点东西，比如七八个鸡蛋，或一两斤挂面。先前没有电话，主人家一家一家地接客。后来山里也有了电话，这个礼节保留下来，登门接客，尊重客人。

以前过生，客人来，买一刀肉，带一绺用红线包着的面。客人上门祝寿，“做生”。客人到了主人家门口，放上一挂鞭，图热闹，也是给主人家信号，让人出来迎。

我们山里，还有躲生的习惯。就是在过生那天，过生的人躲出去。躲出去的原因很简单，也很微妙。不过生，不去接客，或者辞客（告诉亲戚莫来），交情浅的亲戚果真不来，但胼手胝足的亲戚还是要来的，不来显得不亲近。有的胼手胝足的亲戚家境不好，不想花钱，不接客就不来，过生日的人就很尴尬，觉得没面子。有人曾经因为过生没接客，家里果真没来客人而大哭一场。有的人家还因此亲戚不再是亲戚，永不往来。为了避免这种尴尬，我们这里过生的人，辞客之后，往往还躲出去，躲到另一个亲戚家，或别的人家，而且早早把要躲出去的话传递给亲戚：你莫来咧，叫你莫来就莫来，我要躲生。这样，亲戚知道你躲出去了，就真不来了，亲戚之间，正好借坡下驴。用麻球的话说，是瘸子拜年——就地一歪。

母亲六十岁生日那年，父亲早早地放出话去，要给母亲过生。母亲的生日是在冬月中旬。父亲说，进入冬月，他就去接客。也就是在那年秋天，五郎把媳妇带回来了。五郎从部队回家，好几年没结婚，亲戚朋友担心他成寡汉条子，这媳妇带进来了，都很高兴，自发前来送礼，祝贺。等到了冬日，父亲就不好意思去接客给母亲过生，他不好意思让亲戚连着为我们家花钱。

那次虽然没去接客，母亲还是躲出去了。母亲是一个爱面子的人，她怕自己尴尬。我当时与弟兄们约定，等母亲七十岁生日，一定要给她过。

3

正月初七这天，九点多钟时，陆续有客人到。客人手里并未拎东西，时代变了，都改给红包，也像城里人一样，写礼单。丽质说咱们把钱给老妈吧。我问给多少，丽质说我们多少年不回来一趟，又是老妈的生日，至少五千。我说那就先给一千，写在账面上，背地里再给四千。丽质说，为何这样？给老人钱是光彩的事，干吗要偷偷摸摸的，让她这个儿媳没面子。

丽质当着众人的面，给母亲五千块钱。母亲看着厚厚的一沓钱，说用不了这些。丽质说妈，你拿着吧，不多。你过生日，没给你买什么礼物。

五郎困难。他给母亲包了六百块钱的红包，说六六大顺。他与父亲母亲一起住，不给礼金也说得过去。母亲果然没说他什么，只叹息说不是老四往家邮钱，这日子，都过不下去。我说娘，今天你过生，别的话就不要多说。都是你的儿子，谁条件好就多掏点，没有就少给点。

这天上午，竹林湾的鞭炮声一阵阵响起。父亲满脸堆笑，比他自己过生还高兴。开饭前，五郎放了万字头的鞭炮，鞭炮声响彻整个竹林湾。麻球说好热闹哇，上河湾、下河湾、河西湾，都能听得到，连远垸都能听到。你这老太太，有福哇！母亲笑着回应他，有福，有福哩！

以前逢这样的事，麻球是不送礼的。那时他穷，出一张嘴，说点好听的话，洗净手脸，帮着张罗，主人家也会让他坐席，吃饭。

现在，他在二郎的猪场干，有工资，他给母亲一个两百块钱的红包，母亲直说不好意思。

大郎爱热闹，请了皮影戏戏班。大郎请戏班，除了爱热闹，还想让丽质看，丽质从没看过皮影戏。

临别那一刻，我跪在地上，给母亲磕了三个头，磕得水泥地面砰砰响，之后，我站起来，拉着母亲的手。我说，娘，你跟我到城里去吧。母亲说，我不去，我哪儿也不去。

丽质也朝着母亲下跪。丽质说，妈，我和四郎在外，回来得少，没好好尽孝，我给您老谢罪。我只觉得一把利剑刺向胸膛。

母亲弯腰去扶丽质，她说快起来，莫哭，你们以后也少回来，不要管我，只要你们过得好就行。

丽质一把将母亲搂在怀里，两人抱头痛哭。母亲的确老了，哭泣时，脸上皱纹挤在一起。

我把她们搂在怀里。我长这么大，第一次拥抱我的母亲。

母亲说，娘对不住四郎，对不起六郎，当年把四郎和六郎送人，实在是没办法，想让他们有个好的前程。娘一想起这事，心里就像刀剐。我说娘，你别自责，你不把我们送人，我读不成书，考不上军校，我就没有今天。

那天，二奶立在后山坡路口。她蹒跚而行，冲我挥手喊：石头，石头，你可要回来，早点回来，打完仗就回来……二奶苍老的脸上，浮起两片酡红。她干瘪的嘴唇颤抖着，苍老的手背抹着眼泪。她把我当成了我的二爹，而她，恍若回到了她的少女时代。

第二十四章　净身

1

那天母亲来电话时，我在北部战区特战旅采风。脚下是冰冻的大地，眼前是雪罩的群山。北国万物，还沉睡在冬日里。母亲说，别凉着，工作要紧，身体也不能大意。我说我知道。母亲没吱声，但电话并没挂断。我知道她有话，却拿不准该不该告诉我。母亲进入老年后，说话向来如此。我说，娘，你有事就给儿说。母亲的声音低下去，用一种试探的语气问，过十五你回来不？我说回不去，忙。母亲说，聋二怕是不行了，可就是不咽气。他怕是在等你。

我的手震颤着。我几乎将聋二遗忘了。

我对母亲说，我打一千块钱过去，你给他吧。母亲说，他是癌，治不好。我说，那你替我给他买些吃的。母亲说，他吃不了。

夜黑下来。躺在热乎的炕上，我一夜无眠，痛感涌上来。我决定回家，为聋二。

到家，母亲翻看我的皮箱。我带什么东西回来，她都得知道。

什么东西给谁，她是要过问的。她发现了一本书，上面有我的照片，她问，你上书了？我说，是我写的书。母亲惊得说不出话来。

是一本《枪炮与玫瑰》，我的第一部长篇小说，以我们红安革命时期几个文工团团员为原型。母亲抚摸着书，她说，我儿灵性！

母亲将书放在香案上。那是供奉先祖的地方，搁传家宝的地方。我们家穷，没有传家宝，但先祖一直在那里。母亲要让先祖知道，她有一个儿子，他们有一位后人是作家，出书了。在母亲看来，著书立说不是凡人做的事，是神，她的儿子做到了。自此，我的书成为我家的传家宝。

我奔向窑场。父亲已在茅棚里。聋二气息微弱，灰白的头发长而凌乱，几乎将他的耳朵掩盖。他的胡须也很长，像沾染了灰尘，无力地耷拉在脖子上。他脖子上的皮肤松弛，布满褶皱。如果不是那眼睛还有着一丝微弱的光亮，如果不是他的肚腹还在微弱地起伏，我以为，我看到的就是一具干尸。

2

四郎向阳，聋二像以前那样叫我。他说，你让他们都出去，你给我抹个汗，擦个身子，要仔细，要干净。我就要走了。我到那边去了，去会我的战友们。无论多么遥远，我们都会相见。当然，我也会惦念着你，我会在那边保佑你，我的……儿。他的声音那么轻，却像一把锋利的尖刀，扎在我的心头。我抽泣着，把脸贴上去，他只有最后一点生命的气息。

葵花冲进来，问聋二，聋二，你的钱呢，你的存折呢？老爷子最疼你，他给你留的大洋呢？聋二没睁眼看她，也不说话。我说，你出去吧，干爷让我给他抹汗。葵花说，你给他抹汗？这么多年你做么事去了？现在他快死了，你来伺候了。你可真孝顺，得名又得利！我无话可说。

二郎指着聋二说，你除了剥削他，你管他了？你出去，莫在这里烦！二郎说着，将葵花推搡出门。

我说，二哥，你也出去吧，干爷有话要同我说。我关了门，将两扇窗的油毡布放下来，黄昏的茅屋变成了黑夜。我在屋里点亮煤油灯，要走的人，灯是不能熄灭的，要照着他通向那个世界的路。

我听见聋二越来越急促的喘息，听见他轻微的声音。我将脸凑过去，耳朵贴着他的身体，他说，答应……我，我……死后……给我抹汗，抹汗，任何人，不让进……就你……就你……

他想让我给他点一支烟。他这样的状态，怎么能抽烟呢？我不想给他点。但临出门，父亲让我满足他最后的愿望。父亲说他病后，咳嗽，但就是戒不了烟，直咳得脸色发青，掉眼泪，浑身抖动，也还是戒不了。

我费了很大的力气，让他半卧着。他每抽一口，都要瞧一眼燃着的烟，看手里的烟少了多少，好像怕一下子把它抽完了，好像那根烟的长度，就是他生命最后的长度，烟抽完了，他也就该走了。

火光一闪一闪。我鼓足勇气，端详着聋二。我看见聋二苍白干瘦的脸，像被水浸泡又晒干的纸。他眼皮肿胀，发青，只剩下一条缝隙，像刀锋一般。他这样一双干枯的眼，竟还能涌出泪水。我说，爷，你放心，我一定给你抹汗，多抹几次，抹得干干净净的。我一个人给你抹汗，穿衣，不让别人进。

我叫他爷。他呼吸一滞，放下烟，想拉我的手。我听见他微弱的声音说，我冷。我听见遥远的声音，那是我小时候的话，那时，我说，我冷。我怕，他就让我钻进他的被子，他就那么抱着我。现在，他老了，老成了小孩。现在，他冷。

我搂着他，像搂着一个小孩子，像当年他搂着我。在他的胸脯贴近我胸脯那一刻，他枯槁的面容突然泛起红光，眼里死灰一样的光线，像风吹起一堆行将熄灭的炭火，闪现出光芒。

我不敢大声喘息，我怕我的喘息，会吹灭他眼里那一星光亮。

他努力地伸出手来，伸向我的面颊，手指落在我的泪滴上，突然向下滑去。他脸上的皱纹慢慢地松弛开，残存一抹天真与幸福。他像孩子一般，很深地沉睡了。他没了气息。但是，我分明看见，他眼里的泪，终于滚落下来。

在流尽人生最后一滴泪的那一刻，他没忘了努力地伸手，想要替我拭泪，告诉我莫哭。

我把他轻轻地放在床上，静坐在他身旁。我竟然一点也不害怕。灯光摇曳，茅屋里似有影子在晃动，我想，那是他若即若离的灵魂。

3

东面山坡的油菜花开了，金灿灿一片，可是聋二再也见不到这景致。

母亲流着泪，却劝我不要难过，她说，他死了还快活一些，活着是受罪。他总是坐在茅棚前的太阳地里，一动不动，像是一个赶鸟的稻草人。那年他到你那儿去，东北的春天冷，他带的衣服少，冻坏了，哮喘病加重，一直没好。

父亲指着东面山坡那一大片油菜花，告诉我，去年初冬，聋二拖着病恹恹的身子，栽种了这么多的油菜。现在种地赔钱，别人有那工夫，都在屋里喝茶抽烟，只有他，拖着个病秧子身体，种了这一大片。

清晨的光线，照耀着这个茅草屋。它破烂不堪。我甚至无法相信，我的少年时光，就是在这里度过的。在我家最困难的时期，是这个男人收留了我，让我能继续读书。我现在是一名团职军官，一名部队的作家。我知道，我今天所拥有的一切，绕不开这个破败的窑场。如果说，我今天已长成一棵树，那么，在这个窑场，我获得了最为充足的阳光照耀，获得了山泉的润泽。

我告诉父亲，先别把聋二离去的消息散布出去，他需要在安静中净身。但竹林湾的人，还是感觉到了，纷纷过来看望。麻球说，怕是走了吧？我感觉到是走了。母亲说，是走了，但人现在不要进去，四郎要给他抹身子。他说过，只要四郎，不要别人帮忙。你们到时候送他上山就行。

我关上门，也关上窗户。我给马灯里加满油，把灯芯调大，让茅屋里更亮堂。

我把抹汗巾浸泡在热水里，拧成半干，轻轻地给聋二净身。我给他擦额头，擦脸，先将他的皮肤润湿，之后将毛巾拧干，将润湿过的皮肤再擦拭一遍，这样抹得干净，我小时候他就是这么给我抹汗的。

我的目光落在他的下身。那里竟一片平地。

许多往事在眼前闪现。如烟，如梦，如幻。我终于明白，聋二为什么一年四季穿着整齐。我想起我那次不懂事，怀着好奇，半睡半醒中，摸着他的肚子，他把我的手拿开，动作很重，很生气。

我也终于知道，为何他无力建一间砖房，却一定花那么大的力气，建一个一人多高的青砖厕所，密实地盖上瓦片；为何整个竹林湾每一个厕所都没有门，而他一定要装一个门；我想起麻球笑话他比女人还像女人，说他该不会像一个女人那样蹲着撒尿吧；我想起那个夜晚，他一个人在厕所抹汗，我装作尿急，企图偷看他，他惊慌失措，说我不学好；我想起我在东北那个部队，他为了让我争取到一个考军校的名额，在我们旅长面前，褪下裤子，告诉旅长他是一名参加过战斗的老兵。

明白了，一切都明白了。

4

我抱着他的肩膀给他套衣袖时，碰落了他的枕头，枕头下，压着我的照片，还有他病重时，我让母亲给他的钱。

聋二的枕头下，还压着一张照片，是秀姑的。那时的秀姑年轻，留着辫子，额上的那一点头发微微往上卷，像当时那个电影演员李秀明。原来聋二一直没有忘记秀姑。

聋二还留下一个笔记本，是缝在垫褥里的，我与他在一起生活时，他就把这个本子藏在褥子下，我那时发现了它，他不让我碰，我就一直没敢动。现在，褥子上那缝合的线被他自己拆开，他把它留给了我。

我翻开笔记本，扉页上写着：给四郎向阳。五个字歪歪斜斜，是后写上去的。

我在闪烁的灯光中，读着日记本上的文字。那上面的文字，零散，像陶的碎片。

子弹像暴风雨般密集地响起。子弹飞得很低，好像专门寻找我们的胸膛。炮弹不时爆炸，扬起烟尘。烟尘呈蘑菇云状升腾，弹片则飞向我们。弹片飞行的速度很慢，好像看得清轨迹，而事实上根本看不清弹片在飞。

我趴伏在掩体内。我左侧一个战友被弹片击中，他重心向前，倒在战壕的那边。他好像不是扑倒，像是被一只无形的巨大的手拽了过去。他就那么趴在地上，挣扎了几下，身子拱起，头在地上蹭了蹭，像是要借助头部的力量站立起来，但他没有成功。他死了。痛苦像弹片似的划过我的心尖。还有恐惧，我预感到，这是我人生的最后时光。死神就要降临。这是一个晴天，春天里的晴天。我轻轻地侧转头去，看了一下阳光。阳光刺眼，我本能地伸手去挡住眼睛，结果一枚子弹呼啸而来，惊动头顶一片云。云朵也像子弹一般快速滑过。

不时有人被拖走。伤者和死者，不能放在担架上抬，只能被拖着走。死者走了，他们留在世界上最后的足迹，就是他们的双脚在大地上拖出的印痕。

夜黑下来，一发炮弹在我不远处爆炸，我随即昏死过去。不久，我醒来。昏死过去，醒来，再昏死过去，再醒来，好像炮弹的轰响是我的催眠曲。

世界静下来。出奇的静，可怕的静，静得能听见死神的脚步声。因为静，痛感更加剧烈。接着，我感到了自己的温热，是我的尿液，它带来的不是膀胱的轻松，而是身体的阵痛。我觉得周身冰凉，没力气，我试着摸了一下自己的脸，它是僵硬的。我想喊，但扯不动嘴角。

我再次昏睡过去。

黎明到来时，我躺在帐篷里，我知道自己失去了什么。

我听见一个女人的声音，忽远忽近。我睁眼，她就在我面前，用十分忧伤的表情看着我。我没理她，她伸手来解我的裤子，要给我换药。我及时按住了她的手。我说，我自己来。

我翻转身去，背对着她。我的眼泪比血奔腾得更汹涌。我特别困，特别累，我流了很多血。我感到死亡正悄悄地来临，有一双温柔的手，在拽着我轻飘飘的灵魂，慢慢地离开我的躯体。我听老人们说，人死之前，就像得道成仙。这时，我听见一个声音在喊，别睡，精神点！

她再次来解我的衣裤，我按住她的手，摇头，咬牙切齿地拒绝她。她给我留下消炎粉、止血药，哭着冲出去。她似乎明白了什么。她的背影消失后，我坐起来。我打开窗，窗外青松静立，映山红微微颤动着。到处都是野花。水细流，绿树环抱，空气清爽。如果不是战争，这是多么美丽的地方啊，可是，越过那片油菜花，我们看见的不是鸟儿飞舞，满天都是飞机。一架飞机俯冲下来，投下一颗炸弹，又一架俯冲下来。一阵爆炸声之后，山谷笼罩在硝烟中。空气里开始有一股焦煳味。又一阵轰炸，飞机和大炮同时开火。

我后来知道，她叫艾文。

她知道我想死，她怕我死，她就站在窗外，我能感到她站在那里，我没看见她，我只是看见她的影子在窗外闪动。

她一直在哭，她一定在我昏睡时，看到过我的伤口。我知道，她的哭，是对我的同情、怜悯。她不说出来，是怕我羞愧。

我想死。

我等待着一个能够死的机会。

你要活着，她说。那天，她找到我，好像就为了对我说这句话，你要活着，一定要活下去，她说。

我不理她，凝望着身旁小林子。他用那只没受伤的手，摸那只受伤的手，神情无奈。帐篷中间破了个洞。他透过那个洞茫然地望着天空云朵。

他好年轻，才十六岁。

他死了，伤口感染，得了风寒。他那么渴望活着，但他死了。他死去时，手伸向窗外，像是要捕捉一缕阳光，或者一只蝴蝶，也许是他想象中的一根救命稻草。

他没有力气说出他想活着。

我感到了痛，腹下痛，还有比肉体更痛的痛——精神上的痛，我还是个男人吗？我问自己。

轰炸变得频繁，我们被转移到防空洞，防空洞其实不适合伤员疗伤，不适合伤口的愈合。

她到防空洞来看我，当然，不是看伤口，她留下了药。她没敢提我的伤。她只待了几分钟。她对我说，你要好好活着，等仗打完了，我伺候你，一辈子。她红着脸说，那不是生命的唯一，更不是生活的全部。我知道她说的是什么。我看见她哭了，满眼是泪，但我知道，那不是爱，是同情，是怜悯。我说，你以后不要来找我了。她说，不，我要经常来看你，我要你活着。那么多年轻的小战士那么渴望活着，可他们死了。你一定要活着。我来的目的，就是要让你活着。我过两天再来看你。

你不要再来看我！我拔出手枪，对准自己。我说，你再来找我，我就开枪，对着这儿，对，就是这儿。我说到做到！

她惊恐，樱桃小嘴张得很大。她的脸庞变成一张白纸。她突然转身，冲出洞去。

几分钟后，洞门口的哨兵进到洞里，告诉我，她死了。敌人的冷枪射出了一颗子弹，子弹追上了她。

我忍着伤痛冲出去。

她死了。她就是艾文。我不知道她为何叫这样一个名字，像个外国人的名字。我瘫坐在她身旁，盼着早点被弹片或冷枪击中。我盼着死，那么强烈。我不看她，不忍心看她那张渐渐失去血色的脸。我茫然地望着层层水汽和云雾。微风吹着杨树的叶子，在阳光下，变幻着光与影。

她的口袋里有一只口琴，我留下了它。硝烟散尽，痛苦的回忆挥之不去。陪伴我的，只有这只口琴。

我完全康复后，申请重返战场。我想重返战场，就是想寻找死的机会。我终于再次上了战场。子弹和弹片是个怪东西，我怕它们的时候，它们找上我，将我炸得浑身是血。我不怕它们，它们却躲着我。我总是冲在前面，我真的不是那么伟大，我只是想死。但是，一场场轰炸之后，我没有死，上天让我活着，让我这么生不如死。

又一次战斗，我选择了冲锋，一个人的冲锋，自杀式的冲锋，像是拍一场关于战争的电影。两旁炮火纷飞，我却一点也不害怕。

子弹依然躲着我，我依然活着。

既然死不了，那就活着吧。自那次冲锋之后，我再也没有想到死。

我活着，好像就是为了怀念她，艾文，还有小林子，还有你秀姑，当然更是为了你——四郎向阳！

他提到的那只口琴，就在他木头箱子底下，用一块红布包着。我把它找出来。儿时的情景再次浮现，那时候，聋二在窑场干活，他休息时就会吹口琴。我突然理解了聋二，理解那只口琴细密的小孔里，流淌出来的哀伤的音符。我看到了他的伤痛。

多年前在茅棚的夜晚，他喊着一个人的名字，梦呓中他吐字并不清晰，我以为是喊秀姑，现在看来，也许是这个叫艾文的战地医生。

他从不跟我提及当兵的事，从不说他打过仗。他曾是军人，却不上民政局登记，拒绝享受退伍军人待遇，从未领过抚恤金，他从未说自己是伤残军人。

5

经过一夜露水的滋润，油菜花开得越发旺盛，黄灿灿。金黄的尽头，是翠绿的松林。松林里，清晨的鸟鸣与溪流声相映。我知道，聋二喜欢这个地方。他把北山洼东侧的地都种了，好像不是为了收割，而是看那金黄色的油菜花。我对父亲说，父，就把我干爷埋在松林里吧。

父亲说，他用自己的好地，换了那片地，他自己怕也是想躺在那里哩。

他一直想在这里盖三间砖瓦房，但他没能实现。我要帮他盖，就盖在茅屋的位置，我要给他了却这个心愿。父亲不同意，说现在人都到县城去住了，为么事要浪费这钱？我说，盖，一定要盖。办完聋二的后事，我就去买砖瓦。等我退休，我就回家，在这青砖瓦屋里养老，陪着我干爷，我爷。

秀姑来了。她头发灰白，脸上皱纹密布，背也驼了。我知道她老了，我没想到她老得这么厉害。我不知道该不该向她说出聋二的伤。说出来，她可能不再恨聋二，但或许，她会更痛苦。不说，她可能就要一直恨下去。寻思良久，我决定尊重聋二的选择让他的伤成为我们的秘密。

我给聋二披麻戴孝。我跪在茅屋门前那片沙地上，跪在棺材前，听着二郎致悼词。刘映山逝去后，给竹林湾新逝去的人写悼词的工作，就落在二郎头上。二郎写的悼词假大空，没有内容，没有感情，放在每个死人身上皆可，他却读得抑扬顿挫，中间夹杂着他装出来的哽咽声。二郎向来会演戏。这悼词唯一的作用，就是让我想起，聋二有个很好听的学名：刘满堂。

我制止了二郎，我说，聋二耳朵不清亮，平时不喜欢说话，也不喜欢别人说得太多，算了吧。二郎装出伤心得读不下去的样子，将那悼词撕成碎片，抛向天空。纸片在空中飞舞，最后，最大的那片落在我的跟前，像一只白色的蝴蝶。

棺材被抬起，鞭炮轰响，我摔了丧盆。那一刻，悲痛前所未有地袭来。我才知道，聋二一直是我最惦念的人，我从未将他忘记，只是我不愿承认。我忍不住号啕大哭，对着他的棺材大喊一声，爷。

按习俗，棺材要被抬着，在湾子里走一圈，让聋二与竹林湾的人告别。

响器奏响，几捆万字头的鞭炮连着放响。聋二沉默了一辈子，寂寞了一辈子，我要让他热热闹闹走得排场。

送丧的人群里，传来大伙的感叹：一个寡汉条子，活到这个份儿上，也算值了。

我想起那逝去的一个个寒冷的冬天，那一个个潮冷的春天，想起茅屋被青草的味道和泥土的芳香包裹着。我想起聋二温暖的体温，泪水落在坟尖那新鲜的土地上。

6

聋二在这里度过了他孤独的一生，凄苦的一生，死后，他也被埋在这里。他将永远看着这里的花草树木，看着头顶飘荡的云彩，看着满坡金黄的油菜花。

母亲说，死了好哩，没人照顾他，活着苦，受罪，死了还快活些。母亲说着，眼里涌出泪来。

二奶肩挎一个包袱，蹒跚着来到坟地。二奶很老了，是我们竹林湾最老的老人。她浑浊的眼里噙满泪。她面色苍白，双手像栎树皮，身上裸露的皮肤布满皱纹和黑色斑点。她浑身颤抖，伸出干硬的皲裂的手，去抹她脸上的泪水。她对我说，四郎啊，你二爹到底死了，四郎啊，把这个放进你二爹的坟里，这是他走时忘记带上的衣服，你给他带上。二奶从包袱里拿出她珍藏多年的那件蓝色土布上衣和一条黑棉布裤子。

我说，不是二爹，二爹没死，二爹很快就回来了。她问，那埋的是哪个？

我干爷，我说。

谁？

聋二！我大声说。

二奶静默。

我闻到空气中飘荡着新鲜泥土的清香，还有油菜花的香味。一只蜜蜂嗡嗡飞舞，引我双目跟随，我看到头顶白亮白亮的阳光，它照耀着我，照耀着新坟，照耀着油菜花，照耀着整个北山洼。

附录：自叙传、农家军歌与战争创伤叙事

——读曾剑长篇小说新作《向阳生长》

郑润良

迄今为止，“70后”作家曾剑的写作主要围绕乡土和军营展开，这与他的人生经历有关，更与他的写作理念直接相关。在一次访谈中，他谦逊地表示，“我不是一个有才华的作家，我是一个写生活的人（我并非说写生活的人就没有才华，比如海明威，他把他经历的生活写得如此撼人心魄）。我从来不懂写作技巧，不讲究文本，就是写长篇我也不会列提纲。我不懂写作理论。我的所有书写（除了报告文学）都是自发的，是生活中有这样一个人，引起我的好感或者同情，甚至怜悯。于是，有一天清晨，他就跳跃在我的笔下。写自己熟悉的生活，我做到了”。他的长篇小说新作《向阳生长》的核心情节可以概括为一个乡村少年成长为部队军官的人生历程。这一历程与作者的人生历程是一致的，小说借由一个少年的视角观察他所在的村庄“竹林湾”以及在这块土地上生存的形形色色的人群。可以将《向阳生长》理解为一部“成长小说”，也可以将它看作曾剑个人的自叙传。正是因为熔铸了作者的亲身经历与情感体验，《向阳生长》才让我这样一个同样从乡土走向都市的“70后”读者感到深深

的认同与莫名的感动。“70后”一代人曾经经历的食物的短缺，对性的懵懂与好奇，因为家庭经济条件而产生的自卑以及“跳出农门”的渴望等都在小说中有具体而细微的书写。

一个无可回避的事实是，许多“70后”作家都经历了从乡村到都市的人生位移，他们人生的前十几年、他们的许多父老乡亲都生活在农村，由此导致了一种深厚的“原乡情结”，让他们在写作中无法忘却乡土曾经带给他们的馈赠和耻辱。《向阳生长》的主人公杨向阳生长在一个经济条件极为窘迫的家庭里，在20世纪七八十年代，这种经济上的普遍拮据状态并不特殊。但由于父亲瘸腿、兄弟多达六人，使得杨向阳的家庭雪上加霜。杨向阳的母亲只好让杨向阳以“认干爷”的方式寄居到“寡汉条子”聋二那里。这个纯属无奈的选择却让杨向阳意外得到了在自己家里得不到的父爱与自由生长的空间，更为重要的是让他见识了一种表面卑微、隐忍，实则极为伟岸的人格力量。

借由一个乡村少年的视角，《向阳生长》也让我们看到了彼时乡土的温情与痼疾、光亮与幽暗。《向阳生长》中充斥着乡村日常生活的饮食与男女、流言与争斗。乡土中国的幽暗身影似乎长久地停留在这块土地上。“竹林湾”诸多寡汉条子的存在，他们的命运令人唏嘘，现代化的光芒似乎遗忘了这个角落。

一部意蕴丰富的长篇小说总是可以从多角度进行解读和诠释，除了自叙传、乡土小说，《向阳生长》还可以理解为是一部跨时代的农家军歌，一部发人深思的战争创伤叙事作品。小说以第一人称讲述了一个家族回肠荡气的从军故事。湖北红安，大别山南麓这片被革命鲜血染红的土地上，杨氏家族四代人从军卫国的故事，时间跨越近百年。太爹入赘竹林湾秀才家为上门女婿，后成为地主刘家兴家的长工。“我”二奶是一位小叫花子，被好心的爹爹收养，并许配给二爹当童养媳。爹爹对红军暗中相助，被白腿子刘家兴察觉，后来爹爹不明不白被打并离开人世。二爹十三岁跟着红军的队伍走了，生不见人，死不见尸。二奶每天到后山坡盼二爹，成为竹林湾一道移动的却是永远不变的风景。在那个一张纸就能决定一个人的命运的年代，父亲无疑是悲剧人物。他是师范学院学生，因为农村急缺教师而响应号召下去教书。邻村我的母亲羡慕知识分子，追求父亲。父亲后又响应号召回农村。母亲不理再次成为农民的父亲。父亲去当兵，原本以为军营会改变命运，无奈当的是工程兵，部队工程结束，父亲回到他的出发地。父亲当兵，不但没能改变命运，反而被石头碰伤了膝盖，回乡村干重活，最终成为瘸腿。不识字的母亲，把父亲离校证明撕了，父亲再也不能回到学校。在70年代末，改革开放前夕，父亲为了饥饿的五郎，去扯了生产队一把花生，遭到批斗，父亲受不了羞辱，含恨喝下一瓶柴油，自杀未果导致半哑，成为公鸭嗓。我们一直嫌父亲丑，母亲也常当着我们的面，骂父亲“丑死了，丑死了”。大郎从军，婚姻不幸，但作为军官，敢于承担。二郎当兵未果，成为村长，身上具有现在的村官身上所具有的一切“品质”。三郎学篾匠手艺。他的半生，见证了乡村手艺人的衰亡。

《向阳生长》中塑造得最成功、作者着力最深的角色无疑当数聋二这个老兵的形象。聋二年轻时英俊潇洒，与“我”的秀姑成为恋人。聋二当兵回来后，却变得邋遢畏缩，不理秀姑，秀姑被迫远嫁大山，聋二终身未娶。因“我”家弟兄多，穷，母亲想把“我”过继给聋二当儿子，因为聋二嫂嫂干涉未果，最后只认他当干爷。聋二在窑场做砖瓦，窑场后是一片松林，林子里坟茔遍地，给“我”带来巨大的恐惧，但也有聋二给“我”浓浓的父爱。“我”成为一名军官后，回来探亲，无法相信“我”小时候与聋二同睡一张床。他那么苍老，病态。“我”有些嫌恶他了。后来他病得快要死了，却迟迟不肯咽气，等“我”。“我”回到窑场，答应他一个人给他净身，才发觉，他的裆部几乎是一块平地。这是战争给他留下的创伤。“我”以亲生儿子的身份，送聋二上山，把他埋在春天里，埋在金黄的油菜花丛。为了掩盖自己的创伤和耻辱，聋二黯然回到故乡，面对恋人及其家人的不解和辱骂，毫不辩解。但是为了干儿子的前程，他在部队领导面前袒露自己的伤口，这是一种何等深沉的爱和牺牲！聋二的一生无疑是个悲剧，这个形象的成功塑造丰富了中国当代文学史对退役军人的文学书写。或许，曾剑的《向阳生长》可以被视为一个契机，引起我们对战争创伤叙事的足够关注与思考。

郑润良：厦门大学现当代文学专业博士后，评论家

图书在版编目（CIP）数据

向阳生长 / 曾剑著．— 北京：北京十月文艺出版社，2020.8

ISBN 978-7-5302-2038-2

Ⅰ．①向… Ⅱ．①曾… Ⅲ．①长篇小说—中国—当代

Ⅳ．①I247.5

中国版本图书馆 CIP 数据核字（2020）第 063322 号

向阳生长
XIANGYANG SHENGZHANG
曾剑 著

出　版　北京出版集团
　　　　北京十月文艺出版社
地　址　北京北三环中路 6 号
邮　编　100120
网　址　www.bph.com.cn
发　行　新经典发行有限公司
　　　　电话（010）68423599
经　销　新华书店
印　刷　河北鹏润印刷有限公司
版　次　2020 年 8 月第 1 版
　　　　2020 年 8 月第 1 次印刷
开　本　880 毫米 ×1230 毫米　1/32
印　张　14
字　数　300 千字
书　号　ISBN 978-7-5302-2038-2
定　价　55.00 元
质量监督电话　010-58572393
如有印装质量问题，由本社负责调换。